1

Violet regarda le carton d'invitation orné de fleurs noires et blanches posé sur son bureau. Cela faisait cinq mois que son amie Fiona le lui avait envoyé. Et quatre qu'elle avait répondu qu'elle viendrait accompagnée.

C'était ce dernier détail qui lui posait problème, à présent. Pourquoi n'avait-elle pas simplement dit qu'elle viendrait ?

Elle ferma les yeux et prit une profonde inspiration. Elle savait pourquoi. La raison, c'était que Thomas serait là, lui aussi. Avec sa nouvelle épouse.

Cette femme qui, au dire de tout le monde, était son portrait craché. Mais cette femme, il ne l'avait pas laissée en plan à l'église le jour de leur mariage. Il l'avait vraiment épousée.

Si elle avait été honnête avec Fiona, elle aurait employé ces quatre mois pour s'entraîner à supporter avec détachement les regards compatissants ou apitoyés qui se tourneraient vers elle. Pour s'entraîner à sourire avec ses amis. Et pour se moquer d'elle-même qui, après avoir été sur le point de se marier, se retrouvait coincée dans le Maine, plus célibataire que jamais.

Quatre mois pour préparer sa défense face aux attaques que Thomas ne manquerait pas de lui lancer.

Fiona lui avait récemment posé des questions sur l'homme qui l'accompagnerait à Miami – son prétendu petit ami. Là encore, elle avait eu une bonne occasion d'être honnête et de révéler la vérité à son amie. Elle aurait même pu s'en sortir en disant que la relation n'avait pas fonctionné et qu'ils avaient rompu.

Mais non. Ce n'était pas l'option qu'elle avait choisie. Au lieu de cela, elle n'avait cessé de répéter à quel point son petit ami était merveilleux, dans la vie de tous les jours comme au lit, et à quel point elle était impatiente de le présenter à tout le monde. Sans jamais l'appeler par son prénom. Mais Fiona était trop compatissante pour relever son piètre mensonge.

Son amie se mariait deux semaines plus tard. Pourquoi ne parvenait-elle pas à l'appeler pour lui dire que, finalement, elle viendrait seule ? Ne serait-ce que pour éviter que la place à côté d'elle à table reste vacante. Vingt fois elle s'était dit qu'elle allait le faire dans la journée, et vingt fois elle s'était défilée.

Elle jeta un coup d'œil à l'horloge murale. Il lui restait quatre heures à travailler mais, à cet instant précis, elle n'avait aucun patient. C'était le moment idéal. Elle poussa un profond soupir mais ne sortit pas son téléphone de sa poche.

Tu es lâche.

— Si vous continuez à regarder cette lettre comme cela, elle va prendre feu. J'aimerais bien être là pour voir ça. Je ne suis pas sûr que cela arrive fréquemment.

— Cela n'arrive *jamais*, Beck.

Violet tourna la tête et sourit à son assistant – l'homme le plus sexy qu'elle connaisse. Mais Beck Forester avait dix ans de moins qu'elle, autant dire qu'elle se contentait d'admirer sa plastique, sans jamais s'en approcher de trop près.

Ce qui n'empêchait pas son inconscient d'emplir ses rêves de détails inconvenants.

Beck mesurait un bon mètre quatre-vingts, avait de larges épaules et était capable de soulever à lui seul un dogue allemand de plus de cinquante kilos. En même temps, il était tellement discret que les gens ne l'entendaient pas arriver et sursautaient souvent, surpris de le trouver à côté d'eux.

Il avait aussi l'habitude de partir en vacances dans des endroits lointains quand l'envie lui en prenait. Deux mois auparavant, il avait dû interrompre une randonnée dans les Appalaches à cause d'une rencontre inopinée avec un puma. Beck avait des histoires à raconter à la pelle.

— Jamais ? Et pourquoi pas ? dit-il en lui faisant un clin d'œil.

Pourquoi cette invitation à un mariage vous contrarie-t-elle autant, docteure ?

C'était vrai : pourquoi ?

— Comment savez-vous que c'est une invitation à un mariage ?

Beck haussa nonchalamment les épaules. Jamais, depuis deux ans qu'elle travaillait avec lui, elle ne l'avait vu s'inquiéter à propos de quoi que ce soit. Jamais elle ne l'avait vu froncer les sourcils ou pincer les lèvres. Aucun signe qui indique qu'il était en train de passer un mauvais moment.

Non. Beck avait toujours le sourire et était toujours paré à l'aventure, quelle qu'elle soit. Il suivait le courant comme personne.

Elle aussi suivait le courant, à une époque. Elle ne perdait pas une occasion de se rendre à l'étranger pour une compétition d'agility. Mais c'était une époque révolue. C'était une autre Violet.

— Cela fait une semaine que je vois cette enveloppe sur votre bureau, avec un post-it : « Appeler Fiona ». Elle était là quand je suis venu chercher le dossier de Maverick, et elle était encore là quand je suis venu chercher celui de Jack. À ce propos, le Dr Brown va vraiment devoir arrêter les dossiers papiers. Ce jour-là, son fournisseur mettra la clé sous la porte, parce que je crois qu'il est leur plus gros client.

Il lui donnait l'opportunité de parler d'autre chose. C'était gentil de sa part. Et l'accumulation de dossiers papier était un sujet qui revenait dans toutes les conversations au cabinet, mais tout le monde savait que le Dr Brown n'était pas prêt à moderniser cet aspect de son entreprise. Le cabinet adopterait un nouveau système quand le Dr Brown le vendrait, probablement à l'un des grands groupes vétérinaires qui lui rendaient régulièrement visite avec une proposition de rachat sous le bras. Jusqu'à présent, il disait qu'il n'était pas intéressé, mais arriverait un moment où la somme proposée finirait par lui convenir.

Violet poussa un gros soupir.

— Le mariage a lieu dans deux semaines, et je suis témoin. J'ai répondu que je viendrais accompagnée, ce qui n'est pas le cas. Mais je n'ai toujours rien dit à mon amie, et l'idée d'y aller seule me déprime. Vous ne voudriez pas venir avec moi et faire comme si vous étiez mon petit ami, le temps d'un week-end en Floride ?

— Avec plaisir ! Dans quel coin de Floride ? répondit Beck avec un tel enthousiasme qu'elle eut l'impression qu'il allait applaudir d'excitation.

Elle ouvrit la bouche mais aucun mot n'en sortit. Qu'est-ce qui était le plus choquant ? Qu'elle ait fait une telle proposition ou qu'elle meure d'envie que son assistant l'accepte ?

De fait, Beck était le candidat idéal. Il aimait faire les choses au pied levé et saurait être crédible.

— C'est à Miami, s'entendit-elle préciser, alors qu'il aurait mieux valu qu'elle dise qu'elle plaisantait.

Cela dit, Beck était beau et sexy. Il ferait tourner les têtes. De plus – et c'était le plus important – il était bienveillant. Si Thomas faisait son cinéma – et il y avait de grandes probabilités qu'il fasse son cinéma – Beck la défendrait. À son bras, ce week-end tant redouté risquait d'être intéressant.

— Je ne suis jamais allé à Miami. Depuis combien de temps « sortons-nous » ensemble, alors ? demanda-t-il le plus sérieusement du monde.

— Beck...

La conversation était en train de prendre une drôle de tournure. Beck semblait partant et, pour la première fois depuis des mois, l'idée d'assister au mariage de Fiona ne parut pas à Violet être une perspective trop stressante.

— Je ne peux pas vous demander ça, dit-elle, alors qu'elle était déjà en train de se demander comment se procurer un second billet d'avion.

Deux semaines avant le départ, les prix risquaient d'être exorbitants.

— Vous venez de le faire, répliqua-t-il en lui décochant un sourire qui lui creusa une profonde fossette dans chaque joue.

Adonis avait évidemment des fossettes.

— Il faut simplement que vous m'expliquiez en détail ce qui va se passer, maintenant.

La situation était en train de déraper. L'idée de se présenter au mariage au bras de Beck était séduisante, mais Violet ne pouvait décemment pas la concrétiser. Elle pouvait parfaitement se passer d'un homme. Elle avait trente-six ans. Elle était vétérinaire. Sa vie était triste à mourir mais c'était la sienne. Celle qu'elle avait choisie. C'était tout.

— Beck...

— Violet..., dit-il sur le même ton. J'ai des tonnes de miles, si bien que mon billet ne va rien me coûter. Je présume que vous avez déjà réservé une chambre d'hôtel. J'en payerai la moitié si vous m'autorisez à dormir sur le canapé. Dois-je prendre mon smoking ou un simple costume ?

Cette fois, il se mit vraiment à applaudir de joie. Cet adonis sexy en diable de vingt-six ans applaudissait à l'idée d'assister à un mariage avec elle.

— À moins qu'on passe le week-end en maillot sur la plage ? La seule chose où j'émettrais des réserves serait un mariage nudiste.

Il posa le doigt sur son menton, l'air penseur.

— Encore que cela pourrait être une première amusante.

— Non, ce n'est pas un mariage nudiste, dit-elle en s'efforçant de chasser de son esprit l'image de Beck nu sur la plage. C'est un mariage habillé. Comment se fait-il que vous ayez un smoking ?

Il haussa les épaules et vint poser son grand corps musclé sur la chaise de bureau avec une aisance déconcertante.

— Précisément pour ce genre d'occasion. Ce n'est pas une blague, ajouta-t-il face à son air interrogateur. J'en ai trouvé un dans une friperie, au Texas, il y a quelques années, pour moins de vingt dollars. Je l'ai fait reprendre pour qu'il tombe parfaitement. Et je vais pouvoir le mettre pour un mariage à Miami dans quinze jours. Le monde est plein d'opportunités qu'il suffit de saisir, en fin de compte.

Il avait raison. Cela avait été sa devise, à elle aussi. Fut une période de sa vie où elle fonçait vers tout ce qui paraissait intéressant. C'est ce qui lui avait permis d'aller à l'autre bout du monde. De tomber folle amoureuse. Et de faire voler sa vie en éclats.

Elle avait remonté la pente mais n'était plus la même personne. Comment pouvait-on rester la même après s'être retrouvée seule à l'église, le jour de son mariage, et avoir ensuite trouvé son appartement pratiquement vidé de son contenu ?

— Un mariage habillé, très bien. Quand partons-nous ? Le vendredi ? demanda-t-il en sortant son téléphone de sa poche.

— Oui. Par le premier avion. Le dîner de répétition est à 18 heures. J'ai géré mes devoirs de témoin à distance. Par chance, Fiona est une future mariée ni maniaque ni trop exigeante.

Mais pouvait-elle pour autant lui mentir en faisant passer son assistant pour son petit ami ? C'était sans doute dépasser les bornes.

— Beck…

— C'est le vol de 5 h 30 qui fait escale à Washington ?

— Oui, mais…

— Super ! Voilà, c'est réservé. Vous ne pouvez plus revenir sur votre décision, Violet, mes miles ne sont pas remboursables. Mais il faut que je vous avoue que je ne suis pas du matin. C'est d'ailleurs la raison pour laquelle je fais l'horaire du soir.

— Étant donné que nous irons aller à l'aéroport pratiquement en sortant du travail, ce n'est pas grave.

Elle n'en revenait pas. Elle partait à Miami avec Beck.

Un petit ami inventé de toutes pièces. Cela devrait être déprimant, et pourtant elle sentit l'excitation la gagner.

Elle ne put s'empêcher de rire en voyant Beck se frotter les mains.

— Pourquoi faites-vous cela ?

— Voyons, Violet. Combien de fois dans une vie a-t-on l'occasion de jouer le petit ami de quelqu'un ? Nous allons jouer notre propre pièce. Je n'ai pas l'intention de laisser passer ça. Alors, qui devons-nous impressionner ?

— Vous impressionnerez tous ceux qui poseront le regard sur vous, répondit-elle sans réfléchir.

Elle sentit le chaud lui monter aux joues. Fallait-il qu'elle dise tout ce qui lui traversait l'esprit ?

Beck se rapprocha légèrement. Il pencha la tête et la regarda droit dans les yeux. Ce jeune homme était sexy. Et il le savait.

— Mon ex-fiancé, Thomas, répondit-elle. Il m'a laissée plantée là, à l'église, le jour de notre mariage. Et, pour toute explication, il m'a envoyé un texto. Nous étions censés nous dire oui une heure plus tôt. Il sera au mariage de Fiona, avec sa nouvelle femme. C'est idiot, mais je n'ai pas envie d'avoir à donner des explications ni de voir la pitié dans le regard des gens.

— Étiez-vous vraiment obligée d'y aller ? Votre amie peut comprendre que vous n'en ayez pas envie, non ?

— Fiona et moi étions colocataires quand nous étions étudiantes. Elle a été mon témoin de mariage. En fait, elle m'a surtout passé des mouchoirs en papier pour que j'éponge mes larmes. Malheureusement, il se trouve que son futur mari, Patrick, est le demi-frère de Thomas. Ils ont le même père. Ils ne sont pas très proches, mais leur père n'est plus tout jeune et ne comprendrait pas qu'il ne l'invite pas.

Elle poussa un gros soupir.

— De toute façon, j'ai envie de voir ma vieille copine. Je suis la seule à avoir quitté la région.

« À avoir fui la région » serait plus proche de la vérité, mais elle avait déjà révélé beaucoup de son histoire personnelle à son assistant.

Elle avait vendu l'appartement dans lequel Thomas et elle avaient vécu, tâche qui avait été facilitée par le fait qu'il ne lui avait laissé que les cadeaux de mariage encore emballés, ses vêtements et son lit.

Thomas avait même embarqué la nappe brodée par sa grand-mère. Il avait joué l'innocent quand elle lui avait demandé de la lui rendre. Il avait osé dire qu'il ne l'avait pas prise, qu'elle avait dû la ranger quelque part. Comme si elle risquait de perdre le seul objet hérité de sa famille, qu'elle adorait de surcroît.

De plus, la mère de Thomas avait posté une photo sur les réseaux sociaux, à Noël, sur laquelle on voyait cette nappe. Un ami commun l'avait likée, si bien qu'elle s'était retrouvé sur son fil. Preuve, s'il en fallait une, que Thomas l'avait bien prise – et qu'il l'utilisait.

Pauvre crétin.

Ne possédant pratiquement plus rien, elle avait accepté un poste au cabinet vétérinaire du Dr Brown et s'était installée à Bangor, repartant sur de nouvelles bases, comme elle et elle seule l'entendait. Jamais plus elle ne laisserait un homme mettre la pagaille dans sa vie.

— S'ils ne l'avaient pas invité à leur mariage, la situation aurait été bizarre lors des réunions familiales à venir, dit Beck en ne cachant pas sa désapprobation.

Ni Fiona ni Patrick, si adorable, ne se réjouissaient de la présence de Thomas, mais cela faisait plaisir au père de Patrick. Il fallait parfois faire des compromis.

— Alors, depuis combien de temps sommes-nous ensemble ?

Six mois ? Un an ? Nous sommes-nous fiancés ? Oh ! et je pourrais être un industriel milliardaire ! Ou le prince d'une île lointaine, venu incognito !

Violet se mit à rire.

— Beck, je pense que vous êtes parfait pour ce rôle tel que vous êtes. Les gens ne resteront pas indifférents à votre présence. De plus, vos aventures à travers le monde nourriront la conversation à table.

— Très bien. Dans ce cas, disons que nous sommes ensemble depuis six mois mais que nous commençons à peine à nous montrer ensemble en public. Et que c'est moi qui ai suggéré de vous accompagner au mariage de votre amie en signe d'engagement de ma part.

Elle lui sut gré de lui fournir la raison pour laquelle elle était restée secrète sur l'identité de la personne avec qui elle viendrait au mariage. Avec un peu de chance, même Fiona goberait l'histoire.

— Il va falloir que nous nous tutoyions, dit-il.

— C'est vrai. Merci, Beck.

C'était la première fois que quelqu'un faisait un geste aussi gentil pour elle.

— Je vous en prie, Vi.

Vi.

Beck était la seule personne à abréger son prénom. La première fois qu'il l'avait appelée Vi, la réceptionniste, Lacey, l'avait promptement repris. Tout le monde l'appelait Violet ou Dre Lockwood.

Sa mère détestait les sobriquets et ne l'avait jamais appelée autrement que par son prénom. Le mécanisme d'adaptation de sa mère avait toujours été le besoin de contrôler les choses et les gens, sans se soucier de l'impact que cela pouvait avoir sur les autres.

C'est à l'université qu'on avait commencé à l'appeler Vi. Jusqu'à ce qu'elle rencontre Thomas. Il avait froncé les sourcils la première fois qu'il avait entendu quelqu'un l'appeler de cette manière. Il lui avait alors dit qu'elle était aussi délicate qu'une fleur et qu'on ne coupait pas les fleurs. Avec le recul, elle ne supportait plus son obsession pour sa beauté, mais à l'époque elle avait été persuadée qu'il était plein de sentiments généreux.

Dans son travail, elle s'était fait appeler Violet, ce qu'il lui arrivait de regretter. Entendre Beck l'appeler Vi lui donnait systématiquement le sourire. C'est pourquoi elle ne lui avait jamais demandé de l'appeler autrement ; il n'avait donc jamais cessé de le faire.

— La soirée s'annonce calme. Je suggère que nous en profitions pour parler du mariage, de notre passé et de vos années à l'université, pour que nous ayons l'air d'un vrai couple.

— Mmm, dit-elle, prenant conscience qu'il ne s'agirait pas uniquement de parader au bras de Beck pendant tout un week-end.

On sonna à la porte.

— Ah ! vous avez parlé trop vite. La soirée ne sera peut-être pas si calme.

Beck se mordit les doigts d'avoir imaginé qu'ils auraient toute la nuit pour faire connaissance. Cela faisait trois ans qu'il était assistant vétérinaire d'urgence – et deux dans le cabinet du Dr Brown. Il était bien placé pour savoir qu'il valait mieux éviter de prononcer les mots « calme, tranquille, sous contrôle, facile ». C'était le moyen le plus sûr d'attirer un cas d'urgence.

Cela dit, il se réjouissait d'avoir enfin l'occasion de voir Violet en dehors du travail. Jouer le rôle de son petit ami serait pour lui la chose la plus naturelle et la plus facile au monde. Cette femme était brillante. Elle était drôle. Et belle. Les gens, hommes et femmes, devaient faire la queue devant chez elle pour sortir avec elle. Mais, de toute évidence, elle refusait de leur ouvrir la porte.

Il était tombé amoureux d'elle la deuxième nuit qu'ils avaient travaillé ensemble. Un immense dogue allemand était arrivé en urgence après avoir ingurgité une chaussette, cas étonnamment répandu. La mère de famille s'en voulait de n'avoir pas ramassé la chaussette de son fils, l'enfant pleurait parce que son chien était malade, le père s'inquiétait pour tout le monde, ainsi que pour la facture à payer au vétérinaire.

Vi s'était assise par terre et avait expliqué les différentes options qui se présentaient, tout en caressant la tête du chien. Quand le père avait avoué calmement qu'ils n'avaient pas de quoi financer une éventuelle intervention chirurgicale, elle lui avait répondu que, dans la majeure partie des cas, il y avait d'autres solutions.

Le père était revenu seul, deux jours plus tard, les yeux rougis, parce que l'état du dogue avait empiré. Il venait demander l'euthanasie. Ce à quoi Violet avait répondu qu'un donateur anonyme venait de passer au cabinet pour déposer de l'argent pouvant servir à une famille n'ayant pas les moyens de payer les soins de leur animal domestique.

Beck se souviendrait à jamais du soulagement sur le visage de cet homme quand il avait ramené chez lui son chien endormi, après l'opération. Et du fait qu'aucun donateur anonyme n'était passé au cabinet. C'était Vi qui avait assumé les frais de l'opération qu'elle avait effectuée gratuitement.

C'était la première fois qu'il l'avait vue jouer la carte du « donateur anonyme ». Mais pas la dernière.

Il se dirigea vers le hall d'entrée et fut surpris de voir Maria Miller et son border collie appelé Baby.

— Beck, dit-elle en l'apercevant, les traits tirés.

— Que lui arrive-t-il ? demanda-t-il en désignant le chien, que Maria considérait pratiquement comme son enfant.

Baby avait quatre ans et était champion d'agility. Il était d'ailleurs censé participer à une compétition le lendemain au club local – quoique « compétition » était un bien grand mot.

Le club organisait un concours par mois, plus pour le plaisir et pour le repas qui suivait la compétition que pour la gloire.

— Nous étions en plein entraînement. Il adore ça, vous savez, dit Maria en essuyant une larme.

Beck sentit un soupçon de culpabilité dans le ton de sa voix.

— Je sais ! Vous n'y êtes pour rien.

Comme la plupart des border collies, Baby était un chien élevé pour travailler, débordant d'énergie.

Beck avait lui-même un border collie femelle, Toaster. Quelle que soit l'heure à laquelle il rentrait du cabinet, il la sortait dans le jardin, où il avait installé un parcours d'agility, et la faisait courir.

— Il a poussé aboiement aigu quand il est monté sur la rampe. Mais il a continué, expliqua Maria en enfouissant la tête dans les poils du chien.

— La bonne nouvelle, c'est qu'il arrive à marcher. La Dre Lockwood va l'examiner.

Maria se leva, la laisse à la main, et suivit Beck dans la salle de consultation.

Beck vérifia les signes vitaux du chien et sourit.

— Je vais prévenir la docteure. Nous n'avons pas d'autres patients pour l'instant.

Beck sortit et alla expliquer la situation à Violet. Elle hocha la tête et vint avec lui dans la salle.

— Alors, Baby, tu as eu un problème sur la rampe ? dit-elle avant de gratter la tête du chien.

Mais elle ne se contenta pas de le caresser. Tout en le faisant, elle examina sa queue qui s'agita mollement, sans sa vigueur habituelle. Or, ces chiens remuaient constamment la queue, même quand ils étaient concentrés sur quelque chose.

— De quelle patte boite-t-il, Maria ?

Maria indiqua la patte postérieure gauche.

— Mais il n'a pas l'air d'avoir mal quand je le touche là. Et il s'appuie dessus. C'est seulement quand il prend de la vitesse qu'il semble être gêné.

— Il a dû se la fouler, dit Violet en actionnant doucement la patte blessée.

Puis elle la reposa.

— C'est une déchirure du ligament croisé antérieur. Je sens que l'articulation est instable quand je la fais bouger. C'est sans doute ce qui l'a fait aboyer sur la rampe. Je vais lui prescrire des antalgiques, et nous allons programmer une intervention dans les jours qui viennent. Mais il n'y a pas d'urgence.

— Mais cela signifie qu'il ne pourra pas finir la saison. Toaster et Baby sont les deux champions de l'équipe intermédiaire. Toaster va devoir prendre le relais, si vous n'avez pas autre chose de prévu, dit Maria à Beck.

— Je vais passer un week-end à Miami, mais à part ça je suis libre jusqu'aux régionales. Toaster et moi pouvons prendre le relais.

Nancy, la propriétaire du club d'agility, voulait qu'ils fassent partie de l'équipe intermédiaire, mais Beck ne s'était pas engagé. Il avait accepté qu'ils soient remplaçants et tiendrait sa promesse.

— Je vais prévenir Nancy, dit Maria avec un grand soupir.

— Je peux m'en charger, si vous voulez. Occupez-vous de Baby. Il a besoin de vos soins.

— Je vous laisse expliquer cela à Nancy, dit Maria en levant les yeux au ciel.

Nancy était une femme extrêmement stressée et totalement focalisée sur la victoire de ses équipes. Or, les membres du club se souciaient, à raison, davantage de la santé et du bien-être de leur animal que de gagner des trophées et des récompenses.

L'équipe intermédiaire concourait aux régionales mais ne se qualifiait jamais. Ce dont Nancy se plaignait constamment.

Beck prit Baby dans ses bras et raccompagna Maria à la réception.

— Toaster est prête pour une compétition ? demanda Violet dès qu'il eut refermé la porte.

— Oui. Elle adore ça. Tu peux venir, si tu veux, en se doutant qu'elle déclinerait l'invitation, comme elle l'avait fait chaque fois qu'il lui avait proposé d'assister à l'entraînement.

Le club s'était réjoui que la Dre Violet Lockwood s'installe dans le Maine. Elle entraînait les chiens et leurs maîtres sur des parcours d'agility depuis sa plus tendre enfance. Adolescente, elle avait remporté de nombreux championnats, et elle était devenue l'un des entraîneurs les plus convoités de Floride du Sud.

C'est grâce à la publicité, à ses revenus d'entraîneuse et aux recettes d'un livre publié sur le sujet qu'elle avait pu payer ses études de vétérinaire. Puis elle avait arrêté cette activité du jour au lendemain, sans donner d'explication sur les réseaux sociaux sur lesquels elle était jusque-là active quotidiennement. À part un bref message mentionnant qu'elle quittait le groupe des entraîneurs en parcours d'agility de South Beach.

— Il faut que nous en sachions un peu plus l'un sur l'autre, si nous devons rendre ton ex jaloux, dit-il, se réjouissant de faire plus ample connaissance avec la vétérinaire avec laquelle il avait déjà passé beaucoup de temps mais qu'il connaissait à peine.

— Je ne cherche pas à le rendre jaloux. Je veux simplement faire taire les rumeurs concernant ma vie privée, dit-elle en croisant les bras.

— Je comprends. Ça, c'est ton objectif. Mon objectif à moi, c'est de le rendre jaloux.

Il mit les mains dans ses poches.

— Pour quelle raison ?

— Il t'a fait du mal.

Violet était la personne la plus bienveillante qu'il ait jamais rencontrée. Et quand bien même ! Quel genre d'homme rompait avec sa fiancée par texto ? Le jour du mariage, qui plus est !

— Merci, dit-elle, les joues rosissant.

Il la regarda et sentit sa gorge se nouer. Il toussa pour essayer de dissiper le trouble qui l'envahissait.

— En tout cas, il faut que nous ayons l'air d'un vrai couple. Demain soir, je dois participer à la compétition d'agility, et nous partons à Miami dans deux semaines. Notre subterfuge doit être bien huilé.

Elle se mordit la lèvre avant d'acquiescer.

— Très bien, je viens.

Il ne put réprimer un grand sourire, qui lui fendit le visage.

— Notre premier rendez-vous amoureux.

— *Faux* rendez-vous amoureux.

— Notre premier faux rendez-vous amoureux, concéda-t-il.

2

Violet fit sortir son chien, Bear, de la voiture et lui caressa la tête. L'american bully avait à peu près trois ans. Quand elle était allée le chercher au refuge, il était efflanqué et n'avait pratiquement plus de poils.

Les chiens blancs aimaient porter des pulls, et la première fois que Violet avait envoyé une photo de Bear à Fiona, cette dernière lui avait demandé en riant si elle le prenait pour une poupée.

À cet instant précis, Bear portait un T-shirt rouge orné de l'inscription :

JE NE SENS PAS TRÈS BON MAIS J'AI UN GRAND CŒUR.

Ce qui était une description assez juste de lui.

— Tu es prêt ? demanda-t-elle en jetant un coup d'œil au bâtiment où devait se dérouler la compétition d'agility le soir même.

Il faisait à peine un tiers du club dont Thomas et elle avaient été propriétaires à Miami. Mais la salle était plus intime, plus chaleureuse. Mack, avec qui Thomas et elle s'étaient associés, possédait toujours la salle. C'était lui qui avait insisté pour que tout soit stérile, du moins aussi stérile que possible dans un endroit fréquenté par des chiens. La plupart des chiens d'agility étaient des animaux domestiques extravertis qui aimaient courir et dont les maîtres cherchaient un exutoire à leur énergie débordante qui, sans cela, deviendrait destructrice.

Lors des compétitions de haut niveau, en revanche, il y avait des sponsors et des prix en espèces. C'était une bonne source de revenus pour ceux qui parvenaient jusque-là. Ce qui avait été son cas. Thomas et elle avaient été des coachs convoités. Trois des chiens qu'elle avait entraînés avaient gagné des championnats nationaux. En battant le chien de Thomas.

Thomas ne supportait pas ces victoires. Mais depuis qu'elle était partie, leur club n'avait plus jamais gagné de championnat national.

La plupart des gens ne participaient pas aux compétitions dans le but de gagner. Et la plupart des clubs ne visaient pas la victoire à tout prix.

Beck lui avait expliqué que la compétition de ce soir-là avait pour prix un vieux trophée portant l'inscription :

JOYEUSE RETRAITE

C'était une plaisanterie tellement ancienne au club que personne ne se souvenait plus d'où elle était partie. Mais elle faisait désormais partie des coutumes du club et se perpétuait.

— Vi !

Elle tourna la tête, et une vague de chaleur s'empara d'elle quand elle aperçut Beck et Toaster. La border collie aux yeux bleus faisait la joie et la fierté de son maître. Bear se mit à remuer la queue. Toaster était la grande amie de Bear au parc canin. Le pauvre se croyait toujours capable de la rattraper quand elle se mettait à courir. Et s'écroulait littéralement dès qu'il remontait dans la voiture pour rentrer à la maison.

— Toaster est contente de te voir, Bear, dit Beck en caressant la tête de sa chienne.

Il portait un jean qui tombait parfaitement sur ses hanches et un T-shirt bleu qui soulignait les muscles de ses bras. Si Violet n'avait pas définitivement renoncé aux hommes, elle aurait été tentée. Rien ne la faisait craquer davantage qu'un homme sexy qui aimait les chiens.

Beck se releva.

— On s'embrasse ? demanda-t-il.

Elle sentit ses joues s'embraser. Beck s'en aperçut certainement, car il se reprit.

— Sur la joue, je veux dire. On se fait la bise.

— La bise ? répéta-t-elle en s'efforçant de dissimuler sa déception.

— Cela dit, il faut que nous prenions des habitudes de couple d'ici le mariage de Fiona pour que notre relation ait l'air naturelle quand nous irons à Miami. Pour éviter les couacs.

Les couacs comme celui qui vient de se produire.

— Bien sûr. Tu as raison. C'est logique, bredouilla-t-elle en tendant la joue.

Les personnes fréquentant le club les connaissaient. Du moins savaient-ils que Beck ne sortait pas avec la vétérinaire urgentiste qui partageait sa vie entre le cabinet, son appartement et le parc. Violet était la routine faite femme. Elle se faisait même livrer ses courses, depuis quelque temps. Ce n'était pas la vie dont elle avait rêvé, cela dit.

Thomas et elle avait beaucoup voyagé pour participer à des compétitions d'agility. Elle avait même traversé plusieurs fois l'Atlantique. Mais à présent, elle ne faisait que travailler, dans l'équipe de nuit. Elle aimait son travail, mais l'idée d'avoir quelqu'un à ses côtés lui traversait parfois l'esprit. Cela dit, sa relation avec Thomas lui avait au moins appris une chose : il ne fallait sacrifier sa paix intérieure pour personne.

Le baiser que déposa Beck sur sa joue dura une fraction de seconde, mais cela suffit pour que son corps réagisse fortement. C'était ridicule de se laisser séduire par quelque chose d'aussi fugace. Ce n'est pas parce que Beck se comportait comme s'il était son petit ami qu'elle devait jouer le jeu jusqu'au bout.

Les chiens s'étaient mis à sauter et à jouer ensemble.

— Ils s'entendent bien, dit Beck en la prenant par la taille.

Ce geste lui fit une drôle d'impression, mais elle n'en dit rien. Après tout, c'était elle qui lui avait proposé de jouer ce rôle, sans penser qu'il accepterait. Ce qu'il avait fait, contre toute attente. Il avait raison : il faudrait que leur relation ait l'air naturelle. Ce ne devrait pas être très compliqué. En tout cas, ce ne serait pas désagréable de passer deux semaines à son bras.

— Et moi, est-ce que je peux t'embrasser ? demanda-t-elle en fixant ses fossettes.

Il hocha la tête.

— Qu'est-ce que j'ai ? dit-il en se passant la main sur la joue.

— Rien. Je suis simplement en train de me demander quelle fossette embrasser.

— Embrasse les deux, comme ça tu sauras laquelle tu préfères.

Il se pencha, lui offrant une joue, puis l'autre.

— Alors ? Quelle est la gagnante ?

— La gauche.

— Ah bon ? Moi qui offre mon profil droit sur les photos depuis toujours ! dit-il en riant.

— Il va falloir corriger cela, dit-elle en lui donnant un petit coup de hanche.

Elle regarda le bâtiment.

— Il faut que Toaster s'échauffe.

— Tu crois qu'elle ne vient pas de courir assez avec Bear ?

Violet sourit.

— Tu lui fais faire le tour de la salle ou monter et descendre plusieurs fois la rampe avant qu'elle commence sa pratique ? demanda-t-elle.

Ces mots lui parurent incongrus dans sa bouche, alors qu'elle avait passé des années à parler d'agility, d'entraînements, de races de chiens et de matériel à longueur de journée.

— Je n'ai pas vraiment de règles, dit-il avec un haussement d'épaules. Et je crois qu'à part Nancy personne dans ce club n'en suit vraiment. Nous participons aux compétitions régionales parce que cela nous fait une sortie sympa. Et les prétendues compétitions du mardi soir sont davantage un prétexte pour pique-niquer tous ensemble à la fin.

— Pique-niquer ? Je n'ai rien préparé.

Personne ne lui avait parlé d'un pique-nique.

— Ne t'inquiète pas, j'ai fait une tonne de chili. Je l'ai apporté cet après-midi, avec tes biscuits préférés, que j'ai donnés de ta part. Je ne voulais pas que tu cherches des excuses pour ne pas participer à la soirée.

— Mes biscuits préférés ? répéta-t-elle, intriguée.

Elle ouvrit la porte, fit s'asseoir Bear, le félicita puis lui ordonna d'un geste discret d'entrer dans la salle. Beck fit de même avec Toaster qui obéit à ses directives, entra et sembla se préparer mentalement à ce qui l'attendait. Les border collies étaient des chiens adorables, mais c'était une race faite pour bouger. Elle conseillait systématiquement aux gens attirés par l'agility de choisir un chien moins énergique pour apprendre les bases du dressage.

— Tu ne m'as pas répondu : comment sais-tu quels biscuits je préfère ?

— Au cabinet, tout le monde sait que tu caches un paquet de sablés au chocolat dans le placard dans lequel sont rangés les gants XS et XXL, au-dessus de ton bureau.

Elle se sentit rougir.

— Je ne les cache pas. Je les ai simplement mis hors de ma vue pour ne pas être tentée d'en manger à longueur de journée.

Cela avait été si efficace qu'elle avait oublié qu'elle les avait rangés là. La dernière fois qu'elle avait voulu en manger, elle avait mis le dernier tiroir de son bureau sens dessus dessous, avant d'en conclure qu'elle avait dû finir le paquet un jour de stress, après une urgence compliquée.

Elle doutait que son ex-fiancé ait prêté attention aux biscuits délicieux qu'elle achetait une fois par mois et mettait de côté pour les journées difficiles.

Beck, lui, avait remarqué cela. Et avait fait en sorte d'en acheter et de les apporter de sa part.

Elle était sortie avec Thomas pendant deux ans avant de se fiancer. Les fiançailles avaient duré deux ans, elles aussi. Thomas s'était mis dans la tête que son gâteau préféré était la forêt-noire et le répétait à tous ceux qui posaient la question. Elle n'avait rien contre la forêt-noire, mais sa pâtisserie préférée avait toujours été le diablotin.

— Merci, Beck.

— Je t'en prie.

Il fit un signe à Toaster.

— Vi a dit qu'il fallait que tu t'échauffes, et c'est une experte. Alors on y va.

Il la salua d'un petit geste de la main et avança sur la piste d'agility avec sa chienne.

Beck avait vraiment bon fond. Et elle se réjouit d'avoir à passer la soirée à le regarder bouger dans son jean qui moulait ses fessiers à la perfection.

Beck commença à faire courir Toaster en veillant à ne pas jeter de coups d'œil trop fréquents en direction de Violet. Cette femme avait sur lui l'effet d'un aimant.

C'était peut-être l'expert que le club cherchait depuis des années. Elle semblait passer un bon moment. Il ne voulait pas avoir l'air de la coller, mais en voyant Nancy avancer vers elle, il décida de les rejoindre et donna l'ordre à Toaster de le suivre.

Nancy était la seule membre du club dont le chien participait aux compétitions autres que régionales et revenait parfois qualifié. Mais il ne gagnait jamais. Ce dont elle ne manquait pas une occasion de se plaindre.

Elle n'avait jamais caché sa frustration face au refus de Vi de faire partie du club. Tout le monde avait beau lui répéter que les horaires de travail de Violet aux urgences vétérinaires rendaient sa présence au club impossible, elle continuait à insister. Violet avait rédigé un livre sur l'agility, avec celui qui avait dû être son ex-fiancé, s'il avait bien compris. Et elle avait entraîné plusieurs équipes lors de compétitions internationales, avec succès.

Mais elle avait totalement arrêté le coaching. Elle seule pouvait décider de le reprendre, le cas échéant.

— Docteure Lockwood ! Je suis contente que vous vous joigniez *enfin* à nous !

Beck rejoignit Vi juste à temps pour entendre cette salutation passive-agressive.

— Quel bon vent vous amène ?

Si son objectif était de gagner les faveurs de Violet, elle s'y prenait plutôt mal.

— On m'a dit qu'on servait un délicieux chili après la compétition, répondit-elle en jetant à Beck un coup d'œil complice.

Il n'aimait pas le ton sur lequel parlait Nancy. Il s'assit à côté de Vi sur le banc et la prit par la taille. Puis il l'attira vers lui. Nancy jeta un coup d'œil à sa main sur la hanche de Vi et sourit.

— Vous êtes venue entraîner Toaster, ce soir ?

— Je suis venue pour le chili. Et pour encourager mon...

Elle s'interrompit et détourna le regard.

— Pour encourager Beck, dit-elle en posant la main sur le genou de son faux petit ami.

Ce simple contact fit accélérer les battements de son cœur.

— D'ailleurs, je vais y retourner, dit-il en se levant. Tu veux venir ? Il faut que Toaster s'échauffe davantage. Tu peux amener Bear.

Elle se leva à son tour.

— Bear est bien trop paresseux.

— Ce qu'il aime, c'est la rampe du parc canin, dit-il en pouffant de rire intérieurement.

Vi leva les yeux au ciel. Ce que Bear aimait, c'était surtout aboyer après les chiens qui montaient et descendaient la rampe, puis flâner un peu avant d'aller se coucher à l'ombre. Bear avait de l'énergie... à ses heures. Il était capable de rester couché toute une journée. Contrairement à Toaster qui ne tenait pas en place.

Beck claqua des doigts trois fois et avança vers le début du circuit. Il faisait généralement faire à Toaster un tour complet avant la course officielle.

Elle démarra par un slalom, puis courut jusqu'à une balançoire et un premier tunnel. Puis elle sauta une première haie, puis une double haie avant de passer dans un pneu. Violet l'applaudit dès qu'elle franchit la ligne d'arrivée.

Plusieurs personnes les regardaient, se demandant probablement comment il s'y était pris pour que Violet Lockwood accepte d'entraîner Toaster. Personne n'avait commenté le fait qu'ils arrivent ensemble au club, mais les langues ne tarderaient pas à se délier et les ragots à se propager.

Il espérait que leur flirt éphémère ne causerait pas de problèmes. Beck avait l'art de les repousser à plus tard. Sa mère lui avait toujours dit qu'il valait mieux affronter les difficultés que les esquiver ou les repousser, mais lui ne voyait pas l'intérêt de régler les problèmes qui, bien souvent, se résolvaient ou finissaient par disparaître d'eux-mêmes.

Nancy était adossée au mur, tout près d'eux, essayant de glaner les conseils que Vi lui donnait. Elle risquait d'être déçue. Toaster n'avait pas besoin de conseils. La chienne était folle de joie. Comme lui, d'ailleurs.

Beck n'avait jamais couru après les prix. Ce qui l'intéressait, c'était de participer. Sa mère était tombée enceinte de lui alors qu'elle approchait la cinquantaine et que son père avait presque soixante ans. Elle avait eu du mal à tomber enceinte et avait fait plusieurs fausses couches. Ses parents avaient considéré comme un miracle le fait de pouvoir mener cette grossesse à terme. Quand Beck était né, ils s'étaient mis à le couver comme s'il s'agissait d'un objet précieux et fragile. Ils l'aimaient beaucoup et s'occupaient bien de lui. Et l'avaient éloigné de tout ce qui leur paraissait un tant soit peu dangereux ou susceptible de le blesser.

Le foot... risque de commotions cérébrales et problèmes de genoux.

Le football américain... risque de traumatismes crâniens.

La natation... risque de noyade par épuisement.

Gymnastique... risque de se briser le cou.

Il n'avait pu se lancer dans ce genre d'activités et partir à l'aventure qu'après avoir quitté le nid. Par chance, ses parents n'avaient pas réussi à le dégoûter de l'aventure. Au contraire, il était curieux de découvrir le monde et adorait tout ce qui générait en lui des montées d'adrénaline.

— Elle a l'air d'aimer ça, dit Vi en se rapprochant de lui. Et toi aussi.

— C'est le cas. Et toi, tu étais contente de travailler dans le club que tu avais à Miami ?

Le moment était mal choisi pour cette question. Vi fronça légèrement les sourcils.

— C'est ce que je croyais, dit-elle en regardant soudain ailleurs. À quelle heure commence la compétition ? Je suis impatiente de goûter ton chili.

Le sujet était clos. Vi ne souhaitait pas parler de Miami, même si c'était là qu'ils s'apprêtaient à passer un week-end ensemble.

Il la prit par le cou et l'attira contre lui. Elle ne résista pas et posa la tête contre son épaule. Il la tint contre lui et regarda l'horloge. Il avait lu que tenir quelqu'un dans ses bras pendant vingt secondes faisait baisser le taux de cortisol – l'hormone du stress – dans le sang.

Au bout de quinze secondes, elle poussa un gros soupir, mais il ne la lâcha pas. Elle demeura contre lui encore quelques instants avant de s'écarter.

— Alors ? À quelle heure est-ce que cela commence ?

Il n'eut pas le temps de répondre ; Nancy frappa dans ses mains.

— Bonsoir à tous, dit-elle avant de regarder Bear. Vous devez vous inscrire au club si vous voulez qu'il participe, dit-elle à Violet. Mais nous pourrons faire l'inscription après la compétition.

— Non, merci, répondit poliment Violet qui rappela Bear d'un claquement de doigts. Nous sommes là simplement comme supporters.

Puis elle se tourna vers lui.

— Bonne chance, Beck.

Leurs lèvres s'effleurèrent à peine, mais cela suffit pour que le monde autour de lui disparaisse.

Elle claqua de nouveau les doigts, et Bear la suivit jusqu'aux gradins.

— Vous rayonnez tous les deux, dit Callie, l'une de ses amies, en approchant de lui. Je me suis permis de vous prendre en photo. Je te l'envoie. Je comprends maintenant pourquoi tu as repoussé toutes mes tentatives de te caser.

Il n'eut pas le temps de répondre. Callie avait tourné les talons. Elle avait la réputation d'être la pire entremetteuse du club. Aucun des couples qui s'étaient formés par son entremise n'avait duré. Mais elle persévérait.

Depuis un an, elle s'était mis en tête de lui trouver une petite amie, convaincue qu'il serait plus heureux avec quelqu'un. Qui sait ? Un jour, peut-être…

Il jeta un coup d'œil à Violet qui leva le pouce dans sa direction. Il sentit la chaleur lui monter aux joues. Et la sensation persistante de ses lèvres sur les siennes.

Vi était adorable. C'était l'une des personnes les plus intelligentes qu'il ait rencontrées. Elle aimait les animaux, comme lui. Et elle était belle, aussi bien intérieurement qu'extérieurement.

Mais il ne cherchait pas à se caser. Pas pour l'instant, en tout cas. Et peut-être même jamais.

Ses parents avaient beaucoup voyagé. Du moins jusqu'à leur rencontre. Ils s'étaient rencontrés en France lors de l'ascension du Mont-Blanc et étaient tombés fous amoureux l'un de l'autre alors qu'ils venaient à peine de franchir la frontière italienne.

Son père lui avait raconté cette histoire des centaines de fois, en regardant sa femme, des étoiles plein les yeux. Puis, pour reprendre ses mots, ils s'étaient « calmés » et avaient acheté une maison à

Bangor, dans le Maine. Son père avait accepté un poste de professeur d'anthropologie à l'université du Maine. Sa mère était ingénieure en génie civil pour la ville de Bangor, où les hivers étaient souvent rudes, qu'elle avait contribué à rendre plus vivable.

Après leur mariage, leurs aventures n'avaient plus été que des souvenirs et des photos encadrées. Il n'avait aucune intention de reproduire le même schéma.

3

Le carillon de la porte d'entrée tinta, et Violet n'eut pas besoin de se retourner pour comprendre que Beck venait d'entrer dans le cabinet.

Elle entendit ses pas se rapprocher et sentit la chaleur lui monter au visage. Elle l'avait embrassé, la veille. Pour ainsi dire. Leurs lèvres s'étaient effleurées juste avant que la compétition commence. Depuis, elle ne pensait qu'à poser les doigts à l'endroit où ce contact fugace avait eu lieu.

— J'espère que tu as faim, dit Beck en posant trois bols de chili devant elle, sur le bureau. Il en est resté beaucoup, et je n'ai plus de place dans le congélateur, alors j'ai pensé que cela ferait notre dîner.

Il pencha la tête, et elle eut l'impression qu'il allait l'embrasser. Sur le bol du dessus, une étiquette portait le nom de Lacey, la réceptionniste qui travaillait aux mêmes horaires qu'eux. Beck semblait incapable de ne pas prendre les autres en considération. Elle se redressa en pinçant les lèvres, prit le bol de Lacey et sortit de la pièce, les joues brûlantes.

Que lui arrivait-il ? Certes, elle avait éliminé de sa vie les relations romantiques. Au cours de l'année qui venait de s'écouler, elle avait accepté deux invitations à dîner. Qui s'étaient révélées être deux échecs monumentaux.

Pourtant, ses attentes en la matière n'étaient pas excessivement élevées. Mais un mariage avorté avait suffi pour qu'elle fasse attention aux hommes qu'elle fréquentait. Elle se sentait souvent seule. Tout le temps, en fait. Mais la solitude était le prix à payer si elle ne voulait pas souffrir de nouveau.

Avec Thomas, elle n'avait pas prêté attention aux signaux d'alarme, pourtant nombreux dans son comportement et son attitude. C'était une erreur qu'elle éviterait de commettre à nouveau.

En dépit de ses bonnes résolutions, elle était incapable d'éteindre l'étincelle que Beck avait provoquée en elle. L'attraction physique et des années de célibat volontaire avaient raison de sa détermination. À sa décharge, Beck était *vraiment* sexy.

— L'idée d'assister au mariage de ton amie te stresse moins, maintenant ? demanda-t-il en posant une main sur le bord supérieur de l'encadrement de la porte.

Elle fit un effort qui lui parut surhumain pour regarder autre chose que son torse en extension et se concentra sur les notes prises par l'équipe de jour, qu'elle avait devant les yeux.

— J'ai demandé à une amie si elle pouvait garder Bear. Elle m'a dit qu'elle gardait déjà Toaster, en plus sa chienne. Mais cela n'a pas eu l'air de l'inquiéter. Et mon voisin va arroser mes plantes. Il ne me reste plus qu'à faire mes bagages.

— Je ne parlais pas de logistique.

Comme si elle ne le savait pas ! Beck ne lui demandait pas si elle avait mis sa robe dans une housse de protection ou si elle avait choisi la couleur de son maquillage.

— Je ne sais pas, répondit-elle, jouant la carte de l'honnêteté.

C'était une manière de procéder, peut-être même la meilleure. Mais elle n'aimait pas la honte que ces quatre mots véhiculaient. En quoi importait la présence de Thomas au mariage de Fiona ? De l'eau avait coulé sous les ponts depuis leur séparation. En quoi importait le fait qu'il ait trouvé une femme qui lui ressemble comme une jumelle ? Et qu'il avait épousée ?

— C'est normal d'être stressée, dit Beck sans approcher d'elle, sans la prendre dans ses bras.

Ce qui était sans doute préférable.

— Je ne suis pas stressée, je suis furieuse, dit-elle avant de pousser un gros soupir. Je veux dire...

Elle s'interrompit pour réfléchir à ce qu'elle ressentait.

— Tu veux dire ?

Beck approcha et planta ses yeux bleu foncé dans les siens. Elle décida de continuer à être honnête avec lui. Elle n'avait rien à perdre.

— J'ai perdu tellement de choses quand Thomas a mis fin à notre relation. Il a emporté toutes nos affaires, m'a évincée de notre entreprise de coaching en agility. Il a même pris la nappe de Noël brodée de ma grand-mère. Tu imagines ? La nappe de Noël de ma grand-mère ! Il l'a fait exprès pour me blesser.

Elle éprouva un soulagement certain à dire ces mots qu'elle gardait pour elle depuis des années.

— Il s'en est bien tiré alors que moi, j'ai dû faire le deuil de ce que je prenais pour de l'amour et comprendre que je m'étais bercée d'illusions.

C'était peut-être ce qui lui avait fait le plus mal. Une fois Thomas sorti de sa vie, elle n'avait pas eu de difficultés à repérer les failles dans leur relation, rétrospectivement. Et elle avait alors compris pourquoi Fiona lui avait demandé à trois reprises, le mois précédant leur mariage, si elle avait vraiment envie de convoler.

Fiona sentait que quelque chose ne tournait pas rond.

Violet n'avait pas grandi dans un foyer aimant. Ses parents étaient restés ensemble pendant des années par convenance. Ni l'un ni l'autre ne voulait perdre la face devant les gens, être celui qui brise le couple et la famille qu'ils formaient. Mais, dès que Violet avait eu son bac, ils avaient engagé une procédure de divorce.

Malgré la violence dans laquelle elle avait grandi, elle était persuadée qu'elle saurait trouver l'amour. Mais Thomas l'avait quittée, et elle n'avait rien vu venir. Si elle s'était doutée de quoi que ce soit, cela aurait peut-être été moins dur.

Thomas n'avait jamais supporté qu'elle ait autant de succès dans le domaine dans lequel ils travaillaient tous les deux. Il aurait préféré la garder sous sa coupe, et même si elle avait le succès modeste, c'était toujours trop pour son ego. C'était du moins ce qu'elle avait compris après coup. Et qui lui avait fait jurer qu'on ne l'y reprendrait plus, que jamais plus elle ne s'effacerait au profit de quelqu'un d'autre.

— Il ne me manque pas, loin de là ! Mais j'aimerais que les rôles soient inversés. J'aimerais arriver à Miami avec, à mon bras, mon nouveau mari plutôt qu'en y traînant un faux petit ami. Je ne dis pas cela méchamment.

— Je sais, dit-il en posant le bras sur ses épaules et en la serrant doucement. Premièrement, tu ne m'y traînes pas. D'ailleurs, si mes souvenirs sont bons, tu as tout fait pour revenir sur ta proposition dès que je l'ai acceptée.

Elle leva les yeux au ciel.

— Ensuite, nous ne pourrons pas nous marier avant de partir à Miami. Par contre, nous pourrions former un vrai couple, plutôt que de jouer la comédie.

Violet se demanda si elle avait bien entendu. Elle le regarda, intriguée.

— Vi, est-ce que tu veux sortir avec moi, un de ces soirs ? Je veux dire, au restaurant, tous les deux, pas au club d'agility.

La veille, ils étaient arrivés en couple à la compétition et s'étaient embrassés sur le parking. Ils auraient pu en rester là, mais elle n'avait pas pu s'empêcher de lui prendre la main et avait beaucoup apprécié les moments où il la tenait par la taille. Cela lui avait fait du bien d'avoir Beck à ses côtés face à l'insistance de Nancy. Cela avait été inattendu mais agréable. Elle n'avait pas envie de ternir ce souvenir.

— Je ne veux pas que tu sortes avec moi par pitié, Beck. Mais merci pour la proposition.

Il avança et prit son visage dans ses mains.

— Je ne sors pas avec toi par pitié, loin de là. Tu es une femme géniale, Vi. Brillante, drôle, bienveillante, jolie. Je serais ravi de sortir avec toi.

« Jolie » était le dernier adjectif qu'il avait utilisé. C'était un détail, mais tout le monde disait d'elle qu'elle était « belle ». Elle savait qu'elle plaisait, qu'elle correspondait à certains critères de beauté communément admis : de longs cheveux bruns, une silhouette fine, des pommettes hautes. Mais c'étaient des traits hérités, pas des compétences acquises.

— C'est gentil, dit-elle.

Beck lui prit la main.

— J'ai compris. Je ne vais pas insister lourdement, mais nous pouvons aussi décider de sortir ensemble sans exclusivité et sans contraintes. Juste pour le plaisir. Tes amis n'ont pas besoin de savoir si notre histoire a commencé il y a six mois ou il y a deux jours.

Une aventure avec Beck.

Elle s'efforça d'ignorer la vague de chaleur s'emparant de son corps.

— C'est tentant, s'entendit-elle dire avant de plaquer la main sur sa bouche.

Quelle honte ! Elle pensait garder cette pensée pour elle, pas la dire tout haut.

Il la regarda, l'air mi-surpris, mi-amusé, et ses fossettes apparurent sur ses joues.

— C'est tentant, en effet, acquiesça-t-il, le sourire aux lèvres.

Mais il avait l'air sincère. Vi ne s'était jamais imaginée sortir avec un homme de dix ans son cadet. Mais elle n'avait pas prévu non plus d'assister à un mariage où son ex apparaîtrait en compagnie de sa nouvelle femme.

Quelques années plus tôt, elle aurait sauté sur l'occasion de passer du bon temps avec un adonis. Juste pour le plaisir.

Cette version d'elle-même lui manquait parfois. Mais cette version d'elle-même avait souffert. On avait piétiné son pauvre petit cœur. Cela dit...

— D'accord. Je veux bien sortir avec toi. Mais...

— Vi...

— Attends, dit-elle en levant la main. Nous travaillons ensemble. Je pense qu'il faut que nous établissions quelques règles.

— Tu es sûre ? dit-il en baissant doucement la main qu'elle avait levée. Règle n° 1...

Mais il n'eut pas le loisir de continuer. Trois sonneries retentirent dans les haut-parleurs. C'était le code signalant une urgence.

Elle sortit de la salle de consultation, Beck sur ses talons.

— Mon chat s'est fait renverser par une voiture, dit un jeune homme d'une petite vingtaine d'années, une boîte entre les mains.

— Nous allons faire notre possible, dit Beck.

Mais Violet comprit, à son expression, qu'il ne pouvait garantir une issue positive.

— Lacey, s'il vous plaît...

— Je vais préparer la salle.

La salle des adieux.

Lacey ne prononça pas ces mots, mais le jeune homme sembla comprendre la situation.

Beck emmena le chat pour vérifier ses signes vitaux.

— Il s'appelle Minnow. Je l'ai trouvé un jour où j'étais à la pêche. J'avais quatorze ans. Il était tout maigre et tout sale. Je ne pensais pas que ma mère accepterait que je le garde, mais...

— Il a de la chance de vous avoir rencontré, dit Violet avant de prendre une profonde inspiration.

La nuit s'annonçait difficile. Mais telle était la vie d'une vétérinaire urgentiste.

Beck se gara sur le parking de Chez Don. C'était un bar tranquille qui organisait un karaoké tous les dimanches soir et attirait une clientèle bigarrée.

Ce n'était pas le genre d'endroit où il invitait généralement une femme pour un premier rendez-vous. Mais ce n'était pas tout à fait un premier rendez-vous – et Vi était toujours partante malgré la soirée qu'ils avaient passée la veille.

Le chat renversé par une voiture n'en avait pas réchappé, et il s'en était suivi deux autres animaux dont la vie ne tenait plus qu'à un fil. C'était le genre de soirée qui pouvait vous faire douter des raisons d'avoir choisi ce métier.

Il avait donc choisi Chez Don. L'endroit n'était pas très grand, mais on vous fichait la paix. Et surtout, il était facile de se changer les idées en regardant les gens s'égosiller sur des tubes.

— Beck !

Vi lui fit un signe de la main en verrouillant les portières de sa voiture jaune vif. Elle ne risquait pas de la perdre, même dans un parking bondé.

Elle portait un jean et un pull rouge.

— Rentrons vite, dit-elle en le rejoignant.

— Tu sais que dans le Maine, une fois septembre passé, il vaut mieux porter un manteau.

Au mois d'octobre, les journées étaient encore belles, mais les soirées étaient fraîches et souvent ventées.

— Je déteste mettre un manteau pour aller au bar ou au restaurant, dit-elle en se frottant les bras pour se réchauffer.

Beck passa le bras autour de ses épaules.

— Ah bon ? Pourtant il y a des portemanteaux partout.

— En fait, mon père oubliait toujours nos manteaux quand nous sortions. Je crois qu'il le faisait exprès, pour contrarier ma mère. Elle était assez autoritaire, et...

Elle haussa les épaules.

— Bref. J'ai pris l'habitude de sortir sans manteau. Cela ne les empêchait pas de se disputer, mais au moins ce n'était pas à cause de mon manteau.

Beck ne sut que dire. De toute évidence, ce n'était pas la première fois qu'elle racontait cette histoire. Elle la trouvait peut-être même drôle. Mais cette anecdote le mettait mal à l'aise.

Ils commandèrent leur bière et se dirigèrent vers une table libre, dans un coin de la salle. Il laissa s'asseoir Vi mais resta debout.

— Tu as un manteau ou un blouson dans ta voiture ?

Les automnes pouvaient être rudes, dans cette partie du Maine, et les gens avaient l'habitude de laisser dans leur véhicule des vêtements chauds, des couvertures et de la litière pour chats à mettre sous les pneus pour pouvoir rouler sur la glace.

— Oui. L'hiver est proche.

— Passe-moi tes clés. Je vais le chercher. On l'accrochera là, avec le mien, de sorte que tu ne prendras pas froid en sortant.

— Beck, ça va, je t'assure.

— Vi, donne-moi tes clés, dit-il en tendant la main.

Elle leva les yeux au ciel mais finit par lui tendre son trousseau.

— Je te promets que nous ne l'oublierons pas, dit-il en la regardant dans les yeux.

Il sortit et courut à petites foulées jusqu'à sa voiture. Il ouvrit la portière et remarqua deux porte-clés accrochés au rétroviseur intérieur, portant chacun un message.

La thérapie ne suffit pas. Il faut que je morde les gens.

Et

Mon groupe sanguin, c'est café.

Le ruban auquel ils étaient accrochés était du même jaune vif que la voiture. Beck prit le manteau posé sur le siège passager et retourna au bar, où il l'accrocha près du sien.

— Si je pars sans mon manteau, tu t'en souviendras longtemps, dit-elle en riant.

— Tu es originaire du Maine ?

Lui-même était né à Bangor, avait grandi à Bangor, fait ses études à Bangor et vivait toujours à Bangor, dans la maison de ses parents. Mais il adorait voyager. Il avait visité trente des cinquante États des États-Unis, et il y avait beaucoup de tampons et de visas sur son passeport. Mais il revenait toujours dans la maison de son enfance, emplie de bons souvenirs.

— Non. J'ai grandi dans le Kansas. Il n'y a pas autant de neige qu'ici, mais le vent est glacial, l'hiver. C'est une grande plaine, où il n'y a aucun obstacle pour l'arrêter. Puis je suis allée faire mes études en Floride. J'avais besoin de mettre de la distance entre mes parents et moi. Plus de mille kilomètres, en fait.

Lui avait vécu le contraire. Ses parents l'avaient protégé – presque trop, d'ailleurs. Mais il n'avait jamais éprouvé le besoin de mettre de la distance entre eux et lui. Il avait toujours des photos d'eux accrochées dans son couloir, qu'il aimait regarder quand ils lui manquaient.

— Ce n'est pas le genre de choses que je raconte lors d'un premier rendez-vous, en général, dit-elle en faisant tourner sa bouteille de bière. Mais c'est le genre de détails qu'il faut que tu connaisses, si on discute avec Fiona et les autres.

Il avait oublié qu'il risquait de devoir passer le test réservé au nouveau petit ami de Vi par ses amis les plus proches.

Elle feuilleta le cahier des chansons proposées au karaoké.

— Tu veux faire un pari ? demanda-t-il. Nous pourrions parier, par exemple, sur le moment où quelqu'un va vouloir chanter... *Thriller*, de Michael Jackson. Halloween n'est pas loin. Ils ont déjà accroché les décorations partout.

— *Thriller* ? D'accord. Je dirais... Entre la quatrième et la huitième chanson, dit-elle avec enthousiasme.

— Et moi, je vais dire... Ce sera la dernière chanson. Soit la dernière de la soirée, soit la dernière chanson avant que nous partions. Je sais que nous avons l'habitude de veiller la nuit, mais je ne suis pas sûr de faire la fermeture du bar, ce soir.

— Moi non plus.

Il était prêt à passer autant de temps dans le bar que Vi voudrait y rester. Mais il apprécierait aussi de ne pas rentrer chez lui trop tard pour pouvoir profiter de l'une des rares soirées où il n'était pas au cabinet vétérinaire.

Quelqu'un mit la première chanson. C'était *Bohemian Rhapsody*, de Queen.

— C'est ambitieux ! s'exclama-t-elle en regardant la personne qui se préparait à chanter. Au fait, qu'est-ce qu'on parie ?

— Un baiser, répondit-il.

Un vrai baiser, pas une esquisse de baiser comme celui qu'ils avaient échangé l'autre soir.

— Et quelle était ta règle N° 1 ? demanda-t-elle. Tu as été interrompu au moment où tu t'apprêtais à me l'expliquer.

— Je propose, comme règle N° 1, que nous ne prévoyions jamais de nous marier. Ou du moins, pas tant que je suis jeune. Pas avant mes… trente-cinq ans.

C'était une blague qu'il faisait tout le temps avec un ami à la fac. Mais l'expression de Vi lui fit comprendre que cette blague ne la faisait pas rire.

— Je suis désolé, Vi. Je ne voulais pas être grossier. Je voulais dire… Enfin, j'ai dit ça sans réfléchir… Je ne voulais pas dire que tu es vieille.

Il s'enfonçait mais semblait incapable de se taire.

— Ne t'inquiète pas, dit-elle. Moi aussi, à vingt-cinq ans, je trouvais que trente-cinq ans, c'était vieux. C'était il y a bien longtemps. Et pourtant, ces dix années ont passé en un clin d'œil.

Il n'en revenait pas d'avoir fait une bourde aussi grossière devant une femme aussi… parfaite.

— La bonne nouvelle, poursuivit-elle, c'est que je n'ai aucune envie de préparer un nouveau mariage. Et, de toute façon, nous avons dit : « sans exclusivité et sans contraintes ». Nous nous sommes engagés dans une aventure, pas dans une relation sérieuse.

Elle tendit la main vers lui et entremêla les doigts aux siens. La chaleur de ce contact irradia dans tout son corps. Il ne put s'empêcher de déposer un baiser sur sa main.

— Tu fais la collection des porte-clés ? demanda-t-il, revenant à un sujet moins risqué.

Elle hocha la tête en souriant.

— Je ne sais pas comment cela a commencé, mais j'ai pris

l'habitude d'en rapporter un de tous les endroits où j'allais. J'en ai plus d'une centaine. Et toi, tu collectionnes des objets ?

— Non. J'ai beaucoup de mugs, mais ce sont plutôt des souvenirs ; ils ont appartenu à ma mère.

C'était son père qui les lui avait offerts, pour la plupart, pour les messages qui y étaient écrits : des blagues, des allusions grivoises ou des mots d'amour. Elle les adorait.

— Tu veux boire autre chose ? demanda-t-il en voyant sa bouteille de bière vide.

— Je veux bien de l'eau.

— J'y vais.

Il avait besoin de rassembler ses esprits. Afin d'éviter de faire d'autres commentaires stupides au cours de la soirée.

Violet applaudit à la fin de la chanson. Cela faisait une heure que Beck s'était glissé sur le siège à côté d'elle. Ils s'étaient raconté des bribes de leur passé et des choses sans importance. C'était reposant, en dépit de la gaffe qu'il avait faite sur son âge.

Elle se mit à bâiller.

— Je crois qu'il est temps de rentrer, suggéra-t-il.

— Pas déjà ! Si nous partons maintenant, tu auras perdu le pari. En fait, nous serons ex aequo puisque nous n'avons pas encore entendu la huitième chanson.

— Nous referons un pari un autre soir. Tu es épuisée, Vi.

Mais elle sentit l'esprit de compétition se réveiller en elle. Elle n'avait pas éprouvé cette sensation depuis des années. Depuis sa séparation d'avec Thomas.

— J'ai une idée, dit-elle. Viens avec moi.

Elle le fit se lever et l'emmena vers la scène. Là, elle feuilleta le cahier des chansons et tapa le code de *Thriller* sur la machine. Puis elle lui tendit un micro après en avoir pris un pour elle.

— Vi, ce n'est pas une bonne idée, je chante comme une casserole.

— On s'en fiche. C'est un karaoké, pas le concours d'entrée au conservatoire ! Moi qui croyais que tu étais toujours partant !

Les premières notes de musique sortirent des haut-parleurs, et elle attendit que les paroles apparaissent sur l'écran.

— Ne me provoque pas ! répondit-il sur un ton faussement vexé.

Elle se mit à rire et faillit manquer les premiers mots de la chanson. Puis la chanson lui parut passer en un clin d'œil.

— Voilà, j'ai gagné, dit-elle quand la musique s'arrêta.

— Bravo !

Beck lui prit le micro des mains et le posa sur la table. Elle n'avait bu qu'une bière, mais lorsqu'il planta ses yeux bleus dans les siens, elle se sentit chavirer comme si elle avait été ivre.

Deux femmes montèrent sur la scène pour sélectionner la chanson suivante.

— Dépêchons-nous de partir, sans quoi tu vas perdre aussi, dit-elle en lui prenant la main.

— Je ne savais pas que tu avais un esprit de compétition aussi développé.

Il la prit par la taille et la conduisit vers le portemanteau.

— C'est grâce à cela que j'ai été un bon coach en agility, dit-elle en enfilant son manteau.

Lorsqu'ils sortirent, la nuit était fraîche, mais ce n'était rien en comparaison des températures auxquelles s'attendre les semaines suivantes. Violet avait gagné le pari. Elle allait pouvoir embrasser Beck. Il y avait longtemps qu'elle ne s'était pas sentie aussi exaltée.

La dernière fois, c'était lors de son enterrement de vie de jeune fille. Elle ne s'était pas fait prier pour danser sur les tables avec ses copines.

Elle regrettait cette partie d'elle-même et se demanda si elle avait disparu à jamais ou si elle était enfouie en elle, quelque part, prête à se manifester de nouveau.

Elle se retourna pour regarder un couple qui se dirigeait vers le bar en riant. Cette complicité lui manquait. La joie d'avoir quelqu'un à ses côtés. Des sensations que la simple idée d'un flirt avec Beck faisait renaître.

Ils arrivèrent près de sa voiture. Elle se retourna et le regarda droit dans les yeux.

— Puisque j'ai gagné le pari...

Elle ne termina pas sa phrase et tendit ses lèvres vers lui. Beck prit appui contre la voiture d'un bras et, de l'autre, la prit par la taille pour l'attirer à lui. Ils se regardèrent pendant ce qui lui parut être une éternité. Des éclats de voix leur parvenaient comme atténués, comme si Beck et elle se trouvaient dans une bulle un peu isolée du reste du monde.

Jamais personne ne l'avait regardée comme il la regardait, comme si elle était la chose la plus précieuse et la plus importante de la Terre. Elle sentit ses jambes flageoler et posa les lèvres des siennes. Beck la serra plus fort contre lui et approfondit leur baiser.

Lorsqu'il écarta le visage du sien, elle éprouva une sensation de froid.

— J'ai passé une très bonne soirée, Vi, dit-il sans la lâcher.

— Moi aussi. Ce bar est sympa. On pourra revenir.

Elle se mordit la lèvre. Ils n'étaient pas censés sortir ensemble. C'était un simple flirt, qui durerait jusqu'au week-end du mariage.

— Avec plaisir, répondit-il avant de déposer un baiser chaste sur son front. Merci pour cette soirée, Vi.

Sur ce, il tourna les talons.

4

Beck s'arrêta à quelques mètres du cabinet vétérinaire et s'étira. Quelques secondes plus tard, il retrouverait Vi. Au travail.

Cette précision était importante. Ils travaillaient ensemble et avaient décidé la veille qu'au cabinet ils seraient collègues et rien d'autre.

Même si leur petite aventure se terminait bientôt, ils continueraient à travailler ensemble. Ils s'étaient mis d'accord là-dessus.

Mais c'était avant que Vi l'embrasse.

Il avait gardé le goût de ses lèvres pendant des heures. Du moins son cerveau s'était-il accroché à ce souvenir, refusant de laisser ce moment de bonheur s'estomper.

Il entra dans le cabinet et salua Lacey. Elle portait des oreilles de chat. Halloween approchait – quoiqu'il reste encore trois semaines –, mais la réceptionniste commençait à se déguiser dès le 1er octobre. Les oreilles de chat étaient plutôt sobres comparées à ce qu'elle avait l'habitude d'arborer.

Dans la salle de consultation, Violet était en train d'examiner Patches, un petit chien arrivé déshydraté le même soir que Minnow, pour des raisons qui leur avaient échappé.

— Il a l'air d'aller mieux, dit-il en le voyant, debout dans sa cage, remuant la queue.

Vi avait rassemblé ses cheveux en un chignon souple. Elle se retourna et le salua avec un grand sourire.

— Bonjour, Beck. Les résultats de l'examen hématologique sont bons. Je pense qu'il s'agissait d'une infection virale.

— Tu as fait une belle peur à tes maîtres, dit-il à Patches, qui remua la queue de plus belle.

— Ils ne devraient pas tarder, dit Vi. Ils sont aux anges de le savoir guéri.

— C'est l'aspect le plus gratifiant de notre travail, dit-il en prenant appui sur la paillasse. Tu as vu les oreilles de Lacey ? Je me demande bien en quoi elle se déguisera, le jour de Halloween.

— Elle m'a dit que c'était un secret. Je lui ai simplement rappelé que nous travaillons généralement beaucoup ce jour-là et qu'il fallait que son déguisement lui permette de se déplacer aisément.

— Elle ne remettra pas son costume de girafe, alors.

L'année précédente, elle avait confectionné un cou et une tête de girafe en papier mâché tellement hauts qu'elle avait eu du mal à entrer dans le cabinet.

Vi sourit puis se déplaça vers la cage dans laquelle se trouvait Nix, un chat gris roulé en boule, inerte, qui leva à peine la tête à son arrivée.

— On a reçu ses résultats. Insuffisance rénale.

Vu l'âge du chat, Beck ne fut pas vraiment surpris, même si ce genre de nouvelle était toujours attristant.

Son pager se mit à vibrer.

— Ah ! voici le premier patient de la soirée, dit-il avant d'aller l'accueillir dans le hall.

Il s'agissait d'un petit chien qui tremblait dans les bras de sa maîtresse. Curieusement, il avait une tache sur le nez et une autre, blanche, sur la poitrine, exactement comme la chienne qu'il avait quand il était petit, Lolly.

— Bonjour, dit-il en souriant. Qu'est-ce qui lui arrive ?

— C'est Bug, dit la jeune femme, dans tous ses états. Je lui ai écrasé la queue sous le rocking-chair de ma grand-mère qui est morte le mois dernier. Ma mère a récupéré son fauteuil à bascule et, en me balançant, je lui ai écrasé la queue.

Le chien avait l'air de souffrir mais ne saignait pas. Il se mit à grogner lorsque Beck approcha, ce qui n'était pas étonnant chez un animal blessé.

— Je vais le museler, juste pour pouvoir l'examiner, dit-il.

— Je peux m'en charger, dit la jeune femme. Je l'ai déjà fait plusieurs fois chez le vétérinaire. Ce n'est pas un chihuahua pur race, mais il en a beaucoup de traits.

— Je vois, dit Beck en scrutant la queue du chien. Je vais lui faire passer une radio, et la Dre Lockwood va s'occuper de lui.

La jeune femme ravala un sanglot et hocha la tête.

— Vous n'y êtes pour rien, vous savez. Vous ne l'avez pas fait exprès, dit-il avant d'aller chercher Vi.

— Lacey dit que Nola veut rester ici jusqu'à ce que l'opération soit terminée, dit Violet en examinant de nouveau la radio.

Le fauteuil à bascule avait écrasé la queue de Bug pratiquement à la base. Ce genre d'accident ne constituait pas systématiquement un cas d'urgence. On pouvait administrer à l'animal des antalgiques et reporter l'intervention au lendemain ou au surlendemain. Mais, dans ce cas précis, l'écrasement avait provoqué des lésions neurologiques. Plus on laissait le nerf dans cet état, plus Bug risquait d'avoir des séquelles à long terme.

— Comment va-t-il ? demanda Violet à Beck qui était en train de l'ausculter.

— Bien. Son rythme cardiaque est toujours stable.

— Parfait.

Elle se dirigea vers le lavabo, se lava les mains et enfila des gants.

— Cela me désole d'avoir à l'amputer, mais sans cela les lésions risquent de lui provoquer des douleurs dans le dos.

— Sans queue, il ressemblera encore plus à ma Lolly, dit Beck en caressant le petit chien derrière l'oreille.

Violet approcha de la table et prit le scalpel.

— Lolly ?

— C'était ma chienne, quand j'étais petit. Je l'avais trouvée derrière une poubelle, près de l'université, en attendant que mon père sorte d'une réunion. J'avais sept ans. Elle devait en avoir deux ou trois. Elle avait la queue coupée et exactement les mêmes taches que Bug.

Violet se rappela que sa mère ne voulait pas entendre parler d'un chien à la maison.

— Et Toaster, où est-ce que tu l'as trouvée ?

— Elle était un peu trop dynamique pour son premier maître. Les border collies ne sont pas faits pour vivre dans des chenils. Dès qu'ils s'ennuient, ils détruisent tout ce qui leur tombe sous la patte. Et tes parents, ils participaient à des courses d'agility ?

La question la mit mal à l'aise. Elle avait vécu une drôle d'enfance, remplie d'événements dont elle s'était demandé, une fois adulte, jusqu'à quel point on pouvait les considérer comme normaux – les bagarres au sujet de son manteau, le fait qu'elle ait appris à grimper sur le réfrigérateur quand ses parents se disputaient, pour éviter de marcher sur le verre cassé, ou le jour où sa mère avait demandé à son père d'aller la chercher à la sortie de l'école, mais où il n'était jamais venu et avait juré qu'elle ne lui avait pas demandé de le faire. Ses parents avaient continué à hurler à ce sujet pendant des semaines, se souciant davantage d'avoir raison plutôt que de ce que leur fille avait pu ressentir, alors que tous les autres parents étaient venus récupérer les autres élèves et qu'elle était restée seule à attendre que quelqu'un vienne la chercher.

— Non. Ma mère ne voulait pas d'animaux à la maison. Tous les ans, je commandais un chiot à Noël. Jusqu'à ce que, quand j'avais treize ans, je trouve Yoshi au pied du sapin. Ma mère faisait la tête. Elle m'a dit qu'à la moindre bêtise elle le renverrait au chenil.

Elle se revit en larmes, tandis que ses parents se mettaient à crier. C'était son père qui lui avait offert le chien, mais pour de mauvaises raisons. Quant à sa mère, elle était insensible à ce que les autres pouvaient éprouver. Vi avait donc compris que tous les prétextes seraient bons pour qu'elle renvoie le chiot au chenil et qu'elle risquait de le perdre à n'importe quel moment. Malgré tout, cela avait été son plus beau Noël.

— Alors j'ai dressé mon chien pour qu'il ne fasse aucune bêtise, qu'il m'obéisse au doigt et à l'œil. Et je me suis rendu compte que j'adorais ça.

Elle sourit derrière son masque.

— Yoshi et moi avons gagné les championnats régionaux puis les nationaux juniors. Il est mort quand j'étais en dernière année à l'université. Mais cela faisait un moment qu'il ne faisait plus d'agility. Je faisais les compétitions avec Pebbles, à l'époque.

— Tu t'es mise à l'agility pour éviter que ta mère mette ton chien dehors ? demanda Beck, surpris.

— Elle avait besoin que tout soit sous contrôle, à l'époque. Elle a fait une dépression, il y a quatre ans, et était sous antidépresseurs. Mais elle va mieux, maintenant. Elle vit en Arizona, où elle a sa propre boutique de céramiques, et a rencontré un homme avec qui elle a l'air d'être vraiment heureuse.

Elle regrettait que sa mère n'ait pas réglé ses problèmes psychologiques plus tôt. Elle aurait tant voulu avoir une mère aimante et attentionnée. Bien qu'elle ait réussi à lui pardonner, elle savait que sa mère et elle ne seraient jamais très proches l'une de l'autre.

— Mon père n'est pas un saint, dans l'histoire. Jamais il n'a levé le petit doigt, à la maison. Et quand il m'a offert Yoshi, il savait pertinemment que ma mère ne voulait pas d'animaux.

Beck la regarda avec un mélange d'incrédulité et de compassion.

— Tes parents ne se disputaient pas beaucoup ? demanda-t-elle tout en scrutant l'os autour de la queue du chien.

— Non. C'était très rare. Je me souviens d'une fois, parce que mon père voulait m'inscrire au foot. Ou, du moins, parce qu'il en avait assez que je le supplie de m'y inscrire. Mais ma mère ne voulait pas. À ses yeux, le foot, comme tous les autres sports, était trop dangereux. Je crois qu'ils étaient tellement contents d'avoir enfin réussi à avoir un enfant qu'ils cherchaient à me protéger de tout ce qui pourrait me faire du mal. C'était un peu oppressant. Cela dit, je n'ai jamais eu à grimper sur le frigo pour éviter les bris de verre.

— Ils travaillaient tous les deux ? demanda-t-elle en procédant à l'amputation.

— Oui, ma mère était ingénieure, et mon père était archéologue. Il a participé à des fouilles près de la grande pyramide de Gizeh.

Beck vérifia le fonctionnement du masque à oxygène placé sur la gueule de Bug.

— Il avait des photos des fouilles dans son bureau. Il disait que c'était mieux en photo que dans la réalité et qu'il avait passé l'été à tamiser du sable, sans rien trouver d'intéressant.

— Tu as dû voir du pays, avec eux ! dit-elle, émerveillée.

Pour sa part, elle adorait voyager. À l'époque des compétitions d'agility, lorsqu'elle devait se rendre dans un autre État ou un autre pays, elle faisait en sorte d'y passer un peu de temps pour le visiter. Thomas n'y avait jamais vu aucun intérêt, et elle avait fini par arrêter.

Encore une partie d'elle-même à laquelle elle avait renoncé pour un homme qui, en fin de compte, n'était pas vraiment attaché à elle.

Elle posa les derniers points et nettoya la plaie refermée à l'aide d'une solution stérile.

— Non, répondit Beck. En fait, dès qu'ils se sont rencontrés, ils sont allés s'installer dans le Maine et n'ont plus bougé. Mon père passait son temps à dire que sa femme était la plus grande aventure de sa vie.

— C'est adorable !

Être aimée de manière aussi absolue, elle en avait rêvé toute sa vie.

— C'est surtout déprimant. Ils menaient une vie fantastique avant de se rencontrer, puis ils se sont trouvés, installés ensemble, et voilà. Ils auraient pu vivre plus intensément, dit-il avec un haussement d'épaules.

Elle s'écarta de la table d'examen et retira ses gants.

— Je l'emmène ? demanda-t-il.

— Oui. Est-ce la raison pour laquelle tu ne veux pas te marier jeune ? Pas avant… trente-cinq ans ? demanda-t-elle en lui adressant un clin d'œil amusé.

Elle alla se laver les mains au lavabo et revint près de Beck qui surveillait le réveil de Bug. Les animaux sortaient plus rapidement de l'anesthésie que les humains, mais restaient sonnés toute une journée, eux aussi.

— Je n'ai pas envie de passer à côté de choses intéressantes. Comme un week-end à Miami avec une femme super sexy qui veut rendre son ex jaloux.

Elle leva les yeux au ciel et sortit. Il fallait prévenir Nola que tout s'était bien passé. Son chien avait perdu sa queue, mais il serait bientôt de nouveau en pleine forme.

Elle avait aussi besoin de se retrouver seule quelques minutes. Loin d'elle l'idée de se remarier un jour. Elle aimait la vie qu'elle menait, avec son chien, dans sa maison de ville. Pourquoi, dans ce cas, éprouvait-elle un pincement de regret ? Parce que sa relation avec Beck était un leurre destiné à lui sauver la face devant son ex lors du mariage de Fiona. Ce n'était pas le début d'un nouveau chapitre de sa vie.

5

— Allez, Toaster ! lança Beck qui se remit à courir à côté de sa chienne, en essuyant la sueur qui perlait sur son front.

— Bravo ! c'est comme ça que je veux vous voir vous investir dans ce club ! cria Nancy, ravie, en se lançant à son tour dans la course avec Oliver.

Ils faisaient partie de l'équipe intermédiaire dans cette compétition régionale. Il aimait à dire qu'il était là pour préparer Toaster à gagner la compétition mais qu'il se fichait du prix.

Après le parcours, d'un geste de la main, il ordonna à Toaster de rester derrière lui.

Il s'efforçait de digérer les émotions qui l'avaient traversé la veille, lors de l'opération de Bug, et de remiser dans un coin de son cerveau tout ce qu'il éprouvait pour Vi. Mieux valait le faire avant qu'elle arrive. Elle avait promis qu'elle viendrait lui donner quelques conseils avant la compétition. En fait, il se fichait de ses conseils, tout ce qui l'intéressait, c'était de passer du temps avec elle.

Il avait un peu honte depuis qu'elle lui avait demandé si sa règle n° 1 avait un rapport avec le couple que formaient ses parents. Elle n'avait pas insisté, n'avait pas cherché à le convaincre que son rejet du mariage était infondé puisqu'il avait grandi avec des parents qui s'aimaient et s'entendaient bien.

Cela avait été le refrain de sa petite amie, à la fac. Ils étaient partis en week-end en amoureux pour fêter leur première année de relation et la fin des examens, et elle en était revenue furieuse parce qu'il n'avait pas saisi l'occasion pour lui faire une demande en mariage. Trois semaines plus tard, elle le quittait. Aux dernières nouvelles, elle vivait dans le Colorado avec son mari et leur nouveau-né. Il était content pour elle. Mais elle était la raison pour laquelle il s'était fixé cette règle n° 1. Mieux valait être honnête au sujet de ses attentes. Ainsi, personne ne souffrait. Et il menait la vie riche et aventureuse à laquelle ses parents avaient renoncé le jour où ils s'étaient dit oui.

Vi semblait le comprendre. Le problème, c'est que, pour la première fois, cette règle ne lui semblait plus aussi pertinente. Et qu'il ne comprenait pas vraiment pourquoi.

Cela lui passerait.

— Je veux qu'Oliver se dépasse, aujourd'hui. Il a été lent toute la semaine, dit Nancy en passant devant lui, Oliver trottinant à côté d'elle.

Beck ne répondit pas. Pour Nancy, tout était toujours trop lent. Le fait qu'Oliver ne soit plus tout jeune, qu'il ait fait le parcours tellement de fois que cela ne l'amusait peut-être plus n'était pas son problème. Certes, elle adorait son chien. Mais elle le poussait constamment, afin qu'il gagne des prix qu'il ne gagnait jamais.

— Beck !

C'était Violet, qui lui fit un signe de la main quand il la vit. Aussitôt, Nancy tourna la tête vers elle. Une invitée surprise s'apprêtait à assister à cette séance d'entraînement privée.

— Docteure Lockwood, dit-elle en allant à sa rencontre, Oliver sur les talons.

Vi salua Nancy et rejoignit Beck qui la prit par la taille et l'embrassa sur le front, sans se douter que même un contact aussi chaste provoquerait une telle réaction en lui.

Il était sérieusement épris de Violet. Le moindre contact avivait ses sentiments au lieu d'éteindre le feu qui l'embrasait.

— Il faut être membre du club pour assister aux entraînements..., dit Nancy.

— En tant que membre du club, j'ai le droit de parrainer quelqu'un pendant un mois, intervint-il.

Il avait étudié le règlement du club, le soir où Vi était venue, officiellement pour le pique-nique. Elle avait mis un terme à sa carrière de coach en agility ; loin de lui l'idée de la faire replonger dans cette vie qui appartenait désormais à son passé.

— Vous avez le droit de parrainer une personne qui vient avec son propre chien, Beck, rétorqua Nancy. Pas un coach. Je dois rester ferme sur ce point, sans quoi tout le monde va se mettre à faire n'importe quoi.

Nancy avait de la chance que Vi ne veuille pas monter son propre club, sans quoi elle devrait mettre la clé sous la porte.

— Je comprends, dit Violet en souriant.

Beck crut entrevoir dans ses yeux l'éclat qu'elle y avait le soir du karaoké. Celui d'une personne qui aime la compétition. Et qui a l'habitude de gagner. Nancy ne savait pas à qui elle avait affaire.

— Je suis allée sur votre site Internet, qui n'a pas été remis à jour. J'y ai trouvé que les coachs devaient payer la cotisation mensuelle plus une commission de 60 % sur chaque cours, poursuivit Violet en sortant son portable. Or, la norme du secteur est de 40 %.

— Tous les clients de la région sont ici. Ils sont déjà membres du club. Je suis sûre que les revenus de vos cours couvriraient votre cotisation. Vous êtes Violet Lockwood.

— Je confirme. Et, comme vous voyez, dit-elle en lui montrant son écran de téléphone, je me suis engagée comme coach avant de venir. Pour un an.

Nancy hoqueta de surprise et se ressaisit.

— Très bien. Dans ce cas... bienvenue. Je suis sûre que les cours que vous donnerez seront très profitables.

Nancy voyait déjà l'argent qui rentrerait sous peu dans les caisses du club.

— Au fait, j'ai déjà contacté l'équipe intermédiaire. Ils devraient être là d'une minute à l'autre.

— Vous allez faire une séance de coaching pour toute l'équipe ?

Nancy se mordit la lèvre. Beck eut le sentiment que si Vi et lui n'avaient pas été là, elle aurait sûrement regagné son bureau en dansant.

— Oui, et j'ai déjà discuté de mes tarifs avec eux, répondit-elle.

Nancy souriait du sourire un peu crispé qu'elle adressait aux personnes qui s'occupaient n'importe comment de leurs animaux familiers. Ce qui la mettait dans tous ses états.

Tim, Lisa et Grace entrèrent, accompagnés de leurs chiens en laisse, Pickle, Tuna et Posy. Violet connaissait pratiquement tous les chiens inscrits au club, pour les avoir soignés un jour ou l'autre au cabinet.

Leur sourire s'atténua légèrement lorsqu'ils virent Nancy.

— Bonjour, dit Violet. Je suis contente que vous ayez pu venir.

Tim caressa Pickle derrière les oreilles. Violet avait un jour soigné ce border collie qui avait mangé un bocal de cornichons que la fille de neuf ans de Tim avait égouttés et laissés traîner, pour une raison qu'elle n'avait pu expliquer à l'époque.

— Vous êtes sûre, pour le prix ? demanda Grace, dont le pitbull adorait l'agility et était incroyablement bien dressé.

— Tout à fait sûre. Il faut que vous alliez régler auprès de Nancy. Je vous attends près de la rampe.

Nancy ne cacha pas sa joie.

— Je suis heureuse que Violet Lockwood soit enfin coach chez nous.

— Tenez, dit Lisa en tendant un billet d'un dollar à Nancy.

— Qu'est-ce que c'est ?

— Le tarif de Violet. Un dollar la séance.

— Un... un dollar ? s'exclama Nancy en regardant les membres de l'équipe lui tendre un billet avant de rejoindre Violet sur le parcours.

Beck sortit un dollar de sa poche et le lui tendit à son tour.

Premier round pour Violet.

— Allez, tout le monde ! Un dernier tour, et on arrête, dit Violet en regardant les chiens et leurs maîtres courir sur le parcours.

Dans les compétitions d'agility, la vitesse était importante, mais plus importante encore était la capacité des chiens à écouter leur maître et uniquement leur maître. Il y avait beaucoup de bruit pendant les courses, beaucoup d'agitation et beaucoup d'odeurs. C'était un rêve pour les chiens et un cauchemar pour leurs maîtres.

Le groupe avait déjà fait la course deux fois, à part Nancy qui faisait courir Oliver pour la cinquième fois. Violet n'avait pas apprécié le ton sur lequel cette dernière lui avait parlé la première fois qu'elle était venue voir Beck au club.

Aussi, était-elle allée voir le site Internet du club, notamment le contrat réservé aux coachs, qui l'avait fait fulminer. Apparemment,

Nancy se plaignait qu'il n'y ait pas suffisamment de coachs au club, mais elle ne faisait rien pour leur donner envie de venir.

D'ailleurs, il y avait un club concurrent à une demi-heure de là, à New Port, où travaillaient deux coachs, dont l'un vivait à Bangor. Et où les tarifs étaient les tarifs conventionnés. Et où, quand le coach amenait lui-même un client, il gardait 80 % de la cotisation. Pour quelle raison renonceraient-ils à ces conditions pour venir travailler chez Nancy ?

Violet n'avait pas l'intention de reprendre le métier. Ce soir-là, c'était un service exceptionnel qu'elle faisait à l'équipe intermédiaire. Les régionales auraient lieu moins d'un mois plus tard, et si Tim, Lisa, Grace et Beck se fichaient de remporter un prix, il fallait au moins que l'équipe soit soudée, pour la sécurité et des chiens et des maîtres. De toute façon, ce qu'elle avait vu lors de la séance qu'elle venait de diriger suffisait pour la rassurer sur leurs capacités à concourir, voire à être bien classés. Le plaisir que prenaient les chiens à courir était un facteur primordial de leur succès.

— Ce que tu as fait là vaut beaucoup plus qu'un dollar, dit Beck en la rejoignant. Tu ne t'es jamais fait payer un dollar pendant toute ta carrière, je présume.

— Avant, mes tarifs étaient de cent dollars de l'heure.

— Cent ? C'est tout ? dit Beck sur un ton faussement choqué.

— On dirait mon ex. Il insistait pour que je me fasse payer plus cher. Il avait mis des photos de moi plein les réseaux sociaux en disant que c'était ma beauté qui attirait les clients.

Ce qui était une insulte à ses compétences. C'était malsain. Et exaspérant. Comme le fait qu'il exigeait qu'elle arrive maquillée et parfaitement coiffée au club. Avec le temps – et quelques séances de thérapie – elle avait fini par comprendre qu'il était plus attaché à l'image qu'il avait d'elle qu'à la personne qu'elle était dans le fond.

— On va boire un café ? suggéra Beck en souriant.

De nouveau, elle tomba sous le charme hypnotique de son sourire et de ses fossettes.

— Tu as passé un bon moment, malgré tout ? demanda-t-il en lui offrant son bras. Je sais que Bear n'a aucune envie de faire de l'agility, mais il me semble que toi, tu étais contente d'être là.

C'était un euphémisme. Elle avait *adoré* être là, voir les chiens s'en donner à cœur joie sur le parcours, voir le lien entre leur maître et eux s'approfondir, l'effort et le plaisir qu'ils en retiraient tous.

Mais tout cela appartenait à son passé. Elle était venue en partie pour faire passer un message à Nancy. En partie… De fait, elle s'était inscrite au club. Pour un an. Elle pourrait donc revenir aussi souvent qu'elle le souhaitait. Si elle le souhaitait.

6

Les derniers jours avaient passé vite. D'ici vingt-quatre heures, ils atterriraient à Miami. Étaient-ils prêts ? Le stratagème allait-il fonctionner ? Il était encore temps de tout annuler.

Beck et elle passaient du temps ensemble et s'étaient même embrassés, mais cela ne signifiait pas qu'ils étaient en couple. D'ailleurs, Beck ne l'avait pas embrassée depuis le soir du karaoké. Ce qui n'était pas un problème. Au contraire.

Qui essayes-tu de convaincre ?

Son téléphone se mit à vibrer. C'était un message de Fiona : une photo la montrant avec, dans une main, sa robe de mariée et, dans l'autre, une coupe de champagne. Un autre message arriva dans la foulée.

Il me tarde de rencontrer ton amoureux. Tu ne m'as même pas envoyé sa photo.

Le message se terminait par une émoticône fronçant les sourcils.

Violet leva la tête. Beck était devant l'ordinateur. Elle prit discrètement une photo de lui.

Des images de son mariage lui revinrent en mémoire. Thomas avait voulu faire les choses en grand. Le meilleur traiteur, le meilleur photographe. Ce qui était ironique, puisqu'il n'avait profité de rien de tout cela.

— Tu as l'air préoccupée.

La remarque de Beck la tira de ses souvenirs.

— Non. C'est Fiona qui m'envoyait un message. Elle veut une photo de toi. Je viens d'en prendre une, mais je ne la lui ai pas envoyée. J'ai l'impression d'avoir violé ton intimité.

— Fais voir, dit-il en se levant. Pas mal. Mais je pense que ce serait mieux de lui en envoyer une autre. De nous deux.

Il la prit par le cou et sourit à l'objectif.

— Fais voir... Elle est bien, non ? dit Beck avec enthousiasme.

Violet sentit son cœur battre plus fort en les voyant tous les deux, comme un vrai couple. Elle hocha la tête et envoya la photo à Fiona. Puis elle rangea son portable et reprit le cours de sa journée en s'efforçant de chasser de son esprit les pensées qui y tourbillonnaient.

— Est-ce que Pi a une infection cutanée ? demanda-t-elle, tout en étant à peu près certaine de la réponse.

— Non. Ni acariens, ni bactérie, ni champignon. Sa peau est tout à fait saine.

Ce qui signifiait que Pi s'arrachait les poils à cause d'un trouble obsessionnel compulsif. C'était une affection qui touchait tous les chiens, et plus couramment les chiens de travail.

— Margery t'a dit depuis quand Pi n'est plus dehors avec les vaches ?

Le bouvier australien avait cessé de veiller sur le troupeau plusieurs semaines auparavant, à cause d'une blessure à la patte.

Tous les chiens avaient une raison d'être. Celle de Bear était de dormir, de faire des câlins, de manger tout ce qu'il pouvait et de lâcher des pets aux moments les plus inopportuns. La mission d'un chien de troupeau était de garder les troupeaux. Certains arrêtaient de le faire parce qu'ils étaient trop vieux ou se blessaient. Alors ils s'adaptaient plus ou moins bien à la vie domestique. Souvent, ils se mettaient à garder non plus les vaches ou les moutons, mais les animaux domestiques ou les enfants de la maison. D'autres ne supportaient pas de rester enfermés sans travailler. Le problème était qu'il fallait encore plus de temps pour traiter les troubles psychologiques chez les animaux que chez les humains, qui, eux, étaient au moins doués de parole.

— Je vais aller lui parler.

Margery attendait dans une salle, où Pi faisait des allers et retours. La vieille femme se leva, le visage baigné de larmes.

— C'est un TOC, c'est ça ? dit-elle en s'essuyant les joues.

— Je crois, oui, répondit Violet.

— Pi s'est fait une entorse, il y a trois semaines. Il faut qu'il reste au repos, mais il a du mal. Si je le laisse aller s'occuper des vaches, il risque de se déchirer le tendon. Si je le laisse dans la maison, il ne se pose pas, il fait les cent pas du matin au soir, dit Margery en jetant un coup d'œil à son chien qui, comme pour illustrer son propos, allait et venait dans la pièce, sans s'arrêter.

On pouvait dresser un chien, mais on ne pouvait pas modifier les traits innés caractéristiques de sa race. Or, garder les troupeaux relevait de l'instinct chez les chiens de troupeau.

— Je pense que le mieux serait de lui donner une faible dose d'inhibiteurs sélectifs de la recapture de la sérotonine, dit Violet. Parfois, comme chez les humains, le cerveau a besoin d'aide. Avec cela, je suis sûre que ses symptômes disparaîtront dès qu'il sera de nouveau dehors avec les vaches. Si ce n'est pas le cas, reprenez rendez-vous avec le Dr Brown.

Margery hocha la tête, les yeux encore embués.

Elle actionna le clicker de dressage qu'elle avait dans la main. Le chien vint aussitôt s'asseoir à ses pieds et leva la tête vers elle. Il était très concentré. Probablement trop.

— Je vais vous donner une boîte d'ISRS, qu'il faudra lui donner pendant au moins six semaines. Sachez que les effets ne se feront pas sentir avant un mois.

— Si Pi n'est pas retourné avec les vaches d'ici là, je crois que nous allons devenir fous l'un et l'autre, dit Margery en caressant la tête de son chien.

— Je comprends.

Elle la salua et sortit de la pièce, laissant Beck prendre le relais. Elle l'entendit expliquer les effets du médicament et donner à Margery des trucs pour mieux gérer les chiens qui débordaient d'énergie.

Cet homme était fait pour travailler dans un cabinet vétérinaire.

— Tout va bien ? demanda Beck.

Il avait adoré poser avec Vi pour une photo de couple. De prétendu couple. Il ne fallait pas qu'il oublie que leur histoire n'était qu'un flirt et que, même s'ils s'étaient embrassés, il n'avait pas de raisons de se sentir pousser des ailes en regardant le selfie qu'elle avait envoyé à son amie Fiona.

— Oui, répondit Vi en scrutant l'écran de son téléphone, les sourcils froncés. C'est Fiona, qui dit que nous formons un beau couple.

Cela n'avait pas l'air de lui faire plaisir. C'était pourtant l'objectif qu'elle s'était fixé et qu'ils s'efforçaient d'atteindre ensemble.

Pourquoi avait-elle l'air contrariée ?

Et pourquoi était-il contrarié qu'elle le soit ?

— C'est ce que tu voulais, non ?

— Oui, mais ce n'est qu'une photo. Maintenant que le week-end arrive, je...

Elle s'interrompit et rougit.

— Tu as peur qu'elle s'aperçoive de la supercherie ?

— Oui, dit-elle, l'air soulagée de l'entendre mettre des mots sur ce qu'elle ressentait.

Curieusement, il avait toujours eu le sentiment de savoir ce qu'elle voulait dire. Et il était capable de terminer ses phrases. D'une manière générale, il était très à l'aise avec elle, contrairement à d'autres assistants du cabinet qui semblaient la trouver distante.

— Nous sommes sortis ensemble trois fois. On dit que c'est à partir de la quatrième qu'on sait qu'une relation commence à devenir sérieuse, dit-elle avant de ranger son portable.

Elle prit le dossier de leur prochain patient. C'était un chiot dont le maître, Billy, soutenait qu'il avait attrapé le parvovirus, une maladie souvent mortelle chez les chiots.

Par chance, le test s'était révélé négatif.

— Si nous voulons faire croire aux gens que nous sortons ensemble depuis six mois, il faut au moins que nous ayons un quatrième rendez-vous galant, tu ne crois pas ?

Il ne lui semblait pas qu'un quatrième rendez-vous fasse une grande différence, mais si Vi en était persuadée, autant mettre toutes les chances de leur côté. D'autant que l'idée de passer plus de temps avec elle le réjouissait.

— Comment allons-nous nous organiser pour demain matin ? demanda-t-il.

— Je ne sais pas. Il faut que nous soyons à l'aéroport très tôt.

L'avantage, c'est que nous pourrons presque y aller en sortant du cabinet.

C'était ce qu'il comptait faire : rester éveillé jusqu'à ce qu'ils embarquent, puis dormir dans l'avion.

— Dans ce cas, nous pourrons nous poser dans un café à l'aéroport et considérer que ce sera notre quatrième rendez-vous amoureux.

— Parfait. Nous pourrons parler de ce que nous attendons l'un et l'autre des relations et de l'avenir.

Par chance, Vi était penchée sur son dossier et ne vit pas sa réaction. Même s'il s'agissait d'une relation factice, le fait d'imaginer qu'elle devienne sérieuse lui donnait des sueurs froides. Il était évident que, contrairement à lui, Vi n'avait aucune intention de se marier. Elle croyait au mariage, même si elle ne le disait pas. Sans quoi elle n'aurait pas attendu son ex-futur mari à l'église et aurait compris, bien avant le jour du mariage, qu'il ne prenait pas leur relation au sérieux. Elle avait cru au conte de fées et peut-être y croyait-elle encore.

Lui ne se marierait pas. En revanche, il pourrait peut-être aider Vi à se préparer pour le jour où une opportunité sérieuse se présenterait à elle.

— Parfait, dit-il sur un ton un peu forcé. On se retrouve au café de l'aéroport à l'aube pour parler de nous.

— C'en est presque romantique, dit-elle avant de détourner le regard. Bien. La bonne nouvelle, c'est que Tofu n'a pas attrapé le parvovirus. La mauvaise, c'est que je ne sais pas pourquoi il est léthargique.

Elle croisa les bras et s'appuya contre la paillasse.

— Il n'a pas de sang dans les selles, pas de parasites et n'est pas totalement abattu non plus. Mais il vomit, a de la diarrhée, et c'était le plus petit de la portée. Sa mère s'est peu occupée de lui. La fille de Billy a enrichi son alimentation.

— Ah ? Qu'est-ce qu'elle lui donne ? demanda Beck, soudain suspicieux.

— Billy m'a dit qu'il avait acheté du lait spécial chiots. Pourquoi ?

— Quand j'étais à l'école vétérinaire, un chiot s'est présenté avec le même genre de troubles digestifs. Comme la mère n'avait pas beaucoup de lait pour sa portée de sept, son maître lui avait donné du lait de vache. Ce qui a provoqué de graves problèmes. Ses reins ont lâché avant que le vétérinaire comprenne ce qui se passait. Aux dernières nouvelles, il est guéri et se porte bien, maintenant, mais la situation a été critique pendant quelque temps.

Peut-être était-ce une fausse piste mais, dans le doute, mieux valait creuser pour en avoir le cœur net. D'autant qu'ils n'en avaient pas d'autres.

— Je vais lui poser la question, dit Vi en prenant la feuille des résultats.

Elle sortit de la pièce. Beck était toujours impressionné par sa faculté à dire la vérité aux maîtres, qu'elle soit positive ou négative. Il avait vu trop de personnes paniquer en attendant les résultats.

— Ce n'est pas le parvovirus, dit Vi en approchant de Billy.

Ce dernier hocha la tête, les yeux humides.

— Dans ce cas, qu'est-ce que c'est ?

— Est-ce que quelqu'un lui aurait donné du lait de vache, à tout hasard ?

— Du lait de vache ? Je ne sais pas.

— Je sais que la question peut paraître bizarre, dit Vi en lui adressant un sourire réconfortant. Mais la réponse est importante.

Billy sortit son portable et mit le haut-parleur, après avoir composé un numéro.

— Papa ? Tofu va bien ? Il a le parvovirus ?

— Non, Alex. Il n'a pas le parvovirus, mais la Dre Lockwood me demande s'il a pu boire du lait de vache.

— Du lait de vache ? Oh…

Le silence tomba. Vi, Beck et Bill échangèrent des regards entendus.

— Vous lui en avez donné beaucoup ? Plusieurs fois ? demanda Vi d'une voix douce.

— C'est parce que le lait pour les chiots était au garage, et j'étais en retard, dit la jeune fille avant d'éclater en sanglots.

— Alex ! s'exclama Billy.

Mais Vi l'arrêta d'un geste de la main. Ce n'était pas le moment de faire de la discipline et des sermons. Ils avaient besoin de réponses.

Regarder cette femme travailler était incroyable.

— Combien a-t-il bu de lait, Alex ? Il faut que nous le sachions précisément pour pouvoir le soigner.

— Je lui en ai donné tous les matins, depuis quatre jours. Mais le soir, je lui donnais du lait pour les chiots, dit-elle d'une voix chevrotante. Il… il va mourir ?

Les trois adultes répondirent non à l'unisson. Tofu leva la tête et remua la queue.

— Nous en parlerons calmement quand je rentrerai à la maison. Tofu va guérir, ne t'inquiète pas, ma chérie.

Il la salua et raccrocha.

— La bonne nouvelle, c'est que les troubles digestifs sont plus faciles à traiter que le parvovirus. Je vais lui prescrire de quoi apaiser son estomac. Il faut qu'il se repose. Prenez rendez-vous lundi ou mardi avec le Dr Brown. Et donnez-lui toute l'affection que vous pouvez.

— Merci, docteure.

— Bravo, Beck ! dit Violet une fois Bill parti. Jamais je n'aurais pensé au lait de vache.

— J'espère qu'Alex ne va pas être trop sévèrement punie.

— Elle a de la chance que son père ne se soit pas débarrassé du chien comme l'aurait fait ma mère, dit-elle avec un haussement d'épaules qui lui brisa le cœur.

Avait-elle conscience d'avoir grandi dans une famille dysfonctionnelle ? Parfois, il en doutait.

7

Debout derrière Violet, dans la file d'attente à la sécurité de l'aéroport, Beck ne put réprimer un bâillement. Le soleil ne se lèverait pas avant plusieurs heures. Il n'avait pas réussi à dormir la veille, et les urgences vétérinaires n'avaient pas désempli.

Il y avait eu Hemingway, le chiot avec des brûlures sur la queue et une intoxication par la fumée. Ben, le chat de la même maison, qu'on avait retrouvé une heure plus tard, avec des brûlures sur les coussinets. S'occuper d'eux avait pris des heures.

Mais il ne laisserait pas la fatigue entamer sa bonne humeur. Il avait décidé d'être enthousiaste et plein d'entrain pour son quatrième rendez-vous officiel avec Vi.

Lorsqu'ils purent enfin s'asseoir, Vi retira ses chaussures. Il sourit à la vue de ses chaussettes.

— J'ai trouvé un endroit où ils impriment tout ce qu'on veut sur des chaussettes, dit-elle.

— Tu voulais le portrait de Bear. Je comprends. Regarde.

Il retira ses chaussures. Vi regarda ses chaussettes, bouche bée.

— C'est Toaster ?

— Les grands esprits se rencontrent, dit-il en riant.

Quelles chances y avait-il qu'ils aient tous deux l'idée de faire imprimer leur chien sur leurs chaussettes ?

— Je n'en reviens pas que tu aies des chaussettes à l'effigie de Toaster !

— Pourquoi ? Tu as bien des chaussettes à l'effigie de Bear !

— J'en ai même trois paires.

Pour sa part, il s'était offert ces chaussettes à Noël.

Son père était mort quand il était en première année, à l'université. Sa mère l'avait suivi, deux ans plus tard – mais cela faisait longtemps alors qu'elle était sénile. C'était étrange de se retrouver sans parents si jeune. Il continuait à faire les biscuits préférés de son père et à remplir sa chaussette de Noël pour sa mère. C'était un moyen de rester en lien avec eux.

— C'est vrai, reprit-elle, mais je ne suis pas sûre que beaucoup d'hommes assumeraient de les porter ailleurs que chez eux.

Cette idée lui parut incongrue. Il était à peu près certain que plusieurs de ses amis pourraient porter en public des chaussettes à l'effigie de leur animal de compagnie. Ainsi, Marcus avait un sweat-shirt à capuche spécial pour transporter son chat qui avait du mal à supporter que son maître s'éloigne de lui. Ce qui lui permettait de vaquer à ses occupations... avec son chat.

Il jeta un coup d'œil vers le café. Il y avait une queue interminable, comme si tous les passagers du premier vol de la journée s'y étaient donné rendez-vous. Il n'y avait plus aucune place assise. Ils pourraient toujours emporter leur café jusqu'à la porte d'embarquement.

— Il y a un monde fou ! s'exclama Violet. C'est peut-être un message de l'univers pour que j'arrête la caféine et que je puisse dormir dans l'avion, même si je suis coincée sur le siège du milieu.

— Le siège du milieu ?

Après la nuit qu'ils avaient passée au cabinet, ils méritaient d'être confortablement installés pendant les quelques heures que durerait le voyage.

— Oui, il n'y avait pas d'autres places disponibles, à part deux places en première classe. Je n'avais pas vraiment le choix.

Elle bâilla.

— Excuse-moi, je ne suis pas une compagne de voyage très agréable, quand je manque de sommeil.

Il était 5 h 30. Ils avaient travaillé tard et avaient dû se rendre à l'aéroport à l'aube pour prendre un vol pour Miami avec une escale à Washington. Et Violet se reprochait de ne pas être au meilleur de sa forme...

Il se rapprocha d'elle et la prit par le cou.

— Tu es une compagne de voyage très agréable. Viens, allons nous asseoir près de la porte d'embarquement.

Elle posa la tête sur son épaule et poussa un léger soupir.

— Quelle nuit ! Mais aujourd'hui est un autre jour !

Une fois dans la salle d'attente de la porte d'embarquement, il posa ses affaires à côté des siennes et se dirigea vers le guichet. Le jeune homme posté derrière prit une profonde inspiration et plaqua un sourire sur son visage.

— Bonjour, monsieur. Qu'est-ce que je peux faire pour vous ?

Les gens ne se comportaient pas toujours bien à l'égard du personnel des aéroports. Lors de ses nombreux voyages, il avait vu des passagers s'en prendre aux hôtesses ou aux stewards qui essayaient simplement de faire leur travail.

— Je dois me rendre à Miami pour un mariage. Mon amie est témoin. Nous avons acheté nos billets séparément, et elle se retrouve avec le siège du milieu. Je voudrais savoir si nous pourrions changer de place.

— Je suis désolé, il n'y a plus de places, à part deux sièges en première.

— Il me reste des miles, et je me demandais s'il serait possible de les utiliser pour nous surclasser, ou surclasser au moins mon amie, si je n'en ai pas suffisamment pour nous deux. Elle est vétérinaire d'urgence et a travaillé toute la nuit. Je serais content si elle pouvait se reposer avant de retrouver ses amis pour le mariage.

Le steward jeta un coup d'œil à Violet.

— Cela ne vous dérange pas qu'elle ait un siège en première sans vous ?

Beck le regarda sans comprendre.

— Bien sûr que non. Je serais content qu'elle ait une place en première sans moi. Excusez-moi, je ne suis pas sûr de comprendre la question. Je suis un peu fatigué, moi aussi.

Le jeune homme sourit.

— Hier, j'ai eu un passager qui a pris la dernière place en première et a laissé sa femme et leurs deux enfants de six ans et trois mois en classe éco.

— Vous plaisantez, j'espère ! s'exclama Beck, horrifié.

— Non. Si vous saviez ce que je vois... Est-ce que je peux avoir vos deux noms, s'il vous plaît ?

Le steward tapa rapidement sur son clavier puis le regarda en souriant.

— Tenez, vous êtes tous les deux en première, à l'aller et au retour.

— Au retour aussi ? Mais je ne suis pas sûr d'avoir assez de miles pour les quatre trajets. Donnez-les à mon amie, plutôt.

Le steward secoua la tête.

— Je n'ai pas utilisé vos miles. Je suis habilité à surclasser des passagers pour différentes raisons. Et cela fait du bien de parler à quelqu'un de sympa, pour une fois. Je vous souhaite un bon voyage, monsieur.

— Merci, répondit Beck, incrédule et ravi.

Il se tourna et rejoignit Vi qui lui tendit l'écran de son portable.

— Quel tour de passe-passe as-tu fait pour que nous soyons en première ?

— Aucun. J'ai simplement demandé si je pouvais utiliser mes miles.

— Beck, tu as déjà fait beaucoup. Je ne peux pas te demander d'utiliser tes miles en plus.

Il passa le bras autour de ses épaules et l'embrassa sur le front. Pourquoi ne pouvait-il pas s'empêcher de la toucher ? Il avait l'habitude d'avoir des aventures. Il était sorti avec plusieurs femmes au cours des années qui venaient de s'écouler, avec qui il avait passé de bons moments pendant quelques mois. Mais jamais il n'avait eu envie de la proximité physique qui le poussait à embrasser ou à prendre Vi par le cou ou par la taille dès que l'occasion s'en présentait. Cela aurait au moins l'avantage de faire paraître leur relation naturelle aux yeux des amis de Vi.

— Tu ne m'as rien demandé, c'était mon initiative. Et, de toute façon, là n'est pas le problème. Le steward nous a surclassés sans utiliser mes miles, simplement parce qu'il m'a trouvé sympa et que ça le changeait des passagers agressifs et d'un goujat qu'il a eu hier.

Il consulta sa montre en se demandant s'ils avaient encore le temps de prendre un café. Puis Violet posa la tête sur son épaule, et son envie de caféine disparut.

— C'est un drôle d'endroit pour notre quatrième rendez-vous, dit-elle en bâillant.

— C'est vrai. Raconte-moi pourquoi tu as quitté le soleil de la Floride pour le rude climat du Maine. Tu n'as jamais eu de regrets ?

Il lui arrivait de regarder les annonces immobilières et d'imaginer qu'il pourrait vendre la maison de ses parents et s'acheter un nouvel endroit, à lui. Mais les souvenirs et les bons moments qu'il y avait vécus lui revenaient en mémoire, et il se ravisait. Il ne se sentait pas prêt. Pas encore, du moins.

— Non. Mais ne le dis pas à mes amis. Ils ne te croiront pas. L'idée qu'on puisse choisir le froid et la neige plutôt que le soleil et la plage les dépasse.

Curieusement, l'idée qu'elle n'ait pas envie de quitter Bangor le réjouit.

— Il ne fait pas mauvais tout le temps, précisa-t-il.

— Non, heureusement ! Il fait froid l'hiver, mais cela ne me dérange pas. C'est un temps pour hiberner, se reposer et rester au chaud avec les gens qu'on aime.

Elle se remit à bâiller.

— Je sens que je vais dormir, au moins pendant le vol pour Washington. C'est presque dommage que je ne profite pas davantage du service en première classe.

— Au contraire ! Nous allons pouvoir étendre les jambes. Nous dormirons mieux.

Elle leva la tête vers lui et lui sourit.

— Tu es parfait, dit-elle.

— Tant mieux, si cela me permet de faire bonne impression au mariage.

— Qu'est-ce que tu en penses ? dit Beck en sortant de la salle de bains de l'hôtel, vêtu d'un costume en lin beige et d'une chemise brun foncé.

Violet ne pouvait décemment pas répondre qu'il était beau à se damner et réprima le désir qui monta soudain en elle. Ils avaient dormi sur les deux vols mais, contrairement à elle, Beck semblait être incroyablement frais et dispos.

— Ce costume te va très bien, dit-elle d'un ton qu'elle espérait dégagé.

S'il portait aussi bien un costume en lin, elle n'osait imaginer à quoi il ressemblerait en smoking.

— Il faut que je sois à la hauteur, dit-il en la regardant de la tête aux pieds. Tu es magnifique. Absolument magnifique.

C'était la première fois qu'elle portait cette minirobe à fleurs à col montant et à manches longues, colorée et sexy.

Elle avait flashé sur elle dans la vitrine d'une jolie boutique du centre-ville et l'avait trouvée encore plus belle une fois sur elle, dans le miroir de la cabine d'essayage. Un an s'était écoulé avant qu'elle trouve une raison de la porter mais, à en juger par le regard de Beck en cet instant, l'achat en valait la peine.

— Merci, dit-elle.

Elle avait envoyé un selfie d'elle dans cette robe à Fiona. Le haut de la robe était assez sobre, mais elle était courte, et elle voulait s'assurer que cela plaisait à son amie. Laquelle lui avait répondu que si elle ne la portait pas le soir du dîner de répétition, elle le prendrait comme un affront personnel.

Beck lui tendit le bras. Ils devaient retrouver les autres invités dans le hall de l'hôtel pour prendre le bus spécialement affrété pour l'occasion, qui les emmènerait au musée des sciences de Miami.

Elle lui sourit. Elle était contente qu'il soit là avec elle. Certes, ils jouaient la comédie, mais il était vraiment de bonne compagnie. Il l'appelait Vi, et ils s'entendaient bien. Ils riaient beaucoup. Et il était prévenant et gentil, avec elle comme avec les gens.

Et puis... il embrassait comme un dieu.

D'ici quelques minutes, elle verrait l'homme avec qui elle avait cru autrefois qu'elle passerait le restant de ses jours – mais cette idée ne la stressait plus le moins du monde. Au bras de Beck, plus grand-chose ne la stressait.

Ses talons lui permettaient de l'embrasser sur la joue sans effort. Lui-même l'avait embrassée plusieurs fois sur le front. Et, curieusement, alors qu'ils jouaient la comédie, chacun de leurs contacts lui semblait tout à fait naturel.

Ce qui était un avantage, tant qu'ils seraient à Miami. Le week-end promettait d'être festif et joyeux. Ensuite, ils aviseraient.

Ils sortirent de la chambre et allèrent jusqu'au palier. Toutes les bonnes ondes dans lesquelles ils baignaient jusque-là parurent se volatiliser lorsqu'elle vit la jeune femme qui attendait l'ascenseur et qui lui ressemblait comme deux gouttes d'eau. Elle avait les cheveux légèrement plus clairs et les traits légèrement plus ronds, mais la ressemblance était frappante.

Elle portait une robe jaune au décolleté profond et un collier d'améthystes. Le même que celui que Thomas lui avait offert pour le premier anniversaire de leur relation.

C'était une rencontre pour le moins bizarre.

— Vous devez être Violet, dit la femme.

Violet sourit, reconnaissante à Beck de la tenir fermement par la taille. Il avait beau ne pas être au courant de tout, il était suffisamment sensible et intelligent pour comprendre ce qui se passait, quelles que soient les circonstances dans lesquelles il se trouvait.

— Oui. Mais je suis désolée, je ne connais pas votre prénom.

— Je suis Dove. Dove Lowerly.

— Enchantée, dit-elle, étonnée de ne pas être particulièrement mal à l'aise.

— Violet !

Elle avait parlé trop vite. Son corps se tendit soudain quand elle entendit la voix de celui qui avait failli être son mari. Sans lâcher sa taille, Beck la serra doucement contre lui.

Thomas approcha d'eux et se posta à côté de Dove.

— Bonjour, chérie, dit-il en déposant un baiser sur les lèvres de celle qui était désormais sa femme.

Un baiser rapide, sans tendresse.

Comme ceux qu'il déposait sur les lèvres de Violet quand il voulait faire comprendre aux gens qu'elle était avec lui. L'un des signes qui auraient dû l'alarmer, mais qu'elle avait ignorés, comme tant d'autres. À présent, il se comportait de la même manière avec Dove. Mais cette dernière ne parut pas dérangée par le geste possessif et dominateur de son mari.

L'ascenseur arriva enfin. Ils entrèrent dans la cabine. Beck la serra tendrement contre lui.

— Vous êtes ? demanda Thomas en posant sur Beck le même regard que celui qu'il posait sur ses concurrents, lors des compétitions d'agility.

C'était déplacé à l'époque, et cela l'était encore davantage dans les circonstances présentes.

— Beck Forester. Et vous ?

Thomas lâcha un petit rire sec.

— Vous savez qui je suis.

Beck pencha la tête, jeta un coup d'œil à Violet puis haussa les épaules.

— Non, je suis désolé. Pourquoi ? Je devrais ?

Violet réprima son envie de rire. Elle connaissait Thomas suffisamment pour savoir que son teint allait passer, en quelques secondes, de pâle à rouge vif. C'était une réaction qui le faisait enrager, mais qu'il n'avait jamais pu contrôler.

— Thomas Lowerly, répondit-il sèchement. Cela vous dit sans doute quelque chose.

Beck continua sur sa lancée.

— Désolé, cela ne me dit rien. Vous êtes des amis de Violet ? demanda-t-il en regardant alternativement Thomas et Dove.

La porte de l'ascenseur s'ouvrit avant que Thomas ait le temps de répondre quoi que ce soit. Jamais Violet n'aurait pu imaginer des retrouvailles aussi réussies avec son ex.

— Viens, je vais te présenter Fiona. Elle va t'adorer, dit-elle en l'embrassant brièvement sur la bouche, avant de sortir de la cabine.

Finalement, le week-end s'annonçait mieux qu'elle ne l'avait imaginé quelques semaines auparavant.

— Comment vous êtes-vous rencontrés ? demanda Thomas en croisant les bras.

Après le premier contact pénible dans l'ascenseur, Beck avait espéré que l'ex de Violet l'éviterait pour le reste du week-end. Mais ce ne fut pas le cas.

— Vi et moi travaillons ensemble.

— Vous avez l'air jeune pour un vétérinaire.

— Je ne suis pas vétérinaire. Je suis assistant spécialisé.

Il ignora le sourire suffisant de Thomas. Il était fier de la carrière qu'il avait choisie. Ses parents étaient bardés de diplômes universitaires, mais ils lui avaient souvent rappelé que cela signifiait seulement qu'ils avaient passé plus d'années sur les bancs de l'école, à se concentrer sur des sujets très précis. Pas que leurs titres les rendaient supérieurs aux autres.

— Vous n'êtes pas docteur en médecine vétérinaire, insista Thomas.

Mais Beck ne se laissa pas marcher sur les pieds.

— Vous êtes docteur, vous-même ? demanda-t-il en éprouvant un plaisir certain en voyant le sourire de Thomas s'évanouir brusquement.

— Non. Je suis coach. Et entrepreneur.

Il s'éclaircit la voix, mais la musique démarra. La répétition de mariage allait commencer. Violet était à l'avant de la procession, un bouquet de fleurs en papier dans les mains. Elle le chercha du regard. Puis elle lui sourit et lui adressa un clin d'œil provoquant.

— Elle refait du coaching en agility, à Bangor ? demanda Thomas.

Beck faillit ignorer sa question mais se ravisa, sentant l'homme capable de faire une scène. Or, la soirée était consacrée à Fiona et à son fiancé. Pas aux règlements de compte de leurs invités.

— Non. Elle est vétérinaire urgentiste.

Il jeta un coup d'œil autour de lui, dans l'espoir de trouver une chaise libre ailleurs, en vain. Par chance, son voisin cessa de lui poser des questions pendant le reste de la cérémonie.

Il n'avait aucune intention de faire ami-ami avec lui. Il était là pour Vi. Pour qu'elle passe un bon week-end. Alors il n'adresserait la parole à son ex que s'il ne pouvait faire autrement.

— Cet endroit est magnifique ! dit Violet, écarquillant les yeux devant l'aquarium empli de méduses.

— C'est la première fois que j'assiste à un mariage dans un musée.

Lorsque le bus s'était arrêté devant le musée des sciences, Beck avait cherché des yeux un restaurant ou un hôtel susceptible de contenir une salle de réception, mais les fiancés avaient prévu de se marier sous l'oculus d'un aquarium contenant des requins et une foule de poissons colorés. La réception aurait ensuite lieu dans Les Profondeurs, une salle pleine d'aquariums et de hublots.

C'était unique et merveilleux. Et vivre tout cela avec Vi rendait le moment encore plus magique.

— Fiona a un diplôme de médecine subaquatique, et Patrick est biologiste marin spécialisé dans la protection de la biodiversité. Ils se sont bien trouvés. Regarde, dit Vi en lui tendant le bouquet de fleurs en papier qu'elle tenait la veille.

Beck l'examina de près.

— Mais ce sont…

— Oui, Fiona a pris les brochures que le public a jetées dans la corbeille de recyclage et en a fait des bouquets. Nous sommes censées les lui rendre afin qu'elle les recycle.

— Quelle bonne idée !

C'était une façon originale de se marier. Ses quelques amis qu'il avait vus se dire oui menaient une vie de couple tranquille. Certains attendaient même des enfants. Ils semblaient heureux, mais lui-même n'était pas prêt à se caser. Il n'était pas prêt à s'arrêter de courir le monde, comme l'avaient fait ses parents dès qu'ils étaient passés devant le maire. C'était comme s'ils avaient clos un chapitre de leur vie. Un chapitre qu'il n'avait pas envie de refermer.

— Maintenant, on va dîner et danser. Tu es partant ? demanda-t-elle en lui donnant un petit coup de hanche, comme elle le faisait parfois, sans y penser.

Il adorait cela. Il l'attira à lui et laissa ses lèvres effleurer les siennes. Il était censé être son petit ami, après tout.

— Avec toi, je suis partant pour tout.

Il vit ses joues rosir. Elle détourna le regard puis le fixa droit dans les yeux.

— Tout, cela fait beaucoup.

— Je sais. Mais j'assume.

— Vi est radieuse. Je ne l'avais pas vue aussi épanouie depuis… Jamais, en fait, dit Fiona en tendant une coupe de champagne à Beck.

— Normalement, c'est ce qu'on dit à la mariée. Toi aussi, tu es radieuse, répondit-il. Félicitations !

Il leva son verre et le porta à ses lèvres.

— Merci. Mais je ne parlais pas de moi.

Sans le quitter des yeux, elle but une gorgée de champagne.

— En fait, j'ai envie de profiter du fait que Violet est aux toilettes pour que tu me parles de toi.

Il eut un petit rire nerveux.

— C'est là que tu me dis que si je lui fais du mal, tu me le feras payer ?

— Pourquoi ? As-tu l'intention de lui faire du mal ?

— Bien sûr que non ! s'exclama-t-il, peut-être un peu trop vite.

Il avait suggéré à Vi de jouer son petit ami, mais ne lui avait proposé qu'un flirt. Peu importait. En tout cas, il n'avait aucune intention de lui faire du mal. Il voulait seulement qu'ils passent du bon temps ensemble.

— Tant mieux, se contenta de répondre Fiona.

Elle ne demanda pas comment ils s'étaient rencontrés, ni depuis combien de temps ils sortaient ensemble. Il eut le pressentiment qu'elle savait exactement de quoi il retournait.

— Fiona ! dit Violet en les rejoignant, tout sourire. Tu tiens compagnie à Beck ?

— Oui, nous faisions connaissance, répondit Fiona.

Elle se pencha et embrassa Violet sur la joue.

— Je vais voir mes autres invités. Il faut aller danser, maintenant. Comment se fait-il que tu ne sois pas encore sur la piste, Violet, toi qui adores danser ?

— C'est vrai ? s'exclama Beck.

Il regretta aussitôt ses paroles.

— Bien sûr que c'est vrai ! dit Fiona en riant.

Puis elle secoua la tête et s'éloigna.

— Je suis désolé. J'ai l'impression qu'elle ne croit pas un mot de notre histoire.

— Moi non plus, mais peu importe, répondit Vi. Je suis contente que tu sois venu, que les gens y croient ou non.

Il posa sa coupe sur une table et lui tendit la main.

— On va danser ?

Elle lui répondit par un immense sourire et glissa la main dans la sienne. Ils se frayèrent un chemin jusqu'à la piste puis se retrouvèrent face à face. Vi se trémoussait déjà au rythme de la musique.

Tout était plongé dans la lumière bleutée des aquariums. Il n'y avait qu'eux sur la piste de danse et, de toute façon, Beck n'avait d'yeux que pour elle.

Il fit son possible pour suivre le rythme, mais il lui était difficile voire impossible de se concentrer alors qu'elle se déhanchait devant lui. Finalement, elle fit de grands signes à ses amis pour qu'ils les rejoignent. Puis Beck oublia tout, en dehors de la présence de Vi, de leurs corps bougeant l'un face à l'autre, de la cadence de la musique et de la joie profonde qui l'envahissait.

Au bout d'un moment, le DJ mit un slow et prit le micro.

— Bonsoir à tous. Merci d'être venus à cette soirée de répétition du mariage de Fiona et Patrick qui aura lieu demain. Je serai là pour vous faire danser, comme ce soir. Mais pour l'heure, voici la dernière chanson, qui n'aurait pas pu être autre chose qu'une chanson d'amour… Bonne nuit à tous.

Les couples présents sur la piste ralentirent. Beck ne se fit pas prier et prit Vi par la taille. Elle se rapprocha et posa la tête sur son épaule. Il ne put s'empêcher de l'embrasser sur le front.

— Merci d'avoir dansé avec moi, lui dit-elle à l'oreille.

Il y avait une note de tristesse dans sa voix. Il remarqua qu'il n'avait pas vu Thomas une seule fois sur la piste et comprit que Vi avait peut-être perdu l'habitude qu'on l'invite à danser.

— C'était un plaisir. Je danserai avec toi quand tu voudras.

Serait-il en mesure de tenir cette promesse ? Quand ils rentreraient à Bangor… Il ne serait pas contre le fait qu'ils continuent à se voir. À sortir ensemble, de temps en temps.

La musique s'arrêta. Sur la piste, les couples demeurèrent enlacés un moment. Ce qui lui donna une bonne excuse pour ne pas lâcher Vi.

— L'heure d'aller se coucher est arrivée, dit Vi. Le bus doit être là, dit-elle en se détachant de lui.

Elle glissa la main dans la sienne lorsqu'ils suivirent le groupe vers la sortie.

— J'ai passé une très bonne soirée, dit-il alors qu'ils s'apprêtaient à monter dans le bus.

— Même si mes copains de fac t'ont menacé ? dit-elle en riant.

— Fiona ne m'a pas vraiment menacé. Pas ouvertement, du moins.

Il s'assit à côté de Violet qui se serra contre lui.

— Ce qui est parfois plus préoccupant qu'ouvertement, dit-elle en souriant.

Elle avait raison.

8

Violet retira ses escarpins dès qu'elle entra dans la chambre et grimaça en remuant les orteils.

— Je suis contente de marcher tous les jours avec des sandales orthopédiques au cabinet plutôt qu'avec des talons.

La soirée avait été parfaite. Elle n'aurait pas pu trouver meilleur petit ami que Beck. Il avait été là pour elle, présent, loyal, fiable. Même lors de la rencontre dans l'ascenseur avec Thomas et sa femme. Même sur la piste de danse.

Elle avait vu le photographe prendre quelques clichés d'eux. Il faudrait qu'elle demande à Fiona de lui en envoyer un ou deux. Sa relation avec Beck n'était pas censée se prolonger, mais Violet serait contente d'en garder une trace. Elle se sentait vivante en sa compagnie.

Thomas, lui, n'avait pas dansé. Il ne dansait jamais. Il disait qu'il dansait comme un pied. En réalité, il ne supportait pas qu'on le voie faire quelque chose qu'il ne maîtrisait pas bien. Dove était restée gentiment à côté de lui toute la soirée. Violet espérait qu'elle était heureuse avec lui.

Elle se réjouissait surtout de ne pas être à sa place, de ne pas avoir eu à passer la soirée assise à côté de lui, à regarder les autres danser.

— Viens, je vais te masser les pieds, dit Beck en enlevant sa veste et sa cravate.

Elle s'approcha de lui et l'embrassa sur la joue. Pourquoi ne pouvait-elle s'empêcher de le toucher – même si les contacts entre eux restaient platoniques, bien loin de ce que son corps désirait en réalité.

Ils s'étaient embrassés une fois, après le karaoké. Depuis, plus rien. Du moins presque plus rien. Le moindre contact, si minime soit-il, lui faisait du bien, mais pour être honnête cela ne lui suffisait pas.

— Je vais prendre une douche, dit-elle en sortant un T-shirt et un legging, vêtements qu'elle avait volontairement choisis parce qu'ils n'étaient pas sexy, pensant que cela l'aiderait à maîtriser ses pensées et ses pulsions.

Car si Beck était attentionné, drôle et le compagnon idéal pour assister à un mariage, il était aussi incroyablement gâté par la nature et sexy en diable. Et s'il embrassait comme un dieu, comment faisait-il l'amour ?

Elle prit une profonde inspiration et s'efforça de chasser ces pensées de son esprit. Ils avaient probablement eu l'air d'un vrai couple et avaient passé une bonne soirée. Le marché s'arrêtait là.

Lorsqu'elle sortit de la salle de bains, la vue de Beck allongé sur le lit lui coupa le souffle. Pourquoi avait-elle insisté pour qu'ils partagent le même lit quand il avait suggéré qu'il dorme sur le canapé, arguant qu'ils étaient suffisamment adultes pour dormir l'un à côté de l'autre sans ambiguïté ?

À présent, en voyant Beck allongé en débardeur blanc et pantalon fluide bleu marine, un livre à la main, tel un mannequin dans une pub pour des sous-vêtements, elle se demandait comment elle allait pouvoir résister. En la voyant, il posa son livre et s'assit, souriant.

— Viens, dit-il en tapotant le lit à côté de lui.

Elle sentit ses jambes flageoler.

— Tu as de la crème ou de l'huile de massage ? ajouta-t-il.

— Beck, je...

— Ne proteste pas. Tu as passé la soirée dans des talons aiguilles. Laisse-moi prendre soin de toi.

« Prendre soin de toi. »

Elle essaya de se rappeler quand un homme avait pris soin d'elle, mais aucun exemple ne lui vint à l'esprit. Certes, il lui était arrivé de demander un service à Thomas ou à ses autres petits amis avant lui, mais aucun d'entre eux n'avait réellement pris soin d'elle. Thomas avait même tendance à faire en sorte qu'elle n'ait plus envie de lui demander de l'aide.

— Merci, dit-elle en s'installant.

Elle sentit la chaleur de ses cuisses en dépit des deux épaisseurs de tissu qui les séparaient. Il fit couler un peu de crème dans sa main.

— Elle sent bon ! s'exclama-t-il en prenant son pied droit entre les mains.

— Ooooh ! s'entendit-elle dire.

Un cri de plaisir pur, alors qu'elle avait l'intention de répondre au sujet du parfum de la crème pour le corps. Mais les mots s'étaient évanouis dès qu'il s'était mis à lui masser le pied.

Au bout de quelques minutes, il changea de position et s'agenouilla par terre.

— Les dernières années, ma mère souffrait de douleurs névralgiques aux pieds. Elle était atteinte de démence et ne reconnaissait plus les gens. Elle ne se rappelait pas que j'étais son fils. Par contre, elle savait que je lui voulais du bien et me laissait lui masser les pieds. Cela la calmait et atténuait ses douleurs quand elle marchait.

— Elle a eu de la chance d'avoir un fils comme toi.

— Elle m'a eu tard. Un an après la mort de mon père, elle a dû aller vivre dans une résidence médicalisée. Je pense souvent à mes parents et j'espère qu'ils s'éclatent bien, de l'autre côté. Peut-être qu'ils se sont remis à voyager. Dans tout l'univers.

Derrière la nostalgie, elle perçut le sentiment positif d'avoir eu des parents aimants et présents.

Elle n'avait pas eu de bonnes relations avec ses parents. Sa mère avait fait une demande de divorce dès qu'elle avait quitté la maison pour aller faire ses études. Violet avait grandi avec le sentiment que sa mère et son père la tenaient pour responsable de tout ce qui n'allait pas dans leur vie. Ils la voyaient peut-être comme le symbole des décennies de vie qu'ils avaient vécues avec un partenaire qu'ils détestaient. À choisir, elle aurait préféré avoir deux maisons plutôt que de supporter la violence dans laquelle elle avait vécu sous un seul et même toit.

Ils demeurèrent un moment silencieux, puis Beck rompit le silence.

— Je commence à avoir mal aux mains. Comment te sens-tu ?

— Je suis désolée, je n'ai pas vu le temps passer.

Elle s'étira et remua les orteils.

— C'est merveilleux, merci.

Il se leva et se dirigea vers la salle de bains. Quand il en revint, il sentait le dentifrice.

— Donne-moi ta main, dit-elle.

Fiona avait suivi un cours de massages thérapeutiques à l'université, et talons aiguille Violet l'avait vue à l'œuvre suffisamment pour en apprendre quelques rudiments. C'était dans les mains et les épaules que les tensions s'accumulaient le plus souvent.

— Oh ! Je ne suis donc pas le seul à avoir des talents cachés ! s'exclama Beck.

— Tu n'as pas marché dans des talons aiguilles, mais la journée a été longue pour toi aussi.

Beck la dévisagea et prit ses mains dans les siennes.

— Vi...

La chambre d'hôtel était spacieuse, mais Violet eut l'impression, à cet instant, de ne pas pouvoir échapper au regard captivant de Beck.

Cela dit, elle n'avait envie d'être nulle part ailleurs.

— Beck...

Elle aimait prononcer son prénom. Elle se pencha sans être tout à fait consciente de ce qu'elle était sur le point de faire. Leurs lèvres s'effleurèrent, et tout le reste disparut.

Vi était en train de l'embrasser. Sans raison. Il n'y avait personne dans la pièce, ni son ex ni ses amis. Personne à convaincre, aucun message à faire passer.

Il n'y avait qu'eux. Vi et Beck.

C'était le paradis. Un moment de perfection. Leur moment de perfection.

Il prit son visage entre les mains. Il avait besoin de la sentir plus près de lui. Elle se rapprocha et passa les jambes autour de sa taille.

Le paradis.

Son T-shirt en coton lui brûlait la peau. Il ne rêvait que de se déshabiller, de la déshabiller et de se perdre en elle toute la nuit.

Vi était la femme la plus belle, la plus adorable, la plus drôle qu'il ait jamais connue. Il était prêt à se priver de quelques heures de sommeil pour adorer son corps. Cela dit, Vi était témoin au mariage, et elle aurait des responsabilités à assumer le lendemain.

— Vi..., dit-il en écartant son visage du sien.

Elle le regarda et sourit avant de se remettre à l'embrasser.

— Vi... Il faut que tu sois en forme demain.

Elle se colla contre lui. Elle ne pouvait ignorer à quel point il la désirait.

— Justement. Il faut que je me détende.

— Tu es sûre ?

— Mmm..., dit-elle en se remettant à l'embrasser.

— Dans ce cas, je peux t'y aider.

Il fit glisser la main le long de son dos.

— Mais pour notre première fois, poursuivit-il, je n'ai pas envie de bâcler. Je veux que nous prenions notre temps.

Elle jeta un coup d'œil au réveil. Il était déjà tard.

— Demain ?

— D'accord. Demain. Mais pour l'instant...

Il l'aida à poser la tête sur l'oreiller.

— Tu vas me border ? demanda-t-elle en riant.

Il se mit à déposer des baisers sur son cou, lentement. Puis il glissa la main sous l'élastique de son legging et se mit à la caresser à travers la soie de sa culotte. Il mourait d'envie de la voir nue, mais s'il la déshabillait maintenant, il perdait le peu de contrôle qu'il parvenait à garder sur lui-même.

Les petits gémissements qu'elle poussa risquaient de le rendre fou. Il se passa la langue sur les lèvres et glissa la main entre ses cuisses.

Les gémissements se firent plus forts à mesure qu'il la caressait, ajustant la pression de son pouce en fonction des soupirs qu'elle poussait. Puis il introduisit un doigt en elle, sans cesser les mouvements de son pouce, jusqu'à ce qu'elle jouisse.

Elle ne détourna pas le regard quand il retira la main de sa culotte. Ils n'avaient retiré leurs vêtements ni l'un ni l'autre, et pourtant il n'avait jamais été aussi excité de sa vie.

Demain...

Il s'allongea près d'elle.

— Beck..., dit-elle dans un soupir.

Il la prit dans ses bras et la serra contre lui.

— Bonne nuit, Vi.

Il déposa un baiser sur son front et la garda contre lui jusqu'à ce qu'elle s'endorme.

Le paradis.

Violet se réveilla dans les bras de Beck. Il somnolait à côté d'elle, mais elle était tout à fait consciente de son sexe tendu contre sa cuisse. Malheureusement, ils n'avaient pas le temps de faire quoi que ce soit pour le soulager. Les mariés et leurs familles et amis respectifs se retrouvaient pour le petit déjeuner, après quoi la mariée et ses témoins et demoiselles d'honneur iraient s'apprêter dans la suite de Fiona en buvant du champagne.

— Quel buffet ! s'exclama-t-elle quand ils arrivèrent dans la salle préparée pour le petit déjeuner.

Le ton de sa voix lui parut un peu affecté, après la nuit qu'ils avaient passée. Mais que dire après avoir eu le plus bel orgasme de sa vie sans même avoir retiré sa culotte ?

— Tu as faim ? demanda Beck avec une lueur dans le regard.

— Je suis affamée.

Mais c'était de lui qu'elle avait envie. Elle se sentit rougir et détourna le regard. Ils se servirent et allèrent s'asseoir à l'une des tables de quatre.

— Sais-tu déjà ce que tu vas faire, pendant que je vais me faire pomponner ? demanda-t-elle.

— Pas vraiment. Je voulais demander au concierge ce qu'il y a à faire autour du musée.

— Tu m'enverras des photos ?

Elle n'aurait, de son côté, pas le temps de jouer les touristes. La ville avait dû changer depuis qu'elle en était partie, dix ans auparavant.

— Avec plaisir.

— Violet !

Le ton abrupt de Thomas lui fit l'effet d'une douche froide. Et quand Dove et lui posèrent leurs assiettes à leur table, elle ne se donna pas la peine de sourire.

— Thomas, il y a des chaises libres ailleurs, se permit-elle même de dire.

— Nous sommes très bien ici, rétorqua-t-il en dépliant sa serviette sur ses cuisses.

Les convives de la table voisine se retournèrent, et elle sentit le rouge lui monter de nouveau aux joues. Combien de fois l'avait-il mise mal à l'aise dans sa vie ? Trop, sans doute.

Dove n'osa pas croiser son regard et se concentra sur le contenu de son assiette. La situation était des plus bizarres.

Beck tourna la tête vers elle, un sourcil levé. Si elle lui avait demandé de faire une scène, il l'aurait faite pour elle. Mais c'était le mariage de Fiona, et elle ne voulait pas que les gens passent le reste du week-end à jaser sur ce qui s'était passé au petit déjeuner. C'était d'ailleurs la raison majeure de la présence de Beck à Miami.

— Je voulais te parler, poursuivit Thomas.

Beck posa la main sur sa cuisse. Au moins cette fois avait-elle un allié dans l'histoire.

— Nous sommes ici pour célébrer le mariage de Fiona et Patrick. Je ne vois pas de quoi nous pourrions parler, après toutes ces années.

— Je veux les royalties de notre livre, dit-il avec sa rudesse habituelle. Tu n'es plus coach. C'est lui qui me l'a dit.

Il pointa le bout de sa fourchette vers Beck.

Elle n'était plus coach et n'avait pas pensé le redevenir jusqu'à ce qu'elle fasse plus ample connaissance avec Beck et les gens de son club d'agility. Mais cela n'avait pas de rapport avec le fait qu'elle ait écrit le livre. Thomas figurait dans les crédits, mais sa seule contribution avait consisté à lui taper sur les nerfs pendant la rédaction.

— Vi *est* coach, intervint Beck. Mais ce n'était pas à moi de vous raconter sa vie.

Il poussa un énorme soupir et ajouta :

— Ce qu'elle fait depuis que vous l'avez plantée à l'église ne vous regarde pas. Comme vous, elle est passée à autre chose.

Thomas écarquilla les yeux. Violet posa la main sur la joue de Beck.

— Merci.

— Alors tu es toujours coach ?

— Elle entraîne mon équipe. La première séance a été incroyable. Grâce à Vi, cela ne m'étonnerait pas que nous soyons classés aux régionales, dit Beck sans la quitter du regard.

Thomas eut un petit ricanement sec.

— Tu entraînes l'équipe d'un petit club, cela ne signifie pas que tu sois coach à plein temps. Je pourrais intenter un procès contre toi. Et faire comprendre au juge que c'est moi qui ai écrit le livre et que je t'ai laissée le signer parce que nous étions ensemble à l'époque.

La menace ne lui fit aucun effet.

La maison d'édition avait insisté pour qu'ils signent deux contrats distincts, puisqu'ils n'étaient pas officiellement mariés. Sur le moment, elle ne s'était pas rendu compte des implications de cette mesure. Après le départ de Thomas, elle avait fait relire son contrat par un avocat, au cas où ce genre d'idée traverse l'esprit malhonnête de son ex.

Il n'avait aucun moyen de la poursuivre en justice, et s'il s'y risquait, il perdrait et aurait à lui payer les frais judiciaires. En revanche...

— Je te rappelle que tu es parti avec la nappe de ma grand-mère. Comment peux-tu imaginer que j'aie envie de faire quelque chose pour toi ?

L'idée que Thomas utilise la nappe que sa grand-mère avait brodée pour elle tout en niant le faire en disait long sur sa déloyauté. Nana n'avait pas vécu suffisamment longtemps pour voir Violet attendre à l'église son futur mari qui n'était jamais venu. C'était peut-être un bien, car elle l'aurait sans doute retrouvé pour lui faire sa fête.

— Je n'ai pas la nappe de ta grand-mère.

— J'ai la preuve que si. Regarde, dit-elle en lui tendant son portable. C'est une photo que ta mère a prise à Noël dernier.

Elle vit Dove écarquiller les yeux, mais celle-ci demeura silencieuse. Après tout, cela ne la concernait qu'indirectement.

Thomas scruta l'écran, soupira et but une longue gorgée de café, sans la quitter des yeux. Ce qui l'aurait fait ployer, à une époque. Mais à présent, son arrogance lui donna simplement envie de se redresser et de soutenir son regard, sans flancher.

— De toute façon, je te parle du livre, pas de cette nappe.

Le livre ne rapportait plus énormément de royalties. Le moment était peut-être venu d'en écrire un autre, sans y associer le nom de Thomas. Elle avait laissé tomber l'idée d'un deuxième tome du *Guide du coach en agility* quand Thomas était sorti de sa vie. Mais l'idée lui parut soudain séduisante. Elle avait encore beaucoup de choses à dire et n'avait pas pu tout inclure dans le premier livre.

Thomas se leva, mais sursauta quand Beck se pencha vers lui.

— En signe de bonne volonté, je pense que vous devriez rendre sa nappe à Vi. Il ne faudrait pas que le fait que vous lui ayez volé la nappe de sa grand-mère fasse le tour des réseaux sociaux. Violet est une personne très appréciée, dans ce milieu. Je suis sûr que les gens seraient choqués.

— Qui vous dit qu'elle est appréciée ? demanda Thomas, de plus en plus hargneux.

Vi pencha la tête et imagina ses doigts se resserrer autour de son vilain cou de poulet.

— Sa réputation la précède partout où elle se rend. Parce que c'est la meilleure.

Beck la regarda en souriant, avant de déposer un baiser sur ses lèvres. Thomas devait comprendre qu'il n'était plus rien dans sa vie. En général, elle n'avait pas besoin qu'un homme la protège ou prenne sa défense, mais de la part de Beck c'était à la fois bienvenu et agréable.

9

— Où as-tu appris à danser ? demanda Beck, qui n'avait pas honte d'admettre qu'il n'était vraiment pas à la hauteur.

Par chance, Vi ne semblait pas gênée par ses mouvements bizarres. Et elle avait une aptitude innée pour esquiver ses pieds quand ils s'approchaient un peu trop près des siens.

Elle se mit à rire et fit un tour avant de se retrouver de nouveau dans ses bras.

— J'ai pris des cours alors que je m'étais inscrite par erreur.

La musique pop s'arrêta, et le DJ mit un slow. Enfin. Beck attira Vi contre lui, heureux de pouvoir recouvrer son souffle. Ils étaient sur la piste de danse depuis que les jeunes mariés avaient ouvert le bal. Et il pressentait qu'ils seraient les derniers à partir.

— Comment peut-on s'inscrire à un cours de danse par erreur ?

Il avait pris des tas de cours dans sa vie. Il avait attendu la mort de ses parents pour s'initier à des sports extrêmes comme le parachutisme, la plongée sous-marine, le deltaplane... Tout ce qui l'attirait et lui fouettait le sang. Mais jamais il ne s'était inscrit par erreur.

Vi avait posé la tête contre son épaule.

— Je voulais prendre des cours de vitrail, mais j'ai interverti les chiffres du code et je me suis retrouvée dans un cours de danse jazz pour débutants.

Beck l'attira contre lui et laissa la main parcourir son dos. Vi portait une robe bleu marine au décolleté arrondi plutôt sobre. Mais quand il l'avait vue, de dos, avancer dans l'église, il en avait eu le souffle coupé. Le décolleté descendait jusqu'au-dessus de ses fesses parfaites. De son collier, une perle tombait au milieu de son dos. C'était une robe à la fois très chic et très sexy.

— Je n'ai jamais appris le vitrail. Par contre, à partir de là, j'ai assisté à tous les cours de danse que j'ai pu caser dans mon emploi du temps. Au point que, à l'université, j'ai suivi un double cursus en biologie et en danse.

— Tu n'as jamais pris des cours à Bangor ?

Il n'y connaissait pas grand-chose en danse, mais il était allé voir des spectacles de danse. Le fils de son ami Marcus avait pris des cours de claquettes. Il avait failli ne pas participer au spectacle parce que ses camarades, à l'école, se moquaient de lui. Alors Marcus avait demandé à ses amis à lui de s'asseoir au premier rang et de l'encourager.

Et depuis un an, son fils prenait des cours de danse moderne, et son groupe de soutien était là pour l'encourager. C'était drôle. Il faudrait qu'il invite Violet au spectacle qui aurait lieu au printemps. Cela lui plairait, il en était certain.

Il faillit écraser les pieds de Violet, mais elle s'écarta à temps, sans pour autant interrompre la danse.

— Désolé, dit-il.

Mais, en secret, il se réjouissait que Violet voie en lui un mauvais danseur qui fait des faux pas plutôt qu'un homme amoureux dont le cœur est en train de se briser peu à peu.

Il ne savait pas à quoi allait ressembler leur relation à l'avenir, mais il doutait qu'elle ait envie d'assister avec lui à un spectacle – même de danse. Et l'idée qu'elle ne soit pas avec lui lui fit de la peine.

Mais il ne servait à rien de penser à l'avenir alors que cette femme merveilleuse était là, dans ses bras, heureuse d'être sur une piste de danse.

— Tu ne m'as pas répondu, à propos des cours de danse à Bangor.

La chanson se termina, et une nouvelle commença. Vi se redressa brusquement puis se précipita vers Fiona sans plus d'explications.

La vétérinaire qu'il connaissait au cabinet et la femme qui avait dansé toute la soirée dans ses bras étaient deux créatures très différentes. Toutes deux magnifiques. Mais il ne pouvait pas s'empêcher de penser que la Violet qui était en train de prendre son amie par la taille pour faire la chenille était la version authentique.

Était-ce cette version qui rentrerait à Bangor avec lui ? Ou redeviendrait-elle celle qu'il avait toujours connue là-bas ?

La chenille s'agrandit, et il se joignit aux invités qui avançaient en riant bêtement. Lorsque la musique s'arrêta, Vi le rejoignit et le prit par la taille.

— Il faut que je boive de l'eau, je suis déshydratée, dit-elle.

— Bonne idée, moi aussi.

Le DJ prit la parole pendant qu'ils se dirigeaient vers le bar.

— Je vais maintenant demander à toutes les femmes qui ne sont pas mariées de venir sur la piste de danse. C'est l'heure du bouquet, et nous savons tous que Fiona adore ce moment.

Fiona revint sur la piste de danse avec, dans les mains, son bouquet orné d'une dizaine de rubans.

— Venez ici, copines célibataires ! J'ai là un ruban pour chacune, avec votre nom écrit. Vous n'y échapperez pas !

Violet secoua la tête alors que Fiona la regardait droit dans les yeux.

— J'ai l'impression que le message était pour toi, dit Beck. Vas-y, je vais chercher à boire.

— Si ce n'était pas Fiona..., répondit-elle en riant avant de l'embrasser et de regagner le centre de la piste avec les autres « filles à marier ».

Elle alla chercher son ruban. Fiona expliqua qu'elle allait faire un arbre de mai et que celles dont elle couperait le ruban seraient éliminées. Jusqu'au dernier ruban, celui de la gagnante. Elle mit un masque sur ses yeux, leva le bouquet au-dessus de sa tête, et la musique démarra.

Thomas approcha de Beck qui grimaça en se demandant ce que Violet avait bien pu lui trouver.

— Vous savez qu'elle n'attend que ça, n'est-ce pas ? Mieux vaut que Violet n'attrape pas le bouquet si vous n'êtes pas prêt à la demander en mariage.

Le silence de Beck ne dissuada pas Thomas de continuer.

— Depuis que je la connais, elle ne rêve que de ça. Se caser, dit-il en croisant les bras.

Beck soupira.

— Vous avez quelque chose à me dire ou vous ne vous êtes

toujours pas remis de votre séparation avec elle ? Ce que je pourrais comprendre. C'est une femme tellement extraordinaire. Je m'en voudrais de la perdre, s'entendit-il dire avant de prendre conscience que lui aussi la perdrait un jour.

Ils jouaient une comédie, le temps d'un week-end, mais ce temps serait bientôt révolu.

— Je ne l'ai pas perdue. C'est moi qui l'ai quittée.

— Justement. Il faut être fou pour quitter une femme comme elle.

L'homme qui épouserait Vi aurait une chance inouïe de vivre avec elle. De se réveiller avec elle. De rire avec elle. De danser avec elle.

Mais il ne serait pas cet homme.

De toute façon, Vi n'avait jamais parlé mariage autrement que pour dire qu'elle avait déjà donné et qu'elle ne tenait pas à réitérer l'expérience.

Fiona coupa l'avant-dernier ruban... celui de Vi. Il lui sembla voir une ombre de déception passer sur son visage. Aurait-elle voulu le bouquet ?

Vi se ressaisit, enroula son ruban et se dirigea en dansant vers la femme qui tenait à présent le bouquet de Fiona. Elle souriait, probablement heureuse pour elle, mais Thomas avait peut-être raison. Elle aurait voulu être l'élue.

Lui n'était pas prêt pour cela. En dépit des sentiments qu'il avait pour elle, il n'avait pas envie de cette vie-là.

De toute façon, ils ne s'étaient rien promis. Ils avaient décidé de jouer aux amoureux, le temps d'un week-end. Peu importait qu'elle ait envie d'une relation sérieuse à l'avenir. Avec un autre homme.

Pourquoi, dans ce cas, éprouva-t-il soudain une sensation de vide en la regardant danser et faire tourner son ruban au-dessus de la tête ?

Violet était épuisée. Le mariage de Fiona et Patrick avait été parfait. À présent, elle avait envie de trois choses.

Enlever ses escarpins.

Prendre une douche.

Beck.

Dans cet ordre. Encore qu'il serait possible de réunir la douche et Beck.

Elle entra dans la chambre et envoya valser ses escarpins.

— Je vais prendre une douche, dit-elle. Ça te tente ?

Il approcha d'elle et glissa la main dans la fente de sa robe.

— Je ne sais pas si c'est Fiona ou toi qui as choisi cette robe, mais je n'ai jamais rien vu de plus sexy, dit-il en lui caressant le dos.

— C'est moi. Fiona nous avait simplement demandé de nous habiller en bleu marine.

— Maintenant, j'ai envie de te voir sans.

Il fit glisser sa robe le long de ses bras tandis qu'elle retirait sa veste de smoking et déboutonnait sa chemise. Quelques secondes plus tard, elle entra sous la douche. Beck la suivit, sans cesser l'embrasser. Il prit le savon et se mit à la caresser, les mains glissantes de mousse.

Elle gémit. La chaleur de l'eau et la douceur de ses caresses se mêlaient, attisant son désir.

— Beck...

— Retourne-toi, Vi...

Elle était prête à se plier au moindre de ses désirs. Elle se retourna et sentit le sexe dressé de Beck contre elle. Elle se mit à bouger les hanches et sourit en entendant sa respiration s'arrêter, l'espace d'un instant.

La veille, il l'avait caressée jusqu'à ce qu'elle jouisse, sans rien demander en retour. Ce soir-là, ce serait son tour. Elle se savonna les mains et se retourna pour explorer son anatomie avec le même enthousiasme que celui dont il avait fait preuve.

Elle se mit à caresser son sexe dressé, lui arrachant un râle de plaisir.

— Vi...

Son excitation redoubla. Beck glissa la main entre ses cuisses et se mit à la caresser à son tour.

— Si nous continuons sur cette lancée, je ne réponds plus de rien, finit-il par dire d'une voix rauque et haletante.

Il ferma le robinet et prit une serviette, dans laquelle il l'enveloppa, puis se sécha à son tour.

Vi sortit de la douche, dans une vapeur épaisse.

— J'ai envie de toi, Vi, comme jamais je n'ai eu envie de personne, dit Beck avant de s'approcher d'elle pour l'embrasser.

Il accrocha sa serviette et retira celle dans laquelle elle s'était enveloppée. Puis il ouvrit la porte et la prit dans ses bras.

Depuis combien de temps Beck rêvait-il de plonger dans le corps de Vi et de se perdre dans ces sensations ? Mais il s'était juré de prendre son temps, la première fois qu'ils feraient l'amour. Il avait envie de l'explorer, de l'honorer, sans précipitation.

Il la porta jusque sur le lit, écarta ses jambes et enfouit la tête entre ses cuisses. Il rêvait de ce moment depuis la veille.

Depuis la veille, il mourait d'envie de la déshabiller, de découvrir le goût de sa peau, de se perdre en elle.

— Beck…

L'entendre prononcer son prénom l'excita encore davantage – même s'il avait la sensation d'être arrivé au comble de l'excitation depuis longtemps.

Il glissa les mains sous ses fesses pour l'attirer à lui. Elle passa les jambes autour de sa tête et pressa le sexe contre sa bouche. Elle haletait et gémissait au rythme des mouvements de sa langue.

— Beck ! gémit-elle, au bord de l'orgasme.

Il tendit le bras pour prendre le préservatif qu'il avait posé sur la table de nuit, sans cesser de la lécher.

— Beck, viens… Viens, je t'en prie…

Il déposa des baisers mouillés sur l'intérieur de sa cuisse en souriant.

— J'aime quand tu me donnes des ordres, dit-il.

Il se redressa et l'attira vers le bord du lit, puis décida de ne pas entrer en elle complètement.

— Beck, viens…, répéta-t-elle en passant les jambes autour de sa taille pour qu'il la pénètre plus profondément.

— J'essaye de ne pas perdre le contrôle, Vi. Tu m'excites tellement !

Violet le prit par le cou et l'attira pour l'embrasser.

Une fois unis, leurs corps se mirent à bouger à l'unisson. Leur respiration se synchronisa, et Violet poussa un cri. Alors il se laissa aller à son tour.

10

— Bravo ! s'écria Vi en regardant Tim et Pickle faire un virage à 270 ° et foncer sur la rampe, avant de franchir la ligne d'arrivée.

Beck et Toaster étaient postés sur la ligne de départ. Toaster attendait son tour avec impatience. Elle était née pour l'agility.

Après leur retour du week-end à Miami, elle avait passé quelques nuits chez Beck, avec Bear, après le travail. Ils avaient décidé, dès le départ, de faire durer leur aventure le temps qu'ils le souhaiteraient l'un et l'autre.

Les choses étaient simples, avec lui. Pas d'attentes, seulement du plaisir.

C'était la vie qu'elle avait toujours voulu mener : être vétérinaire, entraîner une équipe d'agility et rencontrer un homme qui lui donne l'impression d'être la femme la plus désirable du monde. Pendant des années, elle avait renoncé à tout cela, mettant de côté le rêve qu'elle avait depuis si longtemps. Enfin, il se réalisait.

Elle regarda Beck et Toaster démarrer le parcours et tenta d'avaler la boule qui s'était formée dans sa gorge. Ils s'entendaient bien. Ce n'était pas un partenaire pour la vie, mais il lui convenait, pour l'instant.

— Bravo, Toaster ! s'exclama Beck quand Toaster lui sauta dans les bras à la fin du parcours.

— C'était une belle course, dit-elle en les rejoignant.

— Mais ?

— Mais Toaster n'est toujours pas à l'aise avec les approches sans visibilité.

La chienne hésitait devant un obstacle quand elle ne parvenait pas à le distinguer clairement du précédent. C'était un problème fréquent. Les chiens avaient besoin de voir le parcours en entier. Ils voulaient savoir ce qui arrivait. C'était une réaction naturelle mais qui pouvait coûter des points dans une compétition.

Or, elle avait envie que cette équipe se qualifie, d'autant que Thomas assisterait à la compétition. Se qualifier serait une bonne manière de mettre un point final à sa vie passée.

Elle aurait dû l'envoyer balader quand il avait demandé les royalties du livre. Elle n'en revenait pas qu'il ait toujours autant de culot. C'était sans doute ce qui lui avait permis de gravir certains échelons. Une personne médiocre qui surfe sur le succès des autres n'a aucun mérite. Et Thomas était mesquin au point de ne pas vouloir lui rendre une nappe. Peut-être l'avait-il même jetée. Il devait se réjouir en douce de lui avoir volé un objet irremplaçable.

— Je sais, c'est son problème, répondit Beck en récompensant Toaster avec une friandise pour chien.

Elle avait vraiment bien couru, malgré ce point faible.

— Il reste deux semaines avant les régionales de Boston. Il faut simplement se concentrer sur les faiblesses de chacun : les obstacles non visibles pour Toaster, le tunnel souple pour Posy, des erreurs de contact pour Tuna et la hauteur des sauts de Pickle.

— Elle est passée mais de justesse, confirma Tim en souriant. Au moins n'a-t-elle pas fait tomber la barre d'obstacle.

— Mais ses pattes arrière étaient à quelques millimètres. Un peu de stress le jour de la compétition, et elle risque de toucher la barre.

Elle avait parlé de Thomas à l'équipe. Et de l'envie qu'elle avait de battre le club chic dans lequel elle était contente de ne plus travailler. Ils avaient tous décidé de se mobiliser et de faire de leur mieux pour se qualifier. Ce qui exigeait de travailler plus qu'ils ne l'avaient jamais fait dans ce club. Ce soir-là, ils avaient fait leur premier parcours complet. Leur premier véritable essai.

— J'ai bien compris, reprit Tim, un peu agacé. Mais je ne vois pas pourquoi on se focalise sur une barre d'obstacle qui aurait pu tomber mais qui n'est pas tombée.

Violet jeta un coup d'œil au groupe.

C'était peut-être trop demander d'un coup alors que, jusque-là, chacun d'entre eux venait au club pour passer du bon temps et bouger un peu le week-end. Cela dit, ils n'étaient pas si loin du but. Avec un peu d'efforts, ils pourraient surmonter les obstacles, au sens figuré comme au sens propre.

— Je sais que ce n'est pas facile, dit-elle.

— En même temps, c'est ce qui donne de la valeur aux choses, dit Beck.

Elle lui adressa un sourire en se rappelant que les rares fois où Thomas était sur le terrain avec elle, il disparaissait dès que le moindre conflit survenait.

— Si vous n'avez plus envie de vous investir pour gagner, je le comprends. Mais il faut que nous prenions une décision ce soir, en groupe. Sans pression. Si l'un d'entre vous a changé d'avis, alors nous irons à Boston juste pour le plaisir de concourir.

— Oui, mais ton ex ? demanda Grace. Il mériterait tout de même qu'on le remette à sa place.

Beck avait dit à Violet que l'ex-mari de Grace était vraiment un sale type. Pour cette dernière, venger Violet était une manière de se faire justice à elle-même.

— Merci pour ton soutien, Grace. Mais c'est une décision que vous devez prendre tous ensemble. Moi, je suis une intruse dans votre groupe. C'est à vous de décider.

— Tu n'es pas une intruse, dit Lisa, tu es notre coach. Si toutefois tu as envie de l'être. Je veux dire… Tu avais décidé de changer de métier, tu travailles au cabinet vétérinaire et tu as aussi une vie privée…

Grace se tourna vers les autres.

— Tim ?

Mais Violet intervint.

— Non, il n'est pas question de mettre la pression sur Tim. Laissez-le prendre sa décision tranquillement.

— Je veux bien faire mon possible pour que l'équipe soit qualifiée. Désolé de m'être énervé.

— Tu n'as pas à t'excuser.

Violet comprenait les doutes et les réticences de ses clients. Elle connaissait bien l'agility. Elle connaissait bien les chiens. Et elle connaissait bien les compétitions.

— Quelques millimètres peuvent faire toute la différence,

notamment si Pickle est fatigué, excité ou stressé avant la course ou s'il a un problème que nous ignorons.

Pickle la regarda et pencha la tête, comme s'il absorbait tout ce qu'elle expliquait.

— Je comprends, dit Tim.

Beck se pencha et caressa Toaster.

— Moi j'ai envie d'essayer, dit-il.

Les autres membres de l'équipe acquiescèrent.

Alors Violet tendit le bras devant elle, les invitant à poser leur main sur la sienne.

— À trois, on crie « victoire ! ». Un !

— Deux !

— Trois ! Victoire ! s'écrièrent-ils en chœur.

Les chiens tournèrent la tête et les regardèrent comme s'ils avaient perdu la tête. Mais aucun d'entre eux ne se mit à aboyer ou à sauter.

C'était un point très positif, car les compétitions étaient des moments pleins de stimuli. Il y avait du bruit, des odeurs, de l'agitation. Tout ce qui pouvait faire perdre le contrôle aux chiens.

— Vous avez bien travaillé, ce soir. On se voit dans deux jours.

Tim, Lisa et Grace les saluèrent et s'éloignèrent avec leurs chiens.

— Tu es incroyable. Tu en as conscience, j'espère, dit Beck en la prenant dans ses bras. Tu as géré la situation avec Tim comme un chef.

— Je n'ai fait que répondre à sa question, rien de plus.

Elle l'embrassa, heureuse de sentir son corps contre le sien. Il la serra puis se détacha d'elle.

— Et si tu allais chercher Bear pour qu'il joue avec Toaster sur le parcours ? Cela lui fera faire un peu d'exercice et aidera peut-être Toaster à prendre confiance pour les obstacles qu'elle a du mal à anticiper.

— Dis donc, dit Violet en lui donnant un petit coup de poing sur l'épaule. Bear *fait* de l'exercice. Aujourd'hui, nous sommes allés marcher, et il a même couru. Ce qui fait beaucoup pour lui.

Beck se mit à rire et se dirigea vers le parcours. Elle alla chercher Bear qui dormait, comme souvent. Quelques tours de parcours ne lui feraient pas de mal.

— Allez, viens, Bear. On va faire un peu de sport.

— Je suis désolé que la soirée ait pris ce tour, dit Beck en s'asseyant sur le canapé à côté de Vi qui faisait défiler les titres de films sur l'écran de la télévision.

— Tu n'as pas à être désolé, dit-elle en posant le saladier de pop-corn entre eux, avant de croiser les jambes.

Beck avait organisé une soirée surprise mais avait dû l'annuler au dernier moment. Une soirée parfaite. Bien plus intéressante que de regarder un film. Une mini-aventure en ville.

— Je t'assure que mon idée était bonne.

Depuis plusieurs jours, il lui en faisait l'article et s'en faisait une grande joie. Et voilà qu'ils se retrouvaient sur le canapé, à choisir un film en mangeant du pop-corn.

— Beck, je me réjouissais de la surprise que tu avais organisée, mais cela ne me dérange pas de ne rien faire de particulier ce soir. Je suis même contente de rester tranquille à la maison et de me reposer.

Rester tranquille à la maison. C'était l'activité préférée de ses parents. C'était agréable, et il comprenait en partie pourquoi ses parents avaient arrêté de courir le monde. En partie, seulement.

— Je n'aurais jamais imaginé que tu aimais les films d'horreur. Je te voyais plutôt regarder des comédies romantiques.

La version de Vi qu'il avait découverte au mariage de son amie à Miami était revenue avec lui dans le Maine. Elle ne se contentait pas d'aller travailler et de rentrer chez elle, et il se félicitait qu'elle passe du temps avec lui en dehors du cabinet. Mais il ne pouvait s'empêcher de se demander quand elle déciderait de mettre un terme à leur relation pour trouver un homme qui veuille s'engager vraiment. Qui demanderait sa main et ouvrirait le bal avec elle, en robe blanche, le jour de leur mariage.

Il n'aimait pas cet homme.

— Je regarde aussi des comédies romantiques. Mais j'aime bien les films d'horreur à petit budget, où tout est poussé à outrance. C'est tellement exagéré que c'en est drôle. Ou ceux qui racontent les mésaventures de l'unique survivant d'un petit groupe – en général, une jeune fille très attachée à sa virginité.

Beck ne connaissait vraiment pas ce genre.

— Je ne suis même pas sûr d'avoir déjà regardé un film d'horreur en entier.

— C'est vrai ? Pas même *Vendredi 13*, *Bienvenue à Zombieland* ou *Freddy*, quand tu étais ado ?

— J'en ai entendu parler mais je ne les ai pas vus.

Vi se rapprocha de lui.

— Moi qui pensais que tous les garçons aimaient les films gore. Et qu'ils emmenaient les filles les voir au cinéma dans l'espoir qu'elles se blottissent dans leur bras pendant les scènes qui font peur.

Certains de ses amis avaient probablement utilisé cette tactique, mais ce n'était pas son cas.

— Mes parents ne voulaient pas que je voie ce genre de films.

— Je comprends, cela dit. Ils m'ont parfois fait faire d'horribles cauchemars.

— En fait, ce n'était même pas la raison invoquée. Ma mère pensait surtout qu'ils étaient pleins de stéréotypes et que le sexe était trop souvent présenté comme une arme pour tuer. Elle a participé à la rédaction de l'un des articles d'anthropologie de mon père sur la manière dont on retrouvait, dans les films modernes, les rôles que les sociétés antiques attribuaient à la chasteté.

— Ce doit être un article intéressant, dit Vi.

— Il a été bien reçu par les confrères et consœurs de mon père.

L'image de ses parents en train de lire et d'échanger des idées avec passion sur le sujet lui revint en mémoire. Cette année-là, au lieu d'être rangés dans leur bureau, les livres et les papiers jonchaient le sol et les meubles de toute la maison.

— L'article est toujours dans leur bureau, dit Beck. En fait, je n'ai pratiquement touché à rien dans cette pièce.

C'était leur havre de bonheur. Et il aimait à se dire que c'était la raison pour laquelle il l'avait laissé intact. La raison désintéressée d'un fils toujours lié à ses parents décédés.

En réalité, c'était la pièce des souvenirs. Le bureau de son père, avec leur photo de mariage et la photo d'eux lors d'une réception dans le jardin. C'étaient les photos préférées de son père, celles qui témoignaient de la vie routinière dont il était si fier. Et que Beck utilisait pour se souvenir de ne jamais se laisser rattraper par la paperasse ni par le mariage. Du moins pour l'instant.

Mais ce n'était pas le moment de se repencher sur la vie plan-plan de ses parents. La soirée était déjà suffisamment compromise.

— Et toi, tu t'es déjà réfugiée dans les bras d'un garçon en regardant un film d'horreur au cinéma ? C'est pour cela que tu aimes tant les films d'horreur ?

Vi se mit à rire.

— Non, je regardais ces films bien avant d'être en âge de sortir avec des garçons. Ma mère détestait ça. Elle ne supportait pas d'être dans la maison quand passait un film d'horreur. Alors dès que mes parents se disputaient, mon père en mettait un, s'installait sur le canapé et attendait qu'elle quitte la maison.

Cette confession le mit mal à l'aise.

— Cela veut dire que tu regardais le film avec ton père ?

Cela ne lui parut pas être une façon très saine de nourrir le lien entre un parent et son enfant.

— Non. Mon père ne le regardait pas. Il le mettait pour que ma mère parte, puis dès qu'elle avait le dos tourné, il allait vaquer à ses occupations.

Elle soupira.

— Ils avaient un problème de communication. Mais c'est grâce à ça que je connais par cœur tous les films d'horreur qui sont sortis ces trente dernières années.

Beck sourit mais ne sut que répondre. Ses parents se disputaient rarement. Ils n'étaient pas toujours d'accord – leurs avis divergeaient souvent, en fait –, mais ils étaient respectueux de l'opinion de l'autre et trouvaient ensemble un terrain d'entente, le cas échéant.

Il n'avait jamais assisté à des disputes violentes, de celles qui font mal pendant plusieurs jours.

— Alors, voyons. Si tu n'en as jamais vu, par quoi vaut-il mieux commencer ? *Vendredi 13* est très connu mais il n'a pas très bien vieilli. *Chucky* est une autre possibilité.

— Lequel est-ce que tu préfères, toi ?

Il savait à peine de quoi parlait chacun de ces films. Ses copains de l'époque parlaient des films *Saw* à leur sortie. Surtout du masque horrible du meurtrier.

— Personnellement, j'ai un faible pour les films de zombies.

Mais d'abord, je voudrais que tu me montres quelque chose, dit-elle en se levant.

Elle alla poser le saladier de pop-corn sur la cheminée, hors de portée des chiens.

— Je sais qu'ils sont bien dressés, mais je ne veux pas les soumettre à la tentation, dit-elle en riant.

Elle jeta un coup d'œil à Toaster et à Bear, tous deux dans leur panier, les yeux tournés vers le saladier.

— J'aimerais bien lire l'article de tes parents. Je ne les connais pas. Et l'idée d'associer l'anthropologie et les films d'horreur est intéressante. Tu veux bien me montrer leur bureau ou c'est trop intime ?

Il aimait ses parents. Ils lui manquaient terriblement, mais leur bureau et leur travail étaient un rappel de tout ce à quoi ils avaient renoncé.

Sa mère, qui avait fait une brillante carrière en tant qu'ingénieure en génie civil, avait projeté d'obtenir un doctorat en études des femmes mais n'était jamais retournée à la fac. C'était une chose dont elle avait parlé souvent, dans ses divagations, à la fin de sa vie. Beck l'avait même trouvée un jour en train de remplir « les papiers d'inscription » sur une feuille de papier vierge, dans la maison médicalisée dans laquelle elle vivait.

Avant leur rencontre, son père faisait au moins quatre voyages par an. Il était fasciné par les éléments de l'antiquité encore présents dans le monde moderne. Il appelait cela les « fils de la vie et du temps ». Or, dès qu'ils s'étaient mariés, son nombre de voyages s'était réduit jusqu'à ce qu'il ne voyage plus du tout.

Il ne mettrait pas longtemps à trouver l'article. Après quoi ils regarderaient le film. Du moment que Vi était contente, il était content.

Il ouvrit la porte du bureau.

— Incroyable ! dit Vi en entrant.

Le parfum de son père flottait toujours dans la pièce, mêlé à l'odeur du papier et du temps. S'il avait fermé les yeux, Beck aurait pu voir son père assis à son bureau, montrant quelque chose à sa mère, qu'il prenait dans ses bras quand elle se penchait vers lui.

Ils étaient unis comme les doigts de la main. Les années que sa mère avait passées sans son mari avaient été les plus dures. La démence sénile lui avait volé les souvenirs de sa mort mais pas de leur amour. Elle avait passé son temps à le chercher, jusqu'au jour où elle l'avait rejoint.

— Ce sont tes parents ? demanda-t-elle en désignant la photo posée sur le bureau. Quelle question ! Bien sûr que ce sont tes parents. Tu es le portrait craché de ton père.

— Je trouve cette photo déprimante.

— Déprimante ? Pourquoi la trouves-tu déprimante ?

— C'est une réception dans le jardin, Vi.

Il scruta l'image. Sa mère tenait un verre de la main gauche, et son père de la main droite. Il la regardait comme s'il n'y avait qu'elle au monde, tandis qu'elle parlait à des invités dont le photographe n'avait saisi que les ombres portées sur le sol.

Vi se pencha de nouveau.

— Nous n'avons pas la même définition de la déprime, je crois, dit-elle avant de se redresser et de l'embrasser sur la joue.

Beck déglutit difficilement, espérant ravaler la douleur que cette vérité suscita en lui. Lui trouvait cette scène ennuyeuse au possible, elle voyait les choses autrement. Peut-être qu'un jour il trouverait de l'intérêt dans le fait de se poser, de cesser de voyager et de partir à l'aventure. Mais ce jour n'était pas encore arrivé.

Cela dit, depuis qu'ils étaient rentrés de Miami et que leur flirt factice s'était transformé en une liaison véritable, une partie de lui se demandait s'ils pourraient aller plus loin. Pour l'instant, il laissait à Vi le choix de continuer ou d'arrêter. Il resterait aussi longtemps qu'elle voudrait bien de lui. Et quand viendrait pour elle le moment de poser les fondations d'une vie de couple plus stable avec un homme, il se retirerait.

— C'est ton père qui a publié tout ça ? demanda-t-elle en examinant la bibliothèque remplie d'ouvrages portant le nom du Dr Forester.

— Oui, mais pour la plupart ce sont ses étudiants qui ont signé. Après sa titularisation, il s'est servi de son nom et de sa position pour aider de jeunes chercheurs à se faire publier mais refusait d'apparaître comme l'auteur principal des publications.

C'était l'un des plus grands accomplissements de son père. Beck s'était souvent demandé s'il n'avait pas considéré ses étudiants un peu comme ses enfants. Probablement.

— Tes parents ont vraiment l'air adorable.

— Ils l'étaient.

Il jeta un coup d'œil à Vi et se dit qu'elle leur aurait certainement plu. Son père lui aurait raconté à quel point il aimait sa vie et sa femme. Sa mère lui aurait donné sa bague de fiançailles, héritée de sa propre grand-mère et qui était à présent rangée à l'étage.

Ils auraient vu la lumière qui émanait de Vi.

— Tiens, dit-il en lui tendant l'article, soudain pressé de sortir du bureau. Tu me le rendras quand tu l'auras lu.

Les souvenirs qui remontaient étaient bons, quoiqu'un peu nostalgiques, mais il sentait qu'ils lui donnaient dangereusement envie de mener la vie stable et équilibrée qu'avaient connue ses parents. De regarder un film en mangeant du pop-corn, de se blottir contre Vi sur le canapé.

Il n'y avait pas de honte à cela. Mais ce n'était pas la vie telle qu'il se l'était imaginée.

— D'accord. Et maintenant… les zombies, dit-elle en grimaçant.

Il sourit et fit mine d'être effrayé.

— C'est à cela que ressemblent les zombies ?

Elle secoua la tête.

— Le simple fait que tu poses la question en dit long sur tes lacunes en la matière ! Allez, viens. Je vais faire ton éducation.

11

— La prochaine soirée films d'horreur, nous pourrons regarder *28 jours plus tard*, si tu veux, dit Vi en entrant dans la salle où un chien ayant avalé une chaussette attendait de passer une radio. C'est un film de zombies mais qui ne sont pas immortels.

— Les films de zombies, ce n'est pas mon truc, dit Lacey en se servant un café avant de retourner à la réception.

Violet aimait les films de zombie, et elle était contente que Beck se soit pris au jeu. Il avait *vraiment* eu l'air d'aimer cela. Pourtant, il continuait à dire que passer une soirée tranquille à la maison à regarder un film était déprimant. Il avait passé son temps à s'excuser, lorsqu'ils s'étaient retrouvés chez lui, parce que la soirée qu'il avait organisée était tombée à l'eau.

Idem pour la photo de ses parents qui avait l'air de le déprimer alors qu'elle n'y voyait que bonheur, amour et tendresse. Elle comprenait pourquoi son père lui avait accordé une place d'honneur sur son bureau.

C'est vrai que les photos de lui dans les Andes et celle de sa mère, sac au dos, en Italie, étaient très belles, mais elles n'avaient pas la même force. Le photographe de la réception dans le jardin avait saisi deux personnes qui, d'après ce que disait Beck, s'étaient aimées de leur rencontre jusqu'à leur mort.

C'était un lien que son père et sa mère à elle n'étaient jamais parvenus à créer. Un amour qui lui avait manqué toute sa vie. Et qu'elle était allée chercher au mauvais endroit, auprès de la mauvaise personne. Celle qui l'avait laissée tomber à l'église, le jour de leur mariage, et qui n'avait pas eu le courage de lui dire en face qu'il avait changé d'avis. Depuis, elle avait passé dix ans à se demander si l'amour existait vraiment.

Oui, il existait. Des gens le trouvaient. Et le préservaient.

Comment Beck pouvait-il trouver cela déprimant ?

Peu importait, après tout. Leur relation n'était que passagère. Ils passaient du bon temps ensemble, et cela suffisait.

Pourquoi ai-je besoin de me le répéter ?

— Vi, je vois au moins trois chaussettes dans l'intestin de Roxy, dit Beck.

Vi croisa les bras et prit une profonde inspiration. Elle doutait que les laxatifs suffisent à régler le problème. Avaler des objets qu'ils n'étaient pas censés manger était chose courante chez les chiens – et malheureusement très fréquente chez les goldendoodles. Les laxatifs pouvaient faire passer une chaussette, encore qu'il était impossible de le garantir. Mais pour trois, une intervention chirurgicale était nécessaire.

— Quel est son état général ? demanda-t-elle, dans l'espoir qu'il soit possible de repousser l'opération au moins de quelques heures, en dehors des horaires d'urgences où les tarifs des soins étaient beaucoup plus élevés.

— Pas très bon. Elle est agitée, j'ai dû la museler. Et elle ne mange plus et est déshydratée.

Beck consulta sa montre. De toute évidence, il pensait la même chose qu'elle. Marcy adorait son chien mais le coût de deux heures d'anesthésie et d'une opération en urgence avoisinerait les cinq mille dollars.

Marcy avait récupéré la chienne de sa sœur qui n'en voulait plus. C'était une décision honorable et généreuse. Les chiens donnaient tous du travail à leurs maîtres, mais les goldendoodles exigeaient beaucoup de toilettage, de promenades afin de décharger leur énergie débordante et une vigilance constante pour les empêcher de faire des bêtises – avaler des chaussettes, par exemple.

Vi regarda l'écran.

— Bon. Quelles options avons-nous ? demanda-t-elle en suivant Beck qui retournait voir Roxy.

La chienne était muselée et couchée contre Marcy. Les chaussettes formaient une bosse sur son abdomen, visible à l'œil nu, même sans radio.

— Je passe mon temps à répéter à Trevor de ramasser ses chaussettes. Je suis partie en lui disant qu'il fasse sa valise pendant que je suis ici. Je veux bien qu'il ne s'occupe d'aucune tâche ménagère et qu'il passe son temps à regarder des tutoriels débiles sur YouTube pour apprendre à fabriquer des balles aki, qu'il refuse de faire quoi que ce soit qui m'aiderait à payer les factures, mais je n'accepte pas qu'il laisse traîner ses chaussettes et rende Roxy malade. C'est terminé !

Marcy posa la tête sur celle de Roxy, les larmes coulant sur ses joues.

Violet croisa le regard de Beck, qui semblait penser la même chose qu'elle. Ce que Marcy venait de dire sur son compagnon n'étaient pas des détails sans importance, mais des signaux d'alarme justifiant à eux seuls qu'une personne mette fin à une relation.

Elle-même avait ignoré ces signaux d'alarme dans le comportement de Thomas, jusqu'à ce qu'elle n'ait d'autre choix que de voir ce qui se passait tous les jours sous son nez.

— Il va falloir opérer Roxy, et je ne pense pas que nous puissions ajourner l'opération. Elle est déjà déshydratée et affaiblie.

Marcy caressa les oreilles de la chienne, qui ne réagit pas et regarda simplement sa maîtresse avec un regard triste qui brisa le cœur de Violet. Marcy laissa un sanglot s'échapper puis ferma les yeux. Lorsqu'elle se redressa et les rouvrit, ils étaient pleins de larmes mais aussi de détermination.

— Je ne peux pas mettre plus de deux mille dollars, dit-elle en s'essuyant les yeux. Je sais que ces opérations coûtent très cher. Roxy est ma meilleure amie. Je ne veux pas l'abandonner, mais je ne sais pas si j'ai assez d'argent. Si l'opération coûte plus de deux mille dollars...

Elle se tut.

L'opération coûtait beaucoup plus que deux mille dollars. Mais Roxy était une chienne bien traitée. Et Marcy venait de mettre à la porte son petit ami toxique. Elle ne pouvait pas perdre sa meilleure amie le même jour.

— Elle coûte mille cinq cents dollars, tout compris, dit Violet. Les médicaments, l'intervention et tout le reste.

Beck tourna brusquement la tête dans sa direction, mais elle l'ignora.

— Mille cinq cents ? Je peux payer ! Je peux payer ! Même si je dois manger des pâtes pendant des mois, je suis trop contente de pouvoir lui payer cette opération !

Elle serra Roxy contre elle et l'embrassa.

— Quand est-ce que vous allez pouvoir l'opérer ?

— Beck va la préparer, et elle devra rester ici cette nuit et probablement demain, sous surveillance. Je vous conseille de rentrer chez vous et de vous reposer.

— Et faites changer la serrure, dit Beck. Si vous avez mis votre ami à la porte, faites en sorte qu'il ne puisse plus rentrer chez vous.

— Je m'en charge. Ma mère m'a appris à tout faire dans une maison. Je passerai au magasin de bricolage dès l'ouverture. Merci encore, docteure. Tenez-moi au courant. À demain.

— Elle a bien fait, dit Beck.

Il ouvrit un placard et en sortit la tondeuse pour tondre la zone où il poserait le cathéter pour la perfusion.

Il avait raison. La seule chose que la mère de Violet lui avait apprise était de ne pas s'approcher des hommes. Conseil qu'elle avait mis en pratique après la fuite de Thomas. Mais ce n'était pas une réponse adéquate.

La vie était pleine d'amour et de deuil, de joie et de chagrin. L'essentiel était de partir avant que quelqu'un piétine votre cœur.

Elle jeta un coup d'œil à Beck. Allait-il piétiner son cœur ?

Ce n'était pas le moment de se poser ce genre de question.

— Je vais me préparer, dit-elle avant de sortir.

Beck avait été clair dès le départ. Il ne voulait pas d'une histoire sérieuse. Il était contre le mariage. Il en avait même fait une règle.

Elle, en revanche, avait envie d'une relation stable. Elle aimait bien les photos que lui trouvait déprimantes. Mais ce n'était pas d'actualité, quoi qu'il en soit. Elle n'était pas prête à renoncer au bon temps qu'elle passait avec lui.

Tout avait une fin. Cette pensée était de plus en plus difficile à ignorer, mais c'était son problème. Elle s'occuperait de faire son deuil le moment venu. Pour l'instant, elle n'avait pas envie que cette histoire s'arrête.

— Est-ce qu'on lance le pari sur le nombre de chaussettes que nous allons trouver dans le ventre de Roxy ? demanda Vi en approchant de la table d'opération.

— D'après la radio, il y en a au moins trois. Entre trois et cinq, je dirais.

Beck ne sous-estimait jamais la capacité des gros chiens à engloutir des objets n'étant pas des aliments.

— Pas de pari, alors, puisque nous pensons la même chose.

— C'est vrai, nous sommes sur la même longueur d'onde.

— Sur la même longueur d'onde, répéta-t-il. C'est drôle, c'est ce que mon père disait toujours à ma mère.

Il eut presque l'impression que son père était là et l'encourageait par-dessus son épaule. Il aurait beaucoup apprécié Vi.

— Première incision effectuée, dit-elle.

— Les signes vitaux sont stables.

— Bon. Le moment de vérité est arrivé, dit-elle en procédant à l'incision suivante. Oh !

Une chaussette, deux, puis trois, puis quatre. Quatre chaussettes et une petite balle. Une balle aki.

— C'est ça qui a tout bloqué, dit-elle en la lui montrant.

— Si Marcy n'avait pas déjà décidé de rompre, ça aurait été une bonne raison supplémentaire de le faire. Vraiment, la barre est souvent trop haute pour les hommes.

— Et c'est un homme qui dit cela.

Vi posa la balle tandis qu'il surveillait le moniteur. Pour lui, cela n'avait rien de bizarre, mais plusieurs des femmes avec qui il était sorti lui avaient dit que sa vision des choses leur mettait du baume au cœur.

Les gens méritaient des partenaires vraiment présents. Qui soient là pour eux, qui voient ce dont ils ont besoin et agissent en conséquence. Les relations n'étaient pas un tour de passe-passe, et le fait qu'une proportion malheureusement non négligeable d'hommes croient que tout leur était dû alors qu'ils ne faisaient pas le minimum était vraiment frustrant.

— Tu sais que tu es proche de la perfection ? dit Vi en souriant derrière son masque.

Mais il n'eut pas le temps de répondre. Les alarmes du moniteur se mirent à sonner.

— L'oxygène est en train de baisser, dit-il en ajustant le débit du masque. Son rythme cardiaque aussi. Elle fait une réaction à l'anesthésie.

— Allez, Roxy, murmura Vi. Marcy a besoin de toi.

Certains chiens faisaient une réaction à l'anesthésie. Il fallait alors recoudre et arrêter les anesthésiants. Vi termina l'opération aussi vite qu'elle put, haletante. Aussitôt, le rythme cardiaque de Roxy se remit à augmenter, mais pas aussi rapidement qu'il l'aurait fallu.

Beck retint son souffle et regarda Vi, qui pensait manifestement la même chose que lui.

— Augmente l'oxygène encore une fois.

Beck s'exécuta et poussa un gros soupir quand le chien se mit à réagir.

— Ça y est ! Ça y est ! On y est arrivés ! dit Vi en se penchant vers lui pour le serrer dans ses bras.

— On y est arrivés !

12

— Ça va ? demanda Vi en posant la main sur son genou. Tu as l'air nerveux. Ne t'inquiète pas, je suis sûre que je vais adorer la surprise que tu m'as réservée.

Beck tapotait les doigts sur le volant. Il conduisait Vi à l'atelier de Mitch, un maître verrier. Le rendez-vous manqué de la semaine précédente avait enfin lieu. Il était très content de ce qu'il avait réussi à organiser.

— Moi aussi, répondit-il en souriant.

Vi méritait tellement de bonnes choses. Elle passait son temps à s'occuper des autres, humains comme animaux. Elle faisait payer ses séances de coaching un dollar symbolique.

Il avait fallu réopérer Roxy deux jours plus tard, et c'est elle qui avait assumé personnellement le coût de l'opération. Elle avait expliqué à Marcy qu'un donneur avait réglé la différence. Le Dr Brown lui avait dit que si le geste était noble, il risquait de la ruiner si elle n'y prenait garde. Certaines personnes devaient se douter que Vi avait pris en charge les dépenses de plusieurs interventions en urgence. Il ne fallait pas que cela s'ébruite, sans quoi la prophétie du Dr Brown risquerait de se réaliser.

— Je te trouve bien sûr de toi, dit-elle en se penchant pour l'embrasser. Ce qui est assez excitant.

— Je ne suis pas sûr que tu aies besoin de ça pour être excitée, dit-il en glissant la main sur sa cuisse.

Ils étaient inséparables depuis leur retour de Miami. Elle avait dormi chez lui pratiquement toutes les nuits. Cela avait quelque chose d'apaisant, de confortable. Peut-être trop confortable, comme lui susurrait une petite voix dans sa tête, lui rappelant que Vi cherchait à se caser.

L'atelier se trouvait dans un quartier peu peuplé, un peu à l'abandon. Mitch lui avait expliqué qu'en cas d'incendie ou d'explosion, cela permettrait de limiter les dégâts matériels à son propre bâtiment. Le risque d'accident était réduit, mais il avait préféré anticiper.

Il se gara.

— Où sommes-nous ? demanda Vi, intriguée, en ouvrant la portière.

— Je sais que cela ne paye pas de mine, mais fais-moi confiance.

Il s'était arrêté là quelques semaines auparavant en se demandant s'il ne s'était pas trompé d'adresse. Mais une fois dans l'atelier, il avait compris que son intuition l'avait amené au bon endroit.

— Je te fais confiance. Mais comme tu m'as dit de mettre des chaussures de randonnée, je pensais me retrouver en pleine nature.

— Tu vas comprendre bientôt pourquoi je t'ai demandé de bien te chausser.

— Beck ! cria Mitch en sortant de son atelier.

Le vieux hippy, qui portait un tablier, avait de longs cheveux blancs retenus en une queue-de-cheval et les joues roses. Il avança vers eux, serra la main de Beck et se tourna vers Vi.

— Alors c'est vous, l'artiste, dit-il.

Vi jeta un coup d'œil à Beck puis regarda Mitch.

— Euh... Je ne suis pas artiste.

— Vous êtes un être humain, donc vous êtes artiste, dit Mitch sur un ton jovial. Venez, suivez-moi.

Beck se pencha vers elle.

— Fais-moi confiance, répéta-t-il.

Quand le professeur d'arts plastiques à la retraite l'avait rappelé, il était parti dans une envolée poétique sur l'art et la créativité, qui avait duré dix minutes, avant d'en venir aux raisons de l'appel de Beck, à savoir les cours de vitrail.

Il avait ensuite expliqué que les gens qui manquaient de patience raccrochaient généralement avant que les dix minutes se soient écoulées. Or, le vitrail était un art qui exigeait de la patience. Ainsi, Mitch faisait gagner du temps à tout le monde. C'était une stratégie singulière mais, après tout, efficace.

Vi entra dans l'atelier et écarquilla les yeux de surprise. Il y avait des vitraux à toutes les fenêtres de l'arrière du bâtiment. Mitch les appelait ses déclassés, car selon lui des défauts les rendaient invendables. Mais Beck était bien en peine de les identifier : tout ce qu'il voyait lui paraissait magnifique.

— C'est un cours de vitrail ? demanda Vi, les yeux emplis de larmes.

Cette surprise était censée lui faire plaisir. Avait-il fait quelque chose de travers ?

— Tu n'es pas obligée, Vi. Pourquoi pleures-tu ?

— Je ne sais pas, répondit-elle en séchant ses larmes. Ce n'est pas de la tristesse. C'est juste que... Je suis émue. C'est la chose la plus adorable qu'on ait faite pour moi.

— C'est vrai, dit Mitch. C'est adorable. D'autant que je ne donne plus de cours, normalement. Alors, on se met au travail ?

Elle joignit les mains en souriant.

— Oui, on se met au travail ! s'exclama-t-elle.

Beck la regarda, perplexe. Pourquoi avait-elle fondu en larmes ? Même si elle s'était vite ressaisie, il aurait juré qu'il y avait eu quelque chose de douloureux dans son regard.

— Il faut que je choisisse un motif ? demanda-t-elle avec entrain.

Elle avait recouvré le ton plein de vitalité auquel il était habitué.

Il la regarda parler avec Mitch, et son cœur fit un bond dans sa poitrine.

Il aimait cette femme.

Comment cela était-il arrivé ?

C'était arrivé parce que Vi était une personne drôle, bienveillante, intelligente, excitante et magnifique. Il n'était vraiment pas difficile de tomber amoureux d'un être aussi précieux.

Il avait envie de passer du temps avec elle. Tout son temps, en fait. Et pourquoi pas ? Cela lui arrivait peut-être plus tôt qu'il ne l'avait imaginé, mais Vi en valait la peine.

— Beck ? demanda-t-elle, le tirant de ses pensées. Regarde, je vais faire un porte-clés géant.

— C'est une première dans cet atelier, dit Mitch.

Lorsque Beck avait parcouru des yeux les motifs disponibles, le porte-clés géant avait d'emblée attiré son attention. Mitch avait essayé de le dissuader en lui expliquant qu'il avait créé ce motif un soir où il avait fumé un peu trop de marijuana. Il l'avait gardé comme souvenir de ce moment d'égarement.

Mais Beck avait été certain que c'est celui que Vi choisirait, bien qu'il soit grand. Où l'accrocherait-elle ? Peut-être chez lui, dans son appartement baigné de lumière naturelle.

— Beck ? Viens choisir ton motif, dit-elle. Ou alors je choisis pour toi, mais nous n'avons pas besoin de deux porte-clés.

« Nous. »

Un mot simple, qu'elle avait probablement employé sans arrière-pensée, mais qui, pour lui, revêtait une signification nouvelle. Il avait envie de faire partie de ce nous. Tant que leur vie ne devenait pas déprimante. Vi et lui parviendraient peut-être à ne pas tomber dans ce que son père appelait l'« inéluctabilité d'une vie rangée ».

Le vitrail qu'elle avait fabriqué n'était pas très beau. Elle savait que les imperfections seraient peut-être même encore plus visibles à la lumière. Mais elle s'en fichait complètement. C'était elle qui l'avait fait. C'était son premier vitrail. Et c'était le plus beau cadeau qu'on lui ait jamais fait.

Dès qu'elle avait compris quelle surprise Beck lui avait réservée, son âme avait sauté de joie avant que son cœur soit sur le point d'exploser. Personne ne l'avait jamais écoutée comme Beck le faisait. Personne n'avait jamais vraiment prêté attention à ses besoins ou à ses désirs.

Beck était penché sur son propre vitrail, et elle eut une révélation. Elle l'aimait. Elle ne savait ni comment ni pourquoi cela s'était produit, mais peu importait. La vérité était à la fois très simple et terriblement compliquée. Elle aimait Beck Forester.

Ils étaient censés avoir une liaison passagère, ne pas tomber amoureux l'un de l'autre. Cela dit, la règle n° 1 de Beck était de ne pas se marier.

Ne pas tomber amoureux était une règle tacite. Et qu'elle avait enfreinte.

Beck ne cherchait pas une relation à long terme, ce qu'elle comprenait très bien. Il avait vingt-six ans… Ce qui ne voulait rien dire. Il existait des jeunes de vingt-six ans qui vivaient déjà ensemble et avaient même des enfants. Mais Beck n'était pas prêt pour cette vie-là. Et ne le serait peut-être jamais. C'était ainsi.

Violet n'avait pas spécialement envie d'avoir des enfants. Elle aimait bien câliner les bébés de ses amies. Et les rendre à leur mère quand il fallait changer leur couche ou qu'ils avaient des renvois. Elle préférait s'occuper des bébés animaux.

En revanche, elle avait envie d'une relation sérieuse. Envie d'aller plus loin avec quelqu'un.

Mais ce n'était pas le cas de l'homme qu'elle aimait.

— Qu'est-ce que tu en penses ? demanda Beck en lui montrant son vitrail – un lapin se cachant sous un champignon.

— Je trouve que, pour une première, nous nous en sortons bien.

— On verra nos progrès au bout d'une année.

— Comment ça, au bout d'une année ?

Elle regarda Mitch, qui choisit opportunément ce moment pour aller fumer une cigarette.

Beck la regardait avec dans les yeux une intensité qui la fit vaciller.

— Tu as envie de continuer ? demanda-t-il.

— De quoi parles-tu ?

Elle sentit les battements de son cœur accélérer.

— Nous n'avons jamais décidé d'une échéance. Nous n'avons jamais décidé à quel moment notre histoire devait s'arrêter. Je me dis simplement qu'elle pourrait continuer.

Elle éprouva un mélange de panique et d'espoir. Elle avait changé depuis qu'ils avaient planifié leur relation factice. Elle n'était plus la même personne. Beck avait rallumé en elle une flamme depuis longtemps éteinte. Et qu'elle n'avait pas envie d'étouffer.

— Un mois, un an… Ou peut-être plus, dit-il, face à son silence.

Elle était sous le choc. Puis sentit les larmes lui monter aux yeux. Des larmes de joie.

— Ou peut-être plus, répéta-t-elle avant de se jeter à son cou pour l'embrasser.

13

— Je crois que mon maquillage fait peur à Larry le perroquet. Il dit des gros mots chaque fois que je passe devant sa cage, dit Lacey. Des horreurs.

Cela faisait quatre jours que Larry était au cabinet.

Le Dr Brown ne laissait généralement pas ses patients rester s'il ne s'agissait pas d'un cas d'urgence, mais Larry avait l'art de duper tous ceux à qui sa propriétaire, Mandy, demandait de veiller sur lui. C'était un gris d'Afrique que son premier propriétaire avait laissé livré à lui-même et qui avait pris des habitudes destructrices. Un homme que Violet n'avait jamais rencontré – ce dont il pouvait s'estimer heureux. Mandy était sortie avec lui un temps et avait récupéré le perroquet quand ils avaient rompu, quatre mois plus tard. Larry adorait Mandy. Et il tolérait le Dr Brown. Quant au reste de l'humanité, il lui donnait simplement une raison de proférer des injures, de griffer ou de mordre.

— Je ne pense pas que ce soit le maquillage de Halloween, fit remarquer Violet. Et quand bien même, ce serait simplement le signe que Larry n'y connaît rien en matière de chats roux. Votre maquillage est très réussi.

De fait, Lacey avait dû passer beaucoup de temps à se colorer le visage en orange et à tracer les lignes blanches typiques du pelage des chats roux.

— Merci. Je suis assez fière de moi. Mais je suis surtout contente que vous soyez venue déguisée, ce soir. Vous êtes parfaite en Vera.

Ce n'était pas l'exacte réplique du costume de Vera, une héroïne de Scooby-Doo, mais étant donné qu'elle était là pour travailler, elle avait pensé à l'aspect pratique.

— Merci.

C'était Beck qui avait suggéré qu'ils se déguisent en personnages connus. Il avait tout le nécessaire pour se déguiser en Fred, et elle, le pull orange de Vera. Cela ne leur avait pas demandé beaucoup d'efforts, mais ils avaient beaucoup ri en se regardant ensemble dans le miroir. Avant que leur soirée de travail commence, il avait déjà distribué beaucoup de bonbons aux enfants qui faisaient du porte à porte. Violet était impatiente de voir la réaction qu'aurait Lacey quand elle verrait le déguisement de Beck.

Beck et elle sortaient ensemble. Tout le monde était au courant, et cela ne surprenait personne. Ils menaient une vie agréable. Et bien remplie. Quand ils n'étaient pas au club d'agility, Beck prévoyait toujours quelque chose. Depuis le premier cours de vitrail, ils étaient allés faire deux randonnées et avaient consacré une soirée de libre à une chasse aux fantômes. C'était passionnant et… épuisant.

Beck n'était jamais à court d'idées. Il prévoyait déjà d'aller faire du parachute, après l'hiver, et un week-end au Canada dès qu'elle aurait fait refaire son passeport. Il semblait avoir constamment peur de la routine, de l'ennui.

Ce qui ne risquait pas de se produire. Ils sortaient ensemble depuis peu et passaient beaucoup de temps à faire des choses intéressantes et à apprendre à se connaître. Il avait évoqué l'idée que leur relation dure un an, voire plus longtemps. Ce n'était plus une liaison passagère, c'était une relation sérieuse.

— C'est Fred ! s'exclama Lacey quand Beck entra dans le cabinet – pantalon bleu, blouse blanche et banana orange autour du cou. Vous êtes assortis ! C'est trop mignon !

— Et vous, vous êtes un magnifique chat roux, dit-il en se dirigeant vers l'évier.

Un cri suivi d'une injure résonna dans la pièce.

— Bonsoir, Larry, répondit Beck comme si de rien n'était.

La sonnette retentit. Lacey regagna sa place à la réception. Violet approcha de Beck.

— Tu avais raison, même avec ta blouse, tout le monde a reconnu Vera et Fred.

Il l'embrassa.

— C'est l'intention qui compte, plus que la véracité du déguisement. Lacey, par contre, a fait un travail de maquillage incroyable.

— À combien d'enfants as-tu distribué tes bonbons ?

— Une trentaine. C'est pas mal en une heure.

— J'adorais faire la tournée des maisons pour réclamer des bonbons. On prenait des taies d'oreiller, et le but était de revenir quand elles étaient pleines. Chaque année, nous parcourions trois ou quatre kilomètres le jour de Halloween. Cela a duré jusqu'à l'adolescence.

Halloween faisait partie de ses meilleurs souvenirs.

Ses parents ne voulaient jamais l'accompagner. Ils lui achetaient un déguisement au supermarché du coin ou lui disaient de se débrouiller avec ce qu'elle avait déjà. Elle s'était déguisée en chat noir au moins quatre années de suite.

— Je n'ai jamais pu le faire, dit Beck en la regardant d'un air entendu. Halloween est l'une des soirées les plus dangereuses de l'année pour un enfant.

C'était probablement vrai. Ce soir-là, les enfants déambulaient parfois comme elle, sans surveillance. Mais c'était aussi le soir où presque tous les enfants faisaient la même chose.

— En moyenne, le risque qu'un enfant se fasse renverser par une voiture est deux fois plus élevé le jour de Halloween que les autres jours de l'année. Les déguisements sont souvent de mauvaise qualité. Ils contiennent des toxines et sont hautement inflammables. Sans parler des incendies provoqués par les citrouilles éclairées par une bougie.

Violet demeura silencieuse, ne sachant que répondre à ces funestes statistiques. Beck poussa un profond soupir.

— J'ai entendu cela pendant toute mon enfance. Chaque année, je demandais un déguisement et je suppliais mes parents de me laisser aller quémander des bonbons avec les autres. Un jour, je leur ai dit qu'il y avait des millions d'enfants dans les rues chaque année et que la probabilité qu'il m'arrive quelque chose était relativement faible.

— Qu'est-ce qu'ils ont répondu ?

Elle aurait préféré qu'ils ne soient pas au cabinet, qu'ils n'aient pas à s'occuper de patients. Pourquoi ne lui avait-il pas raconté tout cela quand ils étaient allés acheter des bonbons ? Ou quand ils avaient parlé de leurs déguisements ? Beck avait besoin d'être écouté. Il fallait qu'il se libère de la frustration ou de la colère qui bouillonnait sous la surface de son récit.

— Mes parents étaient de très bons statisticiens. Ils ont calculé les probabilités que les choses se passent mal et ont conclu qu'elles étaient trop élevées. Ils m'aimaient tellement qu'ils ne voulaient prendre aucun risque.

— Beck...

— Ils m'adoraient. Ils me chérissaient. Je sais que je dois avoir l'air d'un gamin pourri gâté en me plaignant de ne pas avoir eu le droit de sortir le soir de Halloween.

— Non, pas du tout.

Il avait été aimé, certes, mais aussi étouffé. Ces deux réalités pouvaient coexister.

— Bref, de toute façon, nous avons un nouveau patient. J'espère qu'il n'a rien de grave.

Sur ce, il quitta la pièce avant qu'elle puisse répondre quoi que ce soit. Mais qu'aurait-elle pu dire ?

Beaucoup de choses, en fait. Mais pas sur leur lieu de travail.

— J'ai tourné la tête un quart de seconde, et elle m'a pris la tablette de chocolat des mains. J'ai réussi à la récupérer, mais elle a eu le temps d'en manger un bout et...

Belle Sanchez caressa le labrador noir qu'elle était allée chercher au refuge à peine quatre jours plus tôt.

— Je suis désolée, Lucky, dit-elle en ravalant un sanglot.

— Regardez-moi et prenez une profonde inspiration, dit Beck.

Il n'était pas particulièrement préoccupé par l'état de santé du chien. L'intoxication au chocolat était une menace réelle, mais Lucky pesait presque vingt kilos. L'intoxication était préoccupante à partir du moment où un chien mangeait deux grammes de chocolat noir par kilo de poids corporel. Soit environ quarante grammes, dans le cas de Lucky. À moins qu'il ait une allergie inconnue, tant qu'il se comportait normalement, il n'y avait pas de raison de s'inquiéter outre mesure.

Lucky posa les pattes sur les épaules de Belle en pleurs et lui lécha le visage.

— Respirez, Belle. Lucky n'est pas malade.

— Les symptômes d'une intoxication au chocolat peuvent n'apparaître qu'au bout de douze heures, dit Belle. Il est peut-être trop tôt pour savoir.

De toute évidence, elle avait fait ses propres recherches. Il y avait toutes sortes d'informations disponibles sur Internet, et même quand elles étaient justes, elles pouvaient générer beaucoup de préoccupations chez les personnes anxieuses. Dans ce cas, le problème était moins l'état de santé de l'animal que celui de son maître.

Belle tournait en rond, comme si elle culpabilisait d'avoir fait quelque chose de mal. Tout ce qu'elle avait lu sur l'intoxication des chiens par le chocolat semblait tourbillonner dans son esprit.

Cela lui fit penser à ses parents. Sa mère allait chercher sur Internet les statistiques concernant toutes les activités auxquelles il voulait participer. Football : risques de traumatisme crânien. Natation : risques de noyade… Il comprenait son inquiétude, mais le risque de se noyer lui paraissait plus élevé chez une personne ne sachant pas nager ou ayant peur de l'eau. Quant à la tournée des bonbons de Halloween…

Il en voulait encore à ses parents de ne pas l'avoir laissé y participer avec tous les autres enfants. C'était une activité sans grand danger, à plus forte raison si les parents les surveillaient ou les accompagnaient.

— Lucky n'a pas mangé beaucoup de chocolat. Ne vous inquiétez pas, dit Beck d'une voix douce mais ferme. Et vous avez eu le bon réflexe.

Elle avait fait ce qu'il fallait en lui retirant la tablette de la gueule et en le surveillant.

Violet entra dans la salle, adorable dans son déguisement de Vera. C'était la première fois qu'il choisissait un déguisement assorti à celui d'une femme. C'était lui qui en avait eu l'idée quand elle avait suggéré qu'ils aillent travailler déguisés. Ils n'avaient pas eu beaucoup de temps pour y réfléchir mais avaient tout de même trouvé de quoi jouer le jeu.

— Lucky s'est gavée de chocolat, dit Belle avant de se remettre à sangloter.

— Pas exactement, dit Beck en tendant ses notes à Vi. Elle a volé une tablette de chocolat que Belle lui a reprise de la gueule. Elle n'en a mangé qu'un tout petit morceau, mais Belle a peur qu'elle se soit intoxiquée.

— Sur Internet, j'ai vu que...

— Internet regorge d'informations effrayantes sur le chocolat et les chiens, la coupa Vi. Je ne dis pas qu'elles sont infondées, mais tout est question de quantité. Même si vous aviez un chihuahua, je ne m'affolerais pas à moins qu'il ait mangé la tablette entière et qu'il ait certains symptômes.

— Mais les symptômes peuvent mettre du temps à apparaître, répéta-t-elle.

Une fois qu'une personne était entrée dans une spirale d'anxiété, il était difficile de lui faire recouvrer son calme et sa raison.

— En effet, mais le comportement de Lucky n'a rien de préoccupant.

Vi prit le temps de lui expliquer les symptômes d'une intoxication au chocolat et demanda à Belle si elle les avait constatés chez sa chienne. À chaque réponse négative qu'elle donnait, Belle semblait se rasséréner.

— Alors elle ne risque rien ?

— Non. Elle a de la chance de vous avoir. Elle porte bien son nom.

Belle sourit.

— C'est le nom qu'ils lui avaient donné au refuge, je n'ai pas eu envie de le changer, puisque c'est le nom auquel elle répond.

Les chiens se fichent de la manière dont on les appelle tant qu'on leur donne de l'amour, de quoi manger, qu'ils peuvent jouer et reçoivent, de temps à autre, une petite récompense. Beck avait expliqué à de nombreux patients qu'ils pouvaient changer le nom de leur chien quand il provenait d'un refuge ou d'un autre maître. Ou le garder. Peu importait.

— J'ai toujours voulu un chien, reprit-elle, mais mes parents ne voulaient pas d'animaux dans la maison. J'ai eu Misty, mais elle restait dehors, dans le jardin.

Beck vit Violet frissonner. Les chiens aimaient être dehors mais, à l'exception des chiens de troupeau, il leur fallait aussi un coin dans la maison.

— Un soir, il neigeait, et j'ai fait entrer Misty dans ma chambre. Il faisait tellement froid ! Mais quand ma mère l'a vue, le lendemain matin, Misty a dû se trouver une autre famille.

— Je suis désolée, Belle, dit-il, faute de mieux.

Quand on travaillait dans la médecine vétérinaire, on savait assez rapidement que certaines personnes n'étaient pas faites pour avoir des animaux. Ce qui n'était pas le cas de Belle.

— Dès que j'ai vu Lucky sur le site du refuge, j'ai su qu'elle ferait partie de ma vie. Je sais que cela paraît bizarre, mais… elle regardait l'objectif, et j'avais l'impression que c'était moi qu'elle regardait et qu'elle me demandait d'aller la chercher.

— C'est une belle histoire, dit Vi. Je vais vous donner une liste de symptômes à surveiller au cours des douze prochaines heures. Si jamais elle a l'un de ces symptômes, ramenez-la.

Belle hocha la tête, mais elle ne semblait pas totalement détendue.

— Voulez-vous que je vous prenne dans mes bras ? proposa Vi.

Belle ne se fit pas prier. Lucky se mit à aboyer.

— Merci, dit Belle. Je suis désolée, mais j'étais tellement inquiète !

— Si elle a l'habitude de chiper des objets ou de la nourriture, vous pouvez la dresser. Il y a des cours de dressage au club canin, mais vous trouverez aussi beaucoup d'informations dans des vidéos en ligne.

C'était avec des vidéos en ligne que Beck avait commencé à dresser Toaster, aussi, il précisa :

— Vous pourrez lui apprendre à obéir à des ordres simples comme « Non » pour l'empêcher de faire quelque chose, « Pas bouger » pour qu'elle reste à l'endroit où vous voulez qu'elle soit ou « Lâche » si elle n'a pas obéi à « Non ».

— Par contre, intervint Vi, évitez les vidéos qui montrent tout ce qui pourrait arriver d'affreux à votre chien. Mieux vaut s'ancrer dans le moment présent et éviter de penser à un avenir sur lequel on n'a aucun contrôle, d'accord ?

— D'accord, acquiesça Belle, qui les salua chaleureusement avant de se diriger vers la réception.

Lucky remuait la queue, manifestement contente de rentrer à la maison.

— Tu as réussi à la calmer, dit-il en retournant dans la salle où se trouvait Vi.

— Oui, mais pour combien de temps ? Je ne sais pas.

Le souvenir des crises d'angoisse de sa mère lui revint en mémoire. Les médecins lui répétaient que son fils allait bien, que le sport était bon pour lui et qu'il gagnerait à acquérir peu à peu son indépendance. Mais elle était terrorisée à l'idée qu'il arrive quelque chose à l'enfant qu'elle avait attendu si longtemps.

— Il est parfois plus facile de traiter une intoxication au chocolat chez un chien que l'anxiété de son maître qui essaye de faire de son mieux, dit-elle.

— Nous aussi nous faisons de notre mieux, dit-il en déposant un baiser sur sa tempe.

Elle tourna la tête et le regarda, l'air fatiguée.

— Tu as distribué tous les bonbons ou il en reste à la maison ?

« À la maison. »

C'était ainsi qu'elle appelait son appartement. Ces mots l'emplirent d'aise, et il sourit.

— Il en reste. Tu m'en as fait acheter des tonnes.

14

Bear s'affala sur le sol, à côté de Toaster qui ouvrit un œil mais ne se donna pas la peine de se lever. Dès que la border collie sentait que Beck allait la sortir, plus rien d'autre ne semblait compter dans sa vie mais, pour l'heure, elle avait seulement besoin de repos.

— Je suis dans le même état que Bear, dit Vi en retirant ses chaussures, avant d'accrocher son manteau sur le portemanteau.

Tout ce dont elle rêvait, c'était d'une soirée tranquille devant la télé et d'un plateau-repas.

Au cabinet, la soirée de Halloween avait été éprouvante. Les consultations en urgence s'étaient enchaînées. Par chance, tous les animaux qu'ils avaient vus ce soir-là avaient fini par rentrer chez eux avec leur maître. Mais le fait de passer d'une crise à une autre, sans interruption, l'avait épuisée.

— Demain, il y a une conférence au muséum d'histoire naturelle. J'ai pensé qu'on pourrait y aller, dit Beck en entrant dans le salon avec, à la main, deux tasses de café. Ou alors, on loue des vélos et on va...

— On pourrait aussi rester à la maison et se reposer, le coupa-t-elle. Merci.

Elle prit la tasse entre ses mains et huma l'arôme du café. Elle avait une règle stricte concernant le café après une soirée de travail : si elle voulait conserver des horaires de sommeil à peu près réguliers, mieux valait qu'elle s'abstienne d'en boire en rentrant du cabinet. Même si elle en mourait d'envie.

— On pourrait profiter de notre journée pour aller se promener, poursuivit Beck avant de se pencher pour l'embrasser.

Elle se raidit.

— Beck, nous ne sommes pas obligés de faire systématiquement quelque chose.

Ce besoin presque fébrile de s'activer était probablement dû au fait que ses parents ne l'aient pas laissé faire grand-chose quand il était petit. Elle n'en revenait pas qu'il n'ait même pas eu le droit de faire la tournée des bonbons pour Halloween ! Avec Noël, Halloween était le plus beau jour de l'année pour un enfant. Le seul moment où l'on avait le droit de demander des bonbons à tout le monde.

S'entendre dire que c'était trop dangereux avait dû le marquer à vie. Et lui donner envie de sauter d'un avion en parachute. Ou d'accompagner une collègue de travail au mariage de sa meilleure amie en se faisant passer pour son petit ami.

La spontanéité et la curiosité d'essayer de nouvelles choses étaient des qualités. À condition de ne pas tomber dans l'excès inverse de celui de ses parents.

— Nous ne sommes pas obligés, je sais, mais je n'ai pas envie non plus de déprimer à ne rien faire.

Il but une gorgée de café et claqua des doigts. Toaster leva la tête et se précipita vers la porte du jardin.

— Je vais lui faire faire sa course. Pendant ce temps, tu peux chercher de quoi rendre la soirée un peu moins déprimante, dit-il en rejoignant Toaster.

— Regarder la télévision n'est pas nécessairement déprimant, lança-t-elle avant d'entendre la porte se refermer.

Déprimant. Pour lui, tout ce qui ne provoquait pas de montée d'adrénaline était déprimant. Et, par conséquent, à éviter à tout prix.

Elle regarda l'écran de télévision, prit la télécommande puis la reposa. Beck et Toaster étaient partis se défouler pour au moins une demi-heure. Cela lui laissait le temps d'aller examiner de plus près la photo de ses parents qu'il trouvait si déprimante. Peut-être quelque chose lui avait-il échappé. Peut-être allait-elle découvrir la raison pour laquelle elle dérangeait autant Beck.

Et la raison pour laquelle il avait du mal à se détendre au sein de leur relation.

Beck prit une profonde inspiration et sentit l'air frais pénétrer dans ses narines. Cela faisait une bonne demi-heure que Toaster courait, grimpait et sautait. Une demi-heure qu'il s'en voulait terriblement.

Leur soirée de travail avait été longue. Deux chiens s'étaient échappés et pris les pattes dans du grillage à poules qu'un voisin avait laissé traîner. Ils étaient arrivés avec des coupures, l'un sur une patte postérieure, l'autre, sur l'abdomen. Un autre chien avait avalé un paquet de chocolats entier, et ils avaient dû le faire vomir et le garder sous surveillance une partie de la nuit. Enfin, juste avant la fin de leur garde, ils avaient dû traiter un chat intoxiqué à la fumée lors de l'incendie d'une grange.

Tous ces animaux avaient pu rentrer chez eux, tirés d'affaire, ce qui n'était pas tous les jours le cas. Mais ils n'avaient pas eu une minute de répit. Et voilà qu'il se plaignait de devoir passer la journée tranquille à la maison, à regarder la télévision, blotti contre la femme qu'il aimait.

Qu'est-ce que tu fabriques, Beck ?

Toaster, haletant à côté de lui, attendait l'ordre de refaire un tour de parcours ou de rentrer à la maison.

— Viens, on va voir quel film a choisi Vi, murmura-t-il en claquant des doigts.

Toaster se tourna et trottina jusqu'à la porte. Elle s'arrêta devant son écuelle pour boire. Beck avança dans le salon. La télévision était éteinte, le canapé, vide. Bear dormait dans sa couche.

— Où est Vi, Bear ?

L'american bully ouvrit un œil, bâilla mais ne lui donna aucune information sur l'endroit où Vi pouvait se trouver. Il sortit du salon et vit un rai de lumière sous la porte du bureau de ses parents.

— Vi ?

— Je suis dans le bureau.

Il le savait, mais il aurait préféré la trouver blottie sur le canapé avec Bear. Cela lui aurait évité de devoir entrer dans la pièce de la maison qu'il n'aimait pas.

Cette pièce, il l'avait aimée, à une époque. Il adorait s'y asseoir dans un coin pendant que ses parents travaillaient et parlaient.

Ils parlaient constamment de tout – des choses essentielles aux petits riens.

Lorsque son père était mort, la pièce était devenue étrangement calme, et quand sa mère avait dû entrer dans une maison médicalisée, le silence avait définitivement régné dans le bureau.

— Qu'est-ce que tu fais là ?

— Je regarde des photos, répondit-elle en montrant la boîte contenant des clichés de ses parents. Certaines sont vraiment très belles. Tu devrais les encadrer. Regarde !

Elle lui tendit une photo de ses parents dans la cuisine, son père aux fourneaux et sa mère, une bière à la main.

L'ironie de la scène n'avait jamais échappé à Beck. Mais de là à encadrer cette photo… C'était simplement un moment de leur vie quotidienne. Son père disait en riant qu'il avait fallu qu'il apprenne à faire à manger parce que sa mère n'avait ni prédispositions pour la cuisine ni l'envie d'apprendre à cuisiner. Ce à quoi elle répondait, sur le même ton, qu'elle n'avait aucune raison d'apprendre à cuisiner puisqu'elle avait épousé un chef.

— Franchement, Beck ! dit-elle en prenant une autre photo.

Mais Beck lui retira la boîte des mains.

— Ce ne sont que des scènes de la vie quotidienne, rien de bien intéressant.

— Au contraire ! protesta-t-elle en croisant les bras. Je les trouve vraiment magnifiques.

— Magnifiques ? répéta-t-il en posant la boîte et en prenant Vi par la main. Viens, je vais te montrer ce qui est vraiment magnifique à mes yeux.

Il l'entraîna dans le couloir, devant une photo encadrée montrant son père au sommet d'une montagne.

— Ça, oui, c'est magnifique. Et ça aussi.

Il montra une autre image de son père, cette fois sur un chantier de fouilles archéologiques. L'un des rares qu'il ait faits après s'être marié. Avant de réduire le nombre de ses voyages, jusqu'à ne plus voyager du tout.

— Sais-tu quel âge il avait, sur celle-là ?

— Beck, je…

— Devine. Quel âge lui donnes-tu ?

— Trente-cinq ans ?

— Vingt-neuf, Vi. Vingt-neuf ans ! Tu sais combien de fouilles il aurait pu faire s'il avait continué ? Dans combien de pays il a renoncé à se rendre ? Et pourquoi ?

— Par amour pour ta mère.

C'était pour elle une évidence. Mais Beck secoua la tête.

— Il s'est marié.

Beck, lui, semblait persuadé que l'amour n'avait rien à voir dans cette histoire. Si son père avait changé de vie, c'était à cause d'un acte de mariage, d'un bout de papier qui avait officiellement fait d'eux un couple.

Vi ouvrit la bouche puis se ravisa. Elle baissa la tête. Beck n'était qu'à cinquante centimètres d'elle, mais cette distance lui parut soudain infranchissable.

— Tu sais, mes parents passaient leur temps à se disputer et à crier. À se jeter tout ce qui leur tombait sous la main. Et à me tenir responsable de leurs problèmes.

— Vi...

— Je n'ai pas une seule photo d'eux heureux. Mon père a brûlé leurs photos de mariage après une dispute. Ma mère a déchiré celles d'avant leur mariage.

Elle baisser la tête pour essuyer une larme qui coulait sur sa joue.

— C'est sans doute pour cela que je trouve magnifique de voir deux personnes heureuses d'être ensemble au milieu de leurs invités.

Beck déglutit en espérant libérer les mots qui s'étaient coincés au fond de sa gorge. Il se trouvait à la croisée des chemins. À une jonction où tout pouvait changer.

— Je suis désolée de m'être épanchée. Je croyais que...

Elle releva enfin la tête, mais jeta un regard autour d'elle sans croiser son regard.

— En fait, je ne sais pas ce que je croyais.

— On regarde un film ?

La proposition parut un peu creuse venant de lui, mais Vi sourit. Une esquisse de sourire.

— D'accord. Et on commande à manger. Je meurs de faim, et nous ne sommes chef ni l'un ni l'autre.

Elle lui donna un petit coup de hanche, mais qui manquait de l'entrain qu'elle y mettait d'habitude.

— Vous vous êtes fait couper les cheveux ? demanda Nikki en regardant Violet, la tête penchée.

Nikki possédait un salon de coiffure et ne manquait pas une occasion d'inviter Violet à la laisser s'occuper de ses cheveux. Elle portait un carré court rouge vif rehaussé de mèches d'un blond curieux. Après tout, chacun ses goûts.

— Non, puisque j'ai rendez-vous chez ma coiffeuse préférée dans une semaine pour en couper les pointes.

Violet écarta une mèche de son visage. Elle n'allait pas tarder à s'attacher les cheveux. Souvent, elle allait au cabinet sans les attacher, mais il ne passait pas longtemps avant qu'elle les rassemble en une queue-de-cheval ou un chignon souple.

— Je vous verrais bien en blonde et, pourquoi pas, avec des mèches violettes.

Violet émit un vague grognement en espérant que Nikki en vienne à la vraie raison de sa présence au cabinet, à savoir son chat. Mais Nikki insista.

— Il y a quelque chose qui a changé en vous, dit Nikki avant de s'adresser à Beck. Vous ne trouvez pas qu'elle a changé ?

Beck sourit. Il savait ce qui avait changé chez elle. Il savait qu'elle dormait pratiquement toutes les nuits dans son lit et se levait très épanouie. Qu'elle était sortie de la coquille dans laquelle elle s'était réfugiée quand son ex l'avait plantée seule, devant l'autel. Elle était en train de renaître et jouissait de chaque minute de cette renaissance.

Enfin, presque.

Elle était toujours sous le choc de leur discussion dans le bureau des parents de Beck.

Elle aurait donné n'importe quoi pour voir ses parents s'aimer comme s'aimaient les parents de Beck. Elle regrettait de ne pas avoir eu l'occasion de rencontrer ce couple magnifique. Ils étaient radieux sur les photos. Et ils avaient donné naissance à l'homme le plus adorable qu'elle ait jamais connu.

Mais qui refusait catégoriquement de vivre ce qu'ils avaient vécu.

— Vous êtes sûre que vous n'avez rien fait avec vos cheveux ? insista Nikki. Vous avez l'air… différente.

— Je le saurais si je m'étais fait couper les cheveux, dit Violet en riant. De toute façon, vous n'êtes pas venue pour me parler de mes cheveux.

Elle se tourna vers Frank, le gros chat tigré qui ne semblait pas content d'avoir été enfermé dans une cage.

— Il va se calmer dès que je le sortirai de là, dit Nikki en le libérant et en le posant sur son épaule.

— Alors, Beck m'a dit qu'il manquait une bobine de fil dans votre panier à couture.

— Je l'ai cherchée partout, répondit Nikki. Et, vu son goût pour le fil…

Deux ans auparavant, Frank avait avalé quinze centimètres de fil de pêche, et il avait fallu l'opérer d'urgence et le garder en observation plusieurs jours.

En général, les chats n'avaient pas la tendance qu'ont les chiens de manger des objets non comestibles, à part, justement, les fils, dont les mouvements réveillaient leurs instincts de prédateurs.

Au cours de sa carrière, Violet avait retiré autant de fils dans le système digestif des chats que de chaussettes dans celui des chiens.

— Mais vous n'êtes pas certaine qu'il l'ait avalée, dit Beck en prenant une radiographie dans son dossier. On ne voit rien sur la radio, mais on ne peut pas en tirer de conclusion.

Violet scruta la radio. Si Frank venait de manger le fil, il ne serait pas visible sur cette radio ; il était trop tôt pour voir une possible obstruction intestinale.

— Le mieux est de lui administrer un vomitif, dit Violet.

— Je vais en chercher, dit Beck avant de sortir de la salle.

— En attendant que Beck le rapporte, dit Violet, je vais vous expliquer comment les choses vont se passer.

— Vous allez le faire vomir, dit Nikki. Ce ne sera pas la première fois. Cela ne va pas lui plaire, mais c'est l'option la moins coûteuse.

Violet caressa le chat qui colla la tête contre sa main.

— Tu ne vas pas m'aimer longtemps, lui dit-elle en souriant. Mieux vaut que je profite de ton affection tant que tu es disposé à me la donner. À moins que je demande à Beck de se charger du purgatif.

— Ça vaudrait mieux, dit Nikki en riant.

Elle retira Frank de son épaule et le prit dans ses bras. Il se laissa faire sans protester.

— Alors, en attendant que Beck revienne, reprit-elle, revenons à vous. Si vous n'avez pas changé de coupe de cheveux et que vous n'êtes pas spécialement maquillée, qu'est-ce qui vous arrive ?

Elle écarquilla soudain les yeux.

— Oh ! je sais. Vous avez rencontré quelqu'un !

Violet hocha la tête et sentit ses joues rougir. Bangor était l'une des villes les plus importantes du Maine mais avait parfois des allures de village. Elle pria pour que Beck revienne rapidement.

Elle avait rencontré Nikki au cabinet vétérinaire, un jour où Frank avait eu un problème. Mais elles ne se connaissaient pas suffisamment pour que Violet ait envie de s'ouvrir à elle de sa relation amoureuse.

— On va bientôt vous voir en robe blanche, alors ! s'exclama Nikki.

— Qui sait ? répondit-elle, au moment où la porte se rouvrit.

Elle avait fini par comprendre que « Qui sait ? » était la réponse idéale quand elle souhaitait mettre un terme à une conversation. « Oui » et « Non » étaient un appel à la poursuivre, alors que « Qui sait ? » était suffisamment vague pour que son interlocuteur s'imagine qu'elle était d'accord avec lui, même si ce n'était pas le cas.

Beck entra et lui tendit le vomitif d'un air intrigué. Elle vérifia l'état de la boîte, la date d'expiration et le dosage, comme l'exigeait le protocole.

— Il est plutôt bien portant, mais cela devrait suffire, dit Beck en désignant le chat.

Il enfila les gants et prit une profonde inspiration. Frank était adorable, mais pas plus que les autres chats il n'aimait se retrouver avec une seringue au fond de la gorge. Beck l'immobilisa avant qu'il ait senti ce qui se tramait, et il se mit à miauler.

— Je t'avais bien dit que tu allais me détester, dit Violet en enfonçant le médicament sous sa langue et en lui refermant la gueule pour l'obliger à l'avaler.

Si Frank avait pu parler, il était à parier qu'il aurait poussé des jurons à faire rougir Larry.

Beck le lâcha dès qu'il eut avalé le médicament, et Frank fila se réfugier sous le banc.

— Il faut attendre une demi-heure que le médicament fasse effet. S'il y a quelque problème que ce soit, appelez-nous.

— D'accord. Et si vous avez envie de parler de l'homme que vous avez l'intention d'épouser, n'hésitez pas à passer au salon. Et pensez à moi pour votre coiffure de mariage. Je fais des prix de groupe.

— Je n'y manquerai pas, dit Violet en se dirigeant vers la sortie.

Dès que Beck referma la porte, elle leva les mains.

— Je suis désolée, je n'avais pas envie de discuter avec elle, et quand elle m'a demandé si j'allais me marier, j'ai répondu « Qui sait ? » pour mettre fin la conversation. Ce qu'elle a pris pour un oui, alors que ce n'était pas ce que je voulais dire.

— Ne t'inquiète pas, répondit Beck avant de lui embrasser la main. Je sais que tu finiras par te marier un jour. Mais, en attendant, j'aime passer du temps avec toi.

Sur ce, il sortit de la salle pour rejoindre le patient suivant dans la salle contiguë.

Violet enfonça les poings dans les poches de sa blouse. Elle sentit ses ongles pénétrer dans ses paumes et ferma les yeux pour faire couler les larmes qui y perlaient.

Elle avait essayé d'expliquer à Beck pourquoi elle avait répondu « Qui sait ? » à Nikki, mais il n'avait pas paru inquiet. Il ne redoutait pas qu'elle lui parle mariage puisqu'il avait été clair sur le sujet. Mais il était clair pour lui également que leurs chemins prendraient un jour des directions différentes. Pas immédiatement. Un jour.

15

Beck grimaça en voyant Toaster manquer de nouveau le troisième piquet. Comment était-ce possible ? Le slalom était l'activité d'agility qu'elle préférait.

La compétition approchait. Il savait que Violet faisait comme si leur qualification n'était pas primordiale. Et qu'elle faisait son possible pour ne pas stresser à l'idée de croiser Thomas d'ici quelques jours.

Après la manière dont ce dernier s'était comporté au mariage de son frère et de Fiona, Beck n'osait pas imaginer son attitude quand ils se trouveraient sur « son territoire », pour ainsi dire.

Il croisa le regard de Vi. Il espérait qu'elle n'avait pas vu l'erreur répétée de Toaster, puisqu'elle était tournée vers Tim et Lacey, mais elle semblait avoir des yeux derrière la tête, quand elle se trouvait sur le parcours d'agility. Aucune faute ne lui échappait.

Il leva la main.

— Je sais, on va recommencer, dit-il avant de donner l'ordre à sa chienne de se replacer au début du slalom.

Toaster gémit mais obéit.

— Attends ! dit Vi en accourant vers eux.

— Quoi ? rétorqua-t-il en croisant puis décroisant les bras.

Il était irascible. En fait, il s'énervait pour un rien depuis que Nikki avait parlé de coiffer Vi le jour de son mariage. Ou, plus exactement, depuis que Vi avait cherché à se justifier en insistant sur le fait qu'elle n'avait pas l'intention de se marier avec lui. Nikki adorait jouer les entremetteuses, comme elle adorait coiffer et maquiller les mariées et leurs proches. C'était son fonds de commerce, et elle en parlait à toutes les personnes qu'elle croisait. Cela ne l'avait pas choqué. Jusqu'à ce que Vi s'empresse de lui expliquer qu'elle ne l'épouserait pas.

Elle ne faisait qu'appliquer la règle que lui-même avait formulée. Il n'avait aucune raison d'être contrarié et, pourtant, il ne parvenait pas à chasser l'anxiété qui l'étreignait depuis.

Vi prenait ses distances. Pas de manière radicale, mais il avait remarqué qu'elle le touchait moins quand elle passait près de lui, ou qu'elle avait dormi une nuit de plus chez elle dans la semaine.

Il avait la sensation que chaque journée les éloignait progressivement l'un de l'autre, sans qu'ils le reconnaissent clairement. Peut-être cela leur faisait-il peur.

Violet le regarda sans rien dire, puis s'assit par terre et appela Toaster pour qu'elle vienne se coucher sur ses genoux. C'était l'un des jeux préférés de Bear qui, en dépit de ses vingt-cinq kilos bien tassés, semblait parfois se prendre pour un chihuahua ou un yorkshire.

Voilà que Toaster s'y mettait, elle aussi.

— Bravo ! Toaster, dit Violet en la caressant vigoureusement, pour le plus grand plaisir de la chienne.

— Bravo ? dit Beck. Ce soir, on a fait une faute à chaque passage dans le slalom. Je ne comprends pas.

Vi embrassa la chienne puis leva la tête vers lui.

— Le problème, ce n'est pas elle, c'est toi, dit-elle sans détour.

Beck chercha ses mots.

— J'ai couru comme je cours d'habitude, Vi. Et je lui donne les mêmes consignes. On fait ça tous les soirs, soit dans le jardin, soit ici, au club.

Il ne voyait pas ce qui avait changé par rapport aux autres entraînements.

— Tu es stressé, Beck. Et Toaster le sent.

Elle regarda au loin.

— On peut parler de ce qui te tracasse, si tu veux.

— Pas ici.

Elle hocha la tête.

— C'est donc à propos de nous, dit-elle avant de se lever.

— Vi...

Loin de lui l'idée de la blesser. Jamais il ne lui ferait du mal. Il l'aimait. Il l'aimait à la folie.

Mais Thomas avait raison. Elle voulait un mari. Une relation stable et apaisée. Et lui l'en empêchait.

Mieux vaudrait la laisser partir.

Ces mots résonnèrent dans son cerveau, mais son cœur les rejeta violemment. Comment pouvait-on aimer une personne en pensant n'être là pour elle que pour un temps ?

Avec Vi, son cœur refusait d'écouter sa tête.

— Violet, j'ai une question à propos de Tuna, l'interpella Lisa. J'ai remarqué qu'elle avait tendance à s'éloigner du centre et à se rapprocher dangereusement du bord du parcours.

Vi hocha la tête.

— On se parle plus tard, dit-elle à Beck avant de rejoindre Lisa et Tuna.

— Il est tard, et la journée de demain s'annonce chargée. Pourrions-nous reporter notre conversation à demain matin ?

Elle avait beau savoir que plus vite ils parleraient mieux ce serait, la proposition de Beck lui parut trop belle pour ne pas l'accepter.

Tu es lâche !

La semaine précédente, elle avait semé le chaos en allant fouiller dans le bureau de ses parents. Et les allusions de Nikki à son éventuel mariage avaient remué le couteau dans la plaie. Depuis, ils marchaient sur des œufs. Ils étaient l'un et l'autre conscients de ce qui se profilait mais faisaient comme si de rien n'était.

— Tu as faim ?

— Non, répondit-elle en posant ses sacs dans l'entrée. Et toi ?

— J'ai faim de toi, répondit-il en la regardant d'un air entendu.

C'était une phrase qu'ils avaient pris l'habitude de se dire régulièrement, à moitié pour rire. Jusqu'à ce qu'elle aille regarder les photos de ses parents. Beaucoup de choses avaient pris fin à ce moment-là.

Peut-être même notre relation.

Fiona lui avait dit, un jour, à l'université, qu'on sortait avec un garçon soit pour se marier soit pour rompre.

— Beck, dit-elle en se rapprochant de lui.

Elle se pencha et posa de petits baisers dans son cou. Ce n'était pas ce qu'ils étaient censés faire, mais elle s'en fichait. Elle avait envie de passer encore une nuit avec lui. Encore du temps avec l'homme qu'elle aimait. Et, le lendemain, elle pourrait lui faire ses adieux.

Beck la prit par la taille et la serra contre lui.

— Allons nous coucher, Beck, dit-elle dans un murmure.

Ils parleraient le lendemain. Le lendemain, elle réfléchirait à la suite. Elle trouverait les moyens de survivre à son chagrin d'amour.

Mais, pour l'heure, ils étaient encore ensemble.

Beck se retourna et ne fut pas surpris de ne pas trouver Vi dans son lit. Ils avaient passé la nuit blottis l'un contre l'autre. Il regarda le plafond.

Chacun de leurs gestes avait été lourd d'un sens qu'il n'avait pas très envie de regarder de près à la lumière du jour. Ils avaient pris leur journée. Il voulait proposer à Vi d'aller faire une randonnée ou d'aller voir les décorations au marché de Noël qui s'était installé dès que les lanternes de Halloween avaient cessé de briller.

Il entendit Bear aboyer et en éprouva un soulagement certain. Il avait eu peur que Vi disparaisse de sa vie. Ils venaient de vivre leur nuit la plus intense – avec la première qu'ils avaient passée ensemble –, chacun anticipant les besoins de l'autre. Et la dernière fois qu'ils avaient fait l'amour, ils avaient pris leur temps, comme s'ils voulaient mémoriser tout du corps de l'autre. Leurs corps s'étaient dit au revoir bien avant qu'ils osent échanger des mots d'adieu.

Vi voulait se marier. Elle méritait de trouver l'homme avec lequel elle partagerait cette vie-là.

Il s'assit au bord du lit et jeta un coup d'œil circulaire dans sa chambre. Vi avait ramassé toutes ses affaires. Y compris son livre de chevet. Dans la salle de bains, son maquillage, sa brosse et son séchoir à cheveux avaient disparu.

Cette fois, c'était elle qui partirait la première.

Deux options se présentaient à lui : soit il se préparait sans se presser, pour prolonger ce qu'ils avaient vécu cette nuit, soit il descendait vite, prêt à affronter la rupture et le chagrin d'amour qui l'attendaient dans la cuisine ou le salon. Aucune des deux options ne lui paraissant alléchante, il décida qu'il valait mieux mettre fin au suspense le plus vite possible.

Il descendit dans la cuisine d'où s'échappaient des effluves de café et de bacon. Si Violet n'avait pas pris toutes ses affaires à l'étage, il aurait pu penser qu'il s'agissait d'un jour comme un autre.

— Bonjour, Vi, dit-il sur un ton plus sec qu'il ne l'aurait voulu.

Elle avait tiré ses cheveux en une queue-de-cheval basse et portait un pull vert sur un legging noir, et de grosses chaussettes en laine. Elle semblait prête pour le marché de Noël.

Mais quelque chose dans son regard évoquait la conversation qu'ils n'avaient pas eue la veille.

Elle posa le bacon dans les assiettes et s'assit.

— Merci pour le petit déjeuner, dit-il en prenant un toast.

Il ne s'attendait pas à la voir prendre le temps de manger, mais plutôt que, comme lui, elle ait envie d'aller droit au but et de ne pas faire durer le suspense.

Elle but une gorgée de café et le regarda en reposant sa tasse sur la table.

— Alors, quel était le problème, hier soir ? demanda-t-elle sur un ton neutre, sans jugement ni accusation.

— Le problème, c'est que tu as envie de te marier un jour, mais que cela ne fait pas partie de mes projets.

Elle pencha la tête, sans cesser de le regarder dans les yeux.

— Ai-je dit que je voulais me marier ?

— Pas directement.

— Donc, je ne l'ai *pas* dit. Qu'est-ce qui te fait penser que j'ai absolument envie de me caser ? Ma première expérience a été suffisamment désastreuse pour que je n'aie pas envie de la réitérer.

— C'est Thomas.

Elle se redressa et croisa les bras.

— Quel est le rapport entre Thomas et notre relation ?

— Il y a un rapport. C'est à cause de Thomas que tu t'es repliée sur toi-même pendant des années ici, à Bangor. Que tu ne voulais pas aller au mariage de Fiona seule. Que tu m'as invité et que...

— C'est bon, j'ai compris. Mais pour moi, le fait que tu aies peur de l'engagement n'a rien à voir avec mon ex. Certes, Thomas a été un élément déclencheur, mais...

— Je t'ai observée, au mariage de Fiona.

Il n'avait pas peur de l'engagement. Un jour, lui aussi serait prêt à se caser. Mais le moment n'était pas encore venu. Il avait envie de profiter de la vie avant de mener une vie déprimante.

— J'ai vu ta déception quand une autre a attrapé le bouquet. Tu t'es vite ressaisie, mais je l'ai vue.

— J'étais déçue de ne pas récupérer le bouquet en papier recyclé que Fiona avait fait elle-même. Pas de ne pas être la prochaine sur la liste.

Beck réfléchit. Avait-il mal interprété ce qu'il avait vu ?

— Tu veux une relation sérieuse.

Elle hocha la tête.

— Il me semblait que nous avions une relation sérieuse.

Elle poussa un profond soupir et regarda le vitrail qu'il avait réalisé lui-même, accroché à la fenêtre. Il suivit son regard. Le vitrail de Vi n'était plus là. C'était un autre bout d'elle qu'elle avait retiré de chez lui pendant qu'il dormait.

— Tu as raison, reprit-elle. Nous ne cherchons pas la même chose. Je veux un homme qui s'engage, qui se projette dans l'avenir avec moi. Quelqu'un de stable et qui n'a pas peur des petites choses banales de la vie.

— Cela s'appelle le mariage.

— Tu es le seul à l'appeler de cette manière. Personnellement, je me fiche pas mal d'avoir une alliance et un bout de papier officiel. Par contre, je ne veux pas d'un homme qui a l'impression qu'en m'aimant il risque de perdre une partie de lui. Regarde tes parents. Ils se sont épanouis dans l'amour.

Il ouvrit la bouche, mais elle l'arrêta.

— Tu dénigres leur histoire en disant qu'elle est déprimante. Alors que c'est manifestement ce qui les a rendus le plus heureux.

Elle prit son assiette et sa tasse et alla les poser dans l'évier.

— Depuis le début, nous savions que cette histoire ne pouvait pas durer, reprit-elle. Mais nous travaillons ensemble et nous devons aller ensemble à Boston ce week-end. Nous sommes adultes. Nous avons vécu une belle histoire, mais maintenant...

Elle s’interrompit. Beck chercha soudain ses mots.

Dis quelque chose !

Non, c’est mieux ainsi, pour tout le monde.

Dis-lui que tu l’aimes.

Tu vois bien que vous n’avez pas envie des mêmes choses.

Fais quelque chose !

Son cœur et sa tête se livraient une bataille acharnée. Vi sortit de la cuisine, mais il était pétrifié, incapable de dire ou de faire quoi que ce soit pour la retenir. Il la laissa partir. Il ne lui courut pas après quand il l’entendit ouvrir la porte d’entrée.

C’était sans doute la meilleure chose à faire.

Mais dans ce cas, pourquoi eut-il la sensation que son âme avait quitté la maison en même temps qu’elle ?

16

Cela faisait trois jours. Trois jours que Vi était partie de chez lui avec toutes ses affaires. Toaster lui donna un petit coup de truffe dans la main. Il lui caressa la tête.

— Elle me manque aussi, dit-il. Même si je la vois tous les jours au cabinet et au club.

Ils avaient travaillé ensemble et s'étaient vus aux derniers entraînements avant la compétition de Boston. En s'ignorant l'un l'autre autant que possible.

Ce qui lui manquait d'elle, ce n'étaient pas seulement les baisers volés et les caresses en passant. C'étaient aussi les blagues nulles, le fait d'être là l'un pour l'autre après les cas difficiles au cabinet. Les conversations de tous les jours.

Lacey avait dit que la température baissait de dix degrés quand ils se trouvaient tous les deux dans la même pièce. Mais que faire ?

D'ici deux jours, l'équipe intermédiaire se rendrait à Boston. Vi avait accepté la proposition de Nancy de l'emmener dans sa voiture. Cette dernière avait sans doute l'intention de lui soutirer des informations pendant toute la durée du trajet. Il fallait croire que Vi n'avait *vraiment* pas envie de voyager avec lui.

Il se leva et alla dans la cuisine. Depuis qu'elle était partie, il n'avait plus goût à rien. Ce qui était ironique. Lui qui disait qu'il ne pouvait pas rester tranquille cinq minutes sans s'activer, prévoir un voyage, une nouvelle aventure. Lui qui, à en croire Vi, fuyait la vie qu'avaient menée ses parents.

— C'est faux. Je ne fuis pas.

Toaster leva la tête et jappa. Elle était de bonne compagnie, mais ce n'était pas une très bonne interlocutrice.

Il jeta un coup d'œil en direction du bureau de ses parents, puis alla en ouvrir la porte, décidé à regarder leurs photos. Cela lui rappellerait en quoi sa vision du monde divergeait de celle de Vi.

Il prit une profonde inspiration et avança jusqu'à la fameuse photo. Son père regardait sa mère, dont le visage et la robe colorée étaient éclairés par un rayon de soleil. Le reste du monde n'existait plus.

Il avait regardé cette photo cent fois. Et pourtant, quelque chose dans l'expression de son père attira son attention. Il la scruta à nouveau puis ressortit dans le couloir pour aller voir la photo de son père au sommet de la montagne.

En comparant les deux clichés, il n'était pas difficile de voir celui sur lequel son père avait l'air vraiment heureux. Il examina les autres photos montrant les exploits de son père et remarqua qu'il y avait l'air fier. Mais pas nécessairement heureux. Contrairement à la photo sur laquelle il regardait amoureusement sa mère.

Il alla chercher son portable et retrouva la photo que Callie avait prise d'eux au club d'agility, la première fois qu'il y avait emmené Vi.

Tout le monde lui disait qu'il ressemblait beaucoup à sa mère. Il avait la stature de son père, mais ses cheveux et ses traits de visage étaient ceux de sa mère. Or, sur cette photo où il regardait Violet comme s'il n'existait personne d'autre au monde qu'elle, il était le portrait craché de son père.

Il aimait Vi, mais au lieu de lui dire qu'il ne pouvait pas vivre sans elle, au lieu de l'inviter à partager avec lui ses aventures, il l'avait laissée partir.

Était-il possible de rattraper un tel égarement ?

Comment montrer à Vi à quel point il était désolé ?

Une idée lui traversa alors l'esprit. Il n'était pas certain qu'elle soit réalisable, mais il était prêt à tout pour que Vi revienne dans sa vie.

Violet avait craint d'avoir à répondre aux questions de Nancy pendant tout le trajet jusqu'à Boston, mais après avoir démarré, cette dernière lui avait demandé seulement comment elle allait puis si elle aimait la musique classique.

Ce n'était pas sa musique préférée, mais elle n'allait pas trouver à redire alors que Nancy avait eu la gentillesse de lui proposer de l'emmener. Et n'en avait pas profité pour la bombarder de questions sur les chiens, sur l'agility ou sur Beck.

Cela faisait cinq jours qu'elle était partie de chez lui avec toutes ses affaires. Et qu'elle souffrait plus qu'elle l'aurait jamais imaginé.

Quand son ex-futur mari l'avait quittée le jour de leur mariage qui n'avait pas eu lieu, là aussi elle avait eu mal. Et honte. Et elle s'en était voulu de ne pas avoir su voir les signaux d'alarme lui indiquant que Thomas n'était pas l'homme qu'il lui fallait.

Mais, à l'époque, elle n'avait pas éprouvé la sensation de vide abyssal qu'elle éprouvait à présent.

— Je vous ai déjà raconté ce qui m'a amenée à faire de l'agility ?

La question de Nancy lui offrit un répit bienvenu. Et cette dernière savait pertinemment qu'elle ne lui avait jamais rien raconté de personnel. Elle s'efforçait de la distraire, ce dont Violet lui sut gré.

— Non, répondit-elle en souriant.

— C'est mon ex-mari, dit-elle avant d'éclater d'un rire franc et guttural.

— Il était passionné d'agility ?

— Non, il détestait les chiens.

Thomas était un goujat, mais au moins aimait-il les animaux. C'était la seule qualité qu'il possédait à ses yeux.

— Dès l'instant où nous nous sommes séparés, j'ai eu un border collie. Il m'a dit qu'il demanderait le divorce si je ne me débarrassais pas de Lilly. Ce à quoi j'ai répondu que cela m'arrangeait.

Elle sourit.

— J'adorais Lilly, mais les border collies ne sont pas les chiens les plus calmes.

— C'est le moins que l'on puisse dire. C'est la raison pour laquelle je ne recommande jamais à des gens qui n'ont jamais eu de chien de prendre un border collie. C'est une race qui a besoin de beaucoup se dépenser.

— Oui, c'est la raison pour laquelle j'ai commencé l'agility avec elle. Le club était à deux heures de chez moi, mais qu'est-ce qu'on s'est amusées toutes les deux !

— C'est un bon sport, aussi bien pour les chiens que pour les maîtres.

— Et je suis tombée amoureuse du coach. Vous me faites penser à lui, parfois. Pour votre professionnalisme et votre façon de vous concentrer sur les chiens et les humains, plus que sur la victoire. Et, par d'autres côtés, vous me ressemblez. C'est frappant.

Vi ne sut que dire.

— Nous avons eu une aventure torride. Ça a été les six plus beaux mois de ma vie, conclut Nancy en poussant un gros soupir.

Vi chercha ce qu'elle pourrait répondre. Elle regarda ses genoux en se demandant comment terminer la conversation. Elle sentit qu'elle était sur le point de confier à Nancy les sentiments qu'elle éprouvait et qu'elle avait du mal à contenir.

— C'était mon grand amour, et je l'ai laissé partir. J'avais tellement peur de perdre l'indépendance que j'avais gagnée en quittant mon mari. J'ai projeté toutes mes peurs sur cette relation avec lui, qui ne méritait pas cela. Quand j'ai compris que j'étais amoureuse de lui, je me suis sauvée au lieu de courir vers lui.

— Nancy…

— J'ai ouvert mon club d'agility quatre ans plus tard. Et j'ai appris depuis qu'il était mort deux semaines après notre dernière dispute. Dans un accident de voiture.

— Oh ! Je suis désolée.

Nancy continua à regarder la route.

— Je donnerais n'importe quoi pour pouvoir vivre ces deux semaines avec lui.

Elle prit une profonde inspiration.

— Violet, je ne sais pas ce qui se passe entre Beck et vous, et cela ne me regarde pas. Vous avez certainement de bonnes raisons d'être en froid avec lui. Et peut-être qu'il s'est comporté de manière impardonnable. Mais vous n'êtes plus la personne que vous étiez avant de le connaître. Cette relation vous a changée. En bien, si je puis me permettre.

Sur ces mots, elle regarda la radio.

— Bon. On arrête le classique. Je crois que le temps est venu d'écouter du rock.

Elle monta alors le son, si bien qu'il fut impossible de poursuivre la conversation. Violet la remercia intérieurement.

Avant de partir de chez Beck, elle avait ramassé toutes ses affaires, surprise par tout ce qu'elle avait progressivement apporté chez lui sans s'en rendre compte.

Le premier objet qu'elle avait mis dans son sac était son vitrail. Tout le reste était remplaçable. Elle avait eu peur que Beck se réveille et l'empêche de l'emporter chez elle. Or, le vitrail n'était pas la nappe de sa grand-mère et, surtout, Beck n'était pas Thomas.

En fait, elle avait laissé ses peurs prendre le dessus et s'était dépêchée de mettre tout ce qui lui appartenait dans ses sacs. Puis elle avait attendu qu'il se lève pour avoir une conversation avec lui. Il fallait qu'ils parlent, qu'elle lui demande s'il envisageait l'avenir avec elle. Qu'ils discutent de sa peur irraisonnée du mariage.

Mais en se précipitant pour faire ses bagages, elle avait laissé peu de chances à la conversation de prendre une autre direction que la séparation.

Beck lut le texto de Dove.

Je l'ai. Je suis devant les stands de boissons. Je pars dans 5 minutes si vous n'êtes pas là.

Il se mit à courir, suivi de près par Toaster. Dove se trouvait près des stands et jetait des coups d'œil furtifs autour d'elle. Elle tenait à la main un paquet enveloppé de kraft.

— C'est la nappe ? Vous ne pouvez pas savoir à quel point c'est important. Je sais que tout cela doit vous paraître bizarre.

Dove hocha la tête et lui tendit la nappe.

— Je n'avais pas compris que c'était... Dites simplement à Violet de ne pas en parler sur les réseaux sociaux. Il ne s'en apercevra pas si personne ne l'y fait penser. Franchement, je ne comprends pas pourquoi il l'a prise.

Beck se dit que Thomas savait certainement ce qu'il faisait, mais il se garda de faire part de ses pensées à Dove après tout ce qu'elle venait de faire pour lui.

— Merci encore, Dove. Violet tient beaucoup à cette nappe.

— Ne lui dites pas comment vous l'avez récupérée. Ne mentionnez pas mon nom, je n'ai pas envie d'avoir des problèmes.

— Promis.

Dove sursauta en apercevant Violet dans la foule et s'éclipsa. Ravi de voir Vi, Beck avança à sa rencontre. Elle le prit dans ses bras, et le monde s'arrêta de tourner.

— Je suis désolée, Beck, murmura-t-elle à son oreille.

Il la regarda, étonné.

— Tu n'as pas de raison de l'être, dit-il. Tu as raison, j'avais peur. Mais j'ai réfléchi et je suis retourné voir les photos de mes parents. Et là, j'ai compris. J'ai compris qu'ils étaient vivants et heureux quand ils étaient ensemble. Parce qu'ils étaient ensemble. Et qu'ils n'avaient besoin de rien d'autre.

— Nous sommes tous différents, et je comprends que toi, tu aies besoin d'autre chose.

— J'ai besoin de me sentir vivant, et je me sens plus vivant que jamais quand je suis avec toi. Je veux continuer à découvrir le monde, mais je veux le faire avec toi. Je t'aime, Vi. Je suis fou de toi. C'est par là que j'aurais dû commencer. C'est ce que j'aurais dû te dire quand tu craignais ma réaction face au mariage. C'est mon problème, Vi, pas le tien, mais je l'ai projeté sur toi.

— Tu n'es pas le seul à avoir projeté tes peurs. Je crois que je cherchais toutes les raisons que tu aurais de me quitter. Je cherchais les signes que tu ne voulais pas la même chose que moi. Et je t'ai peut-être quitté pour ne pas être quittée de nouveau. Ce n'était pas juste.

Elle posa la main sur sa joue.

— Moi aussi, je t'aime, Beck.

— Vi, j'ai quelque chose pour toi. Quelque chose qui te manque depuis longtemps.

Elle regarda le paquet brun et écarquilla les yeux.

— Non ! C'est ce à quoi je pense ? C'est la nappe de ma grand-mère ?

Il la regarda retirer le papier kraft.

— Comment as-tu fait ?

— Peu importe. Mais je dois t'avouer que je l'ai récupérée dans l'espoir de *te* récupérer.

Vi se mit à rire.

— Oh ! merci, Beck ! Merci infiniment.

Leurs lèvres s'effleurèrent. Toaster se mit à aboyer.

— Tu as raison, Toaster, nous avons une compétition, dit-il.

— Allons battre l'équipe de Thomas, après quoi nous aurons toute la nuit pour rattraper le temps perdu, dit-elle d'un air entendu. Nous pourrions passer la nuit à Boston. Et aller nous promener demain. Il paraît qu'il y a un très beau marché de Noël à Snowport.

— Cela me paraît être un excellent programme. Je n'aurais pas pu trouver mieux, dit Beck avant de l'embrasser.

Épilogue

— Alors, cela te plaît ? demanda Vi en dévoilant à Beck le vitrail sur lequel elle avait travaillé pendant plusieurs mois et qu'il n'avait pas été autorisé à voir jusque-là.

Et dont elle n'était pas totalement sûre qu'il lui plairait.

Beck mit la main devant sa bouche. Était-ce pour dissimuler son épouvante ?

Mais des larmes se mirent à couler sur ses joues.

— Vi…

Le vitrail était une reproduction de la photo de ses parents. Celle qu'il avait longtemps considérée comme « déprimante ». Et qui, à présent, suscitait en lui beaucoup d'émotions positives.

— Si tu ne l'aimes pas…

— Vi, tu plaisantes… Je l'adore !

— Ah ! c'est une bonne chose ! Je travaille dessus depuis si longtemps que je crois que j'aurais éclaté en sanglots si tu m'avais dit qu'il ne te plaisait pas.

Cela faisait presque trois ans qu'ils vivaient ensemble. Le jour où elle avait eu l'idée du vitrail, elle s'était dit que ce cadeau plairait à Beck. Mais les mois passant, à mesure que le vitrail prenait forme, une partie d'elle redoutait qu'il lui ressorte les mêmes arguments que le jour où ils s'étaient retrouvés tous les deux dans le bureau de ses parents.

Mais c'était une peur irraisonnée, totalement infondée.

— J'aurais aimé que mes parents soient là pour le voir, dit-il en lui prenant le vitrail des mains pour le poser sur le manteau de la cheminée, à côté de la photo sur laquelle on les voyait tous les deux sauter en parachute en Floride. En fait, il faudrait qu'on l'insère dans un encadrement de fenêtre, comme les vitraux des églises. Tu ne connais pas quelqu'un qui donnerait des cours d'encadrement de vitraux, par hasard ?

— Mitch devrait sans doute pouvoir nous aider.

Il approcha d'elle et la prit dans ses bras.

— Il y a autre chose qui aurait fait plaisir à mes parents, dit-il en se retournant.

Beck s'agenouilla devant elle. Vi mit la main devant sa bouche et sentit les larmes perler sous ses paupières. Beck leva la tête. Lui aussi avait les yeux emplis de larmes.

— Veux-tu m'épouser, Vi ?

Avant qu'elle puisse lui donner sa réponse, Toaster et Bear surgirent dans le salon et, voyant Beck agenouillé, se mirent à aboyer et à vouloir jouer. Toaster lui sauta dessus et le fit tomber, avant de lui lécher le visage.

Vi se mit à rire devant cette scène.

Elle pensait toujours ce qu'elle avait dit à Beck, quelques années auparavant. Elle n'avait pas besoin d'une alliance ou d'un bout de papier pour valider leur relation. L'essentiel était qu'ils soient ensemble. Elle avait déjà la vie dont elle rêvait, à savoir une maison emplie de joie et un partenaire qu'elle adorait.

— Est-ce que tu peux arrêter de rire et me répondre ? demanda Beck, encore en train de se débattre avec les chiens.

Vi parvint tant bien que mal à reprendre son souffle. Elle donna l'ordre aux chiens de venir s'asseoir à ses pieds, ce que Toaster fit aussitôt. Bear, lui, la regarda, donna encore quelques coups de truffe à Beck puis rejoignit Toaster en se dandinant.

Alors elle regarda Beck, l'homme qu'elle aimait.

— Oui, je veux t'épouser, répondit-elle enfin.

Beck se leva et prit son visage entre ses mains.

— Je t'aime, Vi. Je t'aime à la folie. Dans les moments passionnants, mais aussi dans tous les moments plus tranquilles, que tu m'as appris à apprécier.

JC HARROWAY

Le rival des Fidji

Traduction française de
EVELINE CHARLES

BLANCHE

HARLEQUIN

Titre original :
FORBIDDEN FIJI NIGHTS WITH HER RIVAL

1

En entrant dans l'aéroport international de Nadi, situé sur l'une des îles Fidji, Della Wilton soupira de bonheur. Bien qu'elle soit là pour travailler, tous ses problèmes s'étaient évaporés un par un dès qu'elle était descendue de l'avion.

Après avoir soulevé son énorme valise pour la poser sur un chariot, elle s'arrangea pour se cogner le pied. Elle grimaça de douleur, mais même une fracture des orteils n'aurait pu gâcher sa bonne humeur. Deux semaines entières de soleil, de séminaires et de chirurgie *pro bono* à l'Hôpital du Pacifique sur l'une des îles principales des Fidji, Viti Levu, c'était exactement ce qu'il lui fallait après le marasme des trois années et demie qui avaient suivi son divorce.

Elle se dirigea vers la sortie, rêvant déjà de visiter en apnée les récifs de corail, dans des eaux limpides, ou de paresser sur un hamac entre deux cocotiers.

Malheureusement, elle avait à peine progressé de quelques pas lorsque les roues du chariot se bloquèrent. Della émit un grognement frustré. On pouvait compter sur elle pour choisir le chariot déficient !

Elle fit marche arrière dans l'espoir de libérer les maudites roues apparemment collées au sol. Elle imprima une secousse au chariot, ce qui n'eut d'autre effet que de faire basculer ses bagages, qui tombèrent lourdement par terre. Della se pencha pour les récupérer. L'arrière de son cou était déjà humide de sueur, en raison de l'humidité et de la chaleur ambiantes. Mais lorsqu'elle se redressa, elle se retrouva nez à nez avec la dernière personne au monde qu'elle s'attendait à voir à cet endroit, Harvey Ward.

— Della..., fit-il d'une voix traînante, un petit sourire étirant sa belle bouche.

Il fixa sa grosse valise d'un air méfiant, comme si elle était pleine de sex-toys, de chocolat et de tequila... le kit de survie pathétique de la femme célibataire.

— Personne ne t'a jamais expliqué les principes élémentaires du « voyager léger » ?

Sans lui laisser le temps de répondre, il déposa un baiser sur sa joue. Della poussa un cri de surprise, immédiatement troublée par ce contact qui s'apparentait à un choc électrique. Il n'avait jamais fait cela auparavant. D'ordinaire, s'ils se croisaient, ils s'adressaient un hochement de tête ou un bonjour très sec.

— Qu'est-ce que tu fiches ici ? aboya-t-elle, abandonnant l'indifférence polie qu'elle lui réservait d'habitude.

Ce n'était pas un ami, bien qu'ils se connaissent depuis des années. Pas non plus un ennemi juré, bien qu'en tant que chirurgien plus expérimenté qu'elle il lui ait volé le poste qu'elle convoitait à Melbourne. Et certainement pas un amant, même s'ils avaient passé une nuit ensemble juste après qu'elle avait reçu son jugement de divorce, trois ans auparavant. Se sentant rejetée et humiliée, elle avait bu trop de rosé et perdu momentanément l'esprit.

Malheureusement pour elle, Della se rappelait exactement ce qu'elle avait ressenti, alors qu'elle était complètement nue dans ses bras. Ils n'avaient fait l'amour qu'une seule fois, mais ce souvenir était gravé dans sa mémoire.

— Moi aussi, je suis ravi de te revoir, répliqua Harvey en riant.

Il sélectionna un chariot aux roues fonctionnelles.

Ce type exécrable était bon en *tout*. Comment osait-il paraître aussi détendu et sexy, vêtu d'un short banal et d'un polo qui mettaient en valeur son bronzage léger et son corps athlétique, alors qu'elle avait un besoin urgent d'une douche, de préférence froide.

— Je suis venu te chercher, expliqua-t-il simplement.

Della repoussa ses boucles humides de son visage rougi.

— Évidemment, ça explique tout, marmonna-t-elle.

Il était clair qu'il avait fait tout ce voyage depuis l'Australie pour lui lancer des piques ou mettre en évidence ses faiblesses.

— Dois-je comprendre que tu n'es pas contente de me voir ?

Della pinça les lèvres, tandis qu'il soulevait sa valise pour la poser sur le second chariot.

Encore un détail qui l'agaçait au plus haut point. Tout comme son frère aîné, Brody, le meilleur ami de Harvey, ce type avait la compétition dans le sang. C'était sans doute pour cela qu'il était tellement à l'aise dans la famille de Della, un clan de médecins tous plus excellents les uns que les autres. Les parents de Della étaient généralistes, son frère l'un des meilleurs chirurgiens néphrologues australiens. En tant que petite sœur, elle avait grandi dans la terreur de ne jamais atteindre leur niveau. L'arrivée de Harvey, sûr de lui et arrogant, n'avait fait que renforcer ce sentiment.

Quand la valise fut bien installée sur le chariot, Harvey lui adressa un sourire triomphant avant de le pousser vers la sortie, visiblement certain qu'elle le suivrait.

— À ce que je vois, tu es toujours aussi ronchonne, remarqua-t-il.

Il lui lança par-dessus son épaule le sourire éclatant qui avait toujours mis les nerfs de Della à vif dès leur première rencontre. Quand Brody avait présenté Harvey à sa famille, elle avait dix-huit ans et allait commencer ses études de médecine. Il y avait eu quelque chose dans ce médecin fraîchement diplômé… une certaine faim dans ses yeux… qui l'avait effrayée. On aurait dit que Harvey connaissait un immense secret qu'elle était trop stupide pour deviner. Bien entendu, il lui avait plu, bien qu'elle ait eu à l'époque un petit ami. Mais Harvey était vraiment canon. À vingt-trois ans, avant même qu'il devienne chirurgien, il avait une assurance extraordinaire. Malheureusement, il avait suffi qu'ils discutent cinq minutes pour qu'elle comprenne qu'ils étaient totalement incompatibles. Ils s'étaient mutuellement manifesté un mépris instantané.

Brody avait raconté comment Harvey avait couché la veille avec une pauvre fille qu'il ne comptait pas rappeler.

« Je l'ai prévenue qu'il n'y aurait rien de sérieux », avait précisé Harvey avec un haussement d'épaules.

Della, qui était très amoureuse de son petit ami et craignait une relation à distance, n'avait pas vraiment apprécié cette attitude envers les femmes. Harvey semblait croire que l'amour et l'engagement étaient réservés à des fous idéalistes.

— Je ne suis pas ronchonne, protesta-t-elle en se hâtant derrière lui, mais je te rappelle que tu m'as volé mon poste.

Elle détestait ce ton pleurnichard. Elle lui en voulait, bien sûr ! Évidemment, sur le principe, le poste de chef de service en chirurgie traumatologique à l'hôpital de Melbourne ne lui appartenait pas, et Harvey avait le droit d'y postuler. Mais après avoir quitté son Melbourne natal pour suivre son mari à Sydney, et après l'humiliation de son divorce, elle avait désespérément eu besoin de reprendre confiance en elle.

Sa défaite l'avait obligée à travailler en Nouvelle-Zélande afin de s'éloigner d'Ethan, son ex-mari.

Harvey lui adressa un clin d'œil.

— Est-ce ma faute s'ils ont choisi le meilleur chirurgien ? demanda-t-il en franchissant la porte de sortie.

— Non, mais c'est ta faute, si tu es un monstre d'arrogance et un fana du contrôle.

Della ne remarqua pas qu'il s'était arrêté avant de lui rentrer dedans et que ses seins s'écrasent contre son bras. Elle leva les yeux vers lui, le corps et le visage en feu. Il était trop proche, trop grand et trop… Harvey.

Ignorant la lueur de malice dans ses yeux sombres, elle recula.

— Allez, Della, dit-il sur un ton enjôleur, cela date de trois ans, maintenant. Tu ne penses pas qu'il est largement temps de me pardonner et d'enterrer la hache de guerre, de préférence ailleurs que dans mon crâne ?

— Si seulement…, fulmina-t-elle.

S'emparant du chariot, elle s'écarta de lui. Ce n'était pas parce qu'il adorait jouer les petits chefs qu'elle était obligée de se laisser faire. Le parfum de son eau de Cologne subtile parvint à ses narines, mêlé à l'odeur de lessive exhalée par ses vêtements.

Des souvenirs s'imposèrent à elle sans y avoir été invités.

Coucher avec Harvey lui avait au moins rappelé que même si elle avait dépassé la trentaine, elle était encore séduisante. Qui mieux qu'un séducteur comme lui pouvait lui donner un moment de plaisir libre de tout engagement ?

— Pourquoi es-tu là ? demanda-t-elle. Pas ici, à l'aéroport, en train de trimbaler mes bagages, mais ici, aux Fidji ?

— J'ai été invité par le Dr Tora, le chef du service de chirurgie à l'Hôpital du Pacifique, répondit-il avec un haussement d'épaules. Tu n'étais pas prévenue ?

Il prit un trousseau de clés dans sa poche et les agita.

Malgré la chaleur, Della se sentit glacée jusqu'aux os.

— À quel sujet ? s'enquit-elle sur un ton de nouveau plaintif.

— Sur le fait que, comme toi, je suis ici pour gérer quelques séminaires et offrir mes services.

Après avoir lâché cette bombe, Harvey se dirigea vers une jeep. Les cheveux de Della se hérissèrent sur sa nuque. Elle était prise au piège... de nouveau. Elle se dépêcha de le rejoindre, poussant le chariot devant elle.

— Qu'est-ce que tu veux dire ? Je ne comprends pas.

Seigneur, faites que ce soit une erreur.

Elle ne pouvait pas passer ses vacances avec Harvey, cela finirait par un meurtre.

— Nous allons travailler ensemble pendant deux semaines, confirma-t-il avec indifférence.

Soulevant sans peine sa valise, il la déposa dans le coffre, revint sur ses pas pour remettre le chariot en place, puis s'installa derrière le volant et prit ses lunettes de soleil dans la poche de son polo pour les poser sur son nez.

Della vacilla, désorientée. Soudain, elle avait très chaud. Travailler ensemble ? Ils ne l'avaient jamais fait auparavant. Ce serait un désastre. Elle serait obligée de le voir chaque jour à l'hôpital sans pouvoir se dérober à ses fanfaronnades ou à son formidable sex-appeal.

C'était vraiment injuste !

— Je suppose que tu plaisantes, marmonna-t-elle en ouvrant la portière pour s'asseoir près de lui contre son gré.

— Je crains que non, malheureusement, répondit Harvey en démarrant. Aime-moi ou déteste-moi, ajouta-t-il en se penchant vers elle, mais tu vas devoir me supporter pendant un bout de temps.

Avec quelle facilité, ils réintégraient leurs rôles respectifs, toujours dans la surenchère, même ici, dans ce pays magnifique !

— Non, dit-elle sèchement, c'est toi qui vas devoir me supporter.

Croisant les bras sur sa poitrine, elle se tourna vers la vitre pendant que Harvey lâchait un petit rire avant de sortir du parking de l'aéroport.

Della avait rêvé d'une quinzaine de jours de soleil et de chirurgie avant de retourner en Nouvelle-Zélande, revigorée... ce rêve venait de s'évaporer. Mais elle était bien décidée à rester. Harvey ne parviendrait pas à la faire partir. S'il parvenait à supporter sa compagnie, elle supporterait la sienne.

Mais la perspective de travailler quinze jours avec son rival, un homme qu'elle avait de surcroît connu intimement, n'était vraiment pas réjouissante.

2

Au moins une demi-heure. C'était le temps qu'il avait fallu à Harvey pour se calmer après le trajet silencieux avec Della, depuis l'aéroport jusqu'à l'hôpital. Mais maintenant, après s'être rasé, avoir pris une douche froide et s'être changé, il sentait encore comme des picotements sous sa peau. Cette femme exaspérante avait le don de le vexer comme nulle autre, et cela avait toujours été le cas. Et, bien entendu, elle était belle à tomber.

— ... et comme vous le savez, cette partie de l'hôpital est consacrée à nos urgences, dit le Dr Tora.

Sa voix arracha Harvey au souvenir de cette nuit, trois ans auparavant. Après une soirée passée dans sa famille, Della l'avait surpris en l'embrassant sur la joue pour lui dire au revoir. Le baiser qui avait suivi avait été... explosif. Aussi explosif que les querelles qui avaient toujours constitué l'essentiel de leurs relations.

Se forçant à revenir au moment présent, Harvey adressa un signe à un urgentiste qu'il avait rencontré lors de ses précédentes visites. Il était fier de cette collaboration avec l'hôpital, et la dernière chose dont il avait besoin, c'était d'un conflit continuel avec Della, susceptible de ternir la réputation qu'il avait construite au cours des années.

À cet instant, le bipeur du Dr Tora résonna. Il le fit taire et consulta l'écran.

— Malheureusement, je dois vous quitter, mais je compte sur vous pour remettre son badge au Dr Wilton.

— Bien sûr.

Harvey prit le cordon du badge comme si c'était un serpent

vivant et le glissa dans sa poche. Où était Della ? S'il était allé la chercher à l'aéroport, c'était pour dissiper toute gêne éventuelle entre eux. Depuis qu'ils avaient fait l'amour, ils s'étaient peut-être vus six fois, et toujours en présence des autres Wilton. Mais elle lui avait cramé le cerveau, avec cette petite robe d'été sexy. Ses cheveux avaient poussé, et ils encadraient son délicieux visage en forme de cœur.

Mis à part cette attirance, ils avaient instantanément repris leurs rôles respectifs. Elle avait affiché un ennui à peine masqué, et il s'était évertué à lui lancer des piques jusqu'à ce que ses yeux bleus étincellent de colère.

Harvey avait complètement oublié qu'il était venu pour s'assurer que tout se passerait bien. Des images du corps nu de Della au-dessus ou au-dessous du sien et son regard qui le jugeait même quand elle criait de plaisir avaient surgi devant ses yeux. Ils n'avaient jamais reparlé de cette nuit, faisant comme si rien ne s'était passé. Mais ainsi qu'il le lui avait dit dans la voiture, que cela leur plaise ou non, ils allaient devoir se supporter mutuellement. Il fallait absolument qu'ils trouvent le moyen de travailler ensemble.

Harvey fit la grimace. Ces deux semaines allaient être très longues...

Un bruit de pas pressés les fit se retourner, le Dr Tora et lui. Hors d'haleine, Della apparut. Toujours fâchée. Visiblement toujours aussi énervée contre lui. Et toujours super sexy. Harvey soupira intérieurement, se rappelant qu'elle l'avait toujours regardé comme s'il était quelque chose de dégoûtant qu'elle aurait inopinément trouvé sous sa chaussure.

— Désolée, je suis en retard, dit-elle au Dr Tora, ignorant totalement la présence de Harvey. Je me suis perdue.

Adressant au médecin un délicieux sourire, elle lui tendit la main.

— Je suis Della Wilton, chirurgienne à l'hôpital du Port d'Auckland. Merci de m'accueillir dans votre hôpital.

Tout comme lui, Della avait visiblement pris une douche et s'était changée depuis qu'il l'avait déposée devant son bungalow, une heure auparavant. Elle sentait délicieusement bon, telle une brise marine, et sa robe sans manches toute simple ne faisait rien pour dissimuler son corps sensationnel. Non que Harvey ait besoin d'un rappel à ce sujet, il possédait une excellente mémoire, et il avait eu presque vingt ans pour étudier les nombreux atouts de Della.

— Ne vous excusez pas, docteur Wilton, répondit le Dr Tora. Malheureusement, vous avez manqué la visite du service de chirurgie, et je dois vous quitter pour m'occuper d'un patient qu'on vient de m'adresser. Je vous confie au Dr Ward. Il connaît parfaitement les lieux, après toutes ces années.

Après avoir adressé un grand sourire à Della, le médecin s'éloigna.

— Après toutes ces années ? répéta-t-elle.

Elle fixait Harvey comme s'il avait voulu délibérément gâcher ses vacances par sa présence. Sa course avait rosi ses joues, et les taches de rousseur qui ornaient son nez rappelèrent à Harvey celles qui parsemaient ses épaules et sa poitrine.

Ils avaient beau se quereller, il ne parvenait pas à oublier ses courbes superbes et sa sauvagerie dans l'amour. Ils étaient comme l'huile et l'eau... incompatibles et pourtant inflammables.

Il compta jusqu'à cinq avant d'ouvrir la bouche, pour éviter de déclencher une nouvelle dispute. Lors de leur première rencontre, il souffrait encore après la mort de sa seule et unique petite amie. Afin d'oublier son chagrin, il accumulait les conquêtes. Éprouvant une attirance incongrue pour la sœur de son meilleur ami, il avait fait des commentaires cyniques sur la relation à distance que Della tentait de maintenir avec son petit copain du lycée. Elle ne le lui avait jamais pardonné. Pendant des années, elle avait saisi toutes les occasions de souligner qu'en amour ils avaient des objectifs différents et que le sien était le meilleur.

— Je viens ici tous les ans, expliqua-t-il. J'organise plusieurs séminaires pour nos collègues fidjiens et je pratique quelques opérations pour aider.

Comme il n'avait ni compagne ni famille avec qui passer les vacances, il avait toujours préféré s'occuper.

— Bien entendu. Pourquoi faut-il qu'où que j'aille, tu me précèdes toujours ? ironisa-t-elle. Tu es invité dans *ma* famille, tu occupes *mon* poste à Melbourne et maintenant tu gâches *mes* vacances.

— Je pourrais prétendre que tu me suis, répliqua-t-il.

Il caressa du regard sa nuque élégante. Il se rappelait qu'à cet endroit sa peau était douce et son parfum enivrant.

— Ce n'est pas comme si j'étais venu cette année aux Fidji dans le seul but de te contrarier.

— Ça ne m'étonnerait pas, marmonna-t-elle en s'éloignant.

Harvey prit une profonde inspiration. Comment tiendrait-il pendant deux semaines, s'il ne pouvait pas échanger quelques mots sans qu'elle s'énerve ou qu'il lui lance des piques ?

Il devrait peut-être rappeler à cette pimbêche comment elle l'avait utilisé après son divorce.

Il la rattrapa devant la salle réservée au personnel où plusieurs infirmières prenaient une pause.

— Voici la salle de repos, dit-il très fort, et de l'autre côté du couloir, c'est le bureau des médecins.

Il introduisit Della dans cette pièce, qui était déserte.

— Tu disposes d'un ordinateur, d'une photocopieuse et d'une imprimante, dit-il.

Glissant la main dans sa poche, il lui tendit son badge.

— Tu en auras besoin pour les utiliser.

Elle le prit avec une sorte de méfiance.

Il remit les mains dans ses poches pour paraître décontracté.

— Alors, commença-t-il, qu'est-ce que tu es devenue depuis tout ce temps ?

Elle se mit arpenter le bureau, faisant mine d'examiner les notes, sur le tableau d'affichage.

— Oh ! tu sais... je suis toujours la même vieille Della... Je suis toujours divorcée et je travaille toujours à Auckland.

Elle adoptait cette posture chaque fois qu'elle se sentait menacée : elle insistait sur ce qu'elle considérait comme ses échecs, comme si en les mentionnant avant les autres elle actionnait un mécanisme de défense.

Harvey ferma la porte et se planta devant elle.

— Écoute, Della. Je suis venu te chercher à l'aéroport pour qu'il n'y ait pas de malentendu. Je sais que nous n'avons jamais parlé de cette nuit, mais c'était juste du sexe.

« Juste du sexe. »

Le genre qui avait altéré à jamais la perception qu'il avait de cette femme. Pendant seize ans, il avait réussi à combattre son attirance pour elle et à penser à elle comme à la sœur intouchable de son meilleur ami. Cet exploit aurait dû lui valoir une médaille d'or.

— Mais il n'y a aucune raison que cela joue sur nos relations professionnelles, continua-t-il.

— Tu parles ! Je suis une professionnelle, et d'ailleurs ce n'était pas si bien que ça.

— Menteuse, dit-il simplement.

La regardant dans les yeux, il la défia de poursuivre dans cette voie. Sinon, il lui rappellerait qu'elle avait joui deux fois et avait quitté sa chambre visiblement repue sexuellement.

Mais elle lui avait avoué qu'il avait été son premier amant après son divorce, six mois auparavant. À la pensée qu'elle avait utilisé « ce bon vieux Harvey » pour oublier son ex, il sentit son estomac se nouer. Il n'avait compris à quel point cette révélation l'avait affecté que le lendemain, lorsqu'il s'était réveillé et avait senti son parfum dans ses draps.

Mais Della n'en avait pas fini avec lui.

— Ne t'inquiète pas, dit-elle en le foudroyant du regard, je n'essayerai pas de te faire renoncer à ton principe qui consiste à ne jamais coucher deux fois avec la même femme.

Elle lui avait toujours fait clairement comprendre ce qu'elle pensait de la façon dont il évitait tout engagement. Bien entendu, elle ignorait la raison pour laquelle il s'en tenait toujours à des liaisons brèves et superficielles. Sa mère et ensuite Alice l'avaient abandonné, chacune à leur manière, et il ne permettrait pas à une autre femme de le blesser. Il préférait rester seul et aux commandes de sa vie.

Harvey secoua la tête avec incrédulité.

— Je ne m'inquiète pas et, pour info, j'ignore de quel principe tu parles.

Ce qui était certain, c'était qu'il devait absolument éviter de faire l'amour avec elle une deuxième fois.

Était-ce sa faute, si Della était du genre à rechercher le grand amour, alors qu'il était un loup solitaire ? Était-ce sa faute, s'ils exerçaient la même profession tout en ayant des personnalités totalement opposées ? Elle avait grandi dans une famille aimante, alors que sa mère l'avait abandonné lorsqu'il avait huit ans. Était-ce sa faute s'il était resté délibérément célibataire, alors que Della était successivement tombée amoureuse d'hommes qui n'en valaient pas la peine et lui brisaient le cœur ?

— Pourtant, à quarante-deux ans, tu n'as jamais eu une relation qui dure plus longtemps qu'une bouteille de lait ! répliqua-t-elle.

Une fois de plus, Harvey se demanda pourquoi il avait maintenu son séjour aux Fidji après que Brody lui avait appris que sa sœur s'y trouverait aussi.

— Pourquoi fais-tu toujours ça ? demanda-t-il.

Della posa une main sur sa hanche, accentuant du même coup la beauté de ses courbes.

— Je fais quoi ?

— À t'entendre, on pourrait croire que ma vie sexuelle te dérange. Le scepticisme vis-à-vis de l'amour n'est pas un crime, Della. Il me semble que cela ne te gênait pas quand tu as eu besoin d'une partie de jambes en l'air pour accepter le jugement de ton divorce.

Au moins, elle ne pouvait pas nier leur attirance mutuelle, même si elle détestait la façon dont il menait sa vie.

— Ça ne me dérange pas ! s'exclama-t-elle en rougissant. Et ne fais pas comme si tu espérais que ce qui s'est passé entre nous il y a trois ans aurait pu être le début d'autre chose. Ce n'est pas ton genre.

Elle avait raison.

— C'est exact, et tu le savais parfaitement, ce qui ne t'a pas empêchée de coucher avec moi. Tu cherchais une valeur sûre, et le bon vieux Harvey faisait l'affaire.

C'était un coup bas, mais il ne pouvait pas s'empêcher de la provoquer.

Della ouvrit la bouche et battit des paupières, cherchant sans doute une réplique acérée. Mais Harvey s'était déjà trop dévoilé. Le fait qu'elle l'avait utilisé, cette nuit-là, était blessant, mais elle ne devait pas savoir qu'il en était conscient.

S'approchant d'elle, il baissa la voix :

— Tu voudrais peut-être renouveler l'expérience, Della ? Si c'est le cas, tu n'as qu'à demander. Pour toi, la porte de ma chambre sera toujours ouverte.

— Je n'en doute pas, marmonna-t-elle. Tu ne changeras jamais.

— Pas plus que tes préjugés. Mais puisque tu as abordé le sujet des relations amoureuses, tu espères sans doute que je vais te poser la question. Alors... tu as quelqu'un dans ta vie, en ce moment ? Le mari n° 2 t'attend à Auckland ?

Harvey se reprocha immédiatement sa curiosité. Il était inutile d'énerver Della plus qu'elle ne l'était déjà. De toute façon, il se moquait bien de savoir si elle avait rencontré un homme. Cela ne le regardait pas. En revanche, il espérait terminer en un seul morceau, à la fin de ces deux semaines.

Comme Della détournait le regard, il devina qu'il n'y avait personne. Bon sang ! Tout aurait été plus facile pour lui si elle avait été intouchable.

Elle confirma ses doutes :

— J'ai été très occupée. J'ai changé de pays, j'ai pris un nouveau poste, je suis revenue à Melbourne chaque fois que c'était possible pour voir ma famille.

— Si je comprends bien, tu n'as eu personne depuis ton divorce ? demanda-t-il avec incrédulité.

Cela impliquait-il qu'elle n'avait eu aucune liaison depuis qu'elle avait couché avec lui ?

— Je ne vois pas en quoi ça te regarde, répondit-elle.

Cette fois, la moutarde lui monta au nez.

— En effet, même si tu m'as utilisé, cette fameuse nuit. Tu savais parfaitement que tu pourrais t'en aller et ne plus jamais en parler, malgré le fait que nous nous sommes vus à plusieurs reprises.

Harvey maudit son impulsivité. Pourquoi ne s'était-il pas contenté de lui donner son badge ? Il aurait pu ignorer à quel point il avait envie de l'embrasser pour la faire taire ! Mais depuis qu'ils avaient fait l'amour, on aurait dit qu'entre eux quelque chose n'était toujours pas réglé.

Della le fixait sans mot dire.

Le cœur battant, Harvey caressa des yeux sa jolie bouche. Il connaissait le goût de ses lèvres, il se rappelait comment elles s'entrouvraient dans le feu de la passion, il les avait senties contre sa peau...

Comment parviendrait-il à survivre pendant ces quinze longs jours en compagnie de Della sans craquer et faire quelque chose de stupide ? Pourquoi ne pas l'embrasser tout de suite et lui suggérer de faire à nouveau l'amour afin de régler définitivement cette attirance ? Ensuite, ils pourraient de nouveau se chamailler à propos de tout et de rien.

Alors qu'ils s'observaient mutuellement avec défiance, on frappa à la porte. Ils s'écartèrent l'un de l'autre, et Seema, une infirmière des urgences, entra dans la pièce.

— Harvey, nous venons d'admettre un homme victime d'un accident, et c'est plutôt moche. Pouvez-vous venir ?

— Bien sûr.

Harvey se rua aux urgences, Della sur les talons.

Le blessé était étendu sur un brancard, en réanimation.

— Ses collègues l'ont littéralement porté jusqu'ici, expliqua Seema. Il est tombé du deuxième étage d'un échafaudage haut de six mètres. Il s'appelle Warren.

Le patient était conscient et gémissait de douleur sous son masque à oxygène. Harvey jeta un coup d'œil à Della tout en prenant un stéthoscope. Leurs différends devraient attendre. Comme s'ils avaient l'habitude de travailler ensemble, ils se postèrent de chaque côté du brancard. À son tour, Della prit son stéthoscope pendant que l'infirmière découpait les vêtements du patient pour exposer sa poitrine. Harvey évalua les signes vitaux. La tension était basse, le rythme cardiaque rapide mais régulier.

— Il a une fracture ouverte au niveau de l'humérus gauche, dit Della en croisant son regard.

L'homme allait être transporté au bloc, mais auparavant ils devaient éliminer toute menace plus grave qu'un bras cassé.

— Pas de perte de conscience ou d'arrêt cardiaque ? demanda Harvey à Seema.

Utilisant une lampe stylo, il testa les réflexes pupillaires de Warren. Par bonheur quelqu'un avait installé une minerve autour de son cou.

— Non, répondit Seema. Ses collègues l'ont amené très vite ici.

— J'ai juste besoin de vous examiner, Warren.

Harvey palpa sa trachée, au-dessus du sternum, avant d'ausculter ses poumons.

— Il a un pneumothorax à gauche et une déviation de la trachée, dit-il.

Il savait que Della comprendrait l'urgence de la situation. S'ils ne parvenaient pas à évacuer l'air accumulé dans l'espace pleural et qui comprimait le poumon, l'homme risquait un état de choc.

Della hocha la tête et prit une aiguille de gros calibre sur le chariot.

— Je crois qu'il présente aussi un volet thoracique de ce côté, dit-elle.

À cet instant le moniteur qui affichait la pression artérielle émit un bruit perçant.

— Sa tension est en train de baisser ! s'écria Harvey. On passe à la décompression.

Della nettoya rapidement la peau de Warren avant d'insérer l'aiguille dans le deuxième espace intercostal pour permettre à l'air emprisonné de s'échapper.

Pendant ce temps, Harvey injectait un analgésique dans le bras du patient. Fort heureusement, sa tension remontait.

— Warren, nous pensons que vous avez des côtes cassées qui ont endommagé votre poumon. Nous allons faire une radio pour en être certains.

— J'aurai besoin d'un kit de drainage thoracique, dit Della à Seema. Et il nous faudra en urgence des unités de sang compatible avec celui du patient.

Après avoir rapidement prélevé un échantillon sanguin, elle tendit le flacon à une infirmière qui l'emporta immédiatement au laboratoire.

Pour l'instant, le patient était stabilisé. Della et Harvey s'écartèrent pour discuter, mettant de côté leurs désaccords personnels.

— La fracture de l'humérus devra être réduite, dit Della, les sourcils froncés par l'inquiétude.

Elle s'écarta pour laisser passer le technicien qui poussait la radio portable sur un chariot.

— Nous serons peut-être obligés de réduire aussi chirurgicalement les fractures des côtes, ajouta Harvey, qui passait intérieurement en revue tous les pires scénarios possibles.

Della acquiesça d'un signe de tête.

— Je vais appeler l'anesthésiste. Dans tous les cas il sera admis en soins intensifs.

— Et je vais parler à un proche de Warren pour qu'il signe le consentement.

— Je ne m'attendais pas à opérer dès le premier jour, déclara Della en levant vers Harvey un regard empreint de surprise et de respect. Tu veux l'humérus ou la poitrine ?

— On verra cela quand on sera au bloc.

— Parfait.

Il ne s'agissait plus de savoir qui d'entre eux était le meilleur chirurgien. Lorsqu'il s'agissait d'un patient, il n'y avait pas de place pour l'ego.

Tandis qu'ils effectuaient leurs tâches respectives, Harvey se demanda combien de temps durerait cette trêve. Leur attirance mutuelle ne menait visiblement nulle, part et sans doute leur faudrait-il en parler… à condition qu'ils se supportent mutuellement suffisamment longtemps pour en être capables.

Comme prévu, ces deux semaines allaient être les plus longues de la vie de Harvey.

3

Plus tard, ce soir-là, après un après-midi au bloc, Della prit son verre de bière bien glacée des mains du barman et sortit. Au Savu, le bar de plage qui se trouvait tout près de l'hôpital, de nombreuses tables étaient disposées sur le sable. Quoi de mieux pour se détendre que de regarder le coucher du soleil ? Après cette première journée remplie d'événements inattendus, elle avait vraiment besoin de temps pour prendre du recul.

Elle avait failli embrasser Harvey dans le bureau des urgentistes… À quoi avait-elle pensé, exactement ? Elle avait eu sa « partie de jambes en l'air », comme il le lui avait fait remarquer. Elle se rappela son expression blessée. Il l'avait accusée de l'avoir utilisé, ce qui était en partie vrai. Mais en quoi cela aurait pu l'affecter ? C'était un adepte des coups d'un soir.

Malgré tout, elle devrait peut-être s'excuser.

En sortant, elle le repéra immédiatement assis à une table proche de l'eau, ses longues jambes étendues devant lui. Une bouteille de bière à la main, il regardait l'océan. Della se figea. Oubliant ses bonnes résolutions, elle envisagea de fuir, comme d'habitude. Il lui suffirait de faire marche arrière et de regagner le logement qu'on lui avait attribué. Cela lui éviterait d'analyser son désir persistant pour cet homme arrogant, en dépit du fait qu'elle allait devoir travailler avec lui pendant quinze jours. Sans compter qu'il avait l'art de la mettre hors d'elle.

« Pour toi, la porte de ma chambre sera toujours ouverte. »

D'accord… pour elle et pour toutes les femmes de la planète.

Comme s'il avait senti sa présence, Harvey se retourna, et

leurs regards se croisèrent. Immédiatement, un frisson de désir la parcourut de la tête aux pieds. Hélas ! Elle ne pouvait plus prendre ses jambes à son cou, maintenant qu'il l'avait vue. Elle n'avait pas particulièrement envie de lui parler, mais s'ils parvenaient à soutenir une conversation sans se quereller ou se hurler des insultes, elle admettrait peut-être qu'elle avait du respect pour lui en tant que médecin.

Ils avaient passé plusieurs heures au bloc, à réduire les fractures de leur patient. Della avait découvert à son grand étonnement que Harvey était un chirurgien extrêmement méticuleux et dépourvu de toute arrogance. Il lui avait même demandé quelles étaient ses préférences techniques.

Harvey leva la main et lui fit signe de le rejoindre, arborant un sourire aimable qui étirait sa belle bouche. Lorsqu'elle parvint devant sa table, il se leva et écarta une chaise pour elle.

— Les grands esprits se rencontrent, dit-il.

Son sourire et la façon dont il la regardait eurent un effet marquant sur le rythme cardiaque de Della. Pourquoi était-il toujours aussi détendu ? Pourquoi tout ce qu'il faisait et disait l'agaçait autant ? Pourquoi fallait-il qu'il lui montre à quel point il était généreux en se rendant régulièrement aux Fidji pour apporter son aide à leurs collègues ? Tout cela anéantissait les préjugés qu'elle avait eus à son endroit.

Si cela continuait ainsi, elle allait être obligée de classer Harvey parmi les gentils. Elle s'assit et but une gorgée de bière, luttant toujours contre cette attirance malvenue.

— Oui, dit-elle. On a eu une sacrée première journée !

— Il n'y a pas de meilleur endroit qu'ici pour se détendre, répondit-il en levant sa bière. Trinquons en l'honneur des belles nuits fidjiennes.

Bien sûr… il fallait encore qu'il se montre sympathique.

À contrecœur, Della heurta son verre contre la bouteille de Harvey. Sans cesser de la fixer, il but à son tour une longue gorgée de bière. Il était trop sexy ! Ce n'était pas juste ! Elle pourrait peut-être coucher avec lui pour en finir avec cette obsession. Trois ans sans faire l'amour, c'était vraiment très long. Lorsqu'elle retournerait en Nouvelle-Zélande, elle devrait sérieusement penser à faire des rencontres.

Elle enviait Harvey de paraître aussi indifférent à sa présence. Elle chercha la façon de lui dire quelque chose qui ne serait pas : « J'aimerais assez te prendre au mot et pousser la porte de ta chambre. »

— J'ai examiné notre patient avant de quitter l'hôpital, dit-elle finalement. Son état est stable.

— J'en ai fait autant.

Harvey plissa les yeux pendant une fraction de seconde, un petit sourire amusé aux lèvres. On aurait dit qu'il lisait en elle à livre ouvert et sentait son malaise.

— Mais tu veux vraiment parler métier alors qu'on pourrait profiter de ce coucher de soleil ? continua-t-il.

Il pencha légèrement la tête de côté pour observer les traînées orange dans le ciel. Elles créaient un étonnant contraste avec l'océan qui s'assombrissait et le sable blanc illuminé par les lumières provenant du bar. Della pinça les lèvres. Si toute discussion à propos de leur travail était exclue, de quoi pourraient-ils parler ? De leur attirance mutuelle ?

— Comment va Brody ? demanda-t-elle, irritée qu'il ait le pouvoir de raviver si facilement son désir.

Évoquer sa famille serait un bon moyen pour rompre le charme. D'autant plus que ce sujet lui rappelait que par la faute de Harvey, elle n'avait pas eu le poste qu'elle convoitait à Melbourne.

— Tu n'as pas de ses nouvelles ? demanda-t-il avec un sourire moqueur. C'est pourtant ton frère.

— Mais tu le vois plus souvent que moi… depuis que tu m'as volé mon poste dans ma ville natale.

Della détourna les yeux du col ouvert de son polo. Elle savait que ce vêtement dissimulait un corps athlétique et une peau bronzée.

Il fallait vraiment qu'elle tourne cette page. C'était enfantin. D'ailleurs, si sa présence ne lui avait pas gâché le plaisir qu'elle attendait de ses deux semaines aux Fidji, s'il n'avait pas aiguillonné la conversation sur leur vie sexuelle respective et s'il n'avait pas failli l'embrasser, elle aurait peut-être pu le faire.

— Brody va bien, répliqua Harvey avec un petit soupir. Amy et lui sont très pris par leur travail, mais ils attendent avec impatience le baptême du petit Jack.

Della acquiesça. Elle avait hâte de voir son neveu, elle aussi. Il était inutile de demander si Harvey était invité à la réunion de famille qui devait avoir lieu un mois plus tard.

— Écoute, Della, à propos de ce poste, continua-t-il plus sérieusement, je voulais t'en parler et je ne sais pas si Brody l'a mentionné, mais mon père ne va pas bien depuis deux ans. Si j'ai posé ma candidature, c'est parce que j'avais vraiment besoin de vivre à Melbourne. Il est la seule famille qui me reste.

Touchée par cet aveu de vulnérabilité, Della secoua la tête.

— Je l'ignorais. Bill a des problèmes de santé ?

Elle savait que les parents de Harvey étaient divorcés et qu'il était proche de son père, mais il n'avait jamais évoqué ce sujet auparavant. Brody avait coutume de dire que son ami était « un être complexe », mais jusqu'à ce jour-là Della en avait douté.

— Il va bien, mais il est atteint de sclérose en plaques, expliqua Harvey sans émotion apparente.

Della remarqua cependant qu'il tentait d'arracher l'étiquette de sa bouteille de bière. Elle rougit à l'idée qu'elle l'avait accusé de vol sans connaître toutes ses raisons. Pauvre Bill ! Le père de Harvey avait souvent été invité dans sa famille pour des fêtes comme Noël, et Della l'aimait beaucoup.

— Je suis désolée de l'apprendre, dit-elle.

Sans réfléchir, elle posa la main sur l'avant-bras musclé de Harvey. Ce geste de compassion déclencha immédiatement des picotements sous sa peau, et elle retira sa main. Si elle voulait réprimer leur attirance mutuelle, elle devait absolument éviter de le toucher.

— Tu dois beaucoup t'inquiéter pour lui, continua-t-elle.

Mais vu ce qu'elle savait de lui, il était certainement dans le déni. Elle ne pouvait pas l'en blâmer, d'ailleurs. Personne n'avait envie de penser que ses parents pouvaient vieillir ou tomber malades.

Haussant les épaules, il but une gorgée de bière.

— Mon père est un homme fier. Il ne veut pas qu'on le prenne en pitié et déteste que je « fasse des histoires », comme il dit. En revanche, tu peux comprendre pourquoi je désirais rester près de lui, au cas où... il aurait besoin de moi.

— Bien sûr.

Un autre des préjugés solides qu'elle avait à propos de cet homme s'effritait.

— Il est gravement affecté ? demanda-t-elle.

Harvey se concentra sur le coucher du soleil, comme s'il n'avait pas vraiment envie de poursuivre cette conversation.

— Il parvient à se débrouiller seul au quotidien, mais comme il a du mal à monter l'escalier, j'ai installé son lit au rez-de-chaussée. Idéalement, je préférerais qu'il vende sa maison et s'installe dans un logement adapté.

Della resta silencieuse un instant. Les deux points de vue pouvaient se défendre. D'un côté, Bill s'accrochait à son indépendance, mais en tant que fils unique Harvey voulait s'assurer que son père était en sécurité.

— Quoi qu'il en soit, poursuivit-il, pour en revenir à la question que je te posais quand nous avons été interrompus par notre urgence, tu n'as eu personne en trois ans et demi ? Ça doit te manquer.

Della soupira. Le butor était de retour. Celui qu'elle pouvait détester à sa guise parce qu'il lui avait pris le poste de ses rêves. D'une certaine façon, c'était une bonne chose, puisque cela lui évitait de s'excuser pour l'avoir utilisé après son divorce.

— Pas la peine de prendre cet air étonné, répliqua-t-elle froidement. Ce n'est pas une fatalité, mais je ne suis pas encore prête pour une nouvelle relation.

Elle n'avait surtout pas envie de parler avec Harvey de son mariage raté et de l'erreur qu'elle avait faite en accordant sa confiance à Ethan.

— Qui a parlé de relations ? demanda Harvey en la regardant dans les yeux. Il s'agit uniquement de sexe.

Après avoir bu une nouvelle gorgée de bière, il passa la langue sur ses lèvres comme Della aurait voulu le faire. Harvey était le dernier homme au monde avec qui elle voulait discuter de sa vie sexuelle.

Plissant les yeux, il l'observa avec attention.

— Dois-je comprendre que *ta* dernière fois a été *notre* dernière fois ?

— Et alors ? répondit-elle sèchement, sentant toute sa compassion pour lui s'évaporer. Tu envisages une compétition entre nous ? C'est ma vie privée, Harvey.

En réalité, elle vivait comme une nonne depuis son divorce, en dehors de cette unique exception. Ce n'était peut-être pas sain, mais elle avait toujours eu besoin d'avoir des sentiments pour un homme avant de faire l'amour avec lui. Cela ne faisait pas d'elle une prude, mais juste une femme.

— Mais toi, tu as le droit de te moquer de ma vie privée ? J'aime le sexe, pas toi ?

— Arrête de me chercher ! Nous ne sommes pas pareils, c'est tout.

Elle se détourna, furieuse contre elle-même. Pourquoi se laissait-elle toujours piéger par lui ? Pourquoi ne pas l'ignorer, tout simplement ? Son arrogance et son attitude cynique envers l'amour ne faisaient que souligner leurs différences. Auprès de lui, elle se sentait complexée, il accentuait ses craintes d'être à la traîne du reste de sa famille. Elle avait toujours souhaité trouver un compagnon aimant et avoir des enfants, alors que Harvey ne croyait même pas en l'amour.

— En quoi sommes-nous différents ? demanda-t-il. Je crois au contraire que nous avons de nombreux points communs, étant donné la fréquence de nos querelles.

Della prit une profonde inspiration. Elle aurait voulu lui dire qu'il était le seul responsable de ces chamailleries, mais elle garda cette réflexion pour elle. Pour une fois, ils avaient une vraie conversation, après l'avoir évitée pendant des années.

— Allez, Harvey, nous sommes à l'opposé l'un de l'autre, surtout quand il s'agit de relations amoureuses. Et ne prétends pas que nous pourrions nous entendre. Tu ne m'as jamais appréciée.

Harvey but encore une gorgée de bière.

— Tu te trompes totalement. Je t'aime bien, au contraire.

Sa voix traînante et légèrement enrouée suscita en Della une bouffée de désir. Était-ce vrai ?

— Si tu m'apprécies tant, comment se fait-il que tu adoptes une position aussi condescendante, quand nous abordons le sujet de nos différences ? Ou celui des relations amoureuses ? Tu as l'air de penser que tu es trop intelligent pour tomber amoureux comme le commun des mortels. On dirait que pour toi l'amour est une supercherie.

Pour la première fois, Harvey parut un peu mal à l'aise.

— Tu te trompes totalement. Toi et moi, nous avons seulement des objectifs divergents. Je te ferai quand même remarquer que dès notre première rencontre tu ne t'es pas privée de me juger.

— Évidemment, puisque tu m'as blessée. On venait de nous présenter, quand tu t'es permis d'affirmer que ma relation à distance était vouée à l'échec. Par la suite, aucun de mes petits amis n'a trouvé grâce à tes yeux. Pas même Ethan, d'ailleurs. Comme si toi, l'expert en amour, tu prévoyais que notre mariage ne durerait pas.

Della détestait le fait qu'il avait eu raison, *une fois de plus.*

— Et toi, tu m'as toujours fait comprendre que je n'étais pas assez bien pour être l'ami de Brody ou que ta famille me reçoive. Tout ça parce que je préférais être célibataire.

Della pinça les lèvres.

— Cette discussion ne nous mène à rien. Nous nous leurrons nous-mêmes, si nous espérons pouvoir travailler ensemble pendant deux semaines.

— On en est capable. Rappelle-toi, nous ne nous sommes pas disputés pendant cette nuit-là, au lit.

Le corps de Della s'embrasa.

— Comment pourrais-je l'oublier, alors que depuis des années j'entends Brody vanter tes exploits sexuels ! Les plans à trois, les femmes dont tu brisais le cœur quand tu annulais un rendez-vous, la succession de tes conquêtes et ton cœur inaccessible...

Un petit sourire aux lèvres, Harvey l'observa avec curiosité.

— On dirait que tu es jalouse, Della, mais on peut y remédier.

Ouvrant les bras, il s'appuya au dossier de sa chaise, comme s'il attendait qu'elle vienne se blottir contre lui. Della en brûlait d'envie, mais elle résista vaillamment.

— Oh ! s'il te plaît ! J'en ai fini avec les hommes.

— Eh ! Ne me compare pas avec ton ex.

— J'aimerais bien savoir ce que tu avais contre lui.

Avait-elle manqué des signes que les autres avaient vus ? Ethan lui avait promis monts et merveilles, mais après leur mariage il avait changé peu à peu. Elle n'avait pas vu le divorce se profiler à l'horizon.

— N'allons pas sur ce terrain, répliqua Harvey en détournant le regard. C'est le passé, et cela ne me concerne pas.

Il serra les dents, comme s'il n'avait aucune intention de répondre à sa question.

— Allez, je veux savoir.

— Laisse tomber, Della. Tu n'aimerais pas ce que j'ai à dire, et on finirait par se disputer de nouveau.

— Dis-le-moi quand même, insista-t-elle.

Y avait-il, dans sa relation avec Ethan, une faille que tout le monde avait vue, sauf elle ?

Harvey laissa échapper un soupir.

— Quand j'ai fait ta connaissance, tu avais dix-huit ans et un cœur d'artichaut. Tu tombais amoureuse comme si... je ne sais pas. Comme si tu avais quelque chose à prouver. Comme si tu étais en compétition avec tous les autres couples.

Vexée, Della poussa un petit cri de protestation.

— J'ai mûri, depuis notre première rencontre, Harvey.

Mais il avait raison, elle se comparait sans cesse à son frère, si heureux en ménage. Elle éprouva une soudaine nausée. Comment Harvey percevait-il son besoin d'être aimée et acceptée, alors qu'il était incapable lui-même de la moindre émotion ?

— Fais-moi confiance, continua-t-elle avec une assurance qu'elle n'éprouvait pas, je n'ai pas l'intention de retomber amoureuse tant que je ne saurai pas si mon futur partenaire a les mêmes désirs que moi.

Elle avait fait cette erreur, avec Ethan. À la fin, il l'avait accusée d'être obsédée par la maternité. Pourtant, au début, il lui avait assuré qu'il voulait lui aussi fonder une famille. Si jamais elle aimait de nouveau, ce serait un homme qui souhaiterait comme elle se marier et avoir des enfants. Mais comment être certaine qu'elle ne serait pas dupée, alors qu'Ethan l'avait manipulée si facilement ?

— Très bien, dit Harvey. Je vais répondre à ta question. Je n'appréciais pas Ethan à cause de certaines paroles qu'il avait prononcées. J'avais l'impression qu'il cachait quelque chose.

Della se figea, maudissant sa curiosité.

— Quand vous vous êtes fiancés, poursuivit Harvey, j'ai sincèrement espéré que je me trompais, que ça allait marcher, que tu serais heureuse.

Della sentit les larmes lui monter aux yeux. Elle ne voulait pas pleurer devant lui. Jamais ! Parce qu'il avait raison. Ethan lui avait menti en prétendant avoir les mêmes objectifs qu'elle. Mais une fois mariés, une fois qu'ils avaient vécu sous le même toit, le quotidien avait eu raison d'eux. Chaque fois qu'elle avait parlé de son désir d'enfant, Ethan lui avait fait comprendre qu'il ne le partageait pas et que *son métier* était sa priorité. Elle l'avait suivi à Sydney, pensant que dans toute union les compromis étaient nécessaires. Elle avait remis le sujet de la maternité à plus tard pendant qu'Ethan poursuivait sa carrière de chirurgien orthopédiste.

Mais cela n'avait pas suffi. Un soir, il était rentré chez eux et lui avait annoncé qu'il n'était pas prêt à devenir père, après quoi il l'avait quittée. Tout du long, Della avait été aveugle, mais Harvey, un homme qui ne connaissait rien aux relations sentimentales, l'avait prédit d'une certaine façon.

Revenant au présent, elle battit des paupières et frissonna, glacée jusqu'aux os. Le visage de Harvey parut dans son champ de vision. Elle perçut dans ses yeux quelque chose qui ressemblait à de la pitié.

— Eh bien, bravo, Harvey ! Tu avais raison… encore. Toi qui ne crois pas en l'amour, tu as décelé les failles de mon mariage. C'est compréhensible, d'une certaine façon, puisque lorsqu'il s'agit de cacher quelque chose, tu es le champion. Est-ce que seulement tu possèdes un cœur, Harvey ? Ou est-ce que tu es étranger à toutes ces émotions que nous autres, pauvres humains, éprouvons ?

Comment avait-elle pu être assez stupide pour envisager de coucher avec lui à nouveau. Ils étaient trop différents, trop dans la compétition pour se mettre d'accord. Ils n'étaient même pas capables de discuter tranquillement.

Harvey posa la main sur son bras.

— Tu te trompes.

Elle recula et se mit debout si vivement que son siège se renversa sur le sable.

— On se voit demain. Puis-je suggérer que pour que les deux semaines à venir soient supportables, nous nous en tenions à parler travail, finalement ?

Sans attendre sa réponse, elle s'éloigna à grands pas.

4

Della entra dans le bungalow qu'on lui avait attribué et claqua si fort la porte derrière elle que l'onde de choc parvint jusqu'à Harvey, qui se trouvait de l'autre côté de la rue. Bien entendu, il l'avait suivie. Il n'aurait pas pu dormir s'il n'avait pas eu la certitude qu'elle était rentrée chez elle saine et sauve.

Il laissa échapper un soupir, submergé par la culpabilité. Il n'aurait jamais dû se laisser entraîner dans une conversation personnelle. Tous les deux, ils étaient incapables de rester calmes. Immanquablement, ils en venaient à se lancer des insultes au visage. Mais elle l'avait forcé à parler de son ex, elle lui avait demandé d'être honnête et ensuite n'avait pas accepté qu'il le soit.

En réalité, Harvey n'avait jamais apprécié aucun de ses petits amis. Il n'y en avait pas eu un qui lui avait paru digne d'elle, même Ethan. Della était drôle, intelligente, elle avait le cœur sur la main, et quelques heures plus tôt il avait découvert qu'elle était une excellente chirurgienne.

Il traversa la rue, un gros fardeau sur les épaules. Que savait-il de l'amour, de toute façon ? Depuis vingt ans, il était célibataire par choix. Après la mort d'Alice, dans un accident de voiture, il avait supposé qu'il ferait son deuil et tomberait amoureux d'une autre femme. Mais à mesure que les années avaient passé, il avait été de plus en plus convaincu qu'il ne pourrait pas mettre son bonheur entre les mains de quelqu'un d'autre. Après tout, si sa propre mère ne l'avait pas aimé assez pour rester auprès de lui, comment pourrait-il espérer trouver une femme qui veuille partager sa vie ?

Il frappa à la porte du bungalow, la gorge serrée. Au bout de quelques secondes à peine, Della parut sur le seuil, visiblement furieuse.

— Tu as laissé tes lunettes de soleil au bar, expliqua-t-il en les lui tendant.

— Merci.

Elle les jeta sur une table, et lorsqu'elle posa de nouveau le regard sur lui, il vit à quel point elle paraissait blessée... par sa faute.

— Je suis désolé, Della, fit-il sur un ton contrit. Je n'avais pas l'intention de te faire du mal et j'ai parlé sans réfléchir. Je ne pense pas que tu sois stupide de rechercher l'amour, bien au contraire. Ce n'est pas que je n'y croie pas moi-même, c'est juste qu'il nous rend vulnérable. Mais je ne suis pas un expert et, ainsi que tu l'as souligné, qu'est-ce que je connais aux relations amoureuses ?

Della le fixait, les sourcils froncés.

— Pour être franc, reprit Harvey, si je n'aimais aucun de tes petits amis c'est parce qu'ils ne me semblaient pas assez bien pour toi.

Il se tut, soudain épuisé. Della éveillait en lui un instinct protecteur alors qu'il n'en avait pas le droit. Sa vie ne le regardait pas, et au moins elle avait eu le courage de permettre à quelqu'un d'autre de l'approcher, de lui donner la capacité de la blesser. Dans ce domaine, elle avait beaucoup plus d'expérience que lui.

Della soupira, et il vit son corps se détendre.

— C'est moi qui t'ai poussé à me donner ton opinion. Et quand tu l'as fait, je t'en ai voulu. Je déteste peut-être l'idée que tu aies toujours raison. Que, tout comme Brody, tu sois meilleur que moi en *tout*.

Harvey ressentit un soulagement intense.

Mais... se comparait-elle défavorablement à son frère ?

— Pas en tout, rectifia-t-il avec un sourire. Pas en ce qui concerne les relations amoureuses, en tout cas.

Ses parents avaient divorcé lorsqu'il était enfant. Peut-être était-il temps de parler à Della d'Alice et de sa mère.

— C'est parce que tu n'en as jamais eu une, répondit-elle en levant les yeux au ciel. Si c'était le cas, je suis certaine que, comme Brody, tu aurais fait en sorte que cela marche. Actuellement tu aurais sans doute la vie dont j'ai toujours rêvé, avec une carrière réussie, un mariage heureux et une maison remplie d'enfants adorables.

Harvey fit la grimace. Il aurait voulu la rassurer, lui dire qu'elle avait encore le temps de réaliser ses rêves, mais il avait déjà franchi la ligne jaune ce soir.

Il préféra changer de sujet.

— Si ça peut te consoler, maintenant que je t'ai vue au bloc, je peux t'assurer que professionnellement tu nous vaux largement, Brody et moi.

Elle était un excellent médecin et une chirurgienne talentueuse. Mais sur le plan privé, ils différaient totalement. Elle souhaitait un mari et des enfants, alors qu'il voulait contrôler sa vie et ses émotions. En ce cas, pourquoi restait-il planté là, au lieu de s'en aller ?

Della lui adressa le sourire qui faisait bouillonner son sang.

— Attention, Harvey, cela ressemble vraiment à un compliment.

— C'en est un. Ça ira, ce soir ?

Il hésita, ressentant le besoin de savoir que leur querelle n'avait pas abîmé l'estime que Della avait d'elle-même. Il devait partir, la laisser se reposer avant les séminaires du lendemain matin. Mais il se souciait sincèrement d'elle et voulait la voir heureuse.

Elle lui lança un regard curieux.

— Bien sûr. Je suis forte, indépendante et résiliente. Il me faut plus qu'un divorce pour m'abattre.

— J'en suis persuadé.

En lui, l'instinct protecteur se réveillait. Depuis qu'il la connaissait, il avait assisté en spectateur à toutes les ruptures qu'elle avait subies avant d'en arriver finalement au divorce.

— D'accord. Je… vais te laisser te reposer.

Il recula d'un pas, à contrecœur. Se retrouver piégé avec elle aux Fidji le forçait à admettre qu'il la désirait toujours autant. Jusque-là, il avait pu se convaincre que cette attirance avait faibli parce qu'il l'avait très peu vue depuis trois ans. Mais ce soir-là, il savait qu'elle n'avait couché avec aucun homme depuis lui et qu'elle n'était pas encore prête à s'engager dans une nouvelle relation…

— Merci, dit-elle en lui touchant le bras. Merci pour les lunettes de soleil et le compliment. Cela me touche beaucoup, venant de toi.

Ce contact brûla la peau de Harvey.

— De rien, répliqua-t-il d'une voix enrouée.

Ses pieds semblaient refuser de bouger.

— Je dois t'avouer quelque chose, dit-elle en rougissant. Je suis désolée de t'avoir utilisé cette nuit-là. Là-dessus aussi, tu as raison.

Le rythme cardiaque de Harvey s'accéléra dangereusement.

— Pas de souci. En fait, j'étais content d'être utilisé.

Quelle sorte d'imbécile refuserait de faire l'amour avec une femme aussi belle ? Il n'avait jamais pu oublier cette nuit, sans doute parce que Della Wilton et sa famille bruyante faisaient partie intégrante de sa vie. Quoi qu'il en soit, mieux valait qu'ils ne parlent pas de sexe ce soir-là, ou il ne quitterait jamais le seuil de ce bungalow.

— Je voulais me sentir désirée de nouveau, dit-elle. Mais je regrette de t'avoir blessé.

— Tu es très belle, Della, et je suis un grand garçon. Je te désirais trop pour me soucier de tes motivations.

Elle écarquilla les yeux, et le temps sembla s'arrêter. Qu'y avait-il, en ce lieu, qui modifiait totalement la nature de leur relation ? C'était comme s'ils se montraient honnêtes l'un envers l'autre pour la première fois.

Finalement, Harvey se résigna à partir et recula d'un pas. S'il ne le faisait pas sur-le-champ, il allait commettre un acte stupide.

Della saisit le bas de sa chemise.

— Attends ! Ne pars pas.

Elle l'attira à l'intérieur et referma la porte derrière lui.

— Della… tu penses que c'est une bonne idée ?

Il posa les mains sur sa taille, mais sans la serrer contre lui, pour au contraire la tenir à distance. Ils étaient à quelques centimètres l'un de l'autre, et il sentait la chaleur de Della, ainsi que son parfum subtil.

— Ce n'est que du sexe, Harvey, dit-elle avec un haussement d'épaules, répétant les mots qu'il avait lui-même prononcés. Il vaut peut-être mieux que nous franchissions cette étape, de façon à pouvoir travailler ensemble, tu ne crois pas ?

L'esprit en ébullition, Harvey ne parvenait pas à réfléchir.

— Ce que je crois ? Je te désire, mais je ne veux pas te faire mal à nouveau ou te donner de fausses idées à propos de nous. Tu me connais.

Sous ses airs bravaches, Della était une femme généreuse et passionnée. N'importe quel homme cherchant à fonder une famille serait heureux de la conquérir, mais il n'était pas cet homme, et ils le savaient tous les deux.

Della braqua sur lui ses yeux bleus, empreints de désir et de défi.

— Je ne suis pas stupide au point d'attendre autre chose que du sexe d'un homme comme toi.

Cela ressemblait fort à une insulte, mais elle avait raison. Elle le connaissait aussi bien qu'il la connaissait. Il n'était pas du bois dont on faisait les maris. Bien entendu, elle ne savait pas tout de son passé, mais suffisamment pour être réaliste à son sujet.

— Tu as peur que je t'utilise pour la seconde fois ? plaisanta-t-elle. Parce que si ça peut t'aider, c'est exactement ce que je veux faire.

Il aurait dû être content qu'ils soient sur la même longueur d'onde. Mais quelque part les mots qu'elle venait de prononcer - « un homme comme toi » ; « que je t'utilise » - le piquaient au vif. En dépit de tout ce que Della croyait, Harvey avait un cœur. Il l'avait juste entraîné à ne pas se faire d'illusions.

— Je ne suis pas inquiet, prétendit-il.

Elle s'approcha de lui au point que ses seins frôlèrent sa poitrine. Prenant le visage de Della entre ses mains, il attira sa jolie bouche vers la sienne.

— Je veux juste que tu sois sûre que c'est ce que tu veux, murmura-t-il.

— J'ai envie de toi.

Se dressant sur la pointe des pieds, Della pressa les lèvres contre les siennes. Elle savait visiblement ce qu'elle voulait, et peut-être avait-elle raison de penser que c'était le meilleur moyen de réduire la tension qui régnait entre eux. De cette façon, ils pourraient supporter ces deux semaines de proximité forcée.

Il était trop tard pour réfléchir. Harvey la serra contre lui. Dès qu'elle avait posé la bouche sur la sienne, Della avait libéré en lui une montée d'endorphines. Leurs lèvres s'entrouvrirent ; leurs langues se caressèrent, se goûtèrent.

— Harvey..., gémit Della lorsqu'il l'embrassa dans le cou. Pourquoi est-ce qu'on s'entend si bien, sans les mots ?

Glissant les mains sous son T-shirt, elle posa les paumes sur son torse.

— Je n'en ai aucune idée.

Il la souleva et la pressa contre le mur pour multiplier les points de contact entre leurs corps. Peut-être était-ce parce que les mots étaient source de malentendus, alors que physiquement ils étaient parfaitement assortis. Harvey frotta les hanches contre les siennes, mû par le désir de la pénétrer.

Della pencha la tête, offrant le cou à ses baisers, puis elle attrapa le bas de sa chemise et la fit passer par-dessus sa tête. Ensuite, elle ôta la sienne.

Il baissa les yeux vers ses seins, moulés dans de la dentelle noire.

— Je te jure que tu es encore plus sexy chaque fois que je te vois.

Il n'était qu'un homme et ne pouvait ignorer à quel point elle était désirable, même lorsqu'elle était de l'autre côté d'une pièce et lui lançait des regards désapprobateurs. Et encore moins lorsqu'elle était dans ses bras, offerte. Il ne pouvait pas lui résister.

L'embrassant de nouveau, il la hissa contre lui. Aussitôt, elle enroula les jambes autour de sa taille tout en enfonçant les doigts dans ses cheveux. Elle poussa un cri lorsqu'il posa la paume sur son sein et déposa une pluie de baisers sur son visage, son cou et le sillon entre ses seins.

Elle ondulait des hanches au point que ce frottement devenait presque insupportable. Glissant un bras sous ses fesses, il l'emmena dans la chambre. Lorsqu'il la reposa sur ses pieds, elle retira son soutien-gorge.

— Dépêche-toi, dit-elle en tirant sur la ceinture de son short. Ça fait trois ans !

— La faute à qui ?

En souriant, il la reprit dans ses bras. Leurs torses nus pressés l'un contre l'autre, il la guida vers le lit.

— D'ailleurs, ajouta-t-il, il n'y a aucune raison de se dépêcher.

— Tu vois ? Même maintenant, il faut toujours que tu aies raison, haleta-t-elle.

— Et toi, il faut toujours que tu aies le dernier mot, répliqua-t-il en l'allongeant sur le lit.

Sur ces mots, il fit glisser son short en jean et son slip le long de ses jolies jambes.

Pendant quelques secondes, il se contenta de la fixer tout en se relevant. Elle était splendide, et le regard qu'elle levait vers lui était empreint de désir. Sa gorge se serra. Ce n'était peut-être que du sexe, mais Della lui était précieuse, elle faisait partie de sa vie, tout comme le reste des Wilton. Il ne pouvait pas se permettre de tout gâcher sous prétexte qu'il la désirait et que c'était réciproque.

— Arrête de réfléchir, Harvey, dit-elle en tendant le bras vers lui. Viens là.

Il prit le temps de sortir son portefeuille de sa poche et d'y prendre un préservatif qu'il posa sur le lit. Ensuite, il ôta ses chaussures et s'allongea près d'elle.

— Embrasse-moi, lui ordonna-t-elle en nouant les bras autour de son cou, anéantissant du même coup ses doutes.

La prenant par les hanches, il l'attira vers lui et s'empara de ses lèvres, riant lorsqu'elle l'enjamba.

— C'est comme ça que tu vois les choses ?

Il joua avec la pointe de ses seins tandis qu'elle se penchait pour l'embrasser. À cet instant précis, peu lui importait qu'elle le chevauche ou qu'elle l'utilise pour le sexe. Au cours des années, il s'était habitué à ces jeux de pouvoir dans toutes ses interactions avec Della et il appréciait son espièglerie.

Elle gémit lorsqu'il la prit par les hanches et la guida vers son érection.

— Arrête de me taquiner, dit-elle avant de l'embrasser avec une sorte de désespoir.

Il la fit rouler sur le dos, arracha la bouche de la sienne et déposa un sillon de baisers sur son cou, sa poitrine et son ventre. Descendant plus bas, il écarta ses cuisses pour lécher son intimité. Elle se mit à crier, les doigts dans les cheveux de Harvey. Il voulait prendre son temps, la savourer, libérer la Della sauvage qui l'avait subjugué, trois ans auparavant.

Ses cris s'intensifièrent. Il introduisit deux doigts en elle, et elle se mit à jouir en hurlant son prénom une fois de plus. Il sentit la fierté gonfler sa poitrine. Si elle avait attendu trois ans, il voulait que cette nuit soit mémorable. Elle avait raison : c'était ainsi qu'ils communiquaient le mieux.

— Tu es tellement sexy ! dit-il en retirant son short et son boxer.

Sortant le préservatif de son sachet, il le déroula le long de son sexe dressé et se remit à l'embrasser.

— Ne joue pas au flatteur, murmura Della, hors d'haleine.

L'attirant contre elle, elle prit son sexe dans sa main.

— Je ne crois pas que tu puisses m'en empêcher, répliqua-t-il avec un sourire. Trois ans, c'est long. Est-ce que tu as pensé à nous, parfois ?

— Une ou deux fois, à l'occasion, avoua-t-elle, les pupilles dilatées. Inutile de te donner plus d'importance que tu n'en as.

Trop tard !

Le cœur battant triomphalement parce qu'il n'avait pas été le seul à revivre cette nuit, Harvey se mit à rire. Même après son orgasme, elle avait été bien obligée d'admettre qu'elle ne l'avait pas oublié.

— Vas-y doucement, murmura-t-elle en écartant les jambes pour l'inviter à la pénétrer.

Il s'enfonça en elle sans cesser de la regarder dans les yeux.

— Moi aussi, j'ai pensé à nous, dit-il.

Écarquillant les yeux, elle laissa échapper un petit cri.

— Chaque fois que je te voyais, je te désirais, continua-t-il. Même quand on se disputait et faisait semblant que rien ne s'était passé.

Il se mit à bouger en elle.

— J'avais envie de toi, haleta-t-elle.

Comme il accentuait le rythme, elle se mit à crier et attira son visage contre le sien pour glisser la langue dans sa bouche, ce qui le fit gémir à son tour. Ils n'avaient jamais eu la moindre chance d'ignorer leur attirance mutuelle. Ils étaient bons, ensemble. Entre eux, les étincelles étaient exceptionnelles, et les combattre aurait été quasiment un crime contre le sexe.

Tout en bougeant en elle, il réprimait son propre besoin. Il voulait qu'elle jouisse avec lui, qu'elle se consume comme lui, de sorte qu'ils n'oublieraient jamais ce moment.

— Harvey..., gémit-elle encore.

Il l'embrassa, caressa ses jolis seins, taquina ses mamelons dressés et plongea dans ses yeux bleus assombris par le désir.

— Viens avec moi, dit-il en allant de plus en plus vite.

Tout en criant, elle entoura des jambes les reins de Harvey et enfonça les ongles dans ses bras. La sentant s'abandonner au plaisir, il en fit autant, le corps agité par des tremblements. Ensuite, il enfouit le visage dans son cou et respira son parfum.

Au bout d'un moment, il la lâcha et se laissa aller sur le côté, repu. Ils fixèrent le plafond, haletants.

— Pourquoi ai-je attendu aussi longtemps ? demanda Della en arborant un sourire satisfait.

— Tu m'ôtes les mots de la bouche.

Mais à mesure que l'oxygène alimentait de nouveau son cerveau, la raison lui revint. Oui, entre eux, l'alchimie était explosive, mais ils n'avaient changé ni l'un ni l'autre, pendant ces trois ans. Ils voulaient toujours des choses différentes en amour.

Tout en attirant une Della hors d'haleine dans ses bras, Harvey grinça des dents, se préparant à lutter contre le désir qu'elle lui inspirait, par instinct de survie. Deux semaines, ce n'était pas long, mais s'ils maintenaient cette intimité pendant toute la durée de leur séjour, cela pourrait devenir une habitude. Et il avait mis des années à éviter ce genre de piège.

Serait-il capable de se prémunir contre la tentation que représentait Della ?

5

Le lendemain matin, dans la salle de conférences, Della s'efforçait de se concentrer sur l'exposé de Harvey, qui portait sur les traumas liés au sport. Mais son esprit ne cessait de vagabonder. Les événements de la nuit avaient-ils vraiment eu lieu ? Après s'être disputés sur la plage, comment en étaient-ils venus à coucher ensemble de nouveau ?

Bien sûr, elle lui avait demandé de rester...

À la minute où il s'était excusé, à la minute où il avait laissé entendre qu'en dépit des apparences il l'avait toujours désirée, toute sa colère et son humiliation s'étaient évaporées.

Comment rester en colère contre lui, alors qu'elle avait toujours éprouvé la même chose ? Alors qu'elle venait de découvrir un autre aspect de sa personnalité ?

Et comment le sexe entre eux avait-il pu être encore meilleur que la première fois ? Ils avaient fait l'amour trois fois, la deuxième sous la douche et la troisième de nouveau dans le lit, avant de s'effondrer, dans un état d'épuisement béat.

Della s'était réveillée à l'aube, tirée du sommeil par les bruits inhabituels d'une île tropicale. Elle avait réveillé Harvey, qui l'avait embrassée et s'était habillé en toute date avant de regagner son propre bungalow. Elle avait bien dû constater qu'il était plus canon que jamais.

C'était profondément injuste !

Se forçant à ne pas le fixer, Della balaya la salle des yeux. Le public était principalement composé de médecins, de kinésithérapeutes et d'une poignée de généralistes.

À un moment, Della croisa le regard de Harvey. Aussitôt, de délicieux frissons parcoururent sa colonne vertébrale. À quoi pensait-il ? Envisageait-il une brève liaison de la durée de leur séjour officiel, ou en avait-il fini avec elle ?

Après tout, ils étaient piégés sur cette île. Mais était-ce bien raisonnable ? Harvey ne fréquentait jamais longtemps la même femme. Tiendrait-il seulement deux semaines ? Ou alors, ils pourraient se contenter de travailler ensemble. Della sentit son estomac se nouer à cette idée.

Les applaudissements retentirent, et elle s'y joignit. Harvey venait visiblement de terminer son exposé, mais elle en avait raté le principal.

— Merci, docteur Ward, dit le Dr Tora. Cette mise à jour était vraiment très intéressante. Nous allons faire une pause d'un quart d'heure. Un buffet vous attend tous sur la terrasse.

Pendant que quelqu'un approchait Harvey, sans doute pour lui poser des questions, Della sortit et se servit un verre d'eau glacée. Elle n'avait vraiment pas faim ! Trop de papillons voletaient dans son ventre, et trop de questions se pressaient dans son esprit. En théorie, une petite quinzaine de jours ou de nuits à faire l'amour ne faisait de mal à personne, d'autant plus que Harvey et elle se connaissaient parfaitement. À ce moment de sa vie, Della n'était pas prête pour une relation sérieuse, et même si cela changeait, Harvey ne serait pas concerné. Alors pourquoi ne pas envisager une brève liaison ?

— Merci de m'avoir réveillé, fit une voix grave dans son dos.

Réprimant un délicieux frisson de plaisir, Della se retourna vers lui pour lui sourire comme s'ils n'étaient que des collègues.

— De rien. Le soleil m'a tirée du sommeil.

En découvrant son grand corps musclé allongé sur son lit, elle l'avait regardé dormir pendant quelques secondes, en en profitant pour respirer le parfum de son shampooing et graver dans sa mémoire cette petite cicatrice, sur son épaule. Même endormi, il était honteusement canon.

— Alors... comment te sens-tu ce matin ? demanda-t-il très bas avant de boire une gorgée de café. Pas de regrets ? Je sais que je ne figure pas parmi tes personnes préférées.

Il s'exprimait sur un ton léger tout en l'observant avec attention.

Arborant une expression sérieuse, elle fit semblant de réfléchir.

— Hum... je crois que je vais pouvoir survivre après ce qui s'est passé, vu que c'est moi qui l'ai suscité.

Il n'était pas question qu'il se prenne pour l'instigateur de ce qui était arrivé la nuit précédente.

— Et toi ? ajouta-t-elle. Comment te sens-tu. Est-ce que tu as réservé ton billet d'avion pour le prochain vol ? Tu as supprimé mon numéro de tes contacts ?

— Pas encore, répliqua-t-il avec un haussement d'épaules.

Della réprima un sourire. La distance entre leurs corps était parfaitement professionnelle. Pour un observateur extérieur, ils étaient en train de discuter métier. En revanche, elle était en feu des pieds à la tête. Comment une absence totale de contact pouvait-elle générer autant de chaleur ?

— Quand on y réfléchit bien, dit-elle, les liaisons de vacances sont sans danger. Une partie de jambes en l'air peut vous faire énormément de bien.

— Mmm... elle peut même être source de nombreux bénéfices, acquiesça-t-il avec sérieux. En tout cas, jusqu'à ce qu'on retrouve monde réel.

Della attendit. Elle refusait d'être la première à craquer, mais ils étaient forcément sur la même longueur d'onde. Il était clair que s'ils continuaient à faire l'amour, leur collaboration professionnelle n'en serait que plus harmonieuse.

Elle retint son souffle, tandis que Harvey se penchait vers elle.

— Aussi longtemps que les deux parties sont d'accord pour s'utiliser mutuellement, bien entendu, murmura-t-il.

Le cœur battant, elle discerna une lueur d'excitation dans ses yeux. Elle cria victoire intérieurement. Elle acceptait évidemment d'être utilisée sexuellement... à condition qu'elle puisse l'utiliser en retour.

— Bien sûr. D'ailleurs des règles différentes s'appliquent aux Fidji, ajouta-t-elle. Dès que nous quitterons cette île, nous reprendrons nos vies respectives.

— C'est parfait, mais n'oublions pas que nous aurons encore de nombreuses occasions de nous rencontrer.

L'avertissement était clair. Oui, leur aventure prendrait fin, mais ils ne pourraient pas s'ignorer. Harvey serait encore le meilleur ami de Brody, et elle le verrait à toutes les réunions de famille.

— C'est vrai, admit-elle, mais entre-temps, nous aurons avancé

Harvey aurait de nombreuses occasions de s'amuser, à Melbourne. Chassez le naturel, il revient au galop…

Les paroles de Harvey à propos de l'amour lui revinrent à l'esprit : « Ce n'est pas que je n'y croie pas… » La nuit précédente, elle avait été bien trop excitée pour y penser, mais maintenant elle cherchait à leur trouver un sens. Y avait-il un aspect caché de Harvey qu'elle ignorait ? Y avait-il une raison particulière, en dehors du divorce de ses parents, pour laquelle il refusait tout engagement ?

— Je suppose que la porte reste ouverte à de nombreuses possibilités, remarqua-t-il.

Il braqua sur Della un regard brûlant qui fit battre son cœur plus vite. Comment pouvait-elle encore le désirer, après cette nuit ? Elle avait perdu le compte de ses orgasmes, et il serait facile de devenir accro, quand le sexe était si bon.

— À propos de possibilités, dit Harvey en reculant d'un pas. Je me demandais si tu aimerais explorer l'une des plus petites îles un peu plus tard, puisque nous sommes libres cet après-midi. Nous pourrions louer un kayak et du matériel de plongée. Il serait stupide de passer à côté de toutes les opportunités qui s'offrent à nous.

— C'est plutôt alléchant, répondit-elle en visualisant d'autres opportunités, s'ils se retrouvaient tous les deux seuls. Mais je préférerais que nous n'allions pas sur l'île de Malolo. J'y ai passé ma lune de miel.

Della adressa un faible sourire à Harvey. Elle ne voulait plus penser à Ethan, son plus grand regret étant de ne pas avoir lu en lui plus tôt, ce qui lui aurait épargné une perte de temps et un cœur brisé.

Harvey fronça les sourcils.

— Je ne voudrais pour rien au monde te rappeler des mauvais souvenirs. Tu n'as qu'à choisir notre destination. Un lieu neutre, de préférence.

Elle apprécia qu'il se montre aussi protecteur.

— C'est ce que je vais faire. Ne t'inquiète pas, il y a bien d'autres îles tout aussi stupéfiantes.

— En ce cas, dit Harvey en se penchant de nouveau vers elle, je ferai de mon mieux pour que tu te fasses de nouveaux souvenirs.

Cette phrase innocente suscita en Della une délicieuse impatience.

— Non, c'est moi qui t'aiderai à t'en faire.

Elle se réjouissait déjà à l'idée d'explorer les Fidji en sa compagnie. Malgré un début difficile, ce séjour prenait un tour plaisant autant qu'inattendu. Peut-être que ces deux semaines durant lesquelles elle serait piégée avec Harvey seraient agréables, finalement.

À cet instant, Le Dr Tora surgit dans la salle, le visage crispé par l'inquiétude.

— Excusez-moi, vous tous ! lança-t-il. Il y a eu un accident de voiture au nord de King's Road. Nous attendons de nombreuses victimes aux urgences. Est-ce que tous ceux qui sont disponibles peuvent s'y rendre pour apporter leur aide ?

Pendant qu'il parlait, de nombreux bipeurs se mirent à sonner. Leurs collègues fidjiens étaient appelés. Della et Harvey échangèrent un regard. Leur après-midi de congé attendrait. Le devoir les appelait. Ils se mirent à courir en direction des urgences où ils parvinrent quelques minutes plus tard, juste à temps pour accueillir les premiers blessés.

— Nous avons un jeune homme de vingt-trois ans présentant une plaie abdominale pénétrante, dit l'ambulancier en leur transférant le patient qu'il poussait sur un brancard. Il a été éjecté du véhicule et s'est empalé sur une branche d'arbre cassée. On a posé un cathéter et on lui a donné de la morphine. Sa tension est basse, mais il est conscient.

Le jeune homme gémissait de douleur. Della l'ausculta immédiatement pendant qu'une infirmière le connectait au moniteur cardiaque et lui administrait de l'oxygène avant de découper ses vêtements. Un jeune urgentiste lui préleva du sang qu'il envoya aussitôt au laboratoire. Il fallait trouver au plus vite des unités de sang compatible en vue d'une transfusion.

Harvey écarta les vêtements pour exposer l'abdomen du patient. Une branche de cinq centimètres de diamètre sortait de la plaie, sous une côte, à droite.

Della croisa son regard inquiet. Le risque d'hémorragie interne était important. Ce patient aurait besoin d'une laparotomie en urgence pour qu'on évalue les dommages et qu'on enlève la branche. Mais en cas de saignement intérieur, il fallait d'abord le stabiliser.

— Il nous faut quatre unités de sang compatible ! lança Harvey au jeune urgentiste. Pas de signe de pneumothorax ? ajouta-t-il à l'intention de Della tout en prenant son propre stéthoscope.

— Non, mais ce sera un miracle si cette branche n'a pas perforé son foie.

Harvey acquiesça. Il allait falloir opérer cet homme le plus vite possible.

— J'ai besoin qu'on lui fasse immédiatement une injection d'antibiotiques, ordonna Della à Seema.

Elle se tourna vers le moniteur de pression artérielle. Celle-ci baissait dangereusement. De nouveau, elle croisa le regard de Harvey. Comme s'ils prenaient ensemble une décision, il hocha la tête et défit les freins du brancard.

— Envoyez les unités de sang au bloc, dit-il d'une voix calme mais ferme. Le Dr Wilton et moi allons l'opérer immédiatement.

Il n'y avait pas de temps à perdre, mais tandis qu'ils poussaient le brancard vers le bloc, ce qui bouleversait le plus Della, c'était à quel point il était bon d'entendre Harvey se référer à eux deux comme s'ils constituaient une équipe.

6

Au bloc, Harvey positionna le drain abdominal et le sutura, puis il ôta le clamp pour que l'évacuation du sang résiduel et du liquide péritonéal autour du foie commence.

Della et lui avaient passé trois heures à « réparer » leur patient. Dans un premier temps, ils avaient lentement retiré la branche et tous les éclats de bois. En dehors de deux entailles supplémentaires au niveau du petit intestin, que Della avait méticuleusement recousues, ce jeune homme avait eu beaucoup de chance. Les dommages internes auraient pu être bien plus importants.

— Tu es d'accord pour que je ferme ? lui demanda Harvey.

Son dos le faisait souffrir, après ces longues heures d'intervention. Au lieu de passer un agréable après-midi de congé, ils avaient effectué ensemble une opération complexe. Il se réjouissait d'avoir été assisté par une seconde paire d'yeux. Della et lui avaient collaboré comme s'ils avaient fait ça depuis des années, laissant de côté leurs petites chamailleries, mais pas leur alchimie sexuelle.

Della déplaça l'écarteur et jeta un dernier coup d'œil au foie. Elle ne serait pas satisfaite tant qu'elle n'aurait pas vérifié le travail elle-même. Harvey ne l'en respectait que davantage. À sa place, il en aurait fait autant.

— On n'aurait pas pu faire mieux, dit-elle en se redressant.

Leurs regards se croisèrent, par-dessus leurs masques.

Harvey hocha la tête et prit une aiguille afin de suturer la paroi abdominale.

— Parfait. Commençons. Ce jeune homme n'est pas sorti d'affaire, mais nous avons fait tout notre possible.

Maintenant qu'ils avaient stoppé l'hémorragie, le plus grand risque pour le patient était les complications postopératoires, en particulier une infection. Avec un peu de chance, le cocktail d'antibiotiques que Della avait mis en place l'aiderait, mais sa convalescence devrait être surveillée de près.

— J'ai appris qu'il y avait eu trois autres victimes, dit Della en prenant à son tour une aiguille pour aider Harvey à refermer l'incision de la laparotomie. Un traumatisme crânien, et des fractures diverses au niveau des membres. Nos collègues orthopédistes s'en sont occupés.

— La journée a été chargée, répondit Harvey en lui jetant un coup d'œil. Nous n'aurions pas pu traiter d'autres victimes, et je suis bien content que tu aies été là.

Avant les Fidji, il pensait bien connaître Della, mais depuis qu'ils travaillaient ensemble, sans même parler de leur entente physique, il était bien obligé de revoir ses positions. C'était comme si, au bout de tout ce temps, il voyait la *vraie* Della, après avoir passé vingt ans à l'éviter afin de maîtriser l'attrait qu'elle exerçait sur lui.

Il avait été médusé, ce matin-là, lorsqu'elle lui avait proposé de poursuivre leur liaison jusqu'à ce qu'ils repartent chez eux. Évidemment, il n'avait nul besoin d'être persuadé.

— Non, répliqua-t-elle, c'est moi qui suis contente que *tu* sois là.

Harvey sourit sous son masque. Ce n'était pas parce qu'ils avaient couché ensemble que leur rivalité avait pris fin. Il n'aurait pas voulu que ce soit autrement. La compagnie stimulante de Della ne l'avait jamais ennuyé.

Maintenant que le patient était hors de danger, son esprit revenait à des pensées plus agréables. Comme Della l'avait dit elle-même, une liaison de vacances était sans danger…

— Mais j'apprécie le compliment, docteur Ward, continua-t-elle. Attention, Harvey, il doit y avoir quelque chose dans l'eau des Fidji.

Elle lui lança un coup d'œil moqueur. Harvey eut un petit rire, heureux que ce qui s'était passé entre eux n'affecte pas leur relation professionnelle.

— Je vais finir par avoir la grosse tête, reprit-elle tout en suturant la plaie. Tu sais que les membres de la famille Wilton excellent en tout, si bien qu'il est difficile de se distinguer parmi eux.

Harvey lui jeta un coup d'œil étonné. Il réalisait soudain qu'elle doutait d'elle-même, sans doute parce qu'elle était la plus jeune d'une famille de médecins.

— Mais tu t'es distinguée, il me semble.

Était-ce la raison pour laquelle elle paraissait avoir toujours quelque chose à prouver ? Il pouvait le comprendre. Adolescent, il avait voulu montrer à sa mère absente ce qu'elle avait abandonné. Il espérait qu'elle voie en lui le fils dont elle pouvait être fière. Mais le téléphone était resté muet. Il avait travaillé dur au lycée, puis à la faculté de médecine, mais parfois, lorsqu'il pensait à sa mère, il se sentait toujours... inexistant.

Della haussa les épaules.

— C'est possible, mais en grandissant dans l'ombre de Brody, rien de ce que j'ai pu faire n'était extraordinaire, après lui, et ensuite après *toi*.

Harvey termina la suture.

— Moi ?

— Oui. Je m'apprêtais à commencer mes études de médecine quand Brody t'a amené à la maison pour un week-end, la première fois. Tu t'en souviens ?

— Je me rappelle que je t'ai agacée par mes commentaires immatures sur ton petit copain.

Della ignora cette précision.

— Brody et toi, vous veniez d'obtenir vos diplômes et commenciez à exercer votre profession de médecin. Tous les deux, vous étiez insupportables. Vous vous pavaniez, expliquiez avec condescendance à quel point les études de médecine étaient difficiles, vous vous moquiez de moi parce que je me lamentais à propos de... je ne me rappelle même plus son prénom.

— Oliver.

— Mais bien sûr, poursuivit Della, Brody est un type formidable, et en plus c'est mon frère. Je ne pouvais pas le détester sous prétexte qu'il était meilleur que moi en tout. Mais toi... tu étais la cible rêvée.

Harvey s'efforça de voir l'aspect comique de cette situation, mais au lieu de cela son instinct de protection par rapport à Della se réveilla avec force.

— Pas étonnant que nous t'ayons blessée, dit-il seulement.

Mais cela n'avait plus d'importance. Le passé était le passé. Cependant, l'idée qu'elle avait dû lutter pour prendre confiance en elle au milieu de cette famille élitiste, en se croyant inférieure à son frère, le contrariait étrangement.

— Je ne sais pas si l'administration de Melbourne te l'a dit, reprit-il, mais tu as bien failli avoir le poste qu'on m'a finalement offert.

Della se figea et lui jeta un regard interrogateur.

— Merci de me dire ça, dit-elle, mais je suis une grande fille : je peux vivre en me contentant de la seconde place. À mon avis, ils ont choisi le candidat le plus expérimenté.

Ayant terminé son travail, Harvey recouvrit la plaie d'un pansement.

— La chirurgie est un domaine de grande compétition, dit-il. Nous convoitons tous les mêmes postes, et le fait que j'aie eu celui-là ne fait pas de moi un meilleur chirurgien que toi.

Il adressa un signe de tête à l'anesthésiste avant de reculer d'un pas et de retirer son masque et ses gants.

— Je suis tout à fait consciente que tu ne m'arrives pas à la cheville, ironisa Della tandis qu'ils déposaient leurs tenues chirurgicales dans le bac à linge sale.

— Je n'irai pas jusque-là, répliqua Harvey en sortant du bloc avec elle.

Il se réjouissait qu'ils reprennent leur badinage. Mais plus il passait de temps avec Della, plus il prenait conscience qu'auparavant il ne la connaissait pas vraiment.

— Tu n'as pas à t'inquiéter pour moi, tu sais, dit-elle en se lavant les mains. J'ai fait des histoires propos de ce poste, mais cela n'a pas vraiment atteint mon ego. À ce moment-là, je vivais très mal mon divorce et j'avais besoin d'une victoire. Il n'y a rien de mieux qu'un divorce pour se sentir comme une merde, crois-moi.

Harvey s'essuya les mains, à court de mots. Il détestait l'idée qu'elle se blâme pour l'échec de son mariage. Il n'en connaissait pas les détails, mais il était certain que ce n'était pas sa faute.

— Je ne vois pas en quoi tu en serais responsable.

— J'aurais dû anticiper.

Harvey cherchait les mots qui auraient pu la réconforter. Jamais elle ne s'était confiée à lui de cette façon, auparavant.

— Qu'est-ce que tu dirais... d'aller boire une bière ? Je t'écouterai volontiers même si, comme tu le sais, je ne suis pas un expert en relations amoureuses.

Elle lui lança un regard empreint de doute. Il pouvait comprendre que si elle avait grandi dans l'ombre de Brody, son divorce, alors que son frère était heureux en ménage et père de famille, devait renforcer son sentiment d'infériorité.

— Ne t'inquiète pas, Harvey. Tout cela est fini, oublié, dit-elle. Je me suis séparée d'un homme qui m'avait presque convaincue que sa carrière était plus importante que la mienne uniquement parce que je voulais des enfants.

Elle s'efforçait de faire bonne figure, mais Harvey éprouva une colère soudaine.

— Quoi ? C'est ridicule !

Elle haussa les épaules, apparemment gênée.

— Je sais que toutes les relations impliquent des compromis, mais à la fin j'avais l'impression qu'il utilisait aussi ma carrière comme une excuse pour ne plus parler de fonder une famille. Comme si on ne pouvait pas avoir les deux. Comme si je devais faire un choix entre ma profession et les enfants, mais pourquoi aurais-je été d'accord ? Lui-même n'y était pas obligé, Brody non plus. Toi-même, tu n'y aurais pas été contraint.

— Pourquoi, en effet ?

Harvey fronça les sourcils, submergé par l'empathie. Cela ne le regardait pas, mais Della méritait vraiment mieux que ce type. Elle méritait un homme qui l'aiderait à s'élever, au lieu de la rabaisser.

Ils franchirent une porte et s'arrêtèrent devant leurs vestiaires respectifs. L'intervention avait duré plusieurs heures, et il n'y en aurait clairement pas d'autres. Le lieu semblait désert, et parce qu'une éternité s'était écoulée depuis qu'il l'avait embrassée pour la dernière fois, Harvey pressa les lèvres sur celles de Della et, des bras, lui entoura la taille. Laissant échapper un soupir, elle lui rendit son baiser.

Avant que la situation devienne délicate, il recula.

— Je sais que nous avons été rarement d'accord dans le passé, dit-il, mais, pour info, je te trouve exceptionnelle.

Elle battit des paupières, visiblement touchée par ce compliment inhabituel.

— Merci. Je me répète, mais tu ne crains pas que l'eau d'ici t'ait ensorcelé ? plaisanta-t-elle.

Mais ce n'était pas l'eau qui lui faisait peur. La vraie Della, celle à qui il ne pouvait échapper sur cette île, celle qu'il découvrait peu à peu, était addictive. On aurait dit que la nuit précédente avait balayé toutes ses défenses. Il ne parvenait plus à se retenir de la toucher, il ne cessait de penser à elle et à tout ce qu'il apprenait à son propos.

— J'avoue que tu n'es pas mal non plus, dit-elle. Mais si nous ne pouvons plus faire confiance à l'eau, nous devrions peut-être aller boire cette bière. Je suis déshydratée.

— Parfait. Allons au *Savu*. Je te rejoins dans cinq minutes.

Ils se séparèrent pour se changer, arborant tous les deux un grand sourire. Pendant sa douche, Harvey s'efforça de retrouver la raison. Ce n'était pas parce qu'il connaissait très bien Della, qu'il comprenait ses aspirations et commençait à entrevoir ses peurs et ses regrets, qu'il pouvait être son confident. Il vivait seul depuis longtemps et jusqu'alors il s'était contenté de plaisirs brefs et ponctuels. Della recherchait l'amour éternel, et il n'y connaissait absolument rien.

La prochaine fois qu'elle semblerait triste à cause de son mariage raté ou parce qu'elle se comparait à Brody, il ferait bien de se rappeler qu'il n'était pas qualifié pour lui donner un conseil et qu'il ne pouvait en aucun cas être l'homme qui lui apporterait le bonheur.

Ainsi qu'elle l'avait fait remarquer elle-même, Della était suffisamment intelligente pour ne rien attendre d'un homme comme lui.

7

Le lendemain après-midi, assise à l'avant du kayak, Harvey derrière elle, Della enfonçait sa pagaie dans l'eau saphir. Elle se sentait bien, détendue. Peut-être était-ce la chaleur du soleil sur son dos, le sel dans ses cheveux après le bain, le spectacle merveilleux des coraux ou le plaisir de la plongée sous-marine... Peut-être était-ce parce qu'elle avait battu Harvey à la nage et que sa victoire avait été célébrée par un long baiser.

Elle jeta un coup d'œil par-dessus son épaule et croisa le regard de Harvey. Elle souriait jusqu'aux oreilles. Peut-être était-ce toutes ces choses, combinées avec une extrême satisfaction sexuelle...

— C'est tellement beau, ici ! s'exclama-t-elle en dirigeant le kayak vers la plage de sable blanc.

— Mmm... mieux vaut tard que jamais.

Della acquiesça, mais au fond d'elle-même elle aurait peut-être préféré passer l'après-midi dans un lit. Elle ne semblait pas pouvoir se rassasier de Harvey Ward. Lorsqu'il était venu la chercher, elle l'avait attiré dans son bungalow pour l'embrasser. Une chose en amenant rapidement une autre, ils n'avaient même pas pris le temps de gagner la chambre et étaient tombés sur le canapé, avant de se déshabiller mutuellement avec une sorte de frénésie.

— Cet après-midi est absolument parfait, répliqua Della en laissant échapper un soupir de bien-être.

Elle se rappelait avoir enfoui le visage dans le cou de Harvey pendant l'orgasme. Il l'avait serrée contre lui et avait joui au même moment en poussant un long gémissement.

Qu'y avait-il de meilleur que le soleil, la mer et le sexe ?

En dehors de cette alchimie sexuelle, Della appréciait chaque jour un peu plus la compagnie de Harvey. Elle aimait son sens de l'humour, ainsi que ses connaissances encyclopédiques sur de nombreux sujets. Par ses provocations constantes, il rendait la vie plus intéressante.

Mais elle ne devait pas non plus oublier qu'il était toujours le même Harvey qu'elle avait connu.

Elle dirigea le kayak vers les eaux moins profondes, et après avoir tiré l'embarcation sur le sable, près de la baraque de location, ils rendirent le matériel au loueur. Ensuite, ils gagnèrent l'ombre dispensée par les parasols en forme de panier disposés le long de la plage.

Harvey prit sa main. Retenant son souffle, elle lui sourit. Elle avait peur de passer trop de temps avec lui, mais aux Fidji il était totalement différent de son sosie australien. Il était drôle, gentil, et elle devait constamment se rappeler qu'il n'était pas son petit ami.

— J'ai apporté de quoi manger, dit-il lorsqu'ils s'assirent sur le sable chaud.

Il ouvrit son sac à dos, révélant quelques biscuits salés. Un sachet de cacahouètes et deux poires.

— Eh bien ! Tu as beau t'efforcer de le cacher, tu es un brave type, plaisanta Della.

Touchée par cette sollicitude, elle plongea la main dans le paquet de biscuits.

— C'est vrai, répliqua-t-il en mordant dans une poire. Ce doit être pour ça que Brody et Amy m'ont demandé d'être le parrain de Jack.

Della ne fut pas surprise par le choix de son frère et de sa belle-sœur. Harvey était le meilleur ami de Brody, et il était normal qu'il lui demande de veiller sur son fils. Cela impliquait qu'elle le reverrait trois semaines plus tard. Leur aventure de vacances ne serait plus qu'un lointain souvenir, mais elle aurait du mal à oublier ces moments de plaisir et de rire.

— J'ai hâte que Jack soit baptisé, dit-elle après avoir bu une longue gorgée d'eau de sa bouteille. En tant que tante et marraine, j'aurai deux excuses pour le câliner. Ne le dis pas à mon frère, mais j'envisage de le kidnapper pour l'emmener en Nouvelle-Zélande. Avec sa dent du bas, il a un adorable sourire baveux.

Elle se mit à rire, mais aucune boule gênante ne venait de se former dans sa gorge. Elle se réjouissait du bonheur de Brody et d'Amy, bien que la nouvelle de la grossesse de sa belle-sœur, alors qu'elle-même venait de divorcer, ait ravivé son désir d'enfant.

— J'ai hâte, moi aussi, répondit Harvey.

— Pour de bon ? Je ne te croyais pas du genre à aimer les bébés.

Elle avait du mal à se représenter Harvey tenant dans ses bras son neveu de six mois.

Il lui lança un coup d'œil énigmatique.

— Ce sont de mignons petits humains. Pourquoi je ne les aimerais pas ?

Le cœur de Della battit plus vite, tandis qu'elle regardait Harvey terminer sa poire. Il y avait quelque chose de sexy dans sa façon de manger. Mais évidemment, tous ses gestes étaient sexy. En évoquant le baptême de Jack, elle ne pouvait s'empêcher de se demander s'ils parviendraient à ignorer ce qu'ils avaient vécu aux Fidji.

Recommenceraient-ils à se chamailler, ou finiraient-ils par devenir amis ?

Elle regarda une goutte d'eau tracer son sillon le long de la poitrine de Harvey. Toute amitié, entre eux, lui paraissait impossible. Peut-être feraient-ils l'amour de temps à autre, jusqu'à ce qu'elle rencontre quelqu'un.

— Contrairement à ce que pensent certaines personnes, dit-il, je possède un cœur.

Lui jetant un regard moqueur, il jeta le trognon de son fruit dans un sac de papier.

Della rougit, se sentant coupable.

— Je crois que nous ne nous connaissions pas vraiment avant de nous retrouver ici, dit-elle.

Étendu sur le sable, il était appuyé sur les coudes. Elle s'allongea près de lui, puis chassa les grains de sable dorés qui étincelaient sur la peau de Harvey.

— J'en ai aussi l'impression, dit-il. Je suis content que nous en ayons enfin l'occasion.

Se couchant sur le dos, il passa un bras sous sa nuque et posa sur le visage de Della un regard intense.

Tandis que Harvey parcourait des yeux son corps uniquement vêtu d'un bikini, le cœur de Della se mit à battre très vite.

— Tu sais, dit-il enfin, j'ai eu autrefois une petite amie. C'était avant de vous connaître, Brody et toi. Je voulais que tu le saches pour que tu comprennes que les relations sentimentales ne sont faciles pour personne.

Della se raidit, incapable de prononcer un mot pendant quelques secondes.

— Tu l'aimais ?

Avait-il eu le cœur brisé, au point de ne plus vouloir s'engager ? Décidément, elle ne le connaissait vraiment pas.

Comme s'il regrettait son aveu, Harvey s'assit et posa les bras sur ses genoux repliés.

— Je ne sais pas... peut-être.

C'était plutôt vague. La jalousie s'insinua dans les veines de Della, comme du feu. Harvey, amoureux ? Une relation secrète qu'il lui avait cachée ? Brody était-il au courant ?

— Que s'est-il passé ? Elle t'a brisé le cœur ?

Était-ce pour cette raison qu'il évitait les relations depuis toutes ces années ? Cela semblait un peu extrême, mais elle n'avait aucun droit de le juger.

— En quelque sorte...

— Je comprends que tu aies du mal à te confier à moi, déclara Della. Après tout, je t'ai mal jugé dans le passé. Si cela peut t'aider, je le regrette aujourd'hui.

— Ce n'est pas cela, répliqua-t-il en se tournant vers elle. Mais c'est juste difficile d'en parler. Elle est morte dans un accident de voiture à l'âge de vingt-deux ans. Elle était étudiante en médecine, comme moi, et elle s'appelait Alice.

Della s'assit à son tour et porta la main à sa bouche, attristée par cet événement tragique.

— Je suis vraiment désolée, Harvey. Je n'en avais aucune idée.

Il haussa les épaules.

— C'était il y a longtemps, et Brody a toujours su que je n'aimais pas en parler. J'ignore comment il est en tant que frère, mais en tant qu'ami il est vraiment loyal.

Des pensées contradictoires se pressaient dans l'esprit de Della.

Elle comprenait que Brody ait gardé le secret, mais elle aurait voulu avoir cette information vitale plus tôt. Du coup, Harvey lui apparaissait sous un jour totalement différent. Il devait vraiment avoir aimé cette fille.

— Est-ce pour cela que tu refuses tout engagement ? demanda-t-elle, partagée entre le regret et la jalousie.

Elle aurait voulu savoir s'il était toujours amoureux de cette Alice. S'il était encore en deuil, si son cœur était toujours brisé.

— Ce n'est pas aussi simple, répondit-il. Je ne me suis pas réveillé le lendemain en me jurant que j'en avais fini avec les relations amoureuses. C'est arrivé sans que je sache comment ou pourquoi. Alice et moi, nous sommes restés ensemble deux ans, et cela n'aurait sans doute pas duré. Pourtant, sa perte m'a anéanti. C'était trop… soudain. Trop injuste.

— Je comprends.

Della posa les mains sur les épaules de Harvey. Entre eux, il n'y avait que du sexe, et elle découvrait un homme complexe, qui cachait son côté vulnérable. Cela ne l'empêchait pas de vouloir le réconforter comme il l'avait fait lorsqu'elle lui avait parlé de son divorce.

Mais pourquoi disait-il que cela n'aurait pas duré, avec Alice ? Elle aurait voulu le lui demander, mais elle avait déjà sans doute posé trop de questions. Au lieu de cela, elle pressa les lèvres sur une épaule réchauffée par le soleil, les yeux humides d'émotion. Tous ses préjugés à son propos volaient en éclats. Il n'était pas arrogant ou ambitieux. Bien au contraire, c'était un homme dévoué à ses patients, mû par une véritable vocation. S'il était célibataire, ce n'était pas par insouciance ou égoïsme, mais parce qu'il se protégeait.

— Je suppose que quand mon chagrin s'est atténué, reprit-il, j'ai trouvé plus facile de n'avoir que des liaisons superficielles. Je n'avais pas besoin de raconter mon passé à une femme avec qui je ne passais qu'une seule nuit. Je me suis concentré sur mon travail et, sans que je sache comment, une année est passée, puis une autre, et encore une autre. Au bout de cinq ans, j'avais pris l'habitude de ne pas m'attarder avec l'une plutôt que l'autre.

Della caressait l'épaule de Harvey, trop émue pour parler.

Pourquoi n'avait-elle pas posé de questions plus tôt ? Au lieu de cela, elle s'était fiée aux apparences et elle l'avait utilisé sexuellement.

Il s'étendit de nouveau sur le sable, entraînant Della avec lui.

— Ma vie privée s'est bornée à cela, et je n'ai jamais trouvé une raison d'en changer.

Della eu l'impression qu'il ne disait pas tout, mais elle se tut. Se redressant légèrement, il appuya la tête une main, et elle en fit autant, de sorte qu'ils se firent face à l'ombre du parasol.

— Sans doute parce que tu estimais que tout engagement était risqué, se hasarda-t-elle à dire.

Elle en avait fait l'expérience elle-même...

Mais alors qu'elle espérait aimer de nouveau à l'avenir, Harvey avait trouvé la solution parfaite pour protéger son cœur. Il n'avait jamais rencontré une femme pour qui il aurait voulu prendre ce risque. Il se pouvait aussi qu'il préfère faire ce sacrifice pour éviter la douleur.

— Tu ne te sens jamais seul ?

Leurs mains étaient enlacées, et il caressait la sienne du pouce, la faisant frissonner. Elle n'aurait jamais pu choisir la voie dans laquelle il s'était engagé. Elle avait besoin d'une vie de couple, besoin de partager ses peines et ses joies avec quelqu'un qui saurait la comprendre.

Mais dans son cas, le rêve s'était mué en cauchemar...

— Comment pourrais-je me sentir seul, entouré de tous les Wilton ? Comme tu le vois, je ne suis pas dépourvu de cœur, je suis juste un gros paresseux ancré dans ses habitudes.

— Un paresseux, ou un effrayé ?

— Tu as sans doute raison, mais mon explication est plus valorisante.

Comme s'il voulait passer à autre chose, il se pencha sur elle pour l'embrasser passionnément. La prenant par les hanches, il glissa la langue dans sa bouche. Elle soupira, excitée par ses caresses, mais pensant encore à tout ce qu'elle avait appris sur lui ces derniers jours. C'était comme si elle n'avait pas connu du tout le vrai Harvey, comme si elle lui avait attribué la mauvaise étiquette pour se prémunir elle-même contre ses sentiments. Et maintenant, elle était contrainte de les examiner à nouveau à la froide lueur du jour.

Non, songea-t-elle, les sentiments n'avaient aucune place dans leur liaison.

Elle le repoussa et posa le front contre le sien, haletante.

— Je comprends ta peur, tu sais. Accepter sa vulnérabilité vis-à-vis d'une autre personne est un jeu de hasard. Pourquoi crois-tu que je sois restée seule, depuis mon divorce ? Je me suis brûlé les doigts et je ne suis pas pressée de recommencer.

Son aveuglement vis-à-vis d'Ethan la terrifiait. Et si elle se trompait de nouveau ? Mais il lui restait peu de temps pour trouver le bon. Deux ans et demi plus tard, elle aurait quarante ans...

Harvey la scruta avec une telle intensité qu'elle aurait voulu dissimuler ses yeux derrière ses lunettes de soleil. Il prit son visage entre ses mains.

— Tu mérites d'être heureuse, Della. Tu mérites d'obtenir tout ce que tu cherches.

Elle hocha la tête, la gorge sèche. Pour la première fois depuis son divorce, quelqu'un voyait clairement en elle, et il fallait que ce soit Harvey ! Elle voulait tout, en effet, mais ce qu'elle voulait n'était pas facile à obtenir.

— Savoir ce qu'on veut est facile, répondit-elle avec un rire triste. C'est trouver quelqu'un qui veut la même chose qui est difficile. Je me suis déjà trompée une fois.

Elle n'avait pas vraiment envie de penser à son ex, alors qu'elle était étendue près de Harvey et qu'elle se sentait si proche de lui. Mais maintenant qu'ils avaient échangé des confidences, leurs différences étaient encore plus évidentes. Si Harvey souhaitait rester seul, c'était parce qu'il ne voulait pas prendre le risque d'une relation. En éternelle romantique, Della trouvait qu'elle n'avait jamais rien entendu d'aussi déprimant.

— Ça viendra, affirma Harvey avec un sourire encourageant. Tu as tout pour toi... une carrière exceptionnelle, une personnalité extraordinaire, un corps sexy... Il te suffit de ne pas accepter moins que ce que tu mérites.

Della acquiesça, surprise que Harvey la connaisse si bien.

Avait-elle manqué d'ambition en s'installant avec Ethan ? Elle lui avait permis de tirer un trait sur ses rêves pour privilégier les siens.

— Toi aussi, tu mérites d'être heureux, dit-elle. Tu envisages d'être seul jusqu'à la fin de ta vie ?

— Je ne me projette pas aussi loin, répondit-il avec un haussement d'épaules. Je sais seulement que pour l'instant ma vie me plaît telle qu'elle est et que je la contrôle. Pourquoi y renoncerais-je ?

— Toujours cette obsession de contrôle ! fit Della sur un ton faussement léger.

Il lui prit la main.

— Ne t'inquiète pas pour moi. Comme tu le sais, je me débrouille bien avec les dames.

L'attirant contre lui, il s'empara de sa bouche pour un autre baiser passionné qui la réduisit au silence.

Elle entrouvrit les lèvres, et leurs langues se caressèrent. Elle n'avait aucune raison de se laisser affecter par les choix de Harvey. Ils étaient d'accord pour prendre du bon temps, pas pour construire une relation, ou même une amitié. S'il n'avait pas réussi à oublier Alice en près de vingt ans, il ne le ferait pas en deux semaines de plus. Il ne lui appartenait pas. Il n'appartenait à personne. Elle devait faire très attention… À force de se focaliser sur le vrai Harvey, l'homme qu'elle comprenait de mieux en mieux chaque jour, elle finirait par perdre de vue qu'il n'y avait que du sexe entre eux.

Elle se pressa contre lui si bien que ses seins frôlèrent sa poitrine nue et que leurs cuisses se touchèrent. À mesure que leurs baisers se faisaient plus passionnés, elle réalisa qu'elle n'était vêtue que d'un minuscule bikini et qu'ils se trouvaient dans un lieu public.

Elle s'écarta de Harvey, haletante.

— Nous devrions… euh… rentrer. Le dernier taxi de mer part à 19 heures.

Il fit la grimace.

— Donne-moi une seconde.

Della baissa les yeux vers la bosse qui gonflait son short et sourit. Lorsqu'il fut prêt, ils rassemblèrent leurs affaires et marchèrent main dans la main vers le quai. Un peu plus tard, blottie contre Harvey, Della s'étonna de l'avoir si mal jugé auparavant. En réalité, ils avaient de nombreux points communs, en dehors de leur profession. Cet homme, ce médecin dévoué qui protégeait son cœur, était beaucoup plus dangereux pour elle que le don Juan qu'elle avait si facilement méprisé pendant vingt ans.

Il n'en restait pas moins qu'elle souhaitait toujours trouver l'amour et fonder une famille. Et quand elle surmonterait finalement sa peur, quand elle serait prête à risquer de nouveau son cœur, elle ne pourrait pas se permettre une autre erreur.

La prochaine fois qu'elle tomberait amoureuse, il faudrait que ce soit du bon.

8

Le lendemain, les urgences étaient surchargées. Della et Harvey n'avaient pas d'interventions programmées, ils se mirent donc à la disposition de leurs collègues. Harvey venait d'examiner un garçon de six ans pour une possible appendicite, lorsqu'il reçut un message de Della :

J'ai un patient pour lequel j'aurais besoin d'un deuxième avis, si tu es libre.

Il se lava les mains en vitesse. Sa hâte de la retrouver le rendait anxieux. La veille, ils avaient passé une journée merveilleuse. Après toutes les confidences qu'ils avaient échangées, Della avait passé la nuit chez lui. Ils avaient pris une douche ensemble, chacun débarrassant le corps de l'autre du sable et du sel, avant de s'effondrer sur le lit. Ils n'avaient plus évoqué leurs passés respectifs. C'était comme s'ils intégraient peu à peu ce qu'ils venaient d'apprendre. Le problème, c'était qu'à force de passer du temps avec Della, à force de découvrir de nouveaux éléments à son propos, à force d'avoir constamment besoin de la toucher, Harvey avait de plus en plus de mal à maîtriser ses émotions.

Il ne cessait de penser à ce qu'elle lui avait dit la veille : « Toi aussi, tu mérites d'être heureux. Tu envisages d'être seul jusqu'à la fin de ta vie ? »

Il ne connaissait pas la réponse à cette question, mais ne parvenait pas à l'arracher de son esprit.

Della se trouvait dans une salle de soins, en compagnie d'un couple d'une trentaine d'années visiblement anxieux. Comme d'habitude, il sentit son cœur battre plus vite quant il la vit, et ses doigts brûlèrent de caresser sa peau douce.

— Docteur Ward, dit-elle, merci d'être venu. M. et Mme Beaumont souhaiteraient un second avis, et je leur ai dit que vous êtes le meilleur chirurgien en traumatologie de Melbourne.

— C'est très gentil de votre part, docteur Wilton.

Harvey sourit au patient, M. Beaumont, étendu sur le lit, le bras gauche en écharpe.

— M. et Mme Beaumont sont en voyage de noces, expliqua Della. M. Beaumont a trente ans et est en pleine forme physique. Ce matin, il faisait du jet-ski à environ cinquante kilomètres à l'heure. Il a été victime d'une commotion cérébrale en heurtant la surface de l'eau, et son épaule gauche est déboîtée.

Harvey examina la radio sur l'écran de l'ordinateur. Elle montrait clairement la luxation. Il orienta l'écran de façon que le couple puisse le voir aussi, puis il leur lut le rapport prouvant que le diagnostic de Della était justifié.

Certains patients avaient besoin d'un second avis. Cela n'impliquait pas qu'il soit plus expérimenté qu'elle. Il avait d'ailleurs une parfaite confiance en sa compétence. En fait, réalisa-t-il avec étonnement, il avait confiance en elle, point barre.

Était-ce pour cette raison qu'il lui avait parlé d'Alice ? Mais comment ce changement était-il survenu ?

— Je confirme que vous avez bien une épaule déboîtée, dit-il au patient. Je suis d'accord avec le Dr Wilton.

Il jeta un coup d'œil à Della, espérant qu'elle voyait dans ses yeux qu'il ne doutait pas d'elle une seconde. En réalité, il aurait voulu la prendre dans ses bras. Le même instinct protecteur qu'il avait éprouvé sur la plage, lorsqu'elle lui avait parlé de son ex-mari, se réveillait en lui.

— La bonne nouvelle, continua-t-il, c'est qu'apparemment vous n'avez aucune fracture, aucun tendon ou aucun muscle endommagé. Vous n'aurez donc pas besoin d'être opéré. En revanche je suis entièrement d'accord avec le traitement préconisé par le Dr Wilton.

Les larmes aux yeux, Mme Beaumont pressa la main de son mari. Il était normal qu'elle s'inquiète. Personne ne pouvait souhaiter qu'un tel incident se produise pendant un voyage de noces, mais cela pouvait arriver quand on poussait un scooter des mers au maximum de sa vitesse. L'homme avait de la chance, car les conséquences auraient pu être plus graves, en particulier en cas de commotion cérébrale.

— Une fois que nous aurons remis votre épaule en place, intervint Della d'une voix rassurante, et quand la douleur aura disparu, vous devriez retrouver toute la souplesse de votre bras. Si vous êtes d'accord, nous pouvons le faire immédiatement. C'est le meilleur moyen d'éviter que les tissus soient endommagés. Pourquoi ne pas en discuter un instant, docteur Ward ?

Harvey et Della quittèrent la salle de soins et s'éloignèrent de quelques pas.

— Merci d'être venu si vite, dit-elle.

— Je suis à ton service, Della. Tu sais, la demande d'un second avis n'a rien de personnel. Certains patients ont besoin de ça.

— Bien sûr. Euh… tu vas bien ? Tu sais… après cette nuit. Tu étais parti, quand je suis sortie de la douche.

— Je voulais courir un peu avant de travailler. Mais je suis en pleine forme, précisa-t-il en la couvant d'un regard intense. J'ai très bien dormi, et au réveil je me sentais… plein d'énergie.

Il l'avait aussitôt embrassée, comme si se réveiller près de son corps nu était la chose la plus naturelle du monde. Et il voulait qu'elle le regarde dans les yeux comme lorsqu'il la pénétrait et qu'ils étaient au bord de l'orgasme. Une fois à Melbourne, le parfum de Della lui manquerait-il ? S'adapterait-il de nouveau à un lit vide ?

— Je me rappelle, dit-elle en rougissant. Inutile de te vanter.

Harvey réprima un sourire satisfait.

— Pour ce qui concerne notre patient, je crois que tu n'as pas besoin de moi. Je peux m'en aller ?

En réalité, il s'était habitué à travailler avec elle. Ils formaient une excellente équipe. Encore une chose à laquelle il devrait renoncer en retournant à Melbourne.

— Je crois que la femme aurait voulu que tu leur prescrives un antidouleur et que tu les renvoies chez eux. C'est pour cette raison qu'elle a demandé un second avis. Elle ne me faisait pas confiance.

Harvey fit la grimace, mécontent que les compétences de Della aient pu être mises en cause. Quoi qu'il en soit, même un interne était capable de remettre en place une épaule démise.

— Si tu as un moment, continua Della, j'aimerais bien que tu m'assistes. Pour ma part je préfère la technique de Matsen.

— Vraiment ? Matsen ?

Harvey fit semblant de remettre en cause ce choix rien que pour voir des lueurs de défi dans les grands yeux bleus de Della.

— Absolument, confirma-t-elle avec un sourire moqueur.

Il était clair qu'elle ne comptait pas se laisser intimider.

— Tu n'utilises pas celle de Milch ? Pour ma part, je la préfère.

Della sembla amusée. Depuis qu'ils s'entendaient mieux, ils ne se chamaillaient plus autant. Cela manquait à Harvey, et apparemment à Della aussi.

— Je ne suis pas surprise que nos approches soient différentes, dit-elle calmement, mais la mienne est meilleure, et c'est *mon* patient.

Ravi qu'elle ne se laisse pas faire, Harvey sourit.

— Je suis d'accord.

— Parfait ! s'exclama Della en lui lançant un coup d'œil victorieux. Viens ! Cette épaule ne va pas se réparer toute seule, et je suis certaine que les Beaumont sont pressés de reprendre le cours de leur voyage de noces.

Harvey la suivit docilement au chevet de leur patient. Une semaine auparavant, Della et lui se seraient férocement affrontés pour défendre leur point de vue. En l'occurrence, sur la façon de remettre en place la tête de l'humérus.

Au terme d'une brève discussion, le patient accepta la procédure. Della et Harvey se placèrent l'un en face de l'autre de chaque côté du brancard. Della prit le bras douloureux, tandis que Harvey se tenait près de l'épaule opposée. Il passa les extrémités d'un drap autour de la poitrine de M. Beaumont et sous son aisselle pendant que Della pliait son bras à quatre-vingt-dix degrés, au niveau du coude.

— Vous êtes prêt ? demanda-t-elle au patient.

Ce dernier acquiesça et ferma les yeux.

Della et Harvey échangèrent un regard, et articulèrent silencieusement : « Un, deux, trois » de façon à être synchronisés. Elle exerça alors une traction sur le bras plié du patient pendant que Harvey tirait le drap, effectuant une traction dans la direction opposée.

Une fois la luxation réduite, le patient laissait échapper un long soupir de soulagement. Della lança à Harvey un regard triomphant qui lui donna envie de l'embrasser.

Au lieu de cela, il lui sourit et déclara :

— La bonne vieille technique de Matsen. C'est passé comme une lettre à la poste.

Della réprima un sourire, s'efforçant clairement de rester professionnelle devant le couple. Ils pouvaient avoir des divergences sur de nombreux sujets, mais lorsque c'était important, ils avaient prouvé plusieurs fois cette semaine-là qu'ils étaient capables d'accepter des compromis.

Reprendraient-ils leurs chamailleries lorsqu'ils auraient quitté les Fidji, ou se rappelleraient-ils ces moments ? Harvey espérait sincèrement qu'ils s'en souviendraient.

— Qui est Matsen ? demanda Mme Beaumont.

— C'est le nom de la technique que nous avons utilisée pour réduire la luxation de l'épaule de votre mari. Le Dr Ward et moi ne sommes pas toujours d'accord, mais nous avons mis de côté nos préférences.

Della lança à Harvey un regard désapprobateur.

Étonnant comme ces divergences semblaient n'avoir aucune importance aux Fidji ! Harvey présenta ses excuses au couple et s'adressa à Della avant de quitter la salle :

— Docteur Wilton, n'oubliez pas que nous avons une acromioplastie bilatérale par laparoscopie.

Ce jargon médical était un code pour leur pause-café.

— Je ne serai pas longue, dit-elle avant de se tourner vers son patient pour lui donner des instructions. Vous devrez porter une écharpe pour soulager la douleur. Je vais vous prescrire quelques antalgiques, mais l'application de glace marche très bien aussi. Et inutile de le préciser : plus de jet-ski.

Harvey gagna la salle de repos et brancha la bouilloire. L'euphorie qu'il éprouvait chaque fois qu'il travaillait avec Della se dissipait peu à peu, gâchée par son incertitude à propos de l'avenir. Il prépara deux cafés, puis emprunta le couloir pour se rendre dans le bureau qu'on lui avait attribué. Della le rejoignit quelques minutes plus tard.

— Merci pour ton aide et aussi pour avoir accepté la technique

que je préconisais. Je sais que tu as du mal à ne pas être aux commandes, ajouta-t-elle en souriant.

Mais Harvey ne pensait qu'à l'embrasser.

— Pour toi, je suis toujours prêt à accepter le second rôle. En particulier quand nous sommes tellement bons ensemble, que ce soit au travail ou ailleurs.

Della se mit à rire, mais il remarqua qu'elle frissonnait légèrement, preuve qu'elle devait songer à la nuit précédente, durant laquelle ils avaient donné libre cours à la faim insatiable qu'ils avaient l'un de l'autre. Fermant la porte, il l'attira dans ses bras.

— Tu sais que je trouve ton attitude envers les patients incroyablement sexy ?

Sans attendre sa réponse, il pressa les lèvres contre les siennes, gémissant lorsqu'elle glissa les doigts dans ses cheveux.

— Cette remarque pourrait être considérée comme légèrement perverse, répondit-elle en s'écartant finalement de lui.

La prenant par la taille, il la poussa contre la porte et l'immobilisa avec les hanches.

— Comment se peut-il que j'aie encore envie de toi ? Je commence à me faire du souci pour ma santé mentale. Ça me fait penser à cette souris marsupiale obsédée par l'idée de se reproduire jusqu'à en mourir d'épuisement.

Della éclata de rire et pencha la tête de côté, offrant le cou à ses baisers.

— Ne sois pas si dramatique. Tu sais parfaitement que les ultraviolets, au soleil, augmentent le taux de testostérone. Tu es juste un excité des vacances.

Harvey se mit à rire à son tour. Attirant de nouveau Della contre lui, il passa une main sous sa blouse pour sentir sa peau nue. Grâce à Dieu, ils se trouvaient dans un hôpital. Se forçant à s'écarter d'elle, il posa le front contre le sien.

— Je te jure que je ne t'ai pas attirée ici pour ça. Je t'ai apporté un café.

— Merci, mais tu peux m'attirer où tu veux quand tu veux.

Elle l'embrassa encore une fois avant de le repousser.

— Cela dit, nous avons encore un après-midi entier devant nous.

Elle essuya sa bouche, sans doute pour effacer une trace de rouge à lèvres, puis remit sa blouse en place.

— Tu vas au barbecue du Dr Tora, ce soir ? reprit-elle. On pourrait y aller ensemble. Ce n'est pas très loin de l'hôpital, apparemment.

— Avec plaisir. J'adorerais me promener avec toi, répondit-il en lui prenant la main.

La toucher devenait compulsionnel, mais il préférait ne pas y réfléchir. Ces journées aux Fidji étaient comptées. Lorsqu'ils rentreraient chez eux, ils parviendraient sûrement à se débarrasser de cette obsession. Pour la première fois en vingt ans, il s'apercevait qu'une relation fondée sur davantage que le sexe pouvait être très agréable.

— On ferait bien d'aller travailler, dit-elle sur un ton penaud. Les urgences doivent être pleines.

Harvey acquiesça et la lâcha à regret.

— Si je ne te vois pas d'ici là, je passe te prendre à 19 heures.

— C'est un rencard, dit-elle en souriant avant de quitter la pièce.

Harvey sourit aussi, le cœur aussitôt plus léger. Il resta quelques instants dans le bureau, s'efforçant de recouvrer ses esprits. Della et lui pourraient-ils reprendre leurs relations antérieures après avoir tant partagé ? Pourrait-il la voir le jour du baptême de Jack sans la désirer ? Pourrait-il accepter qu'elle tombe amoureuse d'un autre sans crever de jalousie ?

Mais quelle était l'alternative ? S'il voulait davantage que du sexe avec elle, il mettrait en danger des parties très importantes de sa vie : la trêve toute nouvelle entre eux, son amitié avec Brody, sa place enviable au sein de la famille Wilton. Voulait-il risquer de perdre tout cela, sans compter la perte de cette maîtrise à laquelle il tenait tant ?

Parce que s'il ne faisait pas attention, s'il tentait d'avoir plus qu'une simple liaison, il pourrait blesser Della et gâcher sa relation avec tous les Wilton.

Si on considérait tous ces enjeux, il avait beaucoup à perdre.

9

Plus tard dans la soirée, après le barbecue organisé par le Dr Tora dans sa belle propriété située sur la plage, Della et Harvey prirent congé de leurs hôtes et regagnèrent les bungalows mis à leur disposition par l'hôpital. Dès qu'ils ne furent plus à portée de vue, Harvey prit la main de Della.

Bien que ce geste lui soit maintenant familier, elle sourit et frissonna. Parce que désormais ce qui avait commencé par « juste du sexe » était bien plus compliqué.

— Tout va bien ? demanda-t-il. Je te trouve bien silencieuse.

— Je suis peut-être un peu fatiguée, c'est tout.

Troublée, elle plaqua un sourire forcé sur son visage. Elle n'aurait jamais imaginé que sa relation autrefois si tendue avec Harvey devienne aussi harmonieuse. Elle travaillait avec lui, couchait avec lui, découvrait chaque jour quelque chose de nouveau à son propos. Elle ne parvenait plus à définir les sentiments qu'elle éprouvait pour lui ; elle savait seulement qu'ils étaient dangereux.

— J'ai passé une très bonne soirée, dit-elle pour résister au vent de panique qui risquait de la submerger. En particulier, j'ai adoré voir les petits-enfants du Dr Tora te donner une bonne raclée au foot.

Harvey sourit, et elle se détendit. Pour rien au monde elle n'aurait voulu gâcher cette fin de soirée par des inquiétudes qu'elle ne pouvait s'expliquer elle-même.

— Ces gringalets n'ont pas arrêté de tricher, répondit Harvey avec humour. J'en ai littéralement surpris un en train de déplacer le but à plusieurs reprises.

Della eut un gloussement de joie. En réalité, la vue de Harvey en train de jouer avec un groupe d'enfants de tous âges l'avait remplie de désir et de quelque chose d'autre… de la peur.

— Ce doit être plus facile quand le but est délimité par des poteaux imaginaires, entre deux cocotiers. Mais tu as été fair-play, toutes mes félicitations. Je ne suis pas certaine que Brody les aurait laissés gagner. Il est trop compétiteur.

Harvey lui jeta un regard de côté.

— À propos d'enfants, dit-il, c'est la fête des Mères, demain. N'oublie pas d'envoyer un message à Mme W.

Della le fixa un instant avec curiosité, ses hormones s'emballant de nouveau. Harvey aimait vraiment sa mère, pourquoi ne l'avait-elle pas remarqué jusqu'alors ? Sans doute parce que lorsqu'il s'agissait de lui, elle était totalement fermée.

— Si ça ne t'ennuie pas, continua-t-il en lui tendant son téléphone, j'aimerais lui envoyer cette photo de nous.

Della observa l'écran avec attention. Ils se tenaient tous les deux sur la terrasse du Dr Tora, bronzés, détendus et souriants, avec la mer derrière eux.

— Pas de souci, marmonna-t-elle, choquée par la joie qui émanait d'eux sur cette photo.

Sa mère s'en apercevrait-elle ? Leur poserait-elle des questions embarrassantes, le jour du baptême de Jack ? Non ! Elle connaissait trop bien Harvey pour savoir qu'il était incapable d'entretenir une relation sentimentale.

Elle rendit à Harvey son téléphone. Son expression heureuse ne signifiait rien.

— Tu envoies toujours des vœux à maman, le jour de la fête des Mères ? demanda-t-elle, légèrement surprise.

Il lui vint à l'esprit que Harvey parlait rarement de sa propre mère. Elle savait que ses parents avaient divorcé, mais elle avait toujours cru que l'épouse de Bill était décédée depuis.

Haussant les épaules, il glissa son téléphone dans une poche de son short.

— Parmi les tiens, je me sens comme en famille. Jenny Wilton est ce qui ressemble le plus pour moi à une mère. Elle s'est toujours montrée chaleureuse et accueillante à mon égard. Je lui envoie aussi des fleurs pour son anniversaire.

Harvey adressa un sourire satisfait à Della, émue par autant de prévenance.

— Quel fayot ! dit-elle sur un ton faussement outragé. Tu veux nous cramer, Brody et moi.

Mais en elle, la curiosité fut la plus forte.

— Qu'est-il arrivé à ta mère ? ne put-elle s'empêcher de demander. Je ne t'ai jamais entendu parler d'elle.

Une semaine auparavant, elle n'aurait jamais osé lui poser une question aussi personnelle. Mais Harvey et elle avaient franchi un long chemin depuis ce premier jour aux Fidji. Maintenant, sa première pensée en se réveillant le matin était pour lui. Le voir était source d'excitation, non d'ennui. Les découvertes se succédaient, et plus elle en apprenait sur lui, plus elle se sentait connectée à lui. Et c'était bien là le problème ! Il était temps pour elle de rentrer en Nouvelle-Zélande et de laisser ce séjour et leur liaison derrière elle.

De nouveau, elle ressentit le goût métallique de la peur.

— Mes parents se sont séparés quand j'avais huit ans, dit Harvey en se raidissant légèrement. Ensuite, je ne l'ai pas vue très souvent.

Il donna un coup de pied à un coquillage, l'envoyant valser sur le côté. Della retint son souffle, tandis qu'une boule se formait dans sa gorge.

— Mais elle est encore vivante ?

Il hocha la tête et se tourna vers l'océan et le coucher de soleil, à l'horizon.

— Après avoir quitté mon père, elle est venue me voir de temps en temps, mais très vite ses visites ont cessé.

— Pourquoi ? demanda Della avec compassion. Elle n'avait pas envie de voir son fils ? Ça a dû être dur, pour Bill et toi.

Elle se reprocha de ne l'avoir jamais questionné auparavant à propos de sa mère. Harvey haussa les épaules, mais maintenant qu'elle le connaissait tellement mieux, Della se tendit, immédiatement connectée à sa vulnérabilité.

— J'ai eu de la chance, dit-il, presque comme s'il voulait s'en persuader. J'ai vécu avec mon père qui a été exceptionnel et toujours présent pour moi.

— J'ai beaucoup de respect pour lui, mais en tant qu'enfant tu devais aimer tes deux parents.

Harvey fit la grimace.

— Au début, j'étais déchiré, expliqua-t-il simplement. Être heureux auprès de mon père me semblait mal, mais je n'aurais pas pu non plus supplier ma mère de me prendre avec elle lorsqu'elle me rendait visite.

Della battit des paupières pour réprimer les larmes qui lui montaient aux yeux.

— C'est une situation horrible. Aucun enfant ne peut supporter d'avoir à choisir entre ses deux parents.

Elle ne s'étonnait plus qu'il ait adopté en tant que mère de substitution « Mme W », ainsi qu'il nommait affectueusement Jenny Wilton.

— Finalement, ma mère a fait ce choix pour moi, reprit Harvey avec un sourire amer. J'avais dix ans, quand elle a épousé un homme qui avait deux petites filles. Ils ont quitté l'État. Par la suite je n'ai eu que très rarement de ses nouvelles. Elle préférait sa nouvelle vie et ses nouvelles belles-filles.

Della sentit sa gorge se serrer davantage à l'idée que Harvey avait grandi en se sentant rejeté par la seule femme censée être toujours là pour lui et l'aimer inconditionnellement. Était-ce cet abandon qui avait renforcé sa réaction quand sa petite amie était morte, faisant de lui un solitaire qui ne croyait pas en l'amour ?

— J'aurais voulu le savoir plus tôt, dit-elle, bouleversée par cette confession et ce qu'elle impliquait.

Harvey souhaitait-il rester seul à jamais, ou bien, tout comme elle, avait-il peur de risquer une fois de plus d'avoir le cœur brisé ? Tout cela parce que les femmes qu'il avait aimées avaient disparu.

Comment maîtriser les sentiments naissants qu'elle avait pour Harvey, maintenant qu'elle savait tout cela ?

— Je n'aime pas en parler, dit-il d'une voix enrouée. C'est assez moche de se rappeler à quel point je me suis senti impuissant à cette époque. C'est tout aussi difficile que d'admettre que pendant de nombreuses années je me suis efforcé d'être le fils dont elle pourrait être fière, si un jour elle revenait vers moi.

Della pressa sa main.

— Je comprends.

Il avait dû se sentir totalement désarmé, ne sachant jamais

quand sa mère lui rendrait visite ou s'il avait fait quelque chose de mal. L'homme exceptionnel qu'il était devait détester ce sentiment, d'autant que l'histoire s'était répétée quand Alice était sortie brutalement de sa vie. Il n'y avait rien d'étonnant à ce qu'il s'en tienne à des relations superficielles pour éviter d'être blessé à nouveau. Harvey avait besoin de contrôler sa vie, et il n'y avait rien de pire que l'amour pour la bouleverser.

Della se tut un instant, mais elle ne put pas rester silencieuse très longtemps, pas quand la douleur de Harvey était si palpable.

Comme il aurait été facile de tomber follement amoureuse de lui ! Mais un obstacle de taille s'y opposait : il n'était pas l'homme qu'elle cherchait parce qu'ils voulaient des choses différentes.

— Tu sais, dit-elle en lui prenant le bras, aujourd'hui tu n'es plus réduit à l'impuissance. Tu l'as dit toi-même : tu apprécies ta vie. Tu réussis ce que tu entreprends, tu es un véritable séducteur, et même si tu m'as tout caché de toi pendant près de vingt ans, tu es vraiment quelqu'un de bien. Je suis fière de toi, et tu peux me croire, puisque je t'ai longtemps pris pour un abruti.

Eh tenta de sourire, s'accrochant à l'humour pour installer un climat plus léger.

L'attirant contre lui, Harvey déposa un baiser sur son front.

— Je vois que tu sais faire des compliments. On devrait peut-être quitter cette île avant de tomber fous amoureux l'un de l'autre.

Sa plaisanterie tomba à plat. S'il y avait quelque chose dont elle ne pouvait rire, c'était bien l'idée que si elle en apprenait encore davantage à son propos, elle allait basculer dans l'abîme.

— Comme je te l'ai déjà dit, l'eau des Fidji a dû t'ensorceler, Harvey, plaisanta-t-elle.

Elle se força à se rappeler que quelles que soient les raisons de Harvey pour ne jamais s'engager avec une femme, il n'avait aucune expérience de l'amour. Elle pouvait l'apprécier, le respecter, éprouver de la compassion pour lui, mais elle devait absolument s'abstenir de tomber amoureuse d'un homme qui n'avait jamais eu de relation sérieuse, ou qui tenait à maîtriser ses sentiments.

Elle voulait plus. Tellement plus !

— Quel soulagement : ce n'est qu'à cause de l'eau ! s'exclama-t-il en glissant un bras autour de sa taille.

Le sujet était visiblement clos. Della marcha à son côté, les jambes tremblantes. Elle n'était pas stupide : lorsqu'elle serait prête à aimer de nouveau, elle aurait besoin d'un homme qui savait ce qu'il voulait et dont les aspirations correspondraient aux siennes. Elle ne commettrait pas deux fois la même erreur.

Mais plus tard, juste avant de s'abandonner au sommeil dans le lit de Harvey, elle ne put s'empêcher de penser qu'il cochait malgré tout de nombreuses cases.

10

Le jour suivant était un dimanche. Harvey proposa une promenade jusqu'aux cascades de Biausevu dont le Dr Tora leur avait parlé la veille. En partant du village le plus proche, ils avaient marché dans la forêt pendant une heure main dans la main quand la largeur du sentier l'avait permis. Bien sûr, Della portait son petit short sexy en jean, ce qui mettait en valeur ses jolies fesses... Marcher l'un derrière l'autre avait aussi ses avantages.

— On y est ! cria-t-elle d'une voix excitée.

Après lui avoir adressé un sourire radieux, elle se mit à courir et disparut après un tournant.

Harvey allongea ses enjambées pour la rejoindre. L'enthousiasme de Della était contagieux. En réalité, elle rendait toutes les choses plus belles et plus riches. Ils riaient ensemble, il dormait plus profondément avec elle dans ses bras, les journées de travail passaient plus vite en sa compagnie. Que ferait-il sans elle, en Australie ? Et comment en était-il arrivé à lui parler de sa mère ?

— J'y vais, annonça-t-elle lorsqu'il la rejoignit au bord de l'eau.

Les cascades étaient nichées parmi la végétation luxuriante. Le bassin se trouvait sous environ trois mètres d'une chute d'eau fraîche et attrayante. Della posa son sac à dos, puis retira son T-shirt et son short, révélant son corps splendide à peine dissimulé sous un bikini minuscule. Comme souvent, son regard était empreint de ce défi qu'il connaissait bien et qui faisait bouillonner son sang.

Ils avaient fait l'amour à l'aube, pourtant il la désirait encore. Parviendrait-il un jour à ne plus éprouver cet appétit insatiable ?

C'était complètement fou, mais depuis qu'ils avaient appris à se connaître mutuellement sur un plan plus personnel, depuis que Della lui avait dévoilé ses craintes et son sentiment d'insécurité, son imagination avait commencé à lui jouer des tours… des tours terrifiants.

Della et lui pourraient-ils basculer dans quelque chose de plus profond qu'une liaison fondée uniquement sur le sexe ? Pourrait-elle même le prendre au sérieux ? Pourrait-elle aimer un homme comme lui, elle qui avait toujours rêvé de vivre un conte de fées ? Ce n'était peut-être que la magie des îles Fidji.

— Fais attention ! lança-t-il en la voyant bondir d'un rocher à l'autre au bord du bassin avant de sauter dans l'eau.

Ils étaient à au moins une heure du village le plus proche, et si l'un des deux se blessait, l'autre devrait gérer une situation difficile.

— Allez, Harvey, elle est bonne ! cria Della en s'éloignant de la rive.

Soudain, elle plongea et réapparut un instant plus tard sous la cascade. Harvey posa à son tour son sac à dos avant de retirer son T-shirt et ses chaussures, ne gardant que son short de bain. Lorsqu'il sauta à son tour dans le bassin, le choc de l'eau froide sur sa peau contribua à calmer le feu qui circulait dans ses veines. Quand il se fut un peu calmé, il nagea en direction de Della.

C'était une bonne nageuse, mais il était plus rapide. Parvenu auprès d'elle, il la prit par la taille et attira contre lui son corps presque nu. Elle n'était que courbes voluptueuses et peau glissante… Dès qu'elle fut dans ses bras, il brûla de désir.

— Il faut toujours que tu me mettes à l'épreuve, c'est ça ?

S'emparant de sa bouche souriante, il l'embrassa passionnément. Nouant les bras autour de son cou, elle entrouvrit les lèvres et glissa la langue entre celles de Harvey, qui sentit son sexe se dresser.

— Je sais que tu aimes tout contrôler, dit-elle finalement, mais il n'y a pas de raison pour que je te permette d'être de plus en plus content de toi.

Tout en riant, elle se tortilla pour lui échapper et s'éloigna.

« Content de toi » ? Comment pourrait-il l'être auprès d'elle ? Avec elle, il se sentait instable comme s'il se trouvait au centre d'un tourbillon, partagé entre différentes émotions : la peur de ne pas pouvoir être celui dont elle avait besoin et le désir obsédant de la garder.

Il la rattrapa et la prit de nouveau par la taille.

— Il y a peu de chances que je le sois quand tu es dans les parages, murmura-t-il contre sa bouche avant de lui voler un autre baiser.

Il l'attira sous la cascade. En s'abattant avec force sur leurs têtes, la chute d'eau les sépara, hors d'haleine. Della se mit à rire, puis elle le prit par les épaules et l'embrassa.

— Il faut toujours que tu gagnes, n'est-ce pas ?

— Bien sûr.

L'estomac noué, Harvey songea soudain aux conséquences, s'il n'était pas capable de lui donner davantage que du sexe. Pour rien au monde il ne voulait la blesser. Elle l'avait été suffisamment dans le passé, mais s'il la décevait, il pourrait perdre tous les Wilton. D'un autre côté, comment lutter contre cette attirance puissante, sachant qu'il la reverrait et que dorénavant elle connaissait tous ses secrets ?

Sous l'eau, Della encercla sa taille avec les jambes. Son corps presque nu ébouillantait sa peau. Les rayons du soleil filtraient parmi les filets d'eau, et une piscine naturelle léchait les parois de la grotte qui s'était formée dans la roche. Submergé par un désir primaire, Harvey eut le sentiment qu'ils auraient pu être les deux derniers humains sur la planète. Rien ne semblait avoir d'importance, hormis les caresses que Della lui prodiguait et ses baisers. La façon dont elle prononçait son prénom lui donnait l'impression d'être invincible.

— Pourquoi je ne parviens pas à écarter mes mains de toi ? grommela-t-il, en sentant son sexe devenir de plus en plus dur.

Rejetant la tête en arrière pour offrir le cou à ses baisers, elle répondit :

— Je sais ce que tu veux dire.

Elle resserra l'étreinte de ses jambes autour de la taille de Harvey. Ses seins émergeaient à la surface de l'eau, leur rondeur crémeuse le provoquait, comme s'ils le suppliaient de les caresser. Harvey en prit un dans sa paume, puis fit glisser le haut du bikini plus bas avant de se pencher pour prendre un mamelon dans sa bouche.

— Harvey…, soupira Della en glissant les doigts dans ses cheveux mouillés.

Relâchant légèrement l'étau de ses jambes, elle glissa contre les hanches de Harvey, dont l'érection fut à son comble. Il s'efforçait de réfléchir, son unique instinct étant de s'enfouir en elle et d'atteindre l'amnésie qui n'était jamais loin lorsqu'ils se touchaient. S'il pouvait se focaliser sur le plaisir pendant quelques jours de plus, il parviendrait à relativiser tout ce qui s'était passé entre eux une fois qu'il serait loin d'elle.

— Je te désire tout le temps, dit-il. Qu'est-ce qu'on est en train de se faire ?

— Je n'en sais rien, mais n'arrête pas, s'il te plaît.

Elle poussa un cri lorsqu'il glissa la main entre ses jambes, à l'intérieur du bas de son bikini.

Harvey perdit tout contrôle de lui-même, submergé par le désir et des sentiments terrifiants. La peur serrait sa gorge. Que se passerait-il, si ce besoin continuait de les dévorer une fois qu'ils auraient repris le cours habituel de leur existence ? Si la revoir dans le monde réel faisait s'effondrer la vie agréable et bien planifiée qu'il avait construite ? Si elle était la seule personne à pouvoir le stabiliser, mais qu'elle ne voulait pas de lui ?

Avant que ses pensées l'entraînent dans un puits sans fond, Della introduisit la main dans son short et caressa son sexe. Il s'arracha à sa bouche, un dernier lambeau de raison le retenant avant l'irréparable.

— On n'a pas de préservatif.

— Si tu es d'accord, je peux m'en passer, dit-elle en l'embrassant dans le cou.

Harvey émit un gémissement avant de s'emparer de nouveau de sa bouche. Il lui faisait confiance. Il savait que, pas plus que lui, elle ne lui ferait courir un risque. Et parce qu'il était consumé par le désir, parce qu'elle le regardait comme s'il pouvait lui donner tout ce dont elle avait besoin, il dénoua le bas de son bikini et le fit glisser le long de ses jambes.

Elle passa les bras autour de ses épaules.

— J'ai envie de toi, Harvey.

Le triomphe gonfla sa poitrine. La prenant par la taille, il s'enfonça en elle.

— Oui ! cria-t-elle.

Il prit son visage entre ses mains pour l'embrasser et caresser sa langue avec la sienne.

— N'arrête surtout pas, dit-elle lorsqu'ils s'écartèrent l'un de l'autre pour respirer.

— Tu es belle, dit-il en accentuant le rythme. Je n'ai jamais désiré aucune femme comme je te désire. Sache que j'ai toujours ressenti cela, dès notre première rencontre.

Della laissa échapper un cri de surprise, mais il lut dans ses yeux que dès le début cette attirance avait été mutuelle. Pour sa part, elle le rendait fou, et il en avait toujours été ainsi.

Il se pencha pour prendre la pointe d'un sein dressé entre ses lèvres et se mit à la sucer.

— Oui, oui ! répéta Della.

Il accéléra le rythme, la menant au bord de l'orgasme.

— Della..., gémit-il, mû par le désir.

Les hanches de Harvey allaient et venaient de plus en plus vite, de plus en plus fort. Della enfonça les ongles dans ses épaules et explosa dans ses bras, le serrant si fort contre elle, que les tremblements de sa jouissance déclenchèrent celle de Harvey. Tout ce qu'il put faire, ce fut la suivre dans le plaisir en poussant un cri.

— Ça va ? murmura-t-il un instant plus tard sans relâcher son étreinte.

Reprenant peu à peu ses esprits, elle acquiesça d'un signe de tête. Il se retira lentement, puis l'aida à remettre son bikini, totalement bouleversé. Qu'est-ce qu'elle lui faisait ? Et comment retournerait-il à son existence solitaire ? Maintenant qu'il lui avait permis de l'approcher de si près, il craignait qu'elle ne lise en lui à livre ouvert.

Ils passèrent en silence de l'autre côté de la cascade et regagnèrent la rive main dans la main. Lorsqu'ils s'assirent sur les rochers, à l'ombre d'un arbre, Harvey regarda Della, qui sortit une gourde de son sac et but à longues gorgées. Est-ce qu'elle ressentait comme lui l'intensité de ce qu'ils venaient de vivre ? Était-il fou d'espérer qu'elle pourrait un jour le prendre au sérieux au-delà du sexe ? Della était une femme intelligente et pragmatique, qui savait exactement ce qu'elle voulait.

Elle s'appuya à son bras.

— Juste pour te rassurer, dit-elle, et parce que tu ne dis plus un mot, sache que je prends la pilule. Tu n'as pas à t'inquiéter.

— Je te remercie de me le préciser, répondit-il en prenant sa main pour la porter à ses lèvres. Je me disais que nous n'avons plus que quelques jours devant nous avant de partir, et m'imaginais à quel point ce sera difficile pour moi de quitter les Fidji, cette fois.

Dès qu'ils auraient retrouvé le monde réel, tout serait terminé. Était-ce ce qu'elle voulait ? Y avait-il en elle le moindre désir de savoir où tout cela les mènerait ?

Elle hocha la tête en soupirant.

— Je comprends ce que tu veux dire, fit-elle en lui souriant, l'air parfaitement détendue, ce seront les meilleures vacances de ma vie.

Harvey remit son T-shirt.

— Mais tu souhaites toujours avoir un bébé, non ? En tout cas pas le mien, apparemment.

Les mots étaient sortis sans qu'il le veuille.

Della se figea et le regarda comme s'il lui avait posé une sorte de question piège qui réclamait une réponse réfléchie.

— Je veux un enfant, c'est vrai, dit-elle en fixant ses pieds. Peut-être que quand je serai prête, je… je ne sais pas… Ou alors, je le ferai toute seule. J'utiliserai le sperme d'un donneur. Après tout j'aurai bientôt trente-huit ans et je n'ai plus beaucoup de temps pour trouver l'homme de ma vie.

Jaloux à l'idée de l'imaginer avec un autre homme, Harvey serra les dents. Le choix de Della ne le regardait pas, il n'était certainement pas qualifié pour être l'homme de sa vie, ayant abandonné depuis longtemps la perspective de fonder une famille.

— C'est une solution, en effet, fit-il sur un ton léger, alors que sa gorge le brûlait. Mais je croyais que le mari aimant faisait partie de tes rêves ?

Supporterait-il de voir Della se présenter devant le maire pour la seconde fois, maintenant qu'ils étaient devenus… pas exactement des amis. En réalité, aucune étiquette ne convenait pour définir leur relation. Mais en ce qui le concernait, il n'avait jamais connu une telle connexion avec quiconque.

— Il était crucial, répondit-elle en levant les yeux au ciel, mais je me suis déjà brûlé les doigts. C'est peut-être mon insistance qui a effrayé Ethan. Et peut-être vaut-il mieux réaliser une partie de mon rêve que n'avoir rien du tout.

Harvey sentit une forte tension s'installer au niveau de ses épaules.

— Il ne savait pas que tu voulais des enfants avant de te demander en mariage ?

— Bien sûr que si, déclara Della en penchant la tête de sorte qu'il ne pouvait plus voir ses yeux. Mais il n'était clairement pas prêt, ou alors je me suis trop obstinée et j'ai tout perdu.

Harvey lui prit les bras, la forçant à se tourner vers lui, le cœur battant.

— Pourquoi est-ce que tu n'aurais pas tout ce que tu veux ? En réalité, tu ne lui as pas demandé trop, c'est Ethan qui t'a vendu un mensonge. Ou bien il t'a fait une promesse et, ensuite, il a changé d'avis.

De nouveau, il éprouvait un instinct protecteur féroce. Il ne voulait pas que Della doute d'elle-même ou qu'elle soit trop effrayée pour tenter de nouveau sa chance, trop effrayée pour se fier à son jugement.

Passant un doigt sous son menton, il plongea dans ses yeux bleus.

— Ne t'attribue pas une faute qui est celle d'Ethan. Tu n'avais pas à le convaincre. Il aurait dû comprendre tes rêves et te soutenir, respecter la promesse qu'il t'avait faite le jour du mariage. J'étais là, j'ai entendu ses vœux.

Della le fixait, visiblement incapable de prononcer un mot.

— Le mariage est un engagement complexe, je crois… Enfin, même si Brody semble avoir parfaitement réussi le sien.

Harvey fit la grimace, devinant le jugement négatif qu'elle portait sur elle-même. Évidemment, il ne savait pas grand-chose de ce qui pouvait cimenter un couple, ils en étaient conscients tous les deux. Ce n'était pas parce qu'ils s'entendaient si bien et qu'il commençait à se demander s'ils avaient un avenir ensemble, qu'il avait tout à coup la science infuse.

— C'est vrai, dit-il en prenant une serviette pour s'essuyer les jambes. Je suis le dernier homme au monde qualifié pour donner un avis à ce sujet, dans la mesure où j'ai évité la question pendant vingt ans.

Il remit ses chaussures de randonnée, se détournant pour que

Della ne puisse pas lire en lui. Elle voulait un mari, un bébé ; il était mal placé pour lui promettre quoi que ce soit.

— Tu as peut-être raison de vouloir faire un enfant toute seule, ajouta-t-il en rangeant sa serviette dans son sac à dos. Pourquoi attendre que le mec parfait se présente ? Si c'est ce que tu veux, pourquoi te priver d'un humain minuscule et mignon.

Il se tut. Il n'avait aucune idée de ce que lui-même voulait, mais imaginer Della en mère célibataire était presque aussi dérangeant que si elle avait fréquenté des hommes plus susceptibles que lui de s'engager.

Tiraillé, impuissant, il se leva et lui tendit la main pour l'aider à se remettre debout.

— Allez, retournons à la voiture, dit-il, il commence à se faire tard.

Lui jetant un regard curieux, Della finit de s'habiller et prit son sac. Ils reprirent main dans la main le sentier forestier. Harvey inspira plusieurs fois profondément pour calmer la tempête qui faisait rage dans sa poitrine. Il devait être prudent. Les pensées et les espoirs nés de son imagination étaient un luxe qu'il ne pouvait pas se permettre. Il était le dernier homme sur Terre à pouvoir faire de quelconques promesses à Della. Dans quelques jours ils retrouveraient leur vraie vie. Tout ce qu'il avait à faire, c'était faire taire les pensées absurdes qui se pressaient dans son crâne, profiter du temps qui leur restait et faire en sorte que cette proximité nouvelle entre Della et lui survive à leur séparation.

11

Le lundi matin, lendemain de leur promenade jusqu'à la cascade, Della trouva en se réveillant un mot de Harvey posé sur l'oreiller.

Je suis parti courir. On se retrouve à l'hôpital.

Elle sourit, partagée entre l'envie pressante de le revoir et la raison. Elle prit sa douche, réfléchissant à leur conversation de la veille, quand Harvey avait évoqué son envie de bébé. C'était peut-être un effet de son imagination, mais il lui avait paru… songeur.

Elle repensa à la façon dont il lui avait fait l'amour, comme s'il était animé par un besoin irrésistible. À la façon dont il l'avait embrassée et à son regard affamé lorsqu'il était en elle.

Il lui avait avoué qu'il la désirait depuis leur première rencontre. Mais ce n'était que du sexe. De l'attirance physique. Elle l'avait ressentie aussi, bouillonnant entre eux pendant toutes ces années.

Mais pourquoi se torturer en ruminant tout cela ?

Harvey avait bien précisé qu'il n'était pas capable de s'engager dans une relation sérieuse. Le fait que désormais elle comprenait ses raisons n'y changeait rien.

Et quoi qu'il en soit, elle ne pouvait pas se permettre de se tromper à nouveau.

Après s'être habillée rapidement, Della but une tasse de thé et se sécha les cheveux, l'esprit dans le brouillard. Quelle que soit la nature des sentiments qu'elle éprouvait pour Harvey, elle n'avait rien à espérer au-delà du respect et du désir sexuel.

C'était *Harvey* ! Un célibataire invétéré depuis vingt ans.

Harvey ! Et même si ce séjour avait suscité chez lui des

transformations majeures, même s'il voulait poursuivre leur relation après les Fidji, c'était impossible. Pour commencer, il vivait en Australie, et elle en Nouvelle-Zélande. Sans compter que ce ne serait pas sans risque pour elle. Si elle couchait avec lui, elle ne rencontrerait pas d'autres hommes souhaitant fonder une famille...

Devait-elle renoncer à ses rêves pour le sexe ?

S'efforçant de penser à autre chose, elle rejoignit l'hôpital. Elle venait d'arriver en chirurgie, quand un appel urgent retentit. Elle courut vers les urgences et découvrit Harvey juste devant elle, les cheveux encore humides après sa douche.

Elle sentit un envol de papillons dans son ventre.

— Qu'est-ce qu'on a ? demanda-t-elle.

— Apparemment, quelqu'un s'est fait agresser à l'arme blanche.

Il lui adressa un sourire furtif avant de reprendre une expression sérieuse. C'était ce qu'elle devait faire, elle aussi. Prétendre que tout était sous contrôle. Une fois rentrée chez elle, peut-être qu'elle prendrait pris du recul et que sa vie retrouverait son cours normal, sans Harvey.

Seema, l'infirmière urgentiste, les renseigna lorsqu'ils arrivèrent en réanimation.

— Nous avons un homme de cinquante-six ans qui présente de grosses difficultés respiratoires, dit-elle. Les ambulanciers ont constaté une blessure au couteau à la poitrine, sur la gauche. On devrait avoir les radios d'ici quelques secondes.

Della et Harvey se placèrent aussitôt de chaque côté du patient. L'homme était conscient, pâle, en sueur et incapable de parler. Della vérifia immédiatement ses signes vitaux sur le moniteur, puis elle prit un kit de traumatologie pendant que Harvey palpait son ventre et l'auscultait.

Tandis qu'elle faisait une prise de sang, il annonça :

— Bruits respiratoires réduits à gauche. Seema, je vais avoir besoin d'un drain thoracique, s'il vous plaît, et d'une échographie en urgence. Il faut qu'on sache si le couteau a pénétré dans des organes.

Sans cesser de regarder l'écran du moniteur, Della apposa des étiquettes sur les tubes de sang avant de les remettre à un aide-soignant qui les apporterait au laboratoire.

— J'ai demandé une analyse sanguine pour qu'on connaisse

son groupe, en cas de transfusion, dit-elle à l'infirmière. On a appelé la police ?

Seema hocha la tête et remplaça la poche de liquide destiné à hydrater le patient au moyen d'une perfusion. Harvey consulta l'ordinateur pour avoir les résultats des radios, qui montraient une opacité sur la moitié du poumon gauche, indiquant la présence de sang dans la poitrine.

— Hémothorax, déclara-t-il en jetant un coup d'œil à Della.

Elle le rejoignit devant l'écran et examina l'image.

— On dirait qu'il y a de l'air sous le diaphragme, aussi.

C'était subtil, mais cela suggérait que l'estomac ou l'intestin avait été touché.

— Le couteau a dû passer à travers le diaphragme.

Harvey acquiesça d'un signe de tête, clairement sur la même longueur d'onde. Étant donné que la tension du patient baissait dangereusement, la meilleure façon d'évaluer les dommages au niveau du foie ou des reins était d'effectuer une laparotomie exploratoire.

— Je vais appeler le bloc et l'anesthésiste pendant que tu introduis le drain, déclara Della.

Plus vite ils interviendraient, plus vite ils pourraient stopper une éventuelle hémorragie et réparer les perforations internes.

Une fois l'équipe chirurgicale prévenue, Della se lava les mains, enfila des gants stériles et rejoignit Harvey à côté du patient. Il nettoya la partie gauche de sa poitrine et effectua une anesthésie locale. Un collapsus partiel du poumon était vraisemblable, avec du sang dans la cavité thoracique. Il fallait le drainer pour permettre au poumon de se développer à nouveau. Pendant que Harvey introduisait avec précaution le drain dans la poitrine du patient, Della lui exposa les dommages qu'il avait subis et lui demanda son consentement pour l'intervention.

Une demi-heure plus tard, quand le patient fut endormi, l'abdomen ouvert, Della trouva une perforation de l'estomac et une lacération du foie de deux centimètres.

— Il y a un trou dans le diaphragme, indiqua Harvey en déplaçant le drain pour débarrasser la zone de tout le sang qui s'était accumulé.

— Merci, dit Della, une aiguille à la main. Je vais d'abord recoudre le foie, ensuite on s'occupera de l'estomac.

Harvey se tourna vers l'infirmière.

— Laparoscope, s'il vous plaît. On doit regarder à l'intérieur de la poitrine avant de fermer le trou dans le diaphragme, ajouta-t-il à l'intention de Della. Il faut s'assurer que le péricarde est intact.

Ils échangèrent un bref regard.

— Bonne idée.

L'échographie avait montré que le sac péricardique entourant le cœur semblait normal, mais il valait mieux le vérifier pendant que le patient était sous anesthésie.

Sans se gêner mutuellement, ils réparèrent la lacération du foie et la perforation de l'estomac. Opérer ensemble était devenu intuitif pour eux. Della avait même peur de ne plus savoir le faire seule, après les Fidji. Mais la réalité était incontournable : à la fin de la semaine, leurs chemins se sépareraient.

Elle attendit un soulagement qui ne vint pas. Peut-être était-ce parce qu'il resterait un dernier test : le baptême de Jack. Elle reverrait Harvey quinze jours plus tard. Il lui était difficile de croire qu'elle ne le désirerait plus, mais elle aurait été stupide de poursuivre un but inaccessible. Elle ne pouvait avoir Harvey pour toujours, il valait donc mieux rompre de manière nette et définitive après les Fidji. Elle devrait réprimer le besoin constant qu'elle avait de lui et se concentrer sur autre chose que lui.

Une heure plus tard, l'intervention était terminée, et le patient emmené en salle de réveil. Harvey et Della retirèrent leurs tenues et leurs gants, puis se rendirent dans la salle de repos après s'être lavé les mains.

— J'ai besoin de thé, dit-elle en branchant la bouilloire.

C'était peut-être une bonne idée de commencer son sevrage au plus vite, avant qu'il soit trop tard.

Harvey lui donna un sachet de thé, visiblement distrait.

— Asseyons-nous quelques minutes, dit-il, j'ai quelque chose à t'annoncer.

Il se fit un café, le visage si grave que Della sentit son cœur s'emballer.

— Oh oh ! Ton expression n'annonce rien de bon.

Elle sentit en elle un vent de panique. Harvey partait-il plus tôt que prévu ? Vu qu'elle venait juste de décider qu'elle devait mettre fin à leur liaison, ce n'était pas important, pourtant sa gorge se serra à l'étouffer.

— Je crois que c'est une bonne nouvelle, répondit Harvey en se dirigeant vers deux fauteuils confortables, dans un coin de la pièce.

— Qu'est-ce que c'est ?

— J'ai consulté mes mails, ce matin, dit-il en s'asseyant près d'elle avant de poser sa tasse sur la table basse. Le Dr Jones, l'un de mes collègues les plus âgés, prend sa retraite. L'administration va devoir le remplacer. Si tu es intéressée...

Son ton était neutre. Della se figea, partagée entre l'affolement et l'excitation. Avant les Fidji, avant qu'elle couche avec Harvey et qu'elle le découvre sous un aspect insoupçonné, elle aurait rêvé de retourner à Melbourne. Mais maintenant...

Une fois qu'ils auraient mis un terme à leur liaison, supporterait-elle de le voir tous les jours, si elle travaillait dans le même service que lui ? Et d'autant plus s'il reprenait sa vie de célibataire.

— Tu n'aimes pas l'idée, constata-t-il d'une voix morne.

Della réfléchissait à toute vitesse.

— Ce n'est pas cela, dit-elle en posant la main sur son bras, je réfléchis. Est-ce que l'annonce est déjà passée ?

Harvey l'observait avec attention.

— Pas encore, mais il y a quelques avantages à coucher avec le chef du service, dit-il en lui adressant un clin d'œil. Tu bénéficies d'une petite avance sur les autres candidats.

— Il n'y a aucune garantie que j'obtienne le poste, bien sûr, marmonna-t-elle en évitant son regard.

Il était clair qu'ils travaillaient très bien ensemble. Mais ce retour dans sa ville natale impliquerait aussi de revoir Harvey dans sa famille. Elle aurait du mal à maîtriser les sentiments qu'elle éprouvait déjà pour lui, et elle ne voulait plus souffrir.

— Écoute... je suis peut-être trop fatiguée pour prendre une décision immédiate. Nous avons très peu dormi cette semaine, précisa-t-elle avec un sourire qui ressemblait à une grimace. On devrait peut-être passer la nuit prochaine chacun de notre côté.

Harvey fronça les sourcils.

— Je comprends, mais pour être honnête j'attendais de ta part un peu plus d'enthousiasme. Vu à quel point tu m'en voulais, il y a trois ans, je supposais que tu souhaitais vraiment retourner à Melbourne.

— C'est le cas, répondit-elle sans grande conviction, mais je suis obligée d'envisager toutes les implications.

— C'est-à-dire ?

— Tu sais bien : toi et moi… travailler ensemble.

Ce n'était pas une décision qu'elle devait prendre rapidement, si elle espérait pouvoir se protéger elle-même.

Harvey haussa les épaules, visiblement blessé.

— Il me semble que nous avons réussi à le faire pendant plus d'une semaine, Della. Je ne vois pas pourquoi ça serait différent à Melbourne.

C'était justement le problème : ce ne serait *pas* différent, sauf qu'ils ne coucheraient plus ensemble. Harvey serait toujours incapable de s'engager, et de son côté elle rêverait toujours mariage et enfants.

Pour lui, c'était tout simple : c'était fini entre eux, ils devenaient collègues, pas de problème. Mais Della aurait davantage de mal à s'adapter. Il lui faudrait du temps pour cesser de le désirer.

— Je ne veux pas dire que nous ne travaillerions pas bien ensemble, Harvey. C'est juste… qu'il ne sera pas aussi facile que tu sembles le croire de redevenir ce que nous étions avant les Fidji.

Elle ne parvenait pas à parler d'amitié.

— Je crois que ça pourrait marcher, insista-t-il. Je déteste l'idée que notre liaison soit la raison pour laquelle tu ne postulerais pas. Je sais à quel point ta famille te manque.

Il s'exprimait avec une froideur déconcertante.

Della acquiesça, le cœur serré.

— Je vais vraiment y penser, dit-elle. Merci de m'avoir prévenue.

Elle tenta d'avaler la boule qui s'était formée dans sa gorge en buvant son thé. Harvey ne semblait pas envisager la poursuite de leur liaison après les Fidji. Mais qu'est-ce qu'elle attendait ? Et allait-elle vraiment renoncer au job de ses rêves à cause de lui ?

— Je vais retourner aux urgences, dit-elle en se levant. Termine ton café.

Sur ces mots, elle quitta la pièce, pressée de mettre un peu de distance entre eux. Tout en marchant, elle s'admonesta fermement. Harvey ne voyait aucun inconvénient à ce qu'ils poursuivent leur collaboration professionnelle à Melbourne parce qu'il avait clairement l'intention de reprendre son ancienne vie. Il n'y avait que la naïve et romantique Della pour espérer autre chose.

Et même si par miracle Harvey souhaitait s'engager avec elle, elle ne pouvait pas se permettre de se tromper une seconde fois, y compris avec lui.

Harvey entra aux urgences, en proie à un trouble mêlé de culpabilité. Della lui avait semblé très fatiguée. Était-ce à cause du besoin constant et égoïste qu'il avait d'elle ? Peut-être avait-elle raison. Peut-être que s'ils dormaient dans leurs lits respectifs, la nuit prochaine, cela les aiderait à y voir un peu plus clair.

En ce cas, pourquoi se sentait-il aussi anéanti, comme si Della s'éloignait déjà de lui, bien qu'il leur reste encore trois nuits avant de quitter les Fidji ? Il la chercha des yeux, espérant qu'elle le rassurerait d'un sourire. Sa réaction extrêmement tiède, quand il avait mentionné le poste, l'avait pris par surprise. Il avait supposé qu'elle serait ravie de rentrer chez elle, mais peut-être avait-elle raison de ne pas s'emballer. S'ils se voyaient chaque jour, il leur faudrait faire un effort d'adaptation. La perspective de poursuivre leur collaboration professionnelle lui était montée à la tête, alors que Della avait seulement prévu de reprendre leur relation antérieure.

En proie à un mauvais pressentiment, Harvey partit à sa recherche. Si seulement il savait ce qu'elle pensait… Il la trouva au chevet d'un petit garçon d'environ dix ans accompagné de son père. Son cœur fit des bonds dans sa poitrine, comme s'il ne l'avait pas vue depuis des années et non quelques minutes.

Lorsqu'il approcha, Della posa sur lui un regard tranquille.

— Docteur Ward, voici Taito. Il est tombé de son trampoline cet après-midi, et je viens d'expliquer à son père qu'il s'est brisé le fémur.

L'enfant gémissait de douleur. Harvey s'approcha de l'ordinateur pour voir les radios.

— Fracture en spirale, déclara Della en piquant le petit garçon au niveau du coude. Je vais te donner un médicament pour que tu aies moins mal, lui expliqua-t-elle.

Elle injecta lentement l'antalgique dans la veine, puis toucha l'épaule de Taito pour le réconforter.

Le cœur battant, Harvey l'observait. Della était compatissante, et son grand cœur la rendait encore plus attachante.

Il fut soudain pris de panique : il avait besoin de davantage de temps.

— Une traction cutanée le soulagera aussi, dit-il en la regardant dans les yeux, en quête de vérité.

Il avait besoin de connaître ses sentiments pour lui afin de comprendre ce qui se passait dans sa propre tête.

— Je vais organiser cela avec Seema, répliqua Della.

— Tu veux que j'appelle l'orthopédie ?

— Oui, s'il te plaît, dit-elle en lui jetant un coup d'œil reconnaissant. Je te retrouve au bureau dans un instant.

Quand, peu après, elle le rejoignit dans le bureau, il discutait avec l'orthopédiste, précisant que Taito aurait besoin d'une fixation interne, et que Della et lui allaient le lui envoyer. Il raccrocha quand il la vit.

— Longue journée..., dit-elle en s'asseyant près de lui pour ajouter une note dans le dossier de Taito.

— Comment va-t-il ?

Il aurait voulu lui masser les épaules, lui faire couler un bain et lui servir un verre de vin, mais elle avait décidé qu'ils ne passeraient pas la nuit ensemble.

— Il s'est endormi dès que les antalgiques ont commencé à faire effet. Son pauvre père se sentait coupable.

Della tourna vers lui un regard empreint d'incertitude, du moins en eut-il l'impression.

— Tu devrais rentrer chez toi et te détendre dans un bon bain avant de dormir, suggéra-t-il en lui prenant la main.

— Ça ressemble au paradis...

Sur ces mots, et sans avertissement, elle se rapprocha de lui et l'embrassa sur la bouche avant de se blottir contre sa poitrine.

— Qu'est-ce qui me vaut ce plaisir ? demanda-t-il lorsqu'elle se redressa.

— J'avais juste envie de t'embrasser. Dans quelques jours, ça ne sera plus possible.

Ce rappel de la réalité suscita un vent de panique chez Harvey. Della se pencha de nouveau vers lui, puis glissa les doigts dans ses cheveux et l'embrassa lentement, comme si elle gravait le goût de ses lèvres dans sa mémoire. Il saisit ses bras et lui rendit son baiser, plus troublé que jamais, mais déterminé à prendre tout ce qu'elle lui accorderait.

Lorsqu'ils s'écartèrent l'un de l'autre, hors d'haleine, elle battit des paupières.

— Viens chez moi, murmura-t-elle, les pupilles dilatées.

L'excitation dynamisa le corps de Harvey, narguant ses tentatives pour garder le contrôle de ses pensées et de ses émotions.

— Je croyais que tu étais fatiguée.

Soudain, il ne se souciait plus de se préparer à leur séparation. Il aurait peut-être les idées plus claires au moment de la quitter, mais en attendant…

— Je le suis, mais c'est sans importance, dit-elle en lui prenant la main. Je viens de prendre conscience que nous n'avons plus que quelques nuits et je ne veux pas en gâcher une seule seconde pour ne pas avoir de regrets en partant.

Il effleura sa bouche de la sienne.

— Moi non plus. Allons-y. Je vais te faire couler un bain et te servir un verre de vin.

Comme il éteignait l'ordinateur, elle posa la main sur son bras.

— Harvey, je te remercie d'avoir pensé à moi pour ce poste. Je vais sérieusement y réfléchir.

Il hocha la tête, brûlant d'envie de la serrer contre lui et de la supplier d'accepter. Mais peut-être Della y voyait-elle des pièges qu'il n'avait même pas envisagés.

— Il n'y a pas de quoi, Della.

En ce qui le concernait, la considérer comme une collègue n'était pas difficile, vu qu'il pensait à elle chaque minute de chaque jour.

12

Deux jours plus tard, au comble de l'anxiété, Harvey avançait derrière Della, qui avait les mains posées sur ses yeux, tandis qu'il la guidait à l'intérieur de la villa luxueuse qu'il avait louée pour leur dernière nuit aux Fidji.

— Tu es prête ?

Il respirait l'odeur de ses cheveux et son délicieux parfum floral. Hochant la tête, elle agrippa son bras.

— J'espère que tu ne m'as pas emmenée voir un de ces crabes de cocotiers géants, parce que ce ne serait pas drôle.

Harvey fut pris de doute, car il savait qu'il n'avait aucun don pour la romance.

— Pourquoi ferais-je ça ? Tu détestes les crabes. Maintenant garde les yeux fermés jusqu'à ce que je te dise de les ouvrir, ajouta-t-il en retirant les mains.

Il contourna Della pour voir sa réaction.

— C'est bon, tu peux les ouvrir.

Della battit des paupières, puis lui jeta un coup d'œil avant de parcourir la pièce du regard. Il y avait des petites bougies disposées un peu partout, et les portes-fenêtres s'ouvraient sur une terrasse avec un jacuzzi. La vue sur l'océan était magnifique.

Écarquillant les yeux, Della porta une main à sa bouche.

— Oh ! C'est trop beau. Comme c'est gentil de ta part, Harvey !

Elle lui adressa un sourire qui valait tout un discours, et il passa un bras autour de sa taille et l'attira contre lui, submergé par le soulagement.

— Après une semaine aussi chargée, on avait bien le droit à une récompense.

— Absolument !

Della retira ses sandales et fit passer sa robe par-dessus sa tête. Au-dessous, elle portait le bikini rose qu'il aimait tant. Pendant qu'elle s'installait dans le jacuzzi, il se déshabilla très vite et remplit deux verres de vin avant de la rejoindre.

L'eau était chaude, le bruit des vagues leur parvenait, ainsi que le crissement produit par les insectes qui peuplaient la forêt. Della était visiblement aux anges, mais cela ne suffisait pas à combler le vide creusé dans la poitrine de Harvey. À plusieurs reprises pendant la semaine, il avait failli demander à Della si elle accepterait de voir où leur relation pouvait les mener. Mais chaque fois, ses doutes l'avaient fait taire.

Levant son verre, il lança :

— À ces deux semaines paradisiaques !

Della trinqua, les yeux brillants.

— Qui aurait imaginé que ce séjour aurait sur nous un effet aussi... rajeunissant.

Sans attendre sa réponse, elle s'assit en riant sur ses genoux, posa les mains sur ses épaules et déposa un baiser sur ses lèvres.

Il savoura ce contact, le cœur battant. Apparemment, Della semblait gérer mieux que lui leur dernière nuit ensemble. Alors qu'il souhaitait désespérément lui dire ce qu'il ressentait et savoir ce qu'elle pensait, on aurait dit qu'elle s'efforçait de maintenir une atmosphère légère.

— C'est comme ça que tu veux la jouer ? demanda-t-il.

Elle se déplaça sur ses genoux.

— De quoi parles-tu ?

— Tu vas jouer cette comédie le jour du baptême de Jack ? Avec ta famille ?

Glissant les doigts dans ses cheveux, Della lui tira la tête en arrière et fit glisser la bouche depuis le lobe de son oreille jusqu'à sa mâchoire.

— Il me semble qu'on était d'accord pour laisser derrière nous ces deux semaines, murmura-t-elle.

Harvey ferma les yeux, sentant un feu dévorant se déverser dans ses veines pendant qu'elle traçait un sillon de baisers jusqu'à son cou. Mais il lui fallait une réponse avant qu'il soit trop tard et qu'ils aient succombé à leur désir mutuel.

— Tu ne penses pas qu'un membre de ta famille… probablement Brody… s'apercevra que quelque chose a changé entre nous ?

Ce serait un miracle, s'il parvenait à détourner les yeux de Della lors de leur prochaine rencontre. Et s'il la fixait avec trop d'insistance, quelqu'un devinerait sûrement ses sentiments pour elle.

— La solution est simple, répondit-elle en posant son verre sur le bord du jacuzzi. On s'arrangera pour tromper Brody. Je te lancerai quelques piques, et tu m'entraîneras dans une dispute. Personne ne se doutera de rien.

Della lâcha un petit rire satisfait avant de poser de nouveau la bouche sur la sienne. Comme elle se tortillait sur ses genoux, il perdit sa capacité de réfléchir. Mais malgré l'excitation, il avait l'estomac noué.

Il ne voulait pas qu'ils se comportent à l'avenir comme si ces deux semaines passionnées n'avaient pas eu lieu. Della paraissait heureuse de refermer cette page, mais pas lui. Il était terrifié à l'idée de ne jamais pouvoir éteindre le désir ardent qu'il avait d'elle. Mais ce qu'il ressentait allait bien au-delà du sexe ou même de l'amitié. Pour la première fois depuis des années, il éprouvait des sentiments profonds pour une femme… qui ne les partageait pas.

La sensation familière de rejet et d'échec lui brûlait la gorge.

— Tu crois qu'on va y arriver ? demanda-t-il en la serrant plus fort contre lui. Je ne parle pas des disputes à l'intention de Brody, mais… tu sais… à mettre tout ça derrière nous.

Il avait l'impression d'être un adolescent amoureux en train de demander le numéro de téléphone d'une fille. Jamais il n'avait éprouvé une telle incertitude, mais c'était l'effet de Della sur lui.

— Je crois que tout va bien se passer, affirma-t-elle. Après tout, nous vivons dans des pays différents.

— Ce sera aussi facile que ça ? demanda-t-il, en proie à un trouble mêlé de désarroi.

L'aisance de Della lui coupait le souffle. Il ne lui échappait pas non plus qu'elle ne lui avait pas dit si elle postulait finalement à l'hôpital de Melbourne.

Della fronça les sourcils.

— Il y aura forcément une période d'adaptation. Certaines choses vont me manquer. Par exemple celle-ci, ajouta-t-elle en frôlant sa bouche de la sienne.

Il posa les mains sur ses hanches et la maintint immobile. Chaque mouvement qu'elle faisait, ses courbes, la douceur de sa peau et son corps entre ses bras constituaient une torture pour son corps tendu. Il avait envie de l'écraser contre sa poitrine, de l'amener à l'orgasme encore et encore jusqu'à l'aube, quand ils devraient partir pour l'aéroport. Alors peut-être, elle cesserait de l'obséder.

— Ça me manquera aussi, Della.

Tu me manqueras.

Il enfouit le visage contre ses seins, écoutant les battements de son cœur. Maintenant que la dernière nuit était venue, il aurait voulu remonter le temps, revenir au début de ces deux semaines. Ou, mieux encore, vingt ans en arrière. Il aurait été un homme différent, qui aurait surmonté ses chagrins. Il n'aurait pas été persuadé qu'il n'était pas digne d'amour. Il aurait su que la désertion de sa mère et la perte d'Alice faisaient partie des épreuves injustes que vous imposait parfois l'existence, mais qu'en aucun cas elles n'affectaient sa capacité à aimer ou à être aimé.

Della avait raison. Il n'était plus ce pauvre gamin désarmé. Il avait passé trop de temps à combattre son désir pour cette femme, et maintenant c'était devenu obsessionnel.

Cependant il ne voulait pas que cette nuit soit uniquement consacrée au plaisir. Il avait besoin de savoir si ce séjour aux Fidji avait de l'importance pour elle, car il en avait énormément pour lui.

— Est-ce que tu serais sortie avec moi, quand nous avons fait connaissance, il y a vingt ans ? demanda-t-il. Si j'avais été capable de te le demander ? Si je n'avais pas été en deuil et si tu n'avais pas été la sœur de mon meilleur ami ?

— Je... je n'en sais rien. Peut-être que oui. Ce n'est pas que tu ne me plaisais pas, mais nous voulions des choses différentes.

Harvey hocha la tête, trop bouleversé pour lui expliquer qu'il n'était toujours pas capable de formuler ce qu'il voulait. D'une certaine façon, il était plus facile d'admettre ce qu'il avait éprouvé lorsqu'il l'avait rencontrée pour la première fois que d'exprimer ce qu'il ressentait maintenant. Il sentait instinctivement que Della était prête à le quitter définitivement et ne pouvait pas l'en blâmer. Qu'avait-il à lui offrir ? Lui-même, aussi déficient qu'il était ?

— Je sais, dit-il, le timing n'était bon ni pour toi ni pour moi, mais une part de moi regrette de ne pas te l'avoir demandé à cette époque. Qui sait comment la vie aurait tourné pour nous deux, si je l'avais fait ?

Della sembla troublée.

— C'est le passé, nous ne pouvons rien y changer.

— Bien sûr, mais je voulais que tu saches que tu m'as toujours attiré. Simplement, je n'étais pas prêt pour une relation. Et même si j'étais un bel abruti, j'étais quand même suffisamment intelligent pour savoir qu'en te blessant je perdrais tout ce que j'avais : toi, Brody, ta mère et ton père.

— Harvey, murmura-t-elle, tu sais que ce n'est pas ta faute, n'est-ce pas ? Tu n'es pour rien dans le divorce de tes parents, l'abandon de ta mère et la mort d'Alice.

Le cœur battant, Harvey regretta d'avoir tenté de verbaliser la tempête qui se déchaînait en lui au lieu de faire l'amour à Della.

— J'en suis conscient, évidemment.

Il n'était pas responsable de ces événements, mais ils avaient fait de lui ce qu'il était, un homme qui privilégiait par-dessus tout le contrôle de ses émotions.

— Et tu n'as plus rien à prouver, continua-t-elle en frôlant ses lèvres des siennes. Tu es aux commandes de ta propre vie.

Ce changement de sujet ressemblait à un au revoir, à une façon de lui dire que chacun allait reprendre le cours de son existence. Bouleversé, Harvey serra Della contre lui. Il ne voulait pas qu'elle l'aide à se sentir mieux, il voulait qu'elle le désire, qu'elle le choisisse parmi tous les autres hommes. Mais il lui avait vu le même regard lorsqu'il l'avait encouragée à envoyer sa candidature à l'hôpital de Melbourne. S'il insistait pour que leur liaison se poursuive après les Fidji, il découvrirait peut-être que ce n'était pas ce dont elle avait envie ou ce dont elle avait besoin.

Comment pourrait-il vivre, sachant cela ?

— Allons nous coucher, murmura-t-elle en caressant son visage.

Peut-être avait-elle raison de lui rappeler qu'ils n'étaient liés que par le plaisir. Peut-être n'obtiendrait-il rien de plus. Et lorsqu'ils seraient séparés, peut-être poursuivrait-il son chemin aussi facilement qu'elle le prédisait…

Toujours assise sur ses genoux, Della remuait les hanches, attisant son désir. Il lui caressa les seins pour entendre les gémissements qu'il aimait tant.

Della poussa un cri, les yeux brillants de plaisir pendant qu'il caressait ses mamelons des pouces. Il s'empara de sa bouche, et leurs langues entamèrent un duel langoureux. Peut-être était-il incapable de lui offrir une alliance et une famille, mais il pouvait au moins lui donner cela : graver cette nuit dans sa mémoire à jamais.

Il glissa une main entre ses jambes, à l'intérieur de son maillot, et ses doigts se frayèrent un chemin jusqu'à son intimité. Elle s'arracha à sa bouche pour le regarder, les pupilles dilatées par l'excitation. Il accentua sa pression sur son clitoris, un bras passé autour de sa taille.

— Embrasse-moi, ordonna-t-il.

Elle gémit et noua les bras autour de son cou en pressant la bouche contre la sienne. Il la caressa plus vite, puis introduisit deux doigts en elle.

— Si tu me l'avais demandé, il y a vingt ans, dit-elle d'une voix haletante, j'aurais dit oui.

Le triomphe gonfla la poitrine de Harvey. Il fit glisser son bas de bikini le long de ses jambes et pencha la tête pour sucer un mamelon. Della cria en jouissant, son corps mouillé agité par des tremblements. Le cœur battant à se rompre, Harvey la serra contre lui, certain que s'il la laissait partir, il commettrait la plus grande erreur de sa vie.

Plusieurs heures plus tard, Della s'agrippa à Harvey en poussant un dernier cri dont l'écho se répercuta dans la pièce. Les rayons de la lune filtraient à travers les fenêtres de la maison en bois, typiquement fidjienne, projetant des filets de lumière sur le lit immense. Reprenant sa respiration, elle glissa la langue entre les lèvres de Harvey, qui émit un grognement.

— Il faut qu'on arrête avant de nous tuer mutuellement comme cette souris marsupiale, dit-elle en s'écartant de lui.

Elle repoussa en arrière les cheveux de Harvey, trempés de sueur. En réalité, ses paroles étaient dictées par l'épuisement plus que par l'envie d'arrêter. La nuit avait été à la fois interminable et trop courte. Chaque fois que l'un des deux se réveillait, l'autre réclamait des caresses et des baisers qui menaient inéluctablement à un déchaînement de passion.

On aurait dit qu'ils tentaient d'aller plus vite que le temps parce que vingt ans plus tôt ils avaient raté leur chance, et qu'ils le savaient tous les deux.

Roulant sur le côté, Harvey l'attira sur sa poitrine. Il l'entoura de ses bras musclés et pressa les lèvres sur son front.

— Je ne veux pas arrêter.

Elle hocha la tête, les paupières lourdes.

— Moi non plus.

Son avion décollait pour la Nouvelle-Zélande quatre heures plus tard, elle pourrait dormir pendant le voyage. Si elle fermait les yeux maintenant, si elle s'abandonnait au sommeil, tout serait fini entre eux quand elle s'éveillerait. Elle aurait voulu que cet instant n'arrive jamais.

Les propos de Harvey tournaient en boucle dans sa tête. Elle y avait décelé comme du regret. Mais il n'avait certainement pas changé d'avis et comptait bien poursuivre sa vie de célibataire.

Craignant de projeter sur lui ses propres espoirs, elle ferma les yeux. Pendant toute la semaine, elle s'était préparée à cette dernière nuit, refusant de se fier à son intuition pour se focaliser sur son objectif : quitter les Fidji et tourner la page.

Parce que, même en admettant que Harvey ait des regrets, il n'était pas prêt à changer, sans doute parce qu'il était trop brisé pour s'autoriser à être aimé.

— Est-ce que je pourrai t'appeler depuis l'Australie ? demanda-t-il d'une voix enrouée par le manque de sommeil. Ce n'est pas seulement le sexe qui va me manquer, c'est toi.

Le rythme cardiaque de Della s'accéléra douloureusement. Ces quinze jours avaient été intenses, et il était probable qu'elle mettrait un certain temps pour s'adapter à sa nouvelle réalité.

— Je ne sais pas, Harvey.

Le sentant se raidir contre elle, elle poursuivit :

— Je vais être honnête : pour l'instant je fais mon possible pour être ton amie. C'est juste qu'il a coulé beaucoup d'eau sous les ponts en ce qui nous concerne. La prochaine fois que je te verrai, il se peut très bien que je craque et que j'essaye de te séduire. Tu connais mon peu de volonté.

Cette tentative d'humour était censée atténuer le coup, mais elle n'avait jamais eu moins envie de rire qu'à cet instant-là.

— Est-ce que ce serait si terrible ? demanda-t-il. Quand nous ne nous disputons pas, nous nous entendons vraiment très bien.

Elle sentit les larmes lui monter aux yeux.

— Bien sûr, ce ne serait pas terrible. Mais cette fois, tu m'as fait réaliser que je suis prête à rencontrer de nouveau des hommes. Le mari que je cherche ne va pas tomber du ciel, il va falloir que je fasse un effort pour le trouver.

Tout ce que Harvey lui proposait, c'était une nuit de plus dans son lit. C'était extrêmement tentant, mais elle voulait beaucoup plus. Elle en souhaiterait une autre, puis une autre et encore une autre. Ensuite, elle tomberait amoureuse de lui et voudrait qu'il soit l'homme de sa vie. Était-il prêt pour cela ? Et elle, pourrait-elle se permettre de renoncer à ses rêves en attendant qu'il veuille bien changer d'avis ? Un jour ou l'autre, elle serait contrainte de faire un choix difficile : une relation sexuelle extraordinaire avec Harvey ou réaliser ses rêves avec quelqu'un d'autre.

Il aurait été tellement facile d'aimer le Harvey qu'elle avait appris à connaître aux Fidji... Mais peut-être valait-il mieux se contenter de son amitié.

— J'ai passé des moments merveilleux que je n'oublierai jamais, dit-elle.

Ignorant son regard déçu, elle prit le visage de Harvey entre ses mains et l'embrassa. Il n'était pas facile de renoncer à quelque chose d'aussi bon, mais elle devait se protéger si elle voulait tout avoir.

— Moi non plus, je n'oublierai rien, répondit-il d'une voix hésitante.

— Et si j'obtiens le poste à Melbourne, on travaillera de nouveau ensemble.

Être amis et collègues, c'était peut-être la meilleure solution. Mais en ce cas, pourquoi avait-elle cette sensation d'avoir gagné un prix de consolation ?

Il lui sourit tristement.

— J'aimerais bien. J'espère vraiment que tu vas postuler.

Della hocha la tête, la gorge serrée. Comment pourrait-elle parvenir à travailler tous les jours auprès de lui sans le désirer ? Cette dernière nuit l'avait presque anéantie. Leur désir mutuel était tellement irrésistible et profond qu'elle ignorait comment elle pourrait survivre sans lui.

13

Deux semaines plus tard.

Se passant nerveusement une main dans les cheveux, Harvey ouvrit la porte d'entrée. Son cœur battit plus vite lorsqu'il vit Della sur le seuil.

— Della... tu as l'air... en pleine forme.

En pleine forme ?

Pendant deux semaines, il avait passé son temps à sortir son téléphone de sa poche pour l'appeler avant d'y renoncer, il l'avait stalkée sur les réseaux sociaux pour savoir si elle avait rencontré quelqu'un. Et tout ce qu'il trouvait à lui dire, c'était qu'elle était « en pleine forme » ?

Avant qu'il puisse l'embrasser, elle entra chez lui, brandissant une bouteille de vin devant elle comme un bouclier.

— Je t'ai apporté un très bon pinot noir de Nouvelle-Zélande. S'il ne te plaît pas, tu peux le servir à Brody. Il boit n'importe quoi, dit-elle en passant près de lui sans le regarder.

Elle se rendit dans la cuisine où sa famille était déjà réunie, laissant Harvey étonné et confus. Il referma la porte, les jambes tremblantes. Ce n'était pas les retrouvailles qu'il avait espérées. Normalement, il aurait dû l'embrasser et lui dire qu'il ne pouvait être question d'amitié entre eux, qu'elle lui avait manqué et que pour la première fois en vingt ans il souhaitait une vraie relation avec quelqu'un : avec elle.

La distance lui avait fait comprendre tout cela. Sans le corps de Della étendu près du sien, son lit lui paraissait trop grand. Sans son rire, ses yeux brillants de défi, la belle ville de Melbourne lui semblait terne. Sans Della à son côté, son travail devenait banal.

Mais Della comptait clairement jouer la comédie devant sa famille et se comporter comme si rien ne s'était passé entre eux aux Fidji. Maudissant l'idée saugrenue qu'il avait eue d'organiser un barbecue pour les Wilton le soir où Della était arrivée de Nouvelle-Zélande, Harvey la suivit dans la cuisine. Il aurait pu aller la chercher à l'aéroport, l'inviter à dîner, l'embrasser jusqu'à ce que ses yeux étincellent de passion et lui faire l'amour toute la nuit.

Brody embrassa sa sœur sur la joue et refusa de prendre la bouteille de vin que Harvey avait déposée devant lui.

— Pas pour moi. Je ne suis plus le même homme.

Il jeta un coup d'œil anxieux à son épouse qui buvait visiblement une boisson sans alcool.

— Maintenant que Della elle là, continua-t-il, je peux vous l'annoncer à tous : Amy est de nouveau enceinte. Jack va avoir une petite sœur.

Jenny Wilton serra sa belle-fille dans ses bras tandis que Graham, son époux, soulevait Jack au-dessus du sol et embrassait son fils. Les félicitations fusèrent. Harvey se réjouissait pour son ami, mais il ne quittait pas Della des yeux.

Elle se tenait immobile et battait des paupières comme si elle réprimait des larmes. Le cœur de Harvey se serra. Il n'avait jamais vu Della pleurer. Il brûlait de la serrer contre lui et de lui murmurer à quel point elle lui avait manqué pendant ces deux semaines interminables. Il aurait voulu l'embrasser et lui faire des milliers de promesses pour la faire sourire.

Mais si les promesses ne suffisaient pas ?

Della sembla sortir de sa transe.

— Je suis ravie pour vous deux, dit-elle courageusement en étreignant son frère et sa belle-sœur.

— On n'en est qu'au début, dit Amy en riant, et nous ne connaissons pas encore le sexe du bébé, mais Brody a l'air persuadé que ce sera une fille.

Pour laisser aux Wilton un moment d'intimité, Harvey se rendit dans la cuisine et sortit une bouteille de champagne du réfrigérateur. Puis il revint dans le salon.

— Une petite coupe pour célébrer l'événement ! dit-il en faisant sauter le bouchon.

Il en proposa à Della, qui refusa tout en évitant son regard.

— Je vais m'abstenir par solidarité avec Amy, dit-elle en passant un bras autour de la taille de sa belle-sœur.

Tout en bavardant, les membres de la famille Wilton sortirent sur la terrasse. Les sourcils froncés, Harvey s'interrogeait sur l'attitude distante de Della. Pourquoi ne le regardait-elle pas ? Certes, ils étaient d'accord pour une cassure nette et sur le fait qu'ils se comporteraient normalement en présence de la famille. Il ne l'avait pas appelée, ainsi qu'elle le lui avait demandé. Mais comment pouvait-elle se conduire comme si ces deux semaines aux Fidji n'avaient pas existé ? Pour sa part, Harvey aurait voulu annoncer au monde entier qu'il la voulait dans sa vie. Pas en tant qu'amie ou collègue, mais en tant que compagne.

— Alors, petite sœur, qu'est-ce que Harvey a fabriqué aux Fidji ? Pas de nuits de folie à me rapporter ? Est-ce qu'il a laissé une traînée de cœurs brisés, dans les îles ?

— Demande-le-lui. C'est ton ami, pas le mien.

C'était le genre de phrases qu'elle aurait prononcées avant les Fidji, avant qu'ils soient amants, avant qu'il lui fasse des confidences à propos de sa mère. Oui, c'était convenu, alors pourquoi Harvey avait-il l'impression d'avoir reçu un coup de poing dans le ventre ?

— Je lui ai posé la question, répliqua Brody en riant, mais il s'est montré inhabituellement mutique. Mais je pense qu'il y a quelqu'un, parce que depuis son retour il n'a pas invité une seule femme à prendre un café. Si je ne le connaissais pas aussi bien, je penserais qu'il est amoureux.

Harvey se tendit comme un arc. Il avait en effet rencontré quelqu'un… Elle. Il aurait voulu qu'elle le désire, qu'elle se batte pour lui, qu'elle le choisisse ici, en présence de toute sa famille qu'il considérait aussi comme la sienne.

Mais si cette froideur n'était pas une comédie ?

Si elle s'était remise à le mépriser, maintenant que leur liaison était terminée ?

Si toutes les confidences qu'il lui avait faites ne signifiaient rien pour elle ?

Au bord de la nausée, Harvey lança à Brody un coup d'œil menaçant. D'habitude, les moqueries de son ami ne le gênaient pas, mais quelque chose avait changé depuis Della.

— J'en doute, répliqua Della. Tu sais ce qu'on dit : « Chassez le naturel, il revient au galop. » De toute façon, j'étais là-bas pour travailler, pas pour compter les conquêtes de ton copain.

Sur ces mots, elle se leva et rejoignit ses parents qui étaient assis sur l'herbe avec Jack. En voyant sa tante, ce dernier tendit aussitôt vers elle ses petites mains potelées. Della le souleva dans ses bras, souriant pour la première fois de la soirée.

Harvey posa sur elle des yeux affamés. Il voulait qu'elle *le* regarde de cette façon. Il en avait assez de cette comédie ! Peu lui importaient les questions gênantes, pourvu qu'il puisse annoncer à tout le monde son souhait le plus cher : que Della revienne à Melbourne et qu'ils puissent entamer une vraie relation.

Ce rêve lui apparut aussitôt dans toute son absurdité. Della avait clairement tourné la page.

— Qu'est-ce que tu as fait à ma sœur pour qu'elle soit aussi remontée ? lui demanda soudain Brody.

Apparemment, son ami avait fini par percevoir la tension qui régnait entre Della et lui.

Harvey haussa les épaules.

— Elle me reproche le fait même d'exister. Comme d'habitude.

En revanche, certains détails étaient tout à fait inhabituels... Par exemple, le fait qu'il craignait d'exploser s'il ne parvenait pas à convaincre Della de l'écouter.

Le cœur serré, Della déposa la dernière assiette dans le lave-vaisselle. Autour d'elle, les membres de sa famille continuaient de bavarder et de rire. Le lendemain, le baptême de Jack constituerait une autre fête joyeuse, mais ses propres sourires lui semblaient faux. Elle parvenait difficilement à regarder Harvey, tant elle brûlait d'envie de se précipiter dans ses bras.

Les deux dernières semaines sans lui avaient été un véritable enfer. Elle avait eu tort d'espérer qu'une rupture nette l'aiderait à tourner la page. Ses sentiments pour Harvey étaient plus forts que jamais, et la peine qu'elle avait lue dans ses yeux lorsqu'elle avait tenté d'induire Brody en erreur l'avait littéralement détruite.

Après avoir fermé le lave-vaisselle d'une main tremblante, elle gagna la salle de bains. Elle avait besoin d'être un peu seule pour ne pas craquer devant sa famille et dire publiquement ce qui s'était passé aux Fidji. Elle avait failli s'étrangler quand Brody avait parlé de « nuits de folie »... parce qu'il y en avait eu plusieurs. Quant aux cœurs brisés, elle avait cru que le sien était hors de portée, mais Harvey avait trouvé le moyen de s'y insinuer.

Elle était stupidement tombée amoureuse de lui, un homme incapable de l'aimer en retour parce qu'il avait mis des années à étouffer ses émotions et qu'il se croyait indigne d'être aimé.

Mais ce n'était pas tout : ce matin-là, avant de quitter la Nouvelle-Zélande, elle avait utilisé un test de grossesse et découvert qu'elle était enceinte.

Après s'être lavé les mains, elle s'aspergea le visage d'eau froide tout en évitant de regarder son reflet dans la glace. Elle savait ce qu'elle y aurait vu : une femme qui avait commis une autre erreur et était tombée amoureuse d'un homme qui ne pouvait l'aimer.

En sortant de la salle de bains, elle hésita à rejoindre les autres et s'attarda devant les photographies accrochées aux murs du couloir. Sur certaines, Harvey figurait avec les personnes les plus importantes de sa vie. Il y en avait une où il était avec Brody, tous deux âgés d'une vingtaine d'années et vêtus de smokings, sans doute à l'occasion d'un bal à la faculté de médecine. Sur une autre, Harvey et Bill, en tenues de cycliste, se trouvaient au sommet du mont Oberon. Une dernière avait été prise chez les Wilton, à Noël. Chacun portait un chapeau en papier et levait son verre en direction du photographe.

Sa famille était aussi celle de Harvey. Il aimait ses membres qui le lui rendaient bien. Elle allait se rendre dans le jardin pour prévenir tout le monde qu'elle partait, lorsqu'on la prit par la taille.

— Te voilà ! J'ai essayé de te voir en tête à tête toute la soirée.

L'haleine tiède de Harvey frôla sa nuque, et Della frissonna. Il lui sembla que son corps reprenait vie, comme si elle avait été dans le coma depuis deux longues semaines. Elle se retourna, se préparant mentalement à la douleur qu'elle allait éprouver en le regardant, parce qu'il ne serait jamais à elle.

— Viens avec moi, lui dit-il, les yeux brillants d'excitation.

Lui prenant la main, il l'entraîna dans la pièce la plus proche, qui se trouvait être son bureau. Dès qu'il eut refermé la porte, il la prit dans ses bras, déclenchant en elle une véritable panique.

— On ne devrait pas rejoindre les autres avant qu'ils nous cherchent ? suggéra-t-elle faiblement.

Il prit son visage entre ses mains.

— Brody ramène Amy et Jack à la maison, murmura-t-il contre sa bouche. Je crois que tes parents somnolent devant la cheminée.

Sans ajouter un mot, il pressa les lèvres sur les siennes. L'espace d'un instant, ils restèrent ainsi, immobiles. Della se laissa aller contre lui, submergée par le sentiment d'être chez elle. Mais Harvey ne pouvait pas être le havre de paix qu'elle cherchait. Elle devait être forte pour leur bébé et pour protéger son cœur tellement stupide.

— Seigneur ! Tu m'as tellement manqué, dit-il en reculant pour la regarder dans les yeux.

Elle reconnut le désir et l'euphorie dans son regard, mais ce n'était pas suffisant. Elle voulait davantage : elle voulait tout, le bon, le mauvais et le brisé. Elle voulait l'impossible.

— Pourquoi tu ne m'as pas communiqué la date de ton arrivée ? demanda-t-il en la reprenant dans ses bras. Je serais venu te chercher à l'aéroport.

Elle haussa les épaules, si malheureuse qu'elle pouvait à peine respirer.

— Tu étais occupé ici ; qu'est-ce qu'on aurait dit aux autres ?

Harvey se raidit.

— Est-ce que tout va bien ? Tu m'as évité toute la soirée, alors que je brûlais de t'embrasser.

— Je croyais qu'on devait jouer la comédie, prétendit-elle.

Bien sûr, si elle l'avait tenu à l'écart, c'était parce que sa proximité était une torture, parce qu'elle avait failli craquer à plusieurs reprises et avouer devant tout le monde qu'elle l'aimait.

— Nous n'avons pas besoin de supporter la curiosité de Brody, ajouta-t-elle. À mon avis, Amy est une sainte de le supporter.

— Tu peux rester ? Ici, avec moi, cette nuit ? Quand tout le monde sera parti.

— Je ne peux pas...

Comment avait-elle pu imaginer qu'elle serait l'amie de cet homme ? Elle l'aimait de toute son âme, elle le désirait : absolument rien à voir avec l'amitié.

— Della... j'ai beaucoup réfléchi. Tu m'as tellement manqué, dès l'instant où je suis arrivé chez moi !

La gorge sèche, elle se refusait à pleurer. Pour l'instant, elle ne voulait pas lui révéler ses sentiments ou l'existence du bébé. Dans l'avion, elle avait tout planifié : elle lui en parlerait après le baptême de Jack.

— Toi aussi, tu m'as manqué.

Le sourire de Harvey la fit fondre encore davantage.

— Je souhaite vraiment que tu obtiennes ce poste dans mon service. Si nous travaillons ensemble, ce sera mieux que ce que nous vivons actuellement : le manque de l'autre, les nuits et les réveils solitaires, sans parler de l'abstinence.

— Je ne suis pas sûre, Harvey, répondit-elle en secouant la tête.

Elle voulait plus que du sexe.

Elle voulait tout.

— Je sais que c'est compliqué, et je n'ai pas la moindre idée de ce que je fais, mais si tu t'installais ici, nous pourrions peut-être, tu comprends... faire un essai.

Il laissa échapper un long soupir, comme si ce qu'il venait de dire l'avait épuisé.

Le cœur de Della se serra. Elle ne doutait pas de la sincérité de Harvey. Il était clair que pour lui cette proposition était déjà un grand pas.

— Comme tu le sais, je n'ai pas fait cela depuis très longtemps, reprit-il. J'admets que c'est un risque, mais ça pourrait marcher. *Nous* pourrions faire en sorte que ça marche.

Sans lui laisser le temps de répondre, il pressa les lèvres sur les siennes et les caressa de la langue. Della s'abandonna avec délice à son étreinte. Après deux semaines à mourir de soif dans le désert, c'était le paradis. Mais cet état d'euphorie ne dura pas. Elle devait refuser sa proposition et lui en donner la raison.

Elle était trop terrifiée à l'idée de partir sans lui avouer son secret.

Pourtant elle s'accorda un dernier délai pour profiter un instant encore des bras forts qui l'étreignaient et de ses baisers passionnés. Harvey lui avait tant manqué, tout comme son sourire lui avait manqué, ainsi que la lueur espiègle qui faisait parfois briller ses yeux ! Et aussi la façon dont il croyait en elle et le lui faisait sentir. Le souffle soudain coupé, elle se prépara à interrompre cet instant de bonheur et à s'éloigner avant d'avoir le cœur brisé.

— Ça a été les deux pires semaines de ma vie, dit-il en la soulevant pour l'asseoir sur le bureau.

Il passa l'une de ses cuisses entre les jambes de Della et déposa une pluie de baisers sur son visage, son cou et sa poitrine avant de revenir à sa bouche.

— Chaque jour, je voulais t'appeler, reprit-il. Je ne l'ai pas fait pour te donner l'espace que tu voulais, pour me forcer à admettre que nous étions amis, mais ça ne marche pas pour moi.

Tandis que ses lèvres écartaient celles de Della à nouveau, il posa la main sur l'un de ses seins à travers sa robe. Les hormones de la grossesse les avaient rendus sensibles, mais elle s'embrasa de la tête aux pieds. Glissant les doigts dans les cheveux de Harvey, elle caressa son sexe dressé à travers son short. Juste une fois, encore une fois… Et puis, à la fin du week-end, elle lui parlerait du bébé avant de s'envoler pour la Nouvelle-Zélande où son cœur brisé serait à l'abri de la tentation.

Elle arracha la bouche à celle de Harvey.

— Dépêche-toi, dit-elle, j'ai envie de toi.

Si c'était tout ce qu'elle pouvait obtenir de lui, elle le prendrait, quitte à en payer le prix plus tard.

Harvey ne discuta pas. Pendant qu'elle baissait son short et prenait son sexe dans la main, il remonta sa robe et fit glisser sa culotte le long de ses jambes.

Della écarta les cuisses tout en lançant un regard inquiet en direction de la porte. Mais il était trop tard pour s'inquiéter à l'idée que quelqu'un pourrait entrer. Elle désirait trop Harvey pour exprimer une quelconque prudence. Elle allait l'aimer avec son corps et lui dire adieu en silence. Ensuite, elle s'en irait et se focaliserait sur sa maternité.

Harvey s'arracha à sa bouche.

— J'ai verrouillé la porte, dit-il.

Tombant à genoux devant elle, il remonta davantage sa robe et posa les lèvres sur son intimité.

Fermant les yeux, Della s'abandonna au plaisir. Prise de vertige, elle posa la main sur le bord du bureau et glissa l'autre dans les cheveux de Harvey.

— Harvey, gémit-elle en baissant les yeux vers lui.

Il leva vers elle un regard assombri par le désir et la détermination, les doigts agrippés à ses cuisses. Sentant le plaisir monter, elle lâcha ses cheveux et porta la main à sa bouche. Comme s'il connaissait parfaitement son corps et savait à quel point elle était proche de l'orgasme, il se releva et entra lentement en elle. Cramponnée à ses épaules, Della noua les jambes autour de ses hanches, puis attira son visage contre le sien pour l'embrasser. Il se mit à la marteler à un rythme aussi frénétique que les battements de son cœur. Elle ressentait la passion qu'il avait pour elle dans ses baisers et dans la façon dont il possédait son corps, une passion qui aurait presque pu la faire changer d'avis.

Presque.

Car elle voulait davantage que de la passion. Davantage qu'une union sexuelle exceptionnelle. Elle voulait qu'il l'aime aussi désespérément qu'elle l'aimait. Elle voulait qu'ils élèvent leur enfant ensemble dans une maison de carte postale, au jardin clos par une barrière blanche. Elle voulait qu'il éprouve la peur terrifiante et le sentiment d'impuissance liés à l'amour, mais qu'il veuille les vivre quand même avec elle. Mais ces rêves n'appartenaient qu'à elle, pas à Harvey.

L'orgasme la traversa par vagues violentes. La serrant contre lui à l'étouffer, il explosa à son tour.

— Tu m'as manqué, fit-il d'une voix entrecoupée. Tu m'as tellement manqué !

Della enfouit le visage dans le cou de Harvey, réprimant ses larmes. Elle venait de commettre une énorme erreur.

— Il faut que j'y aille avant que mes parents nous cherchent, dit-elle en le repoussant.

Après s'être remise debout, elle ramassa sa culotte sur le sol. Elle avait besoin de s'éloigner avant de le supplier de l'aimer.

Le beau visage de Harvey exprima son trouble.

— Tu t'en vas ? Reste cette nuit. Demain, nous prendrons notre petit déjeuner ensemble avant d'aller au baptême de Jack.

— Je ne peux pas, Harvey. Je...

Elle s'interrompit, prenant brusquement conscience qu'elle ne pouvait pas retarder plus longtemps ce qu'elle avait à lui dire. Il avait le droit de savoir qu'elle était enceinte. Une fois qu'elle lui aurait dit qu'il allait être père, il comprendrait ce qu'elle avait compris le matin même. Elle avait besoin de lui autant que d'oxygène, mais désormais ses désirs n'étaient plus sa priorité.

— Est-ce que tu as vu l'annonce pour le job ? demanda-t-il. Il faut te dépêcher de postuler.

— Il faut qu'on parle, Harvey.

Après avoir ajusté sa robe, elle croisa les bras sur sa poitrine.

— D'accord. Allons boire un verre. Tes parents sont peut-être déjà partis

Elle secoua la tête.

— Je n'ai pas besoin d'un verre, mais que tu m'écoutes.

C'était presque la même situation que lorsqu'ils avaient quitté les Fidji. Mieux valait une rupture nette tout de suite. Le sexe était derrière eux, dorénavant ils auraient d'autres priorités que de savoir s'ils allaient être collègues ou s'ils pouvaient poursuivre leur relation actuelle.

— D'accord, je t'écoute.

Il voulut prendre sa main, mais elle s'écarta. S'il la touchait encore, elle craquerait et lui demanderait de l'aimer. Pis encore elle accepterait de n'avoir qu'une part de lui.

— Je ne voulais pas t'en parler avant demain, après la réception, mais je suis enceinte.

Voyant l'incrédulité dans ses yeux, elle précisa :

— On a conçu ce bébé aux Fidji, sans doute quand nous étions sous la cascade.

Il ouvrit la bouche et la referma, puis il secoua la tête comme elle l'avait fait elle-même en voyant le résultat du test.

— Je sais, je t'ai dit que je prenais la pilule, ce qui était vrai, mais j'ai sans doute raté une prise. Je sais aussi que tu n'as jamais voulu d'enfants. C'est mon rêve, pas le tien. Mais tu n'as pas à te sentir responsable. Tu n'as rien à faire ou à dire pour m'expliquer que tu n'es pas prêt. Je comprends.

Pauvre Harvey ! À peine avait-il décidé qu'il voulait s'engager, qu'il apprenait qu'il allait être père. Della fit la grimace, maudissant sa faiblesse. Elle aurait peut-être dû lui laisser un peu de temps avant de lui apprendre cette nouvelle.

— J'imagine que tu dois être en colère.

Se passant la main dans les cheveux, Harvey jeta un coup d'œil à son ventre plat.

— Tu vas bien ?

Della hocha la tête. S'il se montrait adorable et plein de sollicitude, elle allait pleurer. Si cela continuait ainsi, le bébé naîtrait une boîte de mouchoirs à la main. Ces deux dernières semaines, elle n'avait pas arrêté de pleurer.

— C'est le week-end de Brody, Amy et Jack, dit-elle. J'ai conscience que nous devrons nous expliquer, mais pour l'instant je crois qu'il vaut mieux garder cette nouvelle pour nous et régler les détails plus tard. Je... Je t'appellerai de Nouvelle-Zélande.

Harvey fronça les sourcils.

— Attends une minute !

S'approchant d'elle, il esquissa un geste pour lui prendre le bras. Della recula, craignant de craquer s'il la touchait encore.

— Tu repars en Nouvelle-Zélande ? demanda-t-il avec incrédulité.

Comme il posait sur elle un regard peiné et accusateur, elle se sentit proche de la nausée.

— Bien sûr, Harvey. J'habite là-bas et j'y travaille.

Elle ne pouvait tout de même pas tout laisser tomber. Elle avait besoin de réfléchir.

— Si je comprends bien, tu ne postules pas à Melbourne ? Où pourrions-nous élever notre enfant ensemble ?

L'espoir fleurit en Della. Pourrait-elle le faire ? Revenir dans sa ville natale, travailler avec Harvey, donner naissance à leur enfant et espérer qu'entre-temps il pourrait tomber amoureux d'elle ? Pourrait-elle accepter si peu, alors qu'elle voulait tout ? Si cela marchait, son rêve se réaliserait. Mais survivrait-elle à un échec ?

Si elle n'avait pas été aussi amoureuse, elle aurait pu accepter de revenir à Melbourne et de voir ce qui se passerait. Mais il était trop tard pour faire ce genre de supposition.

— Je n'ai encore rien décidé, murmura-t-elle.

Accablée par la culpabilité, se détestant elle-même, elle évita le regard de Harvey.

— Je réfléchis encore, à propos du poste, continua-t-elle. Mais comme toi, je suis sous le choc, puisque je n'ai découvert que ce matin que j'étais enceinte. Maintenant, je dois penser à certaines choses, comme le congé de maternité.

Ce qui était certain, c'était qu'elle refusait de placer tous ses espoirs dans un homme qui ne savait pas exactement ce qu'il voulait. Elle ne ferait pas cette erreur une deuxième fois, d'autant qu'elle devait penser au bébé.

— Si tu n'es pas certaine de postuler, répliqua Harvey, c'est que tu dois avoir encore davantage de doutes à propos de moi ou de nous. Tu m'as laissé parler, quand je t'ai proposé de faire un essai, alors que tu savais déjà que tu me repousserais.

Della pinça les lèvres, la gorge serrée par l'émotion.

— Je suis désolée… Je sais seulement que le bébé doit être ma priorité, *notre* priorité. Il ne s'agit plus de nous, et tu sais parfaitement que toi et moi, nous voulons des choses différentes.

Faire un essai n'était pas suffisant, alors qu'elle aimait Harvey de toute son âme. Elle avait déjà trop présumé de ses forces avec son ex-mari. Mieux valait oublier l'amour et se focaliser sur son enfant.

— J'ai compris, tu m'apprécies en tant que donneur de sperme et tu aimes bien faire l'amour avec moi, mais je ne suis pas au niveau pour que tu envisages une relation avec moi.

— Je n'ai jamais dit cela ! Je veux que nous pensions d'abord au bébé, tous les deux. Simplement je n'ai pas encore trouvé comment nous allions nous y prendre.

Harvey gagna la porte.

— Parfait, reçu 5 sur 5. Tu auras mon bébé, mais tu n'envisages rien de sérieux avec ce bon vieux Harvey, et encore moins de l'épouser puisque tu pourras sans doute trouver mieux ailleurs.

Sur ces mots, il sortit de la pièce, lui laissant le poids de sa peine et de son amertume. Plutôt que d'affronter ses parents, plutôt que de blesser davantage Harvey ou elle-même ce soir-là, Della se glissa dehors et s'enfuit.

14

Harvey pressa les lèvres sur la tête de Jack et inspira son odeur de bébé propre. Il ne quittait pas des yeux la porte de la salle dans l'espoir d'apercevoir Della. Il était arrivé de bonne heure au restaurant dernier cri qui mettait à la disposition des clients une salle de réception et qui était situé tout près de chez Brody et Amy.

Maintenant qu'il savait qu'il allait être père et que Della ne voulait rien avoir à faire avec lui, en dehors de quelques arrangements pour la garde, sa maison lui paraissait trop grande et trop silencieuse.

Ce rejet signifiait qu'aux yeux de Della il ne valait pas la peine qu'elle risque son cœur pour lui, qu'elle n'aimerait jamais un homme comme lui. Il ne pouvait même pas lui en vouloir, car elle avait peut-être raison.

Brody lui prit son fils des bras.

— Tu es nerveux ?

— Pas le moins du monde ! Je me sens très bien.

Ce qui était vrai... à condition que « bien » signifie « désolé, démoralisé et impuissant ». Jamais il n'avait rien ressenti de tel.

— Mes parents et ma sœur risquent d'être en retard, précisa Brody. Ils étaient crevés, hier soir.

— Je devrais peut-être appeler Della pour savoir où ils en sont.

La voiture était peut-être en panne, ou bien Della était malade, ou encore il y avait un problème avec le bébé.

Brody leva la main en signe d'apaisement.

— Tu vas l'énerver. Ce n'est vraiment pas le jour de vous disputer, aujourd'hui !

Frustré, Harvey se frotta les tempes du bout des doigts. Comment son ami pouvait-il être aveugle à ce point ? Pourquoi n'avait-il jamais deviné ses sentiments pour Della ? Des sentiments qu'il avait *toujours* eus. Parce que depuis qu'il avait finalement réalisé qu'il était tombé fou amoureux d'elle aux Fidji, il admettait aussi que cet amour était latent depuis le début, attendant le bon moment pour se déclarer.

— Tu ne t'es jamais demandé pourquoi ta sœur et moi, nous nous sautons sans cesse à la gorge ?

Brody haussa distraitement les épaules.

— Vous êtes très différents, c'est tout.

— Tu vas avoir du mal à le croire, mais j'ai toujours craqué pour ta sœur.

Brody le fixa avec étonnement.

— Quand j'ai fait sa connaissance, continua Harvey, j'aurais risqué de la blesser ou de gâcher notre amitié, si j'en avais parlé.

— Ma sœur ! s'écria Brody avec incrédulité.

Même s'il sentait un début de panique monter en lui, Harvey hocha la tête.

— Je suis amoureux d'elle, dit-il très vite. C'est elle, la personne à laquelle tu faisais allusion hier soir. *Elle* est la raison pour laquelle tout a changé pour moi.

Un lent sourire étira les lèvres de Brody.

— Harvey Ward est finalement tombé amoureux, et l'heureuse élue est ma petite sœur.

Harvey secoua la tête, dégoûté.

— Je n'aurais pas dû t'en parler, marmonna-t-il.

— Ne te fâche pas. Est-ce qu'elle t'aime aussi ?

Harvey jeta à son ami un coup d'œil incrédule.

— Ne sois pas idiot. C'est une femme intelligente. Elle ne me prendra jamais au sérieux, et elle aura sans doute raison. J'ignore totalement en quoi consiste un véritable engagement, et je ne veux pas la blesser.

— Tu sais que vos disputes continuelles ont une signification des deux côtés ?

Harvey consulta sa montre, pressé de voir Della arriver pour qu'il puisse s'assurer qu'elle allait bien.

— Je ne vois pas à quoi tu fais allusion.

Brody le regarda comme s'il était un adolescent attardé.

— Della a toujours eu le béguin pour toi. D'ailleurs je me moque souvent d'elle à ce sujet. Évidemment, je ne t'en ai pas parlé parce que... tu comprends... c'est ma sœur.

Cette révélation ne réconforta pas Harvey. En admettant que Della ait eu un penchant pour lui, ce n'était pas parce qu'ils s'entendaient très bien sexuellement qu'elle était prête à lui faire confiance. Elle n'était même pas prête à travailler avec lui ou à ce qu'ils élèvent leur enfant ensemble. Elle ne voulait pas de lui, et cela ne changerait pas.

— Elle veut que nous soyons amis, marmonna-t-il.

Brody fronça les sourcils, visiblement sceptique.

— Tu ne lui as pas dit que tu l'aimais, c'est ça ?

Harvey fit la grimace.

— J'ai essayé... hier soir.

Il ne parvint pas à trouver les mots pour en dire davantage. Comment expliquer à son ami que sa sœur ne pouvait pas aimer un homme comme lui ?

— Sérieusement ? Ne te contente pas d'essayer, dis-le-lui.

Harvey serra les poings. En suivant le conseil de Brody, il risquerait non seulement de perdre Della, mais aussi leur chance d'être des parents capables de s'entendre et de se respecter.

— Ne sois pas idiot ! continua Brody. Elle reprend l'avion pour la Nouvelle-Zélande ce soir. Si tu ne lui parles pas, tu risques de le regretter.

Harvey acquiesça. Sortant de l'engourdissement, son cerveau se mit à fonctionner normalement pour la première fois du week-end. Il le regretterait, bien sûr ! Il aimait Della et devait le lui dire. Même si ce n'était pas réciproque, elle saurait que grâce à elle il pouvait de nouveau croire en l'amour.

— Je vais la trouver, dit-il en se dirigeant vers la sortie.

— Ne sois pas en retard ! lança Brody dans son dos. Mon fils compte sur toi.

Graham Wilton se gara sur le dernier espace disponible du parking, devant le restaurant où la réception donnée en l'honneur du baptême de Jack devait se tenir.

Della sentit son estomac se nouer sous l'effet du désespoir et de l'angoisse. Comment allait-elle faire pour affronter Harvey ? La veille, elle l'avait cruellement blessé en repoussant sa proposition de reprendre leur relation. Elle s'était comportée exactement comme sa mère quand il était enfant.

Jenny Wilton se tourna vers son mari.

— Tu peux nous laisser seul un instant, mon chéri ? Je voudrais parler avec Della.

À l'arrière, celle-ci consulta sa montre.

— On risque d'être en retard, maman.

— Ça ne sera pas long, répliqua sa mère en défaisant sa ceinture de sécurité. Surtout si tu me dis tout de suite ce qui ne va pas.

Della se tortilla sur son siège. Sa mère avait toujours su deviner dans quel état d'esprit elle se trouvait. Mais si elle lui racontait son histoire, elle avait peur de pleurer et de gâcher toutes les photos du baptême avec son visage bouffi et rouge.

Elle croisa le regard bienveillant de sa mère.

— Tout va très bien, affirma-t-elle. C'est juste que je suis enceinte.

Jenny prit la main de sa fille.

— C'est une merveilleuse nouvelle ! Je suis tellement heureuse pour toi ! Et tu te sens bien ?

Della hocha machinalement la tête.

— Oui. J'en suis au tout début de ma grossesse. Mais cette journée est consacrée à Jack, et je ne veux pas que quelqu'un d'autre le sache.

— Et qui est le père ? s'enquit Jenny avec curiosité.

Della inspira profondément. C'était la partie la plus délicate...

— Harvey.

Sa mère écarquilla les yeux.

— Notre Harvey ?

— Bien sûr, maman. Je ne connais aucun autre Harvey.

Maintenant qu'elle avait dit la vérité à Harvey, maintenant qu'elle avait protégé son cœur et décidé que son bébé serait sa priorité, maintenant qu'elle s'était fiée à son instinct et avait refusé d'accepter moins que ce qu'elle méritait, elle aurait dû se sentir mieux. Malheureusement, c'était tout le contraire. Elle avait à peine fermé l'œil de la nuit, tournant et retournant dans sa tête sa conversation avec Harvey. Elle revoyait son regard blessé, mais aussi résigné, comme s'il avait connu sa réponse d'avance.

— Seigneur ! s'écria sa mère. J'ignorais que vous deux, vous étiez...

— Nous ne sommes pas, répliqua Della d'une voix morne. C'est arrivé aux Fidji.

Jenny lui lança un regard entendu.

— Bien sûr. Il t'a toujours bien aimée.

Cette affirmation ne réconforta pas Della. Si seulement Harvey pouvait l'aimer un peu plus que « bien » ! Si seulement il voulait faire davantage qu'« essayer » pour voir ce que cela donnerait entre eux ! Si seulement il pouvait être amoureux d'elle !

— Eh bien justement, je voudrais éclaircir les choses avec lui aujourd'hui, alors si tu pouvais t'abstenir d'en parler à papa et à Brody, ce serait bien. Et arrête de me regarder comme ça !

— Comme quoi ? demanda sa mère d'un air innocent. Comme si j'allais te demander quels sont tes plans ?

— Exactement, fit Della en soupirant. Je compte retourner en Nouvelle-Zélande et réfléchir longuement. Je compte aussi me focaliser sur le bébé et donner à Harvey la place qui lui revient en tant que père, s'il le désire.

— Et en ce qui vous concerne, Harvey et toi ? demanda doucement sa mère. Tu n'envisages pas que vous viviez ensemble ?

Della regarda par la vitre pour s'empêcher de pleurer.

— Allons, maman ! C'est Harvey. Il n'est pas prêt pour cela, et je ne le blâme pas. Le plus important pour nous deux et pour le bébé, c'est que nous soyons... amis.

— Mais tu es amoureuse de lui.

— C'est vrai.

— Et comment est-ce que cela interférera dans votre *amitié* ?

— En rien. Le bébé sera ma priorité, et tout ira bien.

— Est-ce que Harvey sait que tu l'aimes ? Avez-vous parlé de vos sentiments mutuels ? Parce qu'il mérite de savoir une chose aussi importante.

Della secoua vigoureusement la tête.

— Non, je n'ai pas pensé que c'était utile de lui en parler. Nous voulons toujours des choses différentes, cela n'a pas changé. Il m'a proposé de faire un essai, mais c'est impossible si je dois cacher mes sentiments et attendre de voir si c'est vraiment ce qu'il veut. Je ne pourrai jamais !

Cela la détruirait.

— Mais si tu ne lui as rien dit, tu ne lui as pas vraiment donné une chance de progresser, tu ne crois pas ? Peut-être a-t-il besoin de savoir que tu l'aimes. Tu n'as pas envisagé qu'il puisse t'aimer aussi ?

Della foudroya sa mère du regard. Bien sûr que Harvey avait besoin d'être aimé comme n'importe qui d'autre, peut-être même davantage après tout ce qu'il avait subi ! Mais elle avait beau secouer farouchement la tête, les propos de sa mère venaient de déclencher en elle une vague d'espoir.

— Il ne peut pas m'aimer, dit-elle pourtant. Il a passé la majeure partie de sa vie d'adulte à réprimer ses émotions.

Sa mère eut un sourire triste.

— Et toi, tu es encore terrorisée à l'idée de te tromper pour la deuxième fois.

Della déglutit difficilement, proche de la nausée. Avait-elle jugé Harvey trop vite parce qu'elle avait peur de se fier à son propre jugement ? Avait-elle été injuste à son égard ? L'avait-elle repoussé comme sa mère l'avait fait, alors qu'en réalité elle l'aimait de toute son âme, même si ce n'était pas réciproque ?

— Tu as toujours eu peur de l'échec, insista sa mère en lui prenant la main. Je nous en veux, à ton père et à moi. Sans le faire exprès, nous avons créé un fonctionnement familial très compétitif. Mais ta détermination est ta force. Ne laisse pas cette première relation ratée t'empêcher d'avoir tout ce que tu veux. Dis à Harvey ce que tu ressens et laisse-lui une chance.

Della acquiesça, se sentant stupide.

Sa mère avait raison.

— Allons-y, dit Jenny en ouvrant sa portière. On ferait bien de se bouger, car la cérémonie va commencer.

Della l'imita, et elles se dirigèrent à la hâte vers le restaurant. Était-il trop tard pour réparer les dommages qu'elle avait causés la veille en blessant Harvey tout en se faisant du mal à elle-même ? Sa mère avait raison. Harvey avait le droit de savoir qu'elle l'aimait, même s'il ne pouvait pas l'aimer en retour.

Il avait le droit de savoir qu'elle le choisissait parmi tous les autres hommes.

15

Accompagnée de sa mère, Della entra dans la salle. Quand Harvey croisa son regard, il éprouva comme un choc électrique. Le prêtre venait d'annoncer que la cérémonie allait commencer.

Pendant qu'ils s'engageaient à soutenir et à guider Jack, Harvey ne put détacher les yeux de Della. Vêtue d'une simple robe bleue assortie à la couleur de ses yeux, les cheveux relevés, révélant la ligne pure de sa nuque, elle était magnifique. C'était une torture que de résister à l'envie de la prendre dans ses bras et de lui dire tout l'amour qu'il éprouvait pour elle.

Un peu plus tard, dans le jardin, Harvey avait mal aux joues à force d'arborer un sourire forcé. Mais il ne voulait pas gâcher les photos de Jack.

— Encore une, s'il vous plaît, dit le photographe en prenant la dernière où les parents figuraient au centre avec leur fils.

Dès que ce fut terminé, Harvey s'arrangea pour intercepter Della. Il était à bout de patience, et la panique déversait des flots de glace dans ses veines.

— Della, il faut qu'on parle, lui dit-il tandis que Brody et Amy rentraient dans le restaurant avec Jack.

Elle battit des paupières.

— Bien sûr… Harvey, je suis désolée pour hier, déclara-t-elle aussitôt en posant la main sur son bras. J'aimerais prétendre que c'est la faute des hormones, mais ce serait sans doute un mensonge.

Harvey secoua la tête et l'interrompit en l'attirant à l'ombre d'un arbre.

— Non, c'est *moi* qui suis désolé, affirma-t-il en lui prenant la main. Je me suis comporté comme un imbécile, Della. J'étais tellement content de te voir après ces deux semaines sans toi que j'en ai oublié de te dire le principal.

Il aurait voulu qu'ils soient dans un lieu plus romantique que ce jardin pour la convaincre de sa sincérité. Mais il devait prendre ce risque ici et maintenant.

— Je t'aime, Della. Je suis tombé amoureux de toi aux Fidji et j'aurais dû te le dire dès que je l'ai compris.

Elle leva vers lui des yeux troublés, emplis de doute.

Harvey frôla le bras de Della parce qu'il ne pouvait pas s'empêcher de la toucher.

— J'avais peur, dit-il très vite. Peur de ne pas être digne de toi parce qu'à quarante-deux ans je n'ai jamais été amoureux, en tout cas pas comme ça, précisa-t-il en pressant le poing sur son cœur. Peur que tu mérites quelqu'un qui ait un peu d'expérience en matière de relations. J'étais terrorisé à l'idée que si j'essayais de correspondre à ce que tu cherches, j'échouerais lamentablement.

— Harvey..., murmura-t-elle, les larmes aux yeux, *tu es* tout ce que je cherche.

Il glissa les mains le long des bras nus de Della et continua, comme s'il n'avait pas entendu ce qu'elle venait de dire.

— Je sais que je représente un grand risque pour toi, tout comme je sais que tu as peur parce que nous voulions des choses différentes, du moins jusqu'à maintenant. J'ai conscience que nous ne pouvons pas nous permettre de gâcher notre relation, parce que nous occupons déjà une part importante dans la vie l'un de l'autre. Pendant vingt ans, j'ai été à moitié amoureux de toi. Mais j'avais trop peur de me déclarer au cas où j'aurais découvert qu'il y avait en moi quelque chose de détestable qui t'empêcherait de me choisir.

Les joues ruisselantes de larmes, Della secoua la tête.

— C'est faux, puisque je t'ai choisi.

De nouveau, Harvey reprit son discours comme s'il ne l'avait pas entendue.

— Mais je n'ai plus peur, reprit-il en prenant le visage de Della entre ses mains. En réalité... ce n'est pas vrai. Je suis terrifié, mais maintenant c'est à l'idée de te perdre, de vivre sans toi. Alors, si tu veux bien m'accorder une chance, je m'efforcerai de t'offrir tout ce que tu veux et mérites. Et cela ne cessera jamais, car je t'aimerai toujours.

Riant à travers ses larmes, Della noua les bras autour de son cou.

— Tu es déjà tout ce que je veux. Toi, nous et le bébé.

— Pour de bon ?

La gorge de Harvey était si serrée qu'il craignait d'étouffer. Mais il eut le réflexe de serrer Della contre lui, au cas où elle aurait changé d'avis. Elle se dressa sur la pointe des pieds pour presser les lèvres sur les siennes.

— Je suis navrée de t'avoir fait douter de toi. Ce n'est pas parce que tu n'étais pas digne de moi, mais parce que je craignais de me fier à mon instinct. Mais j'ai compris que je devais d'abord faire confiance à mon cœur. Et il m'a amenée jusqu'à toi. Je t'aime aussi.

— Ne dis pas cela si tu ne le penses pas vraiment, parvint-il à lui répondre avec difficulté.

— Je le pense vraiment ! Je veux revenir à Melbourne, travailler avec toi, élever notre bébé avec toi et vieillir avec toi. Évidemment, je ne peux pas te promettre que nous ne nous disputerons pas de temps en temps.

Harvey sourit, soudain empli d'espoir.

— Une petite dispute de temps en temps ne fait pas de mal, si nous nous entendons parfaitement dans tous les autres domaines.

Avant qu'elle puisse répondre, il s'empara de sa bouche. Tandis que leurs langues se caressaient, Della glissa les doigts dans ses cheveux et se cambra contre lui.

Au bout d'un instant, il s'écarta, hors d'haleine.

— Tu m'aimes vraiment ?

Elle leva vers lui des yeux brillants d'émotion.

— Bien sûr. J'ai failli te le dire hier soir, mais je pensais que ce n'était pas réciproque, alors j'ai préféré m'en aller. J'ai saboté cet instant pour ne pas être blessée, mais je n'ai plus peur, moi non plus. Je veux que nous construisions notre vie ensemble et je sais que tu peux être tout ce dont j'ai besoin parce que tu l'es déjà.

L'attirant de nouveau contre lui, Harvey l'embrassa jusqu'à ce que le manque d'oxygène lui fasse tourner la tête.

— Est-ce qu'on ne pourrait pas partir d'ici ? demanda-t-il en séchant les dernières larmes de Della. Je veux t'emmener chez moi, dans mon lit, avant que tu t'envoles pour la Nouvelle-Zélande.

— Si on faisait ça, je crois que Brody ne me parlerait plus jamais de ma vie, répondit-elle en riant.

Harvey haussa les épaules. Avec quelqu'un d'autre il l'aurait fait, mais ils se devaient d'être présents pour Jack.

Della chercha son regard.

— Comment tu te sens... par rapport au bébé ? Ce n'était pas prévu. Tu vas devoir passer d'un coup du célibat au couple et à la paternité. Ça fait beaucoup.

Harvey aurait voulu tomber à genoux devant elle et déposer un baiser sur son ventre, là où le bébé grandissait.

— Je suis l'homme le plus heureux du monde, Della. J'adore les enfants... ces humains minuscules. Je les ai toujours aimés. C'est encore quelque chose que je préférais nier, tellement j'étais habitué à réprimer mes émotions. Mais quelque chose s'est passé aux Fidji... et c'est grâce à toi. Tu es rentrée dans mon cœur, et je t'ai fait des confidences que je n'avais jamais faites à personne.

— Moi aussi.

— Et toi, comment te sens-tu ? Pas de nausées matinales ? Tu sembles un peu fatiguée.

— Je n'ai pas très bien dormi la nuit dernière, avoua Della, mais c'est ma faute. J'ai rencontré un homme magnifique aux Fidji, j'ai connu les plus beaux orgasmes de ma vie avec lui et j'en suis tombée amoureuse. Mais quand je l'ai revu, je me suis comportée comme une lâche, alors que j'étais folle de lui... Alors que je l'avais choisi parmi tous les autres hommes.

Harvey sourit avec satisfaction.

— Les plus beaux orgasmes de ta vie ? Répète, s'il te plaît.

Della leva les yeux au ciel.

— Bien sûr, c'est tout ce que tu retiens.

Tout en riant, il passa un bras autour de ses épaules et déposa un baiser sur sa tempe pendant qu'ils rejoignaient les invités.

— Le premier jour, aux Fidji, tu prétendais que ce n'était pas si bien que ça, alors je veux juste clarifier les détails.

— Arrête de fanfaronner.

— Je crains de ne pas pouvoir m'arrêter.

S'arrêtant sur le seuil de la salle, il prit le visage de Della entre ses mains et frôla ses lèvres des siennes.

Lorsqu'il se redressa, elle l'enlaça et posa sa main libre sur son épaule.

— Qu'est-ce qu'on va dire aux autres ?

— La vérité. On leur dira que je suis tombé amoureux de toi aux Fidji.

— Non. On leur dira que *je* suis tombée amoureuse de *toi*, répliqua-t-elle, une lueur de défi dans les yeux.

Harvey éclata de rire.

— D'accord, tu as gagné, dit-il.

Il l'embrassa une dernière fois avant qu'ils entrent dans le restaurant et affrontent leur avenir.

Épilogue

Deux ans plus tard.

Le bipeur de Della résonna, l'invitant à se rendre au bloc. Son patient suivant devait déjà avoir quitté le service de chirurgie. Elle fit taire l'appareil, fixé à la poche extérieure de sa tenue verte de l'hôpital de Melbourne, et emprunta l'escalier. Elle arrivait à destination quand le plus canon de tous les chirurgiens surgit devant elle.

— Ravi de vous rencontrer, docteur Wilton, dit Harvey en la dévorant des yeux.

— Vous me suivez encore, docteur Ward ?

Elle cessa un instant de respirer, s'étonnant comme toujours de constater à quel point il était beau et à quel point elle l'aimait après deux ans de vie de couple.

— Parce que vous êtes toujours là où je suis, continua-t-elle, dans mon lit, à mon travail, en tant que père de *mes enfants*.

Elle baissa les yeux vers son ventre arrondi par la grossesse, où son fils grandissait.

— Si je ne vous connaissais pas mieux, dit-elle encore, je pourrais croire que vous êtes mon mari.

Ils s'étaient mariés dans l'intimité, entourés de leur famille et de quelques amis, quatre mois avant la naissance de leur fille, Lily.

Harvey parcourut le couloir des yeux, puis il ouvrit une porte et l'attira dans une buanderie, parmi des étagères pleines de linge propre.

— Bon sang, tu m'as manqué, dit-il en la serrant contre lui autant que le bébé le permettait.

Della lui rendit ses baisers, puis elle recula en riant.

— Depuis ce matin ?

— Oui, dit-il simplement. Crois-le ou non, t'épouser a été la meilleure chose qui puisse arriver un vieux célibataire. Et le sexe... ne m'en parle même pas ! Je pourrais discourir à ce sujet pendant des heures. Il me semble même que quelqu'un m'a dit un jour qu'avec moi les orgasmes étaient les meilleurs de sa vie.

Della rit encore, trop heureuse pour se soucier de son arrogance. Ces deux dernières années, son mari lui avait rendu son amour au centuple.

— Il faut que j'y aille, dit-elle en l'embrassant rapidement. J'ai un patient qui est tombé de sa moto hier. On me l'amène au bloc.

La prenant par la taille, Harvey l'empêcha de sortir.

— Un baiser de plus ne prendra pas tout l'après-midi, la supplia-t-il.

Il posa les lèvres dans son cou, la faisant frissonner de désir. Comme elle le faisait chaque jour, Della glissa les doigts dans les cheveux de son mari pour l'embrasser passionnément.

— Waouh ! dit-il lorsqu'ils s'écartèrent l'un de l'autre. C'était quelque chose !

— C'était pour t'amadouer, dit-elle en lui lissant les cheveux afin qu'il soit présentable pour ses patients. Tu préfères aller chercher Lily à la crèche ou faire le dîner ?

— Eh ! grommela Harvey. J'ai déjà préparé le repas hier.

— Peut-être que tu préfères les deux, le taquina-t-elle. L'opération risque de durer longtemps.

— C'est bon, se résigna-t-il avec un sourire. Je vais aller chercher mon adorable fille et préparer pour mon épouse enceinte un repas à la fois délicieux et nutritif pour son retour au foyer conjugal. Tu admettras que je suis le meilleur amant et le meilleur mari que tu as jamais eu, conclut-il en l'embrassant une dernière fois.

— N'oublie pas que tu es aussi le meilleur père pour nos enfants, dit-elle en posant la main sur la poignée de la porte.

Elle s'apprêta à se glisser hors de la buanderie, espérant que personne ne la verrait.

— Je t'aime, lança-t-elle par-dessus son épaule.

Elle n'était jamais lasse de le dire à Harvey. Elle ne se lassait jamais non plus de voir chaque fois l'émerveillement dans ses yeux, comme s'il avait du mal à la croire.

— Je t'aime aussi, Della. À ce soir.

Au moment où elle allait sortir, il la retint pour l'embrasser encore sur la bouche. Il la serrait tellement fort qu'elle en oublia de respirer, et lorsqu'il la libéra enfin, il posa le front contre le sien.

— Est-ce que tu as tout ce que tu désirais ? murmura-t-il.

Profondément touchée, Della hocha la tête, à court de mots.

— Tant mieux, dit Harvey. Dans ce cas, on est deux.

— Je t'aime aussi, Bella. À ce jour.

— Est-ce que tu as tout ce que tu désirais, maintenant ?

Profondément touchée, Bella hocha la tête, le cœur débordant.

ROBIN GIANNA

Les amants de l'hôpital Edwards

Traduction française de
CAROLINE JUNG

BLANCHE

HARLEQUIN

Titre original :
THE LAST TEMPTATION OF DR. DALTON

Ce roman a déjà été publié en 2021.

1

Mais pourquoi ne répondait-il pas ?

Charlotte Edwards se retint de jeter son téléphone par la fenêtre de sa voiture. Elle poussa un profond soupir, sans quitter des yeux la route défoncée et boueuse. Une seconde d'inattention et elle risquait de finir dans un arbre. Par chance, en ce mois de mai, la saison des pluies ne faisait que commencer au Libéria. Son 4x4 était capable d'affronter la plupart des routes, en dépit de leur état catastrophique. Mais, lorsqu'elles étaient inondées et transformées en torrent de boue, conduire devenait un défi de tous les instants.

Le cœur battant, Charlie appuya sur l'accélérateur. Il fallait absolument qu'elle soit à l'aéroport avant que Trent Dalton ne s'envole. Maudit Trent, qui ne répondait pas au téléphone ! Si seulement elle avait pu le joindre et lui envoyer un taxi, elle se serait épargné un aller-retour.

Soudain, la sonnerie de son portable la fit sursauter.

— Pas trop tôt ! dit-elle en décrochant, sans même dire bonjour.

— C'est Thomas, répondit le technicien de l'hôpital, légitimement surpris.

Elle sentit son estomac se nouer. Les nouvelles étaient-elles mauvaises ?

— L'état du garçon est stationnaire. Mais je voulais vous informer que le Dr Smith a proposé de procéder à l'appendicectomie.

— Comment ? C'est hors de question ! Si jamais je n'arrivais pas à rejoindre le Dr Dalton à temps pour le ramener à l'hôpital, alors je réfléchirais à cette éventualité. Mais, pour le moment, je ne veux pas que cet imposteur s'approche de nos patients. Je vous fais signe dès que j'arrive à l'aéroport.

— Très bien, Charlie.

Le Dr Smith avait été envoyé pour une année à l'hôpital missionnaire Henry et Louisa Edwards par l'organisation humanitaire Médecins dans le Monde. Son arrivée ayant été reportée de cinq jours, l'organisation avait fait appel à Trent Dalton pour le remplacer. Trent venait de terminer une mission en Inde et avait généreusement accepté de retarder ses congés de quelques jours.

Mais, alors que, son remplacement terminé, il était en route pour l'aéroport, Médecins dans le Monde avait rappelé Charlotte. Le Dr Smith avait falsifié ses diplômes, ce qui excluait évidemment toute collaboration avec lui.

Un problème n'arrivant jamais seul, un petit garçon gravement malade avait été admis à l'hôpital, où il attendait d'être opéré en urgence. Par malchance, John Adams, qui s'occupait de gérer l'hôpital et l'école avec Charlotte, était parti ce jour même faire des achats. Aussi se trouvait-elle à parcourir des kilomètres de routes incertaines pour tenter de ramener Trent Dalton, si toutefois il ne se trouvait pas déjà à bord d'un avion prêt à décoller.

Lorsqu'elle arriva en vue de l'aéroport, l'angoisse monta d'un cran. Trent ne répondait toujours pas. Les mains moites, elle accéléra encore puis, une fois devant le terminal, se gara sur le bas-côté et se précipita dans le hall.

Lorsque enfin elle aperçut Trent, ses jambes faillirent se dérober sous elle. Bien entendu, cela n'avait aucun rapport avec la nuit qu'elle avait passée en compagnie de cet homme magnifique, quelques heures avant qu'il ne quitte l'hôpital. Si elle avait su que leur dernier baiser ne serait pas un baiser d'adieu, que son départ n'était pas définitif, elle se serait abstenue de succomber à son charme. Elle sentit la chaleur lui monter aux joues.

Trent était assis sur un siège, bras croisés, les jambes allongées devant lui. Un sac de voyage en cuir était posé à côté de lui. Même assis, il semblait dominer tous les autres passagers de sa hauteur. Son panama incliné sur sa tête ne laissait entrevoir que le bas de son visage, sa mâchoire, son menton, sa bouche, ô combien sensuelle. Cette bouche qui avait dévoré chaque centimètre carré de son corps...

Elle prit une profonde inspiration, s'approcha et donna un petit coup de pied dans sa chaussure.

— Trent, il faut qu'on parle.

Son corps se contracta légèrement mais il ne bougea pas davantage, comme s'il ne l'avait pas entendue. Peut-être imaginait-il qu'elle venait réclamer un dernier baiser d'adieu ?

Elle était là à cause d'une urgence à l'hôpital, pas pour batifoler. De toute façon, ils avaient vécu ce qu'ils devaient vivre ensemble. Cela faisait désormais partie du passé.

— Trent, je sais que tu es réveillé. Regarde-moi, dit-elle en lui donnant un second petit coup de pied, dans la cheville cette fois.

— Aïe ! dit-il en repliant la jambe.

Il releva le bord de son chapeau, dévoilant un front bronzé strié de quelques mèches brunes. Ses yeux bleu pâle la fixèrent d'un air circonspect.

— Qu'est-ce que tu fais ici, Charlotte ?

— Je suis là parce que tu ne réponds pas au téléphone.

— Je l'ai éteint. Je suis en vacances.

— Si tu l'avais laissé branché, tu m'aurais évité de te courir après jusqu'ici en priant pour que ton avion n'ait pas encore décollé. Il faut que je te parle.

— Ecoute, Charlotte, répondit-il d'un air contrit, nous avons passé de bons moments ensemble et je sais que les adieux ne sont jamais un moment agréable. Mais prolonger les choses ne les facilitera pas.

— Je ne suis pas venue te faire mes adieux.

— Je suis désolé, Charlotte, mais je dois partir, je t'assure. D'ici quelque temps, tu m'auras oublié.

Quelle prétention ! Imaginait-il vraiment qu'elle venait le supplier de ne pas la quitter après une seule nuit passée avec lui ? Une nuit torride, voluptueuse et inoubliable, certes, mais de là à s'imaginer qu'elle ne pouvait pas se passer de lui !

— Désolée, Trent, mais il faut que tu reviennes à l'hôpital.

— Charlotte, n'insiste pas. Il faut tourner la page...

— J'ai tourné la page dès que tu m'as dit au revoir. Tu as remis ton chapeau et tourné les talons, ton sourire de séducteur aux lèvres, comme tu as dû le faire des centaines de fois à des centaines de femmes dans le monde. Cela ne m'a pas posé de problème.

Il la regarda, mi-intrigué mi-amusé.

— Pourquoi es-tu là, dans ce cas ?

— Je vais devoir renvoyer le nouveau chirurgien. Il a falsifié son CV, passé sous silence une condamnation pour prescription excessive de narcotiques et, comme si cela ne suffisait pas, on lui a retiré son permis aux Etats-Unis pour conduite sous l'emprise de l'alcool et de produits stupéfiants.

— Effectivement, ça fait beaucoup. Mais cela ne signifie pas pour autant qu'il soit mauvais chirurgien.

— Ce n'est pas parce que nous travaillons en Afrique que nous ne devons pas être exigeants. Je n'ai aucune envie de travailler avec une personne malhonnête, et qui se drogue peut-être encore.

— Quand est-ce que Médecins dans le Monde t'envoie un nouveau chirurgien ?

— Dès que possible. Il faut que je trouve un intérimaire pour quelques jours, une semaine tout au plus. C'est pour cela que je suis ici. J'ai pensé à toi.

— Je ne peux pas. Je viens de passer une année éprouvante en Inde. J'ai besoin de faire une pause avant de repartir en mission aux Philippines.

— Tu ne peux vraiment pas repousser tes vacances de quelques jours ?

— J'ai travaillé dur douze mois d'affilée justement pour pouvoir me payer des vacances.

— Si tu travaillais vraiment pour l'argent, tu serais resté aux Etats-Unis. Tu pourrais te payer des vacances somptueuses, tu aurais un abonnement dans un country club du dernier chic, et tu conduirais des voitures de luxe. On ne travaille pas dans l'humanitaire pour gagner de l'argent.

Elle se posta face à lui et posa les mains sur les accoudoirs de son siège. Son parfum viril et frais l'enveloppa, accélérant brutalement les battements de son cœur.

— D'ailleurs, fit-elle, repoussant son trouble, pour quelles raisons travailles-tu à l'étranger, dans des hôpitaux minuscules, en changeant de pays tous les ans ? La plupart des médecins de Médecins dans le Monde travaillent à mi-temps.

— Je suis en cavale, dit-il d'une voix grave, tout près de son visage. J'ai assassiné ma dernière petite amie parce qu'elle m'avait suivi jusqu'à l'aéroport.

Elle se redressa pour aussitôt se rapprocher de lui et se laisser aller à l'attraction qui semblait les pousser l'un vers l'autre. Elle avait ressenti cette attirance dès la première seconde où elle l'avait aperçu.

— J'ai toujours su que tu étais un homme dangereux, Trent Dalton. Quoi qu'il en soit, j'ai un grave problème et je ne peux pas attendre trop longtemps que tu décides si jouer au golf et draguer les filles sur la plage est plus important que sauver des vies dans mon petit hôpital.

— Quel genre de problème ?

— Un petit garçon de sept ans en pleine crise d'appendicite. Thomas craint une rupture. Il ne se sent pas capable de l'opérer lui-même.

— Mais je l'ai vu faire des merveilles avec des hernies.

— Les hernies ne s'opèrent pas comme des appendicites, comme vous n'êtes pas sans le savoir, docteur.

— Qu'est-ce qui lui fait dire qu'il s'agit d'une crise appendicite ? Quels sont les symptômes ?

— La mère affirme que le petit n'a pas mangé depuis deux jours. Il a de la fièvre et il vomit.

— Il peut très bien s'agir d'une grippe.

— Les douleurs au ventre se sont manifestées avant les vomissements.

— La douleur s'est-elle déplacée ?

— Oui. Du nombril au bas-ventre, côté droit. Ecoute, Trent, dit-elle en reposant ses mains sur les accoudoirs, cela fait trente-six heures que les symptômes sont apparus. Si nous continuons à bavarder sans rien faire, il risque la rupture d'appendice. Je n'ai pas besoin de te rappeler le taux de survie à la péritonite dans cette région du monde, n'est-ce pas ?

Il la dévisagea en silence, le regard soucieux, avant de se lever.

— D'accord. Je reviens, mais seulement quelques jours. Et n'essaie pas de me faire culpabiliser pour que je reste plus longtemps.

— D'accord, répondit-elle en tendant la main.

Il la saisit et ses doigts longs et chauds l'enveloppèrent.

Elle retira promptement sa main. Les quelques journées à venir promettaient d'être longues.

Sur la route cahotante du retour, Trent lança des coups d'œil furtifs en direction de la créature de rêve assise au volant du 4x4. La revoir dans le hall de l'aéroport lui avait coupé le souffle.

Charlotte fixait la piste de ses magnifiques yeux verts, aux cils immenses. Ses cheveux châtains flottaient sur ses épaules, merveilleusement mises en valeur par l'emmanchure de son débardeur. Il refréna l'envie de caresser la peau douce et satinée de son bras, et détourna le regard pour se focaliser de nouveau sur la route. Pourquoi une nuit passée avec cette femme ne pouvait-elle pas se résumer à la plaisante distraction qu'elle était censée être ?

— L'état de la piste va empirer dans les prochains kilomètres, alors tiens bien ton chapeau ! dit-elle avec un sourire.

— Veux-tu que je prenne le volant ?

— Non, je n'ai pas envie de finir dans un arbre. Cantonne-toi à ton rôle de médecin, je m'occupe du reste.

Elle prenait son rôle de directrice d'hôpital très à cœur et, à sa grande surprise, il trouvait cela séduisant. Mais depuis quand aimait-il les femmes de pouvoir ?

— Pour quelle destination t'apprêtais-tu à t'envoler ? demanda-t-elle.

— Florence.

— Tout seul ? Non, oublie la question. Désolée.

Pour la première fois de sa vie, il ignorait totalement comment il allait occuper les trois semaines que l'organisation humanitaire lui avait accordées entre ses deux missions. En général, il reprenait contact avec l'une de ses anciennes petites amies et passait ses vacances avec elle, à Londres, à Rio ou en Thaïlande.

— Oui, tout seul.

Cette fois, il n'avait appelé personne. Il s'apprêtait donc à passer trois longues semaines en Italie, à penser à la femme au tempérament de feu assise à côté de lui. Malgré son prénom très féminin, elle préférait qu'on l'appelle par un surnom masculin. Charlotte.

Charlie. Si seulement il avait pu l'emmener à Florence, Rome ou sur la côte amalfitaine ! Passer des journées et des nuits avec son sens de l'humour, son esprit vif et son corps de rêve ! Quand il repensait à la nuit qu'ils avaient passée ensemble…

Il soupira et regarda le paysage à travers la vitre. Par chance, leurs adieux avaient été brefs et sereins. Aurait-il supporté de voir des larmes mouiller ces yeux immenses, aussi verts que la forêt amazonienne ? De voir trembler ces lèvres délicieuses ? Il allait devoir trouver la juste distance dans les prochains jours. Cela ne serait pas facile s'il continuait à la désirer comme il la désirait.

— Comment ta famille est-elle arrivée au Libéria ? demanda-t-il pour se distraire de ses pensées lubriques.

— Mes arrière-grands-parents étaient originaires de Caroline du Nord. Mon arrière-grand-père était issu d'une famille d'instituteurs et de missionnaires, il a quitté l'Amérique avec sa femme alors qu'ils avaient tout juste vingt ans pour venir ouvrir une école en Afrique. Ils ont choisi le Libéria parce qu'on y parlait anglais. Trois générations plus tard, nous sommes encore là.

— Ce sont eux qui ont tout construit : l'hôpital et l'école ?

— Ils ont d'abord construit la maison et l'école, en 1932. L'hôpital a été ouvert vingt ans plus tard. Comme le Libéria a été fondé par des esclaves affranchis, mon arrière-grand-père a symboliquement décidé de construire une maison de style antérieur à la guerre de Sécession. Malheureusement, depuis, la guerre civile a sévi aussi au Libéria, laissant derrière elle des milliers de morts et de blessés. Des gens choqués, défigurés, estropiés.

— Qu'est devenue ta famille pendant la guerre ? Ils sont restés ?

— Non, la guerre a contraint mes parents à rentrer aux Etats-Unis. J'étais petite. Puis ils sont partis au Togo pour fonder une nouvelle mission. Ici, l'hôpital et l'école ont été pillés et saccagés, mais John Adams et moi avons tout reconstruit, peu à peu.

Il n'osait pas imaginer l'énergie et le coût financier des travaux.

— Pourquoi t'es-tu investie ici ? Tu n'y as pas vraiment vécu, à part toute petite.

— Ce n'est pas parce que je n'y ai pas vécu que mes racines ne se trouvent pas ici. Mon ambition est de les consolider, quels que soient les efforts à déployer.

Le véhicule ralentit devant le bâtiment en ciment peint de l'hôpital.

— Allons nous occuper du petit garçon, dit-elle en coupant le contact. Et, Trent...

Elle se tourna vers lui et planta ses doux yeux verts dans les siens.

— Merci d'être revenu. Je te promets que ce ne sera pas pour rien.

2

Thomas se dirigea d'un pas alerte vers le bloc opératoire, suivi de Trent et de Charlotte.

— Où est le patient ? demanda Trent. Est-il prêt à être opéré ou dois-je commencer par l'examiner ?

— Mieux vaut l'examiner de nouveau, pour confirmer le diagnostic. Il est au bloc avec le Dr Smith.

— Le Dr Smith ? s'écria Charlie d'une voix plus aiguë que d'ordinaire.

Ne lui avait-elle pas demandé de quitter l'hôpital et de se tenir éloigné des patients ?

— Ne sait-il pas que le Dr Dalton est revenu ?

— Il dit qu'il y avait urgence et que, comme il était sur place...

Tandis que Trent enfilait sa blouse et son calot, elle entra au bloc où le petit patient s'apprêtait à être anesthésié. Son regard apeuré l'arrêta net. L'une de ses paupières était rouge et gonflée, au point qu'on ne distinguait presque plus son œil. Comment faisait-il pour voir ? Et pour résister aux quolibets dont les autres enfants ne devaient pas manquer de l'affubler ?

Elle sentit son cœur se serrer devant son air effrayé. Quelle injustice ! Aux Etats-Unis, un enfant ne vivrait pas avec une telle déformation. Une preuve de plus de la valeur du projet si cher à son cœur qu'elle mettait en œuvre.

— Docteur Smith, je vous remercie de vous être impliqué pour soigner cet enfant, mais le chirurgien est arrivé. Le petit déjeuner est servi dans la cuisine, si vous n'avez toujours pas mangé.

— Non, je vais rester ici et opérer cet enfant. Vous verrez que je suis un bon chirurgien. Je vais vous faire changer d'avis sur moi.

— Je ne changerai pas d'avis. Une suspension de permis et la falsification de vos diplômes ne sont pas à prendre à la légère. Je n'ai aucune raison de vous faire confiance.

— Bon sang, il me faut ce poste ! s'écria Smith en se tournant vers elle. J'ai dit à tout le monde que je partais travailler dans l'humanitaire. Je ne peux pas revenir.

— C'est pour sauver votre réputation que vous tenez tant à travailler ici ? Je suis désolée de vous le rappeler, mais il me semble que votre addiction aux stupéfiants et votre retrait de permis sont, eux aussi, de notoriété publique.

— Tout le monde n'est pas au courant, rétorqua-t-il.

— Je suis navrée, docteur Smith, mais je vous demande de quitter ce bloc. Dès à présent.

— Je partirai après cette intervention. Infirmière, vous pouvez procéder à l'anesthésie.

Il se retourna vers le jeune patient, dont le menton tremblotait, et se mit à désinfecter la zone à opérer.

N'avait-il pas compris qu'elle était la directrice de cet hôpital, et que c'était à elle que la décision qu'il reste ou non revenait ? Son sang ne fit qu'un tour. Pour qui se prenait-il ? Se serait-il comporté de cette façon si elle avait été un homme ?

— Janice, ne faites pas ce qu'il demande. Docteur Smith, sortez de ce...

— Vous n'avez pas entendu ce que Charlotte vous a dit et répété ? demanda soudain Trent en s'approchant de Smith à grands pas.

— Qui êtes-vous ? Je n'ai pas à recevoir d'ordres de votre part.

— Pas de la mienne, non, mais de la part de la directrice de cet hôpital, si. En tant que médecin, votre souhait est certainement que cet enfant soit pris en charge le plus rapidement possible, mais votre présence ici ne fait que retarder les soins. Quittez ce bloc.

Trent dépassait l'homme de presque dix centimètres. Sa posture était bien loin de sa décontraction habituelle. Son regard rieur et chaleureux était devenu d'un bleu métallique, glacial.

Smith cessa aussitôt de répondre et recula.

— Dédaigner mon talent, dans ce petit hôpital miteux, perdu

au milieu de nulle part, est d'une bêtise ! Vous ne savez pas ce que vous perdez ! dit-il en arrachant son masque et sa blouse avant de les jeter à terre.

Charlie poussa un profond soupir de soulagement en le voyant quitter la salle.

— Merci, dit-elle à Trent. Mais je pouvais m'en sortir sans toi.

— Ah ? répondit-il simplement en haussant un sourcil.

— Je me débrouille très bien toute seule, quoi que tu en penses. Et je connais mon métier.

— Savoir accepter de l'aide fait aussi partie du métier de directrice, non ? dit-il avant de se tourner vers l'infirmière. Avez-vous procédé à l'anesthésie ?

— Non, docteur.

— Bien.

Il tira une chaise et s'assit près de la table d'opération, un sourire aux lèvres.

— Alors, mon grand, où as-tu mal ?

Le petit garçon indiqua son bas-ventre. Trent tira doucement le drap et palpa son abdomen.

— Je vois. Comment t'appelles-tu ?

— Lionel, répondit l'enfant, qui souleva sa paupière gonflée pour mieux le voir.

Il parut soudain plus détendu.

— Là, il y a un petit bout de ton ventre qui s'appelle l'appendice, qui est malade, tout gonflé, et qui te fait mal. Je vais le soigner pendant que tu dormiras, et quand tu te réveilleras, tu n'auras plus mal. D'accord ?

— D'accord, dit Lionel en souriant, dévoilant une dentition à laquelle il manquait une incisive.

— Bien. Mais juste avant, je voudrais que tu me dises depuis quand ton œil est gonflé comme ça.

— Je ne sais pas.

— J'imagine que c'est embêtant, à l'école.

— Oui, je ne vois pas le ballon, quand on joue au foot. Alors, parfois, maman me met du scotch pour tenir mon œil ouvert.

— Tu dois avoir l'air féroce et faire peur à tes adversaires, dit

Trent en souriant. Mais tu jouerais certainement encore mieux si ton œil était soigné.

Le petit garçon le regarda avec des yeux emplis de confiance et d'espoir, et sourit de nouveau.

Trent ne se contentait pas de le rassurer. Il avait réussi à instaurer une réelle proximité entre eux. L'idée qu'il aime vraiment les enfants le rendait séduisant. Encore plus séduisant, si c'était possible.

— Ta maman est là ?

— Elle est venue avec moi mais je ne sais pas où elle est maintenant, répondit Lionel, une pointe d'angoisse dans la voix.

— Ne t'inquiète pas, on va aller la chercher et je lui demanderai si elle veut bien que nous guérissions aussi ton œil.

Trent se leva et, s'approchant de Charlotte, lui fit signe de venir se mettre à l'écart avec lui.

— A mon avis, il serait opportun d'opérer l'hémangiome tant qu'il est sous anesthésie générale, dit-il à voix basse. Il faudrait le mettre sous antibiotiques. Après avoir ôté la tumeur, on verra s'il faut prélever de la peau de sa cuisse pour la greffer sur l'œil. Aux Etats-Unis, on n'interviendrait pas pour un hémangiome et une appendicite en même temps, mais c'est tout à fait réalisable.

— Si on ne le fait pas aux Etats-Unis, alors on ne le fait pas ici.

— Si tu imagines que, dans l'humanitaire, on ne fait pas ce qu'on ne ferait pas aux Etats-Unis, tu n'es pas au bout de tes surprises, dit-il en l'épinglant de son regard bleu acier. Ici, je fais ce que j'estime être le mieux pour le patient. Je n'ai pas à me soucier de ce que demandent les compagnies d'assurances ni à me couvrir avec un protocole absurde. Soit tu as confiance en moi et tu me laisses faire, soit tu refuses. De toute façon, c'est toi qui décides.

Elle jeta un coup d'œil à Lionel. La double intervention exigeait des compétences hors du commun, qu'un chirurgien général ne possédait pas forcément.

— Je suis sur le point d'ouvrir un service de chirurgie plastique reconstructrice, dit-elle. On pourrait aussi proposer à sa mère de le ramener une fois que le service sera opérationnel, non ?

Trent secoua la tête.

— Primo, il y a des chances que cette famille habite loin d'ici et que ce soit compliqué pour elle de revenir. Secundo, la tumeur se développe depuis longtemps. Plus nous attendons, plus le risque est grand qu'il perde définitivement la vue. Si on l'opère plus tard, il se peut que son cerveau ait pris l'habitude de ne plus recevoir de signaux de la part de cet œil et que la zone correspondante se soit déjà atrophiée. Sans parler du risque accru, en Afrique de l'Ouest, d'être touché par la cécité des rivières et d'autres infections aux yeux. Je n'ai pas envie d'attendre qu'il se retrouve aveugle des deux yeux.

— Mais... Te sens-tu capable d'enchaîner les deux opérations ?

— Tu ne sais pas à qui tu as affaire, dit-il sur un ton faussement présomptueux.

Elle scruta son visage confiant, son sourire désinvolte. Etait-il raisonnable de laisser Lionel se faire opérer maintenant, alors que, d'ici quelques semaines, lorsque le service de chirurgie plastique ouvrirait, un spécialiste pourrait opérer l'hémangiome et redonner un aspect normal à son visage ?

— Ne t'inquiète pas, je sais ce que je fais, dit Trent, redevenu sérieux.

Sur la table d'opération, Lionel continuait à tenir sa paupière tout en regardant dans leur direction. L'expression relativement sereine de son petit visage la décida.

— D'accord. Tu m'as convaincue. Opère-le.

3

Trent passa plusieurs heures au bloc avec Lionel. Assise à son bureau, Charlie s'efforçait de se concentrer sur son travail administratif tout en se demandant si elle avait pris la bonne décision. Obtenir un chèque de la Fondation Gilchrist pour la construction du nouveau service de l'hôpital était vital pour payer ses créanciers. Elle était presque au bout de ses peines, une fois encore. Tout ce qu'il fallait, c'était qu'un représentant de la Fondation Gilchrist vienne procéder à une dernière inspection, et qu'elle prouve avoir embauché un chirurgien plasticien. Ce n'était qu'une question de jours.

Pourquoi, dans un moment aussi crucial, son esprit se mettait-il à divaguer ? Elle aurait dû être plus concentrée que jamais ? Elle se repassait en boucle le moment où Trent était entré pour la première fois dans son bureau, cinq jours plus tôt et où elle l'avait regardé, bouche bée, comme une adolescente.

A sa décharge, c'était le genre d'homme qui aurait capté le regard de n'importe quelle femme, quel que soit son âge. Grand et mince, des boucles souples et brunes encadrant son visage, les yeux d'un bleu très pâle, mais qui n'avaient rien de froid. Son regard était chaleureux et intelligent, et constamment traversé par une lueur d'amusement. Sur ses lèvres s'affichait un sourire en coin, irrésistible.

Lorsqu'elle lui avait tendu la main, il l'avait surprise en s'approchant pour la serrer dans ses bras. Elle s'était trouvée désarmée mais agréablement surprise par la chaleur de son geste et de ses bras, dans lesquels elle se serait volontiers attardée. Au contact de ses mains dans son dos, de son corps mince et musclé contre le sien, elle eut l'impression qu'un court-circuit s'était produit dans son cerveau. Et que dire de son parfum, viril et envoûtant…

Il avait donné l'accolade à toutes les autres femmes présentes à l'hôpital, qui s'étaient pâmées en rougissant. Cela ne faisait pas de doute : cet homme était une bombe prête à réduire en miettes le cœur des femmes, de *toutes* les femmes.

Mais pas le sien. Elle avait compris, dès leur premier contact, qu'elle devrait le protéger derrière une solide armure. Elle avait cordialement invité Trent à se joindre à John Adams et à elle pour les repas. Il avait fait preuve d'humour et de gentillesse, en plus de son élégance et de son charisme. Mais elle ne s'était pas laissé happer.

Le soir précédant son départ, l'accolade avait duré un peu plus que les autres soirs et ses lèvres avaient fini par effleurer les siennes. Alors elle n'avait pas cherché à résister plus longtemps, et s'était autorisée à passer un moment agréable avec un homme qui ne l'était pas moins. Une petite parenthèse dans une vie par ailleurs consacrée au travail, rien de plus. Mais maintenant que les circonstances les rapprochaient de nouveau, elle ne pouvait pas se permettre de fantasmer sur lui à longueur de journée. Ils avaient passé une nuit ensemble, il n'y en aurait pas d'autre. Point. C'était du passé. Elle sourit à cette pensée, même si l'intention clairement manifestée par Trent de ne pas revenir sur leurs adieux froissait quelque peu son ego.

Mais c'était mieux ainsi. Cet homme aimait les femmes. Elle n'était qu'un trophée de plus dans son tableau de chasse et lui, une expérience plaisante dans le cours de son existence. A la différence que, depuis qu'elle avait quitté l'université et était revenue s'installer en Afrique, les *expériences plaisantes* étaient demeurées rares.

Perdue dans ses pensées, elle sortit dans le couloir et percuta Trent.

— Où cours-tu comme ça ? Tu es en retard à la cantine ? plaisanta-t-il en la retenant par la taille pour lui éviter de tomber.

Les battements de son cœur s'accélérèrent de façon tout à fait inopportune.

— Serais-tu en train de te moquer de mon solide appétit ? demanda-t-elle. Tu t'imagines que les femmes apprécient qu'on les traite de gloutonnes ?

— Loin de moi cette idée. Cela dit, j'aime bien les femmes qui aiment manger. Et...

Il prit une voix plus grave.

— J'aime les courbes parfaites de ton corps parfait.

La lueur au fond de ses yeux changea et l'amusement fit place à quelque chose de plus sombre, de plus dangereux.

Du désir.

Suspendu dans l'air, électrique et lourd.

Trent se pencha doucement vers elle. Allait-il l'embrasser ? A cette idée, son cœur se mit à tambouriner dans sa poitrine. Lorsqu'elle sentit son souffle lui effleurer le visage, une vague de chaleur l'envahit. Elle posa les mains sur son torse pour le repousser mais, incapable de bouger d'un centimètre, elle les laissa plaquées sur ses pectoraux musclés.

A quoi bon céder à la tentation, si c'était pour se séparer de nouveau d'ici quelques jours ? C'était d'ailleurs ce qu'il avait laissé entendre et, sur ce point, ils étaient d'accord. Pourquoi, dans ce cas, ne parvenait-elle pas à le repousser et à s'écarter de lui ?

Il la tenait toujours par la taille, comme s'il hésitait entre la serrer davantage ou se détacher d'elle.

— Excuse-moi, fit-il finalement en desserrant son étreinte, je n'aurais pas dû dire cela. J'avais oublié que nous n'étions plus que collègues. Je voulais juste te prévenir que tout s'est bien passé, pour Lionel.

Il fourra ses mains dans les poches de son jean et la regarda avec une expression volontairement détachée. Professionnelle.

Elle prit une profonde inspiration, s'efforçant de recouvrer son sérieux et d'oublier cet instant de dangereuse proximité.

— Comment va-t-il ?

— Bien.

— Tu as enlevé l'hémangiome ? Il a retrouvé son visage d'avant ?

— Pas vraiment...

— Pourquoi ? L'opération a échoué ? demanda-t-elle, inquiète.

Il rit.

— Non, il semble qu'elle ait parfaitement réussi. Mais on ne peut pas encore affirmer qu'il ait retrouvé son visage d'avant. Pour le moment, il a des points de suture et son œil est tout gonflé. Seul un extraterrestre trouverait peut-être qu'il a un visage normal. Ou un chirurgien qui connaît son métier. Ce sera plus joli dans quelques jours, lorsque nous enlèverons le pansement.

— Ah, tu m'as fait peur, dit-elle.

Les battements intempestifs de son cœur étaient-ils provoqués par son inquiétude ou par l'imminence de leur baiser, quelques secondes auparavant ?

— Peux-tu ouvrir ta voiture ? demanda-t-il. Il faut que je récupère mes affaires.

— Bien sûr ! Par contre, le Dr Smith n'a un vol que demain matin. Il est installé dans la chambre que tu occupais. Je ne peux décemment pas le mettre à la rue ce soir.

— Comment ? Mais je ne veux pas dormir de nouveau chez toi !

Un cri du cœur. Comment devait-elle l'interpréter ?

— Je pensais t'installer sur un lit d'appoint ici, dans mon bureau. Moi non plus je ne tiens pas à ce que tu dormes chez moi.

— C'est bien que nous soyons sur la même longueur d'ondes. Les adieux réchauffés peuvent être pesants.

— Je suis tout à fait d'accord. Je vais chercher mes clés. Je dois passer à l'école.

Elle tourna les talons, finalement heureuse de n'avoir pas cédé à la tentation du baiser. Trent la rattrapa par le coude.

— Attends. Tu vas à l'école ?

— Oui. Il faut que je parle aux instituteurs. Je vais déjeuner là-bas avec eux, et les enfants.

Il la fixa quelques secondes, comme s'il hésitait.

— Cela t'ennuie si je viens avec toi ? finit-il par demander. J'aimerais bien visiter l'école, et on n'a pas besoin de moi à l'hôpital pour l'instant.

S'était-il demandé si la visite de l'école valait vraiment qu'il passe quelques heures supplémentaires avec elle ?

— Bien sûr, dit-elle dans un haussement d'épaules. Les enfants adorent les visiteurs. On y va à pied. Tu es bien chaussé ? Le chemin est boueux.

Elle sortit dans l'air chaud et moite, et se plaça à la gauche de Trent, afin d'être sûre de l'entendre de sa bonne oreille.

— J'ai bien fait de ne pas mettre mes chaussures du dimanche !

dit-il. Encore que j'aurais pu marcher pieds nus dans la boue. C'est une sensation très agréable.

Elle chassa très vite l'image de la boue fraîche sur ses pieds nus et prit la direction de l'école. Il tendit le bras pour lui prendre le classeur qu'elle portait.

— Tu gagnais des points en portant les livres des filles sur le chemin de l'école, c'est ça ? dit-elle, moqueuse. Pourquoi cela ne me surprend-il pas ?

— En fait, tous les moyens étaient bons pour gagner des points. Porter les livres des filles en était un.

— Je vois. Comment gagnais-tu les autres, alors ?

Pourquoi ne pouvait-elle pas se retenir de poser des questions idiotes ?

— Peu importe, fit-elle. Je ne veux pas le savoir.

— Tu en connais déjà un, dit-il d'une voix grave en se penchant légèrement vers elle. Certaines choses rapportent plus de points que d'autres. Mon célèbre massage des épaules, par exemple.

L'image surgit de leurs deux corps, nus sur le lit, repus et détendus, caressés par l'air brassé par le ventilateur.

Elle déglutit et pressa légèrement le pas.

— J'apprécierais que nous cessions toute référence à ce qui s'est passé la nuit dernière.

— Je ne faisais référence qu'au massage des trapèzes que je t'ai fait hier, dans ton bureau. Pourquoi ? Tu avais autre chose en tête ?

Face à son expression faussement innocente, elle leva les yeux au ciel.

— Je vois. Donc, ton massage des épaules n'a rien à voir avec l'image de mon corps nu et allongé ?

Son sourire et l'amusement dans son regard la firent vaciller.

— Charlotte, tu imagines bien que j'ai fréquemment en tête l'image de ton corps nu.

Il tourna la tête et regarda la route.

— Désolé, je n'avais pas à dire cela non plus. Parlons plutôt de cette école. Elle a été ouverte en même temps que l'hôpital ?

Manifestement, il avait le même problème qu'elle. Il faudrait à l'avenir qu'elle se retienne de dire tout ce qui lui passait par la tête. Heureusement qu'il avait pris l'initiative de changer de sujet !

— John Adams s'est chargé de l'ouverture de l'école pendant que je m'occupais de l'hôpital. Le projet lui tient d'autant plus à cœur que sa fille va rentrer à l'école l'an prochain. C'est Patience, je crois que tu l'as rencontrée, non ? Nous les verrons sans doute tout à l'heure, ils vivent dans un petit appartement dans le bâtiment de l'école. Patience adore traîner dans les classes et faire comme si elle savait lire et écrire.

— Oui, je la connais. Elle est adorable. En fait, c'est notre amour pour le chocolat qui nous a rapprochés.

Ses yeux devenaient d'un bleu intense lorsqu'il parlait des enfants. Elle se sentit envahie par un sentiment qu'elle n'eut pas envie d'analyser.

— John est originaire d'ici, lui aussi ?

— En fait, il se fait toujours appeler John Adams, par son prénom et son nom de famille. Ses parents travaillaient ici avec les miens jusqu'à ce que la guerre éclate. Nos deux familles se sont retrouvées au Togo. C'est un peu mon grand frère et Patience est comme une nièce, pour moi.

— Où est sa maman ?

— Elle est décédée brutalement, d'une méningite. En venant s'installer ici, John Adams a voulu prendre un nouveau départ. Pour ma part, je n'aurais jamais pu m'occuper de tout toute seule. Heureusement qu'il était là !

— Comment votre projet est-il financé ? Je sais que Médecins dans le Monde a diminué ses aides.

— Je frappe à toutes les portes. Après la guerre, l'état de l'école était aussi déplorable que celui de l'hôpital. Mais nous sommes parvenus à la remettre sur pied et à l'équiper. Lorsqu'elle a ouvert, il y avait une trentaine d'élèves, de six à douze ans, à peu près. Nous en avons une centaine aujourd'hui.

Elle secoua la tête.

— C'est une goutte d'eau, si l'on considère les cinq cent mille petits Libériens qui ne vont pas à l'école. Et les soixante pour cent de filles et de femmes de plus de quinze ans qui ne savent ni lire ni écrire.

— Est-il aussi difficile de trouver des fonds pour une école que pour un hôpital ?

— Tout est difficile. C'est terrible de refuser des familles. D'un autre côté, nous n'avons pas les moyens de nous occuper de tout le monde. Si les classes sont surchargées, le travail des instituteurs n'est pas aussi efficace. Mais je suis en pourparlers avec une association aux Etats-Unis, qui pourrait nous aider à embaucher un nouvel instituteur et à financer une cantine.

— Quand aurez-vous la réponse ?

— D'ici un jour ou deux.

Il la dévisagea avec une expression insondable.

— Tiens-moi au courant.

Pourquoi tenait-il à être informé ? Peu importait ! Son intérêt pour le projet lui mit du baume au cœur.

— D'accord. Quant à l'hôpital, je devrais bientôt recevoir un chèque énorme de la Fondation Gilchrist, dès que le nouveau service de chirurgie plastique sera opérationnel.

Il s'arrêta net.

— La Fondation Gilchrist ?

— Oui. Tu connais ?

— On peut dire ça, oui.

4

— La Fondation Gilchrist a fait des dons dans les hôpitaux dans lesquels tu as déjà travaillé ? demanda Charlotte. Je suis un peu angoissée, parce que nous sommes en train de racler les fonds de tiroir pour terminer la construction du nouveau service.

Trent scruta son doux visage avant de détourner le regard vers le paysage verdoyant — d'un vert moins vif et captivant que celui de ses yeux, néanmoins.

— Ils ont bonne réputation, ne t'inquiète pas, dit-il.

— Je suis contente de te l'entendre dire, répondit-elle d'une voix légèrement essoufflée. Ils ont des critères très précis. C'est un peu le parcours du combattant, pour y répondre.

Il ralentit le pas et résista à l'envie de la prendre par le bras pour l'aider à avancer sur le chemin plein de boue qui collait aux semelles. Il se retint également de demander des détails. Il n'avait vraiment pas envie de s'impliquer dans quoi que ce fût ayant de près ou de loin affaire à la Fondation Gilchrist. Et encore moins envie que Charlotte ne découvre son lien avec elle.

— Je suis sûr que tout finira par s'arranger, dit-il, rassurant.

— J'espère. Voici l'école.

Il leva les yeux sur le bâtiment au crépi jaune d'or, dont les portes et les fenêtres avaient été peintes en rouge brique.

— La restauration est plutôt réussie, bravo !

— Il en a fallu, de l'argent et de la main-d'œuvre! Lorsque nous l'avons récupérée, il ne restait plus que les murs, criblés de balles et sans portes ni fenêtres. C'est vrai que nous sommes fiers de ce que nous avons fait.

Elle leva la tête et scruta le ciel qui s'était couvert de gros nuages sombres.

— On dirait qu'il va pleuvoir. Je n'ai même pas pensé à prendre un parapluie, désolée. Mais nous ne resterons pas longtemps.

— Je ne suis pas en sucre, tu sais. Je ne vais pas me dissoudre sous la pluie.

L'évocation du sucre lui fit penser à ses lèvres et, au prix d'efforts presque surhumains, il parvint à ne pas se jeter sur elle pour vérifier si elles avaient toujours ce délicieux goût de miel. Ils se déchaussèrent devant la porte et entrèrent dans l'école. Des dizaines d'enfants, vêtus de chemises blanches et de pantalons ou de jupes bleu marine sortaient des classes dans un joyeux brouhaha.

— Monsieur Trent ! s'écria la petite Patience en courant dans sa direction. Vous m'avez apporté des bonbons ?

— Désolé, mademoiselle Impatience, je n'en ai plus.

Elle ne portait pas l'uniforme des élèves, mais une robe sans manches. Elle serra sa jambe et le regarda avec un tel dépit qu'il regretta d'être venu les mains vides.

— Vous avez des chewing-gums ?

Il éclata de rire et la prit dans ses bras.

— Non plus. Mais la prochaine fois que tu viendras me voir à l'hôpital, j'irai chercher de la crème au chocolat dans la réserve, promit-il en baissant la voix.

— J'ai entendu, dit Charlotte. Apparemment, vous vous êtes bien trouvés, tous les deux.

— Oui, M. Trent est mon ami, dit la petite fille en passant les bras autour de son cou.

Quelle sensation magnifique ! Les enfants ne demandaient rien d'autre que de l'attention et de l'amour. Et des bonbons, peut-être.

— J'ignorais que vous voliez dans la réserve, docteur Dalton, dit Charlotte en levant un sourcil. Il va falloir que je vous aie à l'œil.

— Quelle punition infliges-tu aux voleurs ? demanda-t-il en se perdant dans l'immensité de son regard émeraude.

— Mademoiselle Edwards ! Mademoiselle Edwards ! Vous viendrez voir notre pièce de théâtre mercredi ? S'il vous plaît !

Charlotte serra les enfants dans ses bras les uns après les autres, tout en répondant à leurs questions. De toute évidence, elle était très impliquée dans la gestion de l'hôpital et de l'école. Il avait vu tellement de directeurs d'hôpitaux obnubilés par leur chiffre d'affaires et par les exigences des donateurs plutôt que par le contact et la santé de leurs patients. D'ailleurs, c'était la première fois qu'il voyait une école inclue dans une structure hospitalière. Il était curieux de la visiter, même si cela impliquait de passer encore davantage de temps avec Charlotte.

Il était venu voir l'école mais ne pouvait détacher ses yeux de cette femme qui bavardait en souriant avec les enfants. Pour être honnête, il était hanté par son image — qu'elle soit nue ou habillée, souriante ou agacée.

Mais mieux valait se concentrer sur le prétexte de sa visite.

— C'est là que nous allons déjeuner ? demanda-t-il en apercevant une salle emplie de tables et de bancs.

— Tu as faim ? Et toi qui riais de mon appétit !

Comme elle était sexy lorsqu'elle se moquait de lui ! Elle était un mélange fascinant d'énergie, de passion et de détermination, adouci par une grande douceur et une féminité incontestable.

— Le fait est que j'ai pris mon petit déjeuner à 5 heures, ce matin. Mais je ne suis pas pour autant prêt à assommer quelqu'un pour lui voler son assiette.

— Je ne t'ai jamais assommé ! répondit-elle en lui reprenant le classeur des mains. Assieds-toi, je reviens.

Il se mit à observer les enfants aux yeux brillants de joie assis autour de lui et une pensée surgit dans son esprit. Pourquoi n'avait-il pas pensé à faire un don à une école comme celle-là ? Jusqu'à présent, il avait fait des donations anonymes à des hôpitaux. Désormais, il léguerait aussi une partie de sa fortune à des écoles. L'instruction était aussi un moyen de sortir de la misère, ne pas y avoir accès était presque aussi grave que ne pas bénéficier de soins lorsqu'on était souffrant.

Il appellerait son responsable financier dès que possible.

— Tenez, monsieur Trent, un dessin pour vous ! dit Patience.

Elle brandit une feuille de papier sur laquelle figuraient des enfants assis à leurs tables. L'un d'eux dépassait les autres en taille.

— Là, c'est moi, fit-elle en désignant ce dernier. Parfois, je vais dans la classe de Mlle Jones.

— Je suis sûr que tu vas très vite apprendre à lire et à écrire.

Il prit place à l'une des petites tables. Les enfants le regardaient, tantôt intimidés, tantôt intrigués. C'était le bon moment pour briser la glace. Il sortit un paquet de cartes de sa poche et se mit à les battre, un moyen imparable pour faire connaissance.

— Qui veut voir un tour de passe-passe ?

Tous les visages se levèrent et, peu à peu, les enfants s'approchèrent de sa table dans un joyeux remue-ménage.

— Bien...

Il présenta les cartes en éventail à une petite fille aux cheveux nattés qui souriait timidement devant lui.

— Choisis une carte. N'importe laquelle. Sans que je la voie, tu la montres à un camarade, puis tu la replaces dans le paquet.

La petite fille suivit les instructions à la lettre. Il battit de nouveau les cartes et, marquant un temps d'arrêt devant les expressions curieuses et impatientes des enfants, il tira une carte du jeu et la dévoila.

— C'est celle-là ? demanda-t-il.

— Non, répondit la petite fille en fronçant les sourcils, comme si c'était sa faute si le tour n'avait pas réussi.

— Alors..., reprit Trent en faisant durer le suspense. C'est... celle-ci !

Tous les petits spectateurs n'auraient pas crié de joie plus fort s'il avait sorti un lapin de son chapeau.

— Comment faites-vous, monsieur ? demanda un garçon en se dévissant le cou pour scruter le jeu de cartes, comme si la réponse y était écrite.

— C'est de la magie.

Mais la partie la plus intéressante du tour consistait à le révéler et à l'apprendre aux enfants.

— Regardez. Je vais vous expliquer comment le faire vous-mêmes.

Des rires et des éclats de voix parvinrent à Charlie dans le couloir, avant même qu'elle n'arrive devant la porte du réfectoire avec les instituteurs. Mariam, la directrice de l'école, pinça les lèvres, l'air soucieux.

— Je suis désolée, mademoiselle Edwards. Je ne sais pas pourquoi il y a tout ce chahut. Je m'en occupe tout de suite.

— Ne vous inquiétez pas. C'est leur pause déjeuner, après tout.

Intriguée, elle suivit la directrice dans la salle et s'arrêta net face à la scène qui se jouait sous ses yeux. Un jeu de cartes en main, Trent était attablé à un petit bureau qui lui donnait des allures de géant, entouré par un groupe d'enfants ravis. Avec patience et bienveillance, il répondait aux questions dont ils le bombardaient.

C'était une facette de Trent qu'elle ne connaissait pas. Certes, elle avait vu la douceur avec laquelle il s'était adressé à Lionel, la sincérité de son intérêt pour lui. La plupart de ces enfants avaient été traumatisés et nombre d'entre eux étaient orphelins. Or, à les voir en cet instant, plus rien ne semblait compter davantage à leurs yeux que de jouer et de rire avec Trent.

— Mademoiselle Edwards ! M. Trent nous a appris des tours de magie ! Vous voulez que je vous en fasse un ?

— Avec plaisir ! dit-elle en croisant le regard de Trent. Je vois que vous avez fait connaissance avec le Dr Trent, qui travaille dans notre hôpital pendant quelques jours.

— Un docteur ? dit Anna, une fille parmi les plus grandes, avec un regard grave. Alors il faut que vous veniez voir mon petit frère. Il a la malaria. Grand-mère l'a soigné mais il n'est pas guéri. Si vous voulez, je peux aller le chercher.

— Ta maman ou ta grand-mère ne peuvent pas l'amener jusqu'ici ?

— Maman travaille dans les rizières. Mais je peux aller le chercher.

— Quel âge a-t-il ? demanda Charlie.

— Il a six ans, mademoiselle Edwards.

Certains de ces enfants parcouraient plusieurs kilomètres pour se rendre à l'école. Ce n'était pas à Anna de faire un aller-retour supplémentaire pour ramener un enfant de six ans sur son dos. D'autant qu'on entendait la pluie tambouriner sur le toit de l'école. Qui savait combien de temps l'orage allait encore durer ?

— Je vais aller le chercher en voiture, dit-elle. Peux-tu me montrer le chemin, Anna ?

Elle sortit les clés de sa poche et se dirigea vers la porte, mais Trent la rejoignit en deux enjambées et lui prit les clés des mains.

— Il pleut des cordes. Je vais aller chercher la voiture à l'hôpital et je repasse vous prendre. Je l'examinerai chez lui.

— Mais je...

— Peux-tu accepter de l'aide sans râler ? Je reviens tout de suite.

Elle le regarda sortir sous la pluie battante et une bouffée de bonheur l'envahit face à la prévenance dont il avait fait preuve pour prendre en charge le problème.

Le 4x4 apparut peu de temps après. Avant qu'Anna et elle aient eu le temps d'ouvrir la porte de l'école, Trent était accouru au-devant d'elles avec un parapluie. Il installa Anna sur le siège arrière et ouvrit la portière du passager, les cheveux dégoulinants.

— Je vais conduire, dit Charlie.

— Monte ! répondit-il simplement en indiquant le siège passager d'un signe de tête.

Son premier mouvement fut de protester, mais elle se glissa finalement sur le siège en silence, sans savoir pourquoi elle obéissait. Peut-être à cause de son indescriptible charisme ?

Elle ne fut pas surprise de le voir maîtriser la conduite du 4x4 sur la piste inondée, alors que la pluie continuait à s'abattre en rafales. Dix minutes plus tard, un ensemble de bicoques de guingois, délabrées, apparut à travers le rideau de pluie, et l'odeur caractéristique des feux de charbon imprégna l'air.

— C'est là, dit Anna en pointant le doigt.

Trent ralentit et gara le 4x4 sur le bas-côté.

— Attendez une minute, dit-il avant de sortir avec le parapluie et de faire le tour de la voiture pour ouvrir les portières.

— Je ne suis pas en sucre, tu sais, je ne vais pas me dissoudre sous la pluie, dit Charlotte, moqueuse, en descendant.

— Tu es sûre ? Ta peau a pourtant un goût de miel, si mes souvenirs sont bons.

Sous le parapluie, ils étaient si proches l'un de l'autre qu'elle sentait la chaleur qui émanait de son corps. L'odeur de la pluie, de la boue, des feux de bois et celle, si particulière, de Trent, se mêlèrent en un tourbillon sensuel et excitant. Il baissa la tête et planta ses yeux bleus dans les siens. Elle prit conscience qu'elle retenait son souffle. Ils étaient soudain seuls au monde, sous le concert de la pluie contre la toile du parapluie.

Son cœur se mit à battre plus fort et Trent pencha doucement sa tête vers la sienne jusqu'à effleurer ses lèvres.

— C'est exactement ça… Un goût de miel, murmura-t-il avant de se redresser et d'ouvrir la portière d'Anna.

La fillette les conduisit dans le dédale des baraques en tôle, tandis que Charlie tentait de reprendre ses esprits. Pourquoi l'avait-il embrassée alors qu'ils avaient décidé de ne plus jouer à ce jeu-là ?

Probablement pour la même raison qui l'avait incitée, elle, à le laisser faire : une alchimie irrésistible qui les avait poussés l'un vers l'autre dès le premier jour.

Ils arrivèrent devant la maison d'Anna. Sur un feu était posée une marmite dont il émanait une odeur de manioc. La porte, délabrée, était entrouverte. Anna la poussa tant bien que mal afin de les faire entrer.

Un enfant dormait sur une natte et un autre était allongé sous une couverture. Une vieille femme à la tête couverte d'un turban coloré était occupée à coudre, assise sur une chaise en plastique.

— Grand-mère, c'est le docteur qui vient pour guérir Prince.

La femme leva vers eux des yeux méfiants.

— Pas besoin, Anna. Je lui ai encore donné des plantes aujourd'hui. Il va guérir.

Anna les implora du regard en se triturant les doigts.

— S'il te plaît, grand-mère. Le docteur est là. Il peut l'examiner pour voir s'il va mieux.

Trent avança et adressa l'un de ses sourires ravageurs à la vieille femme.

— Vous avez bien fait de lui donner ces plantes. Mais voyez-vous, Mlle Edwards qui m'accompagne et dirige l'hôpital sera en colère contre moi si je n'ai pas travaillé aujourd'hui. Elle ne me donnera même pas mon salaire. Laissez-moi au moins jeter un coup d'œil à Prince.

Le visage de la femme s'adoucit légèrement puis elle hocha lentement la tête. Charlie réprima un sourire. Trent était habile, même s'il la faisait passer pour un tyran.

Il s'accroupit près de l'enfant dont on n'apercevait que la

silhouette dissimulée sous la couverture. Il souleva le tissu et eut un mouvement de recul.

— Qu'est-ce que… ?

Il tourna la tête vers Charlie, l'air effaré.

5

Le petit garçon, peint en blanc de la tête aux pieds, avait tout d'un fantôme. En toutes ses années de pratique à travers le monde, Trent n'avait encore jamais vu chose pareille.

Charlotte posa sa main sur sa bouche pour dissimuler une envie de rire face à l'expression de son visage.

— Ici, on peint les gens en blanc pour les guérir de la malaria, dit-elle.

Il se ressaisit et se pencha de nouveau au-dessus du garçon. Il posa le dos de sa main sur ses joues, puis palpa son cou. Il était brûlant et trempé de sueur. Prince ouvrit les yeux avec difficulté avant d'être secoué par une quinte de toux, sèche et interminable. Lorsque sa toux se calma, Trent le regarda avec un sourire qu'il espérait rassurant.

— Bonjour, Prince. Je suis le Dr Dalton. Peux-tu me dire où tu as mal ?

Sans répondre, le petit garçon tourna la tête, cherchant sa sœur du regard. Anna s'agenouilla près de lui et posa sa main sur son épaule.

— C'est le docteur. Il va te soigner.

Prince continua à le regarder avec terreur comme si c'était lui le fantôme. Peut-être n'avait-il pas toute sa conscience.

— Anna, sais-tu si son ventre lui fait mal ? A-t-il parlé ou agi bizarrement ?

Anna opina.

— Il a pleuré parce qu'il avait mal au ventre. Et il a dit des choses bizarres. Comme moi quand j'avais la malaria et que je tremblais, j'avais chaud et froid.

— Trent, veux-tu que je retourne chercher des médicaments au centre ? Ce sera peut-être plus simple que de l'emmener à l'hôpital, non ?

Il secoua la tête.

— Les douleurs au ventre peuvent aussi être le symptôme de la typhoïde, qui requiert une autre forme d'antibiotique. C'est difficile à discerner chez un enfant dans son état. Le seul moyen de le savoir est de l'emmener à l'hôpital et de lui faire une prise de sang, qui révélera ou écartera la présence de parasites.

— Pas l'hôpital, dit la vieille femme. Si l'enfant va à l'hôpital, il ne revient pas.

— Grand-mère, la guerre est terminée. Maintenant, on ne kidnappe plus les garçons.

C'était donc ce qu'elle redoutait. Comment imaginer que des enfants de cet âge aient été kidnappés pour devenir soldats ? Sans compter tous les enfants que leurs parents envoyaient à l'étranger pour les sauver, et qu'ils ne revoyaient jamais.

Il se rapprocha de la femme et prit sa main dans la sienne.

— Il faut qu'il aille à l'hôpital pour se faire soigner. Je vous promets que nous le ramènerons, une fois guéri. Acceptez-vous que nous l'emmenions ?

Sans se départir de sa méfiance, elle finit par hocher la tête. Avant qu'elle ne change d'avis, il souleva le petit garçon et l'enveloppa dans la couverture.

— Veux-tu venir avec nous, Anna ? demanda Charlie.

— Oui, je viens.

— Veux-tu que je conduise pendant que tu portes Prince ? Ou préfères-tu prendre le volant ? demanda-t-il à Charlotte alors qu'ils arrivaient à la voiture.

— Cette fois, c'est toi le passager, répondit-elle.

Il ne put s'empêcher de sourire.

— Il va falloir s'occuper de cette petite tendance à vouloir garder le contrôle, mademoiselle Edwards. Et comprendre pourquoi renoncer au pouvoir vous fait si peur.

— Je n'ai pas peur. C'est juste que j'ai davantage confiance en ma conduite qu'en celle des autres.

— Mmm... Mais vouloir contrôler le sens dans lequel tourne le monde finira par peser bien lourd sur vos jolies épaules, mademoiselle Edwards. Allez, en route, chef !

Les examens révélèrent que Prince était atteint de typhoïde. Après quelques jours de traitement à l'hôpital, il fut en mesure de rentrer chez lui. Charlie se félicitait que Trent ait insisté pour procéder à des analyses au lieu de présumer, comme elle-même l'avait fait, qu'il s'agissait de la malaria.

Elle se réjouissait également de ne plus passer son temps à penser à lui. Pour être honnête, il lui arrivait de penser à lui — évidemment, elle n'était ni sourde ni aveugle, même si l'une de ses oreilles n'avait pas toute son acuité. Sa voix joyeuse lui parvenait, lorsqu'il plaisantait avec les infirmières ou les techniciens dans le couloir. Et elle voyait sa grande silhouette passer et repasser devant son bureau pour se rendre du dispensaire au service de chirurgie. Jusqu'à ce qu'elle se décide à fermer la porte.

Mais elle faisait en sorte d'éviter de traîner dans le service, dînait chez elle, déjeunait le plus souvent entre les quatre murs de son bureau. Et, dès que possible, elle se rendait à l'école, où elle était sûre de ne pas le croiser.

Par chance, Trent se montrait efficace et professionnel quand ils avaient affaire l'un avec l'autre. Manifestement, il était du genre à faire ses adieux une fois pour toutes. D'ici quelques jours, il aurait définitivement quitté cette région du monde et elle pourrait, sans être gênée par sa présence, recommencer à fantasmer sur la nuit qu'ils avaient passée ensemble. Il redeviendrait alors un bon souvenir, rien de plus.

La porte de son bureau s'ouvrit et son cœur se mit à battre à l'idée de ses yeux bleus se posant sur elle.

Mais c'était John Adams.

— As-tu des nouvelles du nouvel instituteur ?

Elle brandit un document en souriant.

— J'ai le feu vert. Je dois envoyer les derniers papiers aujourd'hui et devrais recevoir le chèque d'ici un mois. Et tout se passe bien avec la nouvelle directrice ?

— A merveille ! Elle est belle, intelligente, je crois bien que je suis amoureux, dit-il en imitant son cœur battant d'un geste de la main.

— Quel séducteur ! Mais attention à ne pas mélanger travail et vie privée !

Elle rougit en s'entendant parler. Qu'avait-elle fait, elle, sinon tout mélanger, l'espace d'une nuit ?

— Bien, madame, répondit John Adams en riant. Je passais aussi pour que tu viennes voir notre petit patient.

— Quel petit patient ?

— Lionel. Le petit opéré d'un hémangiome et de l'appendicite. Tu n'imagines même pas ce que le Dr Dalton a fait !

Elle sentit son estomac se nouer. Trent avait-il échoué, comme elle l'avait craint ? Elle s'était rendue plusieurs fois au chevet du petit garçon, mais son pansement empêchait de voir quoi que ce fût.

— C'est-à-dire ?

— Viens voir, je te dis !

Elle se leva et le suivit jusque dans le service. John Adams semblait détendu et souriait, mais elle ne pouvait pas s'empêcher de penser qu'elle avait peut-être commis une erreur en laissant Trent procéder à cette double et complexe opération.

Le visage de Lionel faisait face à sa mère, assise à son chevet. Charlie retint son souffle en avançant jusqu'à lui.

— Lionel, montre à Mlle Edwards comme ton œil fonctionne bien, maintenant, dit John Adams.

Le petit garçon tourna la tête. C'était incroyable. On avait ôté son pansement et, si l'on considérait qu'il venait de se faire opérer, il avait l'air étonnamment normal sans cette affreuse tumeur vasculaire. Sa paupière et son sourcil, encore un peu gonflés, n'étaient pas différents de ceux des autres enfants. Et son grand œil brun brillait de joie, aussi visible que l'autre, à présent.

— Oh ! Lionel, c'est merveilleux ! dit-elle en pressant ses mains sur sa poitrine. Tu vois de cet œil ?

— Oui, je vois tout. Maman m'a prêté un miroir, pour que je voie comme je suis beau maintenant !

— Tu es même encore plus beau que tes frères ! dit sa mère en affichant un large sourire. Je ne me suis pas privée de le leur dire !

Charlie sentit les larmes lui monter aux yeux face à la joie de cette femme. Tout cela grâce à Trent.

Mais où était-il, d'ailleurs ? Avait-il admiré, lui aussi, le résultat de son travail ?

— En plus, le Dr Dalton m'a dit qu'il m'avait donné des superpouvoirs, comme Superman, dit Lionel, radieux. Il a dit que j'avais une vision à rayons X.

Sa mère se mit à rire.

— Oui, mais le Dr Dalton plaisantait et tu le sais. Ne te mets pas à raconter n'importe quoi à tout le monde, sans quoi les gens s'attendront à ce que tu voies à travers les murs.

— Si ça se trouve, je peux vraiment voir à travers les murs !

— Si ça se trouve, tu seras un médecin capable de voir le squelette des gens avant de les opérer, Superman ! dit Trent d'une voix grave en faisant irruption dans la pièce.

— Je veux être un docteur comme vous, je veux soigner les gens, docteur Trent.

— C'est un bel objectif, Lionel, dit-il en s'approchant de lui, un immense sourire sur les lèvres. Si tu travailles bien à l'école, tu pourras faire tout ce que tu veux.

Trent parlait avec décontraction, alors que ce qui venait de se produire était presque un miracle. C'en était un pour elle, en tout cas, ainsi que pour Lionel et sa maman.

— Bravo pour ce que tu as accompli, dit-elle en posant sa main sur son avant-bras. Tu avais raison, je ne savais pas à qui j'avais affaire !

— C'est maintenant qu'elle s'en aperçoit, alors que je suis pratiquement sur le départ, répondit-il avec dans l'œil une lueur moqueuse aussi irrésistible que son sourire.

Heureusement qu'il était sur le départ ! Elle allait pouvoir reprendre le cours normal de sa vie.

— A ce propos, dit-elle, Médecins dans le Monde m'a fait savoir que le nouveau chirurgien serait disponible dans quelques jours. Tu peux leur demander de programmer ton départ.

— Bien, répondit-il avec un soulagement qui la contraria.

— Cela dit, je me demande pourquoi tu travailles en chirurgie générale alors que tu es capable de réaliser des miracles comme celui-là.

Son sourire s'évanouit.

— Tu penses que la chirurgie plastique est plus importante que de sauver des vies ? Pas moi.

— C'est différent. Cela permet aussi de changer la vie des gens, de changer le regard des autres et leur propre regard sur eux-mêmes. Tu es vraiment doué pour cela. Tu as un talent que beaucoup envieraient.

— La façon dont les gens nous voient et ce qu'ils attendent de nous ne devrait pas avoir de rapport avec le regard que l'on porte sur soi-même, répondit-il en dégageant son bras. Maintenant, si vous voulez bien m'excuser, j'ai d'autres patients à voir.

Comment ces yeux charmants avaient-ils pu devenir, l'espace d'un instant, aussi glacials ? Qu'avait-elle dit de particulier pour le contrarier à ce point ?

— Moi aussi, je dois y aller, dit John Adams en suivant des yeux Trent d'un air dubitatif. Au revoir, Lionel. A plus tard, Charlie.

— John Adams, veux-tu venir dîner ce soir chez moi ? Je voudrais te parler.

John Adams opina et s'éloigna.

S'il pouvait l'aider à convaincre Trent de procéder à de la chirurgie plastique et reconstructrice pendant les quelques jours qu'il passerait encore au centre ! Certains patients atteints de malformations en avaient besoin depuis longtemps, bien avant que le projet du nouveau service n'ait été conçu. Ils avaient désespérément besoin que leur existence change. De plus, quelques photos avant-après, à présenter à la Fondation Gilchrist, finiraient sans doute de les persuader du bien-fondé de son entreprise. Honnêtement, comment Trent pourrait-il refuser ?

Elle rentra dans son bureau et son portable sonna.

— Charlie ? C'est Colleen. Comment ça va, avec Trent Dalton ?

— Avec Trent ? Heu... Eh bien...

Comment l'information était-elle parvenue jusque dans les bureaux de Médecins dans le Monde ? Personne n'était au courant de leur aventure, à part Trent et elle.

— Dans quel sens ? demanda-t-elle d'une voix hésitante.

— Il paraît qu'il est revenu, en attendant l'arrivée d'un autre chirurgien, non ?

Ouf ! Heureusement qu'elle n'avait pas répondu spontanément à la première question !

— Ah, oui ! Il fait vraiment un excellent travail, mais il lui tarde tout de même de partir en vacances. Avez-vous des nouvelles du chirurgien qui remplacera Smith ?

— Oui, c'est Perry Cantwell qui prendra le poste pour un an. Nous sommes en train de réserver ses billets d'avion. Il devrait être chez vous d'un jour à l'autre. Mais dis-moi, fit-elle en baissant la voix, j'ai vu une photo du Dr Dalton. Il est plutôt canon, non ? J'ai des frissons chaque fois que je l'ai au téléphone !

Si sa voix donnait des frissons à Colleen, dans quel état serait-elle si elle voyait Trent en chair et en os ? Charlotte ne risquait pas de lui avouer qu'elle avait passé une nuit mémorable avec lui. Ce détail l'embarrassait, à présent, même si elle ne regrettait rien, au contraire.

— Il est pas mal si on aime les grands chirurgiens qui flirtent avec toutes les femmes qu'ils croisent et qui s'amusent de tout.

— Mmm. Cela me convient assez, si en plus il est brun aux yeux bleus, dit Colleen dans un soupir.

Charlie aurait sans doute dû se sentir flattée que le beau Trent ait eu envie de coucher avec elle. Mais s'il avait une femme dans chaque port, ce n'était pas le signe qu'elle était particulièrement séduisante. Pas plus que les autres, en tout cas.

— Si j'étais toi, dit Colleen, je m'offrirais une petite aventure, avant qu'il ne parte définitivement. J'ai son nouveau formulaire de fin de contrat dans la main. Tu vas le croiser, aujourd'hui ?

— Si tu crois que j'ai le temps de batifoler, avec l'ouverture du nouveau service de chirurgie plastique ! répondit-elle avec aplomb. De plus, mon père doit débarquer d'un jour à l'autre pour faire le point à ce propos.

— Justement, j'ai une mauvaise nouvelle, dit Colleen d'une voix redevenue sérieuse.

Le cœur de Charlotte bondit dans sa poitrine.

— Quel genre de mauvaise nouvelle ?

— David Devor, le chirurgien plasticien qui a postulé pour

venir travailler dans ton nouveau service : il a un problème d'ordre familial et ne pourra pas être là comme prévu. Je ne sais pas de combien de temps cela retardera son arrivée.

— Tu plaisantes ? Tu sais qu'il me faut absolument quelqu'un pour la semaine prochaine, Colleen ! La Fondation Gilchrist a clairement signifié qu'elle ne débloquerait pas les fonds tant que le service ne serait pas opérationnel, avec au moins un chirurgien spécialisé sur place.

— Je sais, Charlie. Je fais de mon mieux. Je me suis démenée, mais, pour l'instant, personne n'est disponible. Je suis désolée.

Quelle catastrophe ! Les finances de l'hôpital étaient déjà dans le rouge. Il fallait que le service ouvre le plus vite possible.

— Colleen, dit Charlie en se ressaisissant, il faut que tu gardes les papiers de Trent encore un peu sur ton bureau. Un jour ou deux, le temps que je lui propose de rester travailler chez nous. S'il accepte, tu n'auras qu'à envoyer Perry Cantwell ailleurs, temporairement.

Colleen sembla hésiter.

— Pourquoi ? Cantwell va arriver d'un jour à l'autre. Et je ne peux pas ne pas envoyer le formulaire de fin de contrat à Dalton, d'autant que ce sera le deuxième qu'il remplit pour toi. Il devrait déjà être en vacances.

— J'ai découvert que Trent faisait de la chirurgie plastique, pas seulement générale. Si Devor ne peut pas être là rapidement, il faut que je garde Trent au moins le temps d'ouvrir le service de chirurgie plastique et de recevoir les fonds. Sans quoi je ne pourrai pas payer la banque.

— Il acceptera peut-être de rester, qui sait ?

— Je l'espère.

Mais n'avait-il pas déclaré son intention de partir le plus vite possible ? Si Lionel n'avait pas risqué une septicémie, il n'aurait même pas été là, à l'heure actuelle.

— Je te demande juste de ne pas envoyer tout de suite les papiers, Colleen.

— Charlie, dit Colleen d'une voix lasse, tu es mon amie. C'est même grâce à toi que j'ai eu ce poste. Mais ce que tu me demandes me met en porte-à-faux.

— Ce n'est pas mon intention. Envoie-les demain au lieu

d'aujourd'hui. Cela me laissera le temps de contacter la Fondation Gilchrist. S'ils refusent, je m'arrangerai pour que leur représentant vienne ici tant que Trent est encore chez nous. Je crois savoir qu'il est déjà en Afrique de l'Ouest.

Colleen poussa un soupir bien différent du précédent.

— D'accord, j'attends demain pour envoyer le formulaire de Dalton et prendre les billets de Perry. Mais je ne peux pas faire plus.

— Merci, Colleen. Je te revaudrai cela, dit Charlotte sur un ton faussement léger. S'ils acceptent d'envoyer le chèque sans que nous ayons encore de chirurgien plasticien, nous serons tirés d'affaires. Je te tiens au courant.

Elle raccrocha et chercha aussitôt le numéro de la Fondation Gilchrist. Qu'allait-elle faire si celle-ci refusait d'envoyer l'argent tant que toutes les conditions du contrat n'étaient pas remplies ? Ou si leur représentant ne pouvait pas venir immédiatement ?

Si Médecins dans le Monde n'était pas en mesure de lui envoyer un chirurgien plasticien dans des délais très courts, elle risquait tout bonnement la faillite. Le moindre dollar attribué par l'organisation humanitaire et par les autres donateurs avait été dépensé pour restaurer les bâtiments, investir dans des équipements modernes et embaucher des infirmières, des techniciens et tous les employés indispensables au bon fonctionnement de l'hôpital. Elle avait dû emprunter pour financer le nouveau service de chirurgie plastique, à un taux très élevé.

Elle se redressa sur son fauteuil, le cœur battant. La fin justifiait les moyens. Il était impensable que l'hôpital mette la clé sous la porte et que le service de chirurgie plastique n'ouvre pas. Trop de gens avaient été mutilés et défigurés pendant la guerre. Trop d'enfants souffraient de malformations congénitales, becs-de-lièvre ou tumeurs vasculaires, avec lesquels ils n'auraient jamais été contraints de vivre s'ils étaient nés ailleurs. C'était pour eux qu'il fallait se battre.

Si la Fondation Gilchrist refusait sa proposition, elle n'aurait d'autre choix que de faire rester Trent jusqu'à ce qu'elle reçoive les fonds.

6

Trent avait été soulagé de ne pas croiser Charlotte au réfectoire. Il n'avait aucune envie de badiner et de se comporter comme si ses paroles ne l'avaient pas vexé.

Une fois dans sa chambre, il tenta de se distraire, mais même la lecture ne parvint pas à retenir son attention. Il finit par se lever et fit quelques pas entre la table et le lit. Puis, n'y tenant plus, il sortit dans la moiteur étouffante et se mit à marcher sur le bord de la route, évitant tant bien que mal les ornières boueuses.

La première fois qu'il avait vu Charlotte, il avait été impressionné par son enthousiasme et sa détermination. Ils avaient passé du temps ensemble et elle lui avait posé des questions sur sa vie, auxquelles il avait répondu de bon cœur, livrant quelques pans de son existence qu'il avait jusqu'alors gardés pour lui. Elle lui avait paru s'intéresser avec sincérité à sa vie, à lui.

Mais, en fin de compte, elle n'était pas différente des autres, elle mettait en question ses choix et ses actes sans vraiment se soucier de ce qui était important pour lui.

Lui avait-elle demandé pour quelles raisons il ne souhaitait pas se consacrer exclusivement à la chirurgie plastique ? Non, elle s'était contentée du même jugement à l'emporte-pièce que tous les autres, lui disant ce qu'il avait à faire, comme si elle était convaincue de détenir la vérité. Exactement comme la seule femme en qui il avait eu confiance dans sa vie.

Jamais plus il n'accorderait une confiance aveugle à quelqu'un.

A vrai dire, Charlotte l'avait déçu. Mais c'était peut-être mieux ainsi : cela lui éviterait de s'attacher à elle. Il fallait considérer le côté positif des choses. De toute façon, d'ici un jour ou deux, il serait parti et l'attirance qu'il ressentait pour elle finirait bien par s'estomper.

Il marcha sans but, simplement pour ne pas rester confiné dans cette chambre. Il n'avait pas non plus envie de bavarder avec des gens à l'hôpital. Et s'il appelait un copain ? Un autre médecin humanitaire comme lui, qui comprenait pourquoi il avait choisi cette vie-là ? Qui le ferait rire et l'aiderait à relativiser...

Il sortait son portable de sa poche lorsqu'une lumière attira son attention. Avait-il rebroussé chemin, sans le vouloir ? Il scruta l'obscurité et se rendit compte qu'il se trouvait devant chez Charlotte. Comment ses pas l'avaient-ils porté jusque-là ? Etait-ce parce qu'il pensait trop intensément à elle ?

Sur le point de tourner les talons, il aperçut la petite Patience qui descendait les marches du porche, un chiot au bout d'une corde.

Il ne voulut pas l'effrayer en surgissant de nulle part dans le noir.

— Bonsoir, Patience. Je ne savais pas que tu avais un nouveau chien.

— Monsieur Trent ? Oui, c'est papa qui me l'a acheté parce que Rex s'est fait attaquer par ce méchant chien sauvage. Les enfants de l'école aiment bien jouer avec lui.

— Comment s'appelle-t-il ?

— Lucky, parce que j'ai de la chance de l'avoir. Sauf quand il fait ses besoins, dit-elle en saisissant une petite pelle avec un air de dégoût. Mais j'ai promis à papa que je m'occuperais de lui.

Il gratta le chiot derrière les oreilles, qui agita la queue de contentement. Puis il prit la pelle des mains de la petite fille. Qu'était-ce qu'une crotte de chiot au regard de tout ce qu'il avait vécu dans sa vie ?

— Donne, je vais le faire.

Patience le regarda creuser un trou avec un grand sourire de gratitude.

— Qu'est-ce que tu fais avec ton chien devant la maison de Charlotte ? demanda-t-il.

— Charlie nous a invités à dîner, papa et moi. Ils parlent de leur travail.

La porte s'ouvrit et la grande silhouette de John Adams apparut sous le porche.

— Patience ? Il y a quelqu'un avec toi ?

— Oui, papa. C'est M. Trent. Je lui ai montré Lucky.

— Trent ? Venez, entrez ! Nous étions justement en train de parler de vous.

Il aurait préféré ne pas le savoir et n'avait vraiment pas envie de voir Charlotte. Il grimpa les marches à contrecœur, suivi de près par Patience et son petit chien.

Il entra dans une pièce au charme suranné, dans laquelle étaient disposés des tapis chatoyants et toutes sortes de meubles hétéroclites. Un vieux piano droit était resté ouvert, une partition sur le pupitre. L'atmosphère chaleureuse des lieux l'enveloppa aussitôt.

Charlotte, blottie sur le canapé, en T-shirt et bas de jogging, leva les yeux vers lui, surprise. Il y lut un mélange de chaleur et de méfiance. Leurs regards se croisèrent, ravivant le souvenir de leur proximité physique, quelques heures plus tôt, sous le parapluie. En dépit de la promesse qu'il avait faite — à lui-même autant qu'à elle —, il s'était penché sur ses lèvres, incapable de résister à leur douceur.

Se retrouver chez elle lui fit revenir à la mémoire l'image d'eux, assis sur le canapé, s'embrassant jusqu'à en avoir le souffle coupé puis faisant l'amour sur le tapis. Pourquoi cette femme lui faisait-elle cet effet chaque fois qu'il posait les yeux sur elle ?

— Trent ? Quel bon vent t'amène ? demanda-t-elle.

— Je suis sorti prendre l'air. J'ai croisé Patience et son nouveau petit chien.

Patience courut jusqu'au piano et se mit à tapoter sur les touches tandis que le chiot sautillait en jappant à côté d'elle.

— Vous avez vu, monsieur Trent, comme Lucky aime chanter et danser ?

— Oui, il a une très jolie voix, répondit-il en s'avançant instinctivement vers le piano.

Il n'avait pas joué depuis qu'il avait quitté les Etats-Unis. Il avait appris le piano à l'âge de six ans et avait pris conscience, en venant chez Charlotte quelques jours plus tôt, que jouer lui manquait.

— Charlie aussi a une belle voix, dit Patience avec enthousiasme. Tu veux bien jouer et chanter, Charlie ? S'il te plaît ?

— Trent n'est pas venu pour cela, répondit Charlotte en secouant la tête.

Ses joues s'empourprèrent. L'idée de jouer devant lui la rendait-elle timide ?

— Je serais ravi de t'entendre jouer quelque chose, dit-il en allant s'asseoir dans un fauteuil. Quel est ton morceau préféré, Patience ?

Charlotte pouvait-elle refuser cela à cette adorable petite fille ?

— La chanson que tu as chantée l'autre jour, dit cette dernière, les mains jointes, les yeux brillant d'excitation.

Comme il l'avait imaginé, Charlotte céda avec un soupir résigné.

— D'accord, mais juste une chanson.

Elle se leva et alla jusqu'au piano, sexy même quand elle déambulait en jogging. Elle s'installa et effleura les touches avant de s'attaquer au morceau. Puis elle se mit à chanter. Trent devint sourd à l'accompagnement instrumental et n'entendit soudain plus que sa voix claire et mélodieuse, si belle et si émouvante qu'il sentit son cœur se serrer.

Lorsque la dernière note s'évanouit et que le silence retomba dans la pièce, il aurait voulu lui demander de jouer et de chanter, encore et encore, sans plus jamais s'arrêter. Il s'assit à côté d'elle, hanche contre hanche sur le petit banc.

— Et si nous jouions un morceau des Beatles ? dit-il en positionnant ses doigts sur le clavier.

Il commença à jouer *Lean on me*, mais Charlotte demeura muette. Il lui donna un petit coup d'épaule.

— Allez ! Je suis sûr que tu connais les paroles.

— Allez, Charlie ! Chante ! dit Patience d'une voix suppliante en se collant à elle.

John Adams entonna l'air d'une voix de baryton un peu fausse et Charlotte finit par obtempérer.

Lorsque, le morceau fini, les mains de Trent quittèrent le clavier, il tourna la tête vers Charlotte et Patience. La vision qu'il avait devant les yeux le bouleversa : c'était l'image de la vie telle qu'il ne l'avait encore jamais imaginée, avec une femme à ses côtés et une famille à aimer.

Bref, une utopie.

— C'était magnifique, dit-elle avec une grande douceur. Je ne savais pas que tu jouais.

Il poussa un soupir pour chasser les pensées embarrassantes qui venaient de lui traverser l'esprit.

— On m'a assis devant un piano dès mon plus jeune âge, avec un professeur intimidant qui a veillé à ce que je reçoive une formation classique. J'ai râlé un certain nombre de fois parce qu'il fallait que je travaille au lieu d'aller taper dans un ballon avec mes copains, mais, finalement, je ne le regrette pas.

Encore moins en cet instant magique où, épaule contre épaule, il partageait ce moment d'intimité avec elle.

— Veux-tu jouer un morceau classique ?

Cela faisait si longtemps qu'il n'avait pas joué qu'il n'allait pas se risquer à exécuter du Bach ou du Haydn. Mais il pouvait tenter le Clair de lune de Debussy, une mélodie romantique qui plairait sans doute à Charlotte.

— D'accord, mais soyez indulgents, je suis un peu rouillé.

Par chance, sa mémoire ne lui fit pas défaut. Lorsqu'il eut joué les dernières notes, le visage de Charlotte à quelques centimètres du sien lui donna plus que jamais envie de l'embrasser. Mais le regard ébloui de Patience, qui le fixait à l'extrémité du clavier, le fit revenir à la raison.

— Encore, Trent ! C'était trop beau !

— Elle a raison, murmura Charlotte. C'était magnifique.

Elles le regardaient, les yeux emplis d'émotion et d'admiration. Alors la scène, intime et parfaite, se transforma en une image cauchemardesque. Que faisait-il, assis là, à fantasmer sur une vie dont il ne voulait absolument pas ?

Il se leva brusquement. Il fallait partir avant de dire ou de faire des bêtises.

Avait-il oublié à quel point Charlotte l'avait agacé ? Il suffisait de quelques minutes en sa compagnie pour qu'il fasse fi de toutes les émotions pénibles que son entêtement avait suscitées en lui. Que lui arrivait-il ?

— Il faut que je rentre. Je dois préparer mes affaires pour laisser la place au nouveau chirurgien. Il doit arriver d'un jour à l'autre, non ?

— Justement, il faut que je te parle, dit Charlotte d'un air redevenu sérieux et professionnel. Il y a un problème.

— Un problème ?

Elle jeta un coup d'œil à John Adams et reprit.

— Viens t'asseoir, il faut que nous parlions.

— Je suis bien debout, merci, dit-il en croisant les bras.

L'incroyable sérénité qu'il éprouvait un instant plus tôt s'était évanouie. Il eut le pressentiment qu'on allait lui demander de ne pas partir, et cela était hors de question.

— Le nouveau chirurgien ne peut pas venir tout de suite. Il est retardé par des problèmes familiaux.

— Je t'ai déjà dit que je ne pouvais pas rester. Ne cherche pas à m'attendrir.

Cela dit, il repensa avec nostalgie aux instants qu'il venait de partager avec elle au piano, et qui lui parurent soudain le comble du bonheur.

— Je ne cherche pas à t'attendrir. Je te donne les faits tels qu'ils sont : il n'y aura pas de chirurgien plasticien au centre, quand tu seras parti.

— Médecins dans le Monde va trouver quelqu'un. C'est leur boulot et ils le font bien, en général. De plus, il y a Thomas, qui est très compétent.

— Il est compétent en matières de hernies et d'interventions simples. Mais que se passera-t-il si un autre cas d'appendicite se présente en urgence à l'hôpital ? Ou une grossesse extra-utérine ?

Il enfonça les mains dans ses poches et se mit à arpenter la pièce, regardant par la fenêtre la campagne plongée dans l'obscurité. N'importe quoi plutôt que de croiser son regard implorant.

— J'ai appris une chose, au cours de toutes ces années de pratique : une personne ne peut pas à elle seule sauver tous ceux qui ont besoin d'aide. Et quelles seront les conséquences si je reste ? Qui va me remplacer aux Philippines pendant que je remplacerai quelqu'un ici ? Faut-il laisser mourir les patients là-bas pour pouvoir sauver des vies ici ?

— Ce ne serait que pour une ou deux semaines, Trent. Peut-être moins.

— Je suis désolé, Charlotte, mais je partirai dès que j'aurai reçu le formulaire de fin de contrat.

— Trent, tout ce que je te demande, c'est de...

La pièce, si chaleureuse et si accueillante à son arrivée, était devenue étouffante. Il se tourna vers John Adams.

— J'ai des interventions prévues au bloc demain matin. Je vais rentrer me coucher. Si certains patients ont besoin d'être opérés, programmez les interventions tant que je suis encore là.

Il caressa le chiot de Patience entre les oreilles et se dirigea vers la porte, bouleversé par les émotions contradictoires qui agitaient son cœur.

Soudain, une idée lui traversa l'esprit. Une solution qui allégerait un peu sa culpabilité. Peut-être qu'un coup de téléphone le lendemain matin à un vieil ami pourrait résoudre le problème et lui permettre de poursuivre sa route.

7

— Comment vas-tu, Trent ?

Trent sourit en entendant la voix de Chase Bowen. Ils avaient travaillé ensemble pendant plusieurs années dans différentes parties du monde. Chase était le médecin le plus intègre et le plus impliqué qu'il ait jamais rencontré. Puis une femme merveilleuse avait irruption dans sa vie et il s'était installé avec elle aux Etats-Unis pour fonder une famille.

— Ça va. Je profite de ma pause déjeuner pour venir aux nouvelles. Je reprends les consultations à 14 heures. Comment se porte Drew ?

La nouvelle que leur petit garçon était atteint de cancer l'avait atterré. Par chance, il avait été diagnostiqué à temps et son pronostic était bon.

— Il va bien, répondit Chase sur un ton chaleureux. Il est tout à fait remis, maintenant. Il nage comme un poisson et il grandit à vue d'œil. Et toi ? Où es-tu en ce moment ?

— Je fais un remplacement au Libéria. Je suis censé partir en vacances, mais le nouveau chirurgien a été retardé par des problèmes personnels et ils ont du mal à trouver quelqu'un d'autre.

— Quelle est l'heureuse élue avec laquelle tu pars en vacances, cette fois ? Et où vas-tu ?

— Je ne sais pas encore.

Pas la peine de faire part à Chase des sentiments bizarres qui l'assaillaient depuis qu'il avait rencontré Charlotte. S'il lui disait qu'il n'avait eu envie d'appeler personne, Chase allait lui rire au nez et lui conseiller de consulter un psy.

— Comment va Dany ? demanda-t-il plutôt.

— Très bien. On a décidé de mettre le second en route.

— Quelle bonne nouvelle ! Félicitations !

Parmi toutes ses connaissances, Chase était le dernier qu'il aurait imaginé quitter l'humanitaire pour s'installer et avoir des enfants. Mais la vie de famille lui réussissait à merveille, il fallait bien le reconnaître.

— Tu es reparti en mission ?

— Dani et moi sommes allés deux fois au Honduras ensemble. C'était passionnant.

— Tu n'aurais pas, par hasard, envie de venir au Libéria pendant une semaine ou deux, le temps que leur nouveau chirurgien arrive ?

Chase hésita un moment.

— Je ne sais pas. Ce n'est pas le meilleur moment pour que je parte. Dani est fatiguée et je ne veux pas la laisser seule avec Drew si elle n'est pas en forme. Je vais en parler avec elle et je te rappelle.

— D'accord. Embrasse-la et félicite-la de ma part. Et un bisou à Drew, aussi.

— Je n'y manquerai pas. Je te rappelle. A bientôt.

Trent rangea son portable et se dirigea vers l'hôpital. Les chances étaient minces que Chase puisse le remplacer au pied levé, mais qui savait ? Peut-être son ami apprécierait-il de venir faire une courte mission en Afrique, ce qui lui permettrait, à lui, de se libérer de cet endroit et de la femme courageuse, adorable et par trop attirante, qui y vivait.

Une sensation étrange le parcourut alors qu'il repensait à Chase, Dani et Drew.

Pouvait-il s'agir… d'envie ?

Impossible. Jamais il n'avait envisagé de mener un jour ce genre de vie, de s'installer dans un endroit une fois pour toutes, avec la responsabilité d'une famille et une femme qui se serait empressée de décider de tout à sa place.

Cela dit, Chase non plus n'avait jamais eu envie de ce genre de vie. Jusqu'à ce qu'il rencontre Dani et fasse un choix qui, de toute évidence, le rendait heureux.

Une sonnerie d'alarme retentit dans son cerveau. Il n'avait aucune envie de changer de mode de vie. Il travaillait dur pour être indépendant, et les rencontres qu'il faisait en chemin étaient riches et passionnantes. Sa vie lui convenait parfaitement telle qu'elle était, ce n'était pas le moment de tout remettre en question.

Il chassa ces pensées agaçantes de son esprit et avança dans le couloir, avec l'espoir que la porte du bureau de Charlotte soit fermée. Mais elle était ouverte. Le son cristallin de sa voix lui parvint tandis qu'il s'approchait.

— Je vais me débrouiller. Je sais me servir d'un revolver, tu sais.

— Je ne trouve pas que ce soit une bonne idée, Charlie, dit une voix plus grave — celle de John Adams. Je vais venir m'installer chez toi quelques jours avec Patience, le temps d'être sûrs que ce n'était qu'un incident isolé.

Un revolver ? Un incident isolé ?

Il s'arrêta devant la porte. John Adams se tenait les bras croisés face à Charlotte qui affichait une moue têtue.

— Il faut bien qu'il y ait quelqu'un à l'école, dit-elle. Après tout ce que nous y avons investi, nous ne pouvons pas prendre le risque qu'elle soit vandalisée ou pillée.

— Que se passe-t-il ? demanda Trent dans l'embrasure.

— Rien qui te concerne, Trent, répondit-elle sèchement. John Adams, ferme la porte, afin que nous puissions terminer cette conversation.

Il tendit la main pour empêcher John Adams de s'exécuter.

— Si tu tiens absolument à ce que je reste ici plus longtemps, il faut me tenir au courant de ce qui s'y passe. Alors ? De quoi s'agit-il ?

— Quelqu'un est entré par effraction chez Charlie, ce matin. Lorsqu'elle est revenue pour déjeuner, elle a trouvé la porte fracturée.

— On t'a volé quelque chose ? demanda-t-il en plongeant son regard dans ses grands yeux verts inquiets.

— Par chance, j'avais emporté mon ordinateur au bureau. Ils ont pris des choses bizarres : un poste de radio, des chaises pliantes rangées dans un placard… Rien de grave.

— Rien de grave ? s'exclama-t-il. Tu ne peux pas rester seule dans cette maison. Le mieux est peut-être que John Adams reste à l'école et que moi, je m'installe chez toi.

Ces mots venaient-ils vraiment de sortir de sa bouche ? Pourquoi devenait-il soudain si protecteur ? Quelle idée de proposer de vivre chez elle, avec elle, près d'elle ? Il ne ferait que repenser à la nuit torride qu'ils avaient passée ensemble et aux sensations étranges qu'il avait éprouvées en jouant du piano à côté d'elle.

Mais avait-il le choix ? Protéger Charlotte d'éventuels agresseurs n'était-il pas plus important que de se protéger lui-même de sentiments qu'il aurait préféré ne pas éprouver ?

— Ce n'est pas la peine, Trent, dit-elle avec une lueur affolée dans les yeux.

Son trouble était-il uniquement dû à la crainte d'une nouvelle effraction ?

— Je ne vois pas pourquoi ils reviendraient me cambrioler.

— Je ne vois pas non plus ce qui les empêcherait de le faire, répondit-il. Pourquoi es-tu aussi têtue lorsqu'il s'agit de recevoir de l'aide des autres ?

— Je ne suis pas têtue. Je dis simplement qu'il n'y a pas de quoi en faire tout un plat.

— Cela ne coûte rien que je vienne chez toi le temps de comprendre s'il s'agit effectivement d'un acte isolé.

En revanche, cela allait lui coûter des efforts insurmontables de l'imaginer endormie dans la pièce d'à côté sans aller se glisser dans son lit. Mais pouvait-il la laisser seule ?

— Je pense, moi aussi, que c'est plus prudent, dit John Adams. Je dois retourner à l'école. Merci, Trent.

— Je dois voir des patients en consultation cet après-midi, dit-il en se tournant vers Charlotte. Puis j'irai chercher mes affaires. Je te retrouve ici, à 18 heures.

— Franchement, Trent...

— 18 heures pile.

Il tourna les talons et se dirigea vers le dispensaire presque en sautillant, mais la gorge légèrement sèche. Il ne lui restait plus que quelques heures pour trouver comment il allait cohabiter sereinement avec elle.

— J'ai résolu mon problème, Colleen, dit Charlie d'une voix presque trop enjouée. Trent a accepté de rester jusqu'à ce que le représentant de la Fondation Gilchrist fasse son rapport. Dis à Perry Cantwell qu'il pourra prendre la relève après la visite de l'expert.

— Quelle bonne nouvelle ! Je suis vraiment contente que tu aies trouvé une solution, dit son amie avec une sincérité qui lui noua l'estomac.

Mentir à Colleen était aussi affreux que mentir à Trent, mais avait-elle le choix ?

Elle raccrocha en soupirant. Comment sa vie était-elle devenue aussi désastreuse ? Avec la banque sur le dos, un chirurgien plasticien qui n'arrivait pas, la Fondation Gilchrist qui ne libérerait ses fonds qu'une fois toutes les conditions réunies, et ses mensonges à Trent et Colleen, il ne lui manquait plus qu'un cambriolage et la présence d'un homme dangereusement séduisant sous son toit !

Le savoir allongé dans la chambre d'amis, à quelques mètres de sa chambre, allait lui donner une raison supplémentaire de maintenir fermement ses distances et de ne le considérer comme rien d'autre qu'un collègue de travail.

S'il apprenait qu'elle avait retardé l'arrivée de Perry Cantwell et enfoui son formulaire de fin de contrat sous la pile de papiers encombrant son bureau, il serait probablement furieux. Son beau sourire s'évanouirait à jamais et une nouvelle facette de sa personnalité apparaîtrait — une facette très sombre, cela ne faisait aucun doute. Et il serait dans son droit.

La gorge serrée, elle fit l'inventaire de la livraison de matériel neuf, sans oser regarder le montant de la facture. Par chance, la Fondation Gilchrist lui avait assuré que leur représentant passerait dans la semaine, après quoi elle donnerait son feu vert et son chèque. Trent serait alors libre de s'en aller.

La fin justifiait les moyens, se répétait-elle pour s'en convaincre.

— Avez-vous vu le Dr Trent ? demanda Thomas dans l'embrasure de la porte, la tirant soudain de ses pensées en boucle.

— Je suis là, répondit celui-ci en se matérialisant lui aussi devant sa porte.

— Docteur Trent, voudriez-vous venir voir un enfant au dispensaire ? Sa mère dit qu'il ne mange plus. Je l'ai examiné, à part un peu de fièvre je n'ai rien décelé de particulier. Mais il a un comportement assez inhabituel et sa mère est convaincue qu'il a un problème.

— Il ne mange plus ? Avez-vous vérifié sa gorge ? Il a peut-être une angine ?

— Sa gorge m'a semblé normale.

— Ah.

Trent se tourna vers elle.

— C'est l'heure du déjeuner. Ne rentre pas chez toi toute seule. Mange ici ou attends-moi.

— Et si je venais avec vous au dispensaire ?

8

Le garçon, âgé d'une dizaine d'années, était assis sur la table d'examen, une étrange expression sur le visage.

— Bonjour, dit Trent. Ta maman dit que tu as du mal à manger. As-tu mal au ventre ?

L'enfant secoua la tête. Trent prit son pouls. La peau de l'enfant était moite et il s'en dégageait une odeur nauséabonde. Soit il avait eu un petit accident, soit c'était le signe d'une infection.

Il vérifia sa gorge. Aucun signe d'abcès ou d'infection dentaire, ni d'amygdalite ou d'angine. Lorsqu'il voulut retirer la petite spatule, le garçon la serra entre ses dents.

— J'ai fini d'ausculter ta bouche. Tu peux me rendre la spatule.

Le garçon demeura immobile, mâchoire serrée, et des larmes se mirent à couler sur ses joues. Trent massa doucement ses maxillaires pour lui faire ouvrir la bouche et retirer la spatule. L'enfant continua à pleurer.

Trent se remémora le cours de l'un de ses professeurs sur le test de la spatule.

— T'es-tu fait mal ces derniers temps ? As-tu une blessure quelque part sur le corps ?

— Sais pas, fit l'enfant sans bouger les lèvres, ce qui confirma ses soupçons.

— Thomas, pourriez-vous m'apporter un verre d'eau, s'il vous plaît ?

Lorsque Thomas revint avec le verre, Trent fit boire l'enfant. Comme il s'y attendait, ce dernier s'étrangla, incapable d'avaler la gorgée d'eau.

— Veux-tu t'allonger, s'il te plaît ? Je voudrais vérifier quelque chose, dit-il en l'aidant à se coucher.

Le simple changement de position provoqua de violents spasmes musculaires. Puis les spasmes se dissipèrent et l'enfant écarta les bras pour le serrer contre lui, tandis que ses jambes restaient droites et raides. Il se remit à pleurer, une moue de douleur lui déformant le visage.

Trent le prit par le poignet et tenta d'actionner son bras, mais il résista.

— Sais-tu ce qui lui arrive, Trent ? demanda Charlotte, inquiète.

— C'est le tétanos. Il a dû se blesser, probablement au pied. C'est l'infection de la plaie qui bloque sa mâchoire et provoque les symptômes que nous voyons.

Il relâcha le bras de l'enfant et souleva son pied, légèrement gonflé. Du pus suintait d'une minuscule entaille dans la peau. Cela ne faisait plus de doute.

L'enfant pleurait toujours, émettant un son atroce à travers ses mâchoires fermées. Ses yeux noirs fixaient Trent, terrifiés. Le tétanos provoquait des contractions musculaires si violentes qu'elles pouvaient rompre des ligaments ou même des os.

— Y a-t-il un traitement ? demanda Charlotte, bouleversée.

— Oui. Maintenant qu'il est ici, on va pouvoir le soigner. Thomas, il me faut une perfusion de pénicilline et du Valium, s'il vous plaît.

— De la pénicilline ? demanda Charlotte en fronçant les sourcils. Mais il ne faut pas quelque chose de plus fort, s'il est atteint à ce point ?

— Finalement, c'est bien que tu ne sois pas médecin, répondit-il en réprimant un sourire. Aux Etats-Unis, on utilise sans doute un traitement antibiotique qui coûte quatre cents dollars par jour et tue toutes les bactéries présentes dans le corps du malade, au lieu de n'éliminer que celle qui est responsable de la maladie. C'est un peu comme tuer une fourmi à la masse. Crois-moi, la pénicilline est tout à fait indiquée dans ce cas.

Un sourire illumina son doux visage et ses jolis yeux verts.

— Je te crois sur parole. Mais ne fait-on pas d'examens particuliers pour confirmer le diagnostic ?

— Non, les symptômes sont clairs. C'est bien le tétanos, répondit-il, flatté qu'elle ait confiance en lui.

Mais depuis quand avait-il besoin que l'on apprécie ce qu'il faisait et connaissait depuis des années d'études et de pratique ?

Il tapota doucement le bras du petit garçon.

— Je reviens tout de suite.

Il prit Charlotte par le coude et l'éloigna de quelques mètres.

— La pénicilline n'est qu'une partie du traitement. Il faut d'abord se débarrasser du *clostridium tetani*, la bactérie qui a infecté tout son corps à partir de cette blessure au pied, en sécrétant l'une des toxines les plus mortelles qui soient sur terre. Heureusement que sa mère l'a amené, sans quoi il n'en aurait pas réchappé.

— Et comment on se débarrasse de cette bactérie ?

— Il faut ouvrir le pied, nettoyer les tissus morts et dévitalisés. Cela permettra à la pénicilline d'agir plus efficacement. Je vais le mettre sous perfusion et lui administrer du Valium afin qu'il puisse se reposer. Il faudra qu'il reste ici, au calme, pendant plusieurs jours, le temps que son corps évacue la toxine.

Elle hocha la tête et posa sa main sur son bras.

— Merci d'être revenu, Trent. Cela m'étonnerait que le Dr Smith ait été capable de diagnostiquer le tétanos chez ce petit. Tu es... formidable.

C'était elle qui était formidable. Les femmes qu'il avait fréquentées dans sa petite vie de privilégié aux Etats-Unis seraient sans doute parties en courant et en hurlant dans une telle situation. Pas Charlotte. Elle était touchée par l'état de ce petit garçon mais pas effrayée par les symptômes impressionnants du tétanos, bien qu'elle ne soit pas médecin.

— Je vais m'occuper de son pied, ce qui risque de prendre un peu de temps. Promets-moi de rester à l'hôpital. Je sais que tu es forte et courageuse et que tu es capable d'affronter n'importe quel sale type en train de mettre à sac ta maison. Mais, pour la paix de mon esprit : veux-tu m'attendre avant de rentrer chez toi ?

— Je t'attends. Nous déjeunerons ensemble là-bas.

— Parfait.

Il eut envie de se pencher pour l'embrasser mais se ressaisit à temps. Il valait mieux que leurs relations demeurent strictement professionnelles. Même s'il allait s'installer provisoirement dans sa chaleureuse et jolie maison. La maison où, un soir où ils avaient cessé de n'être que de simples collègues, ils avaient fait l'amour toute la nuit.

En dépit du confort du lit immense, avec sa tête de lit en fer forgé et son épais couvre-lit en boutis, Trent ne trouvait pas le sommeil, se tournant et se retournant sans cesse. Ouvrant les yeux, il scruta la pièce, les mains sous la tête. Les rideaux de dentelle, le tapis au crochet pastel et le mélange de styles dans le mobilier donnaient à la pièce un côté féminin. Ce qui ne faisait qu'aiguiser sa conscience que Charlotte dormait tout près de là.

Chaque fois qu'il fermait les yeux, son visage lui apparaissait. Ses longs cheveux soyeux tombant sur ses épaules, son corps aux courbes parfaites, ses lèvres fébriles qui attendaient d'être embrassées étaient aussi féminines que la décoration de la chambre. Mais il avait beau émaner d'elle un sex-appeal et une féminité incontestables, elle n'était pas pour autant une femme tranquille et docile.

Comment allait-il survivre dans les prochains jours, à commencer par cette nuit qui paraissait déjà interminable ?

Se concentrer sur le travail semblait la meilleure solution. Il pourrait se consacrer aux interventions chirurgicales et aux consultations, et limiter au maximum la proximité avec elle.

Un bruit sec le fit sursauter. Il s'assit et tendit l'oreille. Etait-ce un cambrioleur ou le fruit de son imagination déchaînée ? Il fixa la porte et les battements de son cœur redoublèrent lorsqu'il entendit un deuxième craquement semblant provenir de l'entrée. Charlotte ne dormait peut-être pas non plus.

Il se concentra pour comprendre l'origine des bruits, enfila son bermuda et entrouvrit la porte aussi silencieusement que possible. Puis il se dirigea vers l'entrée, pieds nus, scrutant l'obscurité à l'affût du moindre mouvement.

Une odeur de café parvint à ses narines. Charlotte était donc levée. Il ferait mieux d'aller se recoucher. Pourquoi, dans ce cas, était-il en train de descendre les quelques marches vers la cuisine ?

— Qu'est-ce que c'est que ce raffut ? Ça m'a réveillé..., mentit-il.

La vue de Charlotte dans une légère robe de chambre rose, les cheveux en bataille, la bouche entrouverte, anéantit sa décision de garder ses distances avec elle. Il aurait voulu la rejoindre et la prendre dans ses bras mais il se contenta de prendre appui sur le chambranle de la porte et de fourrer les mains dans ses poches.

— Je n'ai pas fait de bruit, répondit-elle. C'est ta mauvaise conscience qui t'a réveillé.

— En dehors de l'assassinat de mon ex-petite amie, ma conscience est tout à fait tranquille. Je te rappelle que j'ai renoncé à mes vacances pour revenir travailler ici, non ?

— Je sais et je t'en suis très reconnaissante. De même que la famille de Lionel et tous les patients que tu as soignés depuis, dit-elle en ouvrant un placard. Café ?

Il aurait mieux fait de retourner se coucher et de dormir.

— Volontiers, répondit-il malgré lui.

Il tira une chaise et s'assit, tout en glissant un regard sur l'entrebâillement de sa robe de chambre, tandis qu'elle posait les deux tasses sur la table. Le café lui brûla la langue, lui offrant une distraction bienvenue. Il était temps qu'il dise quelque chose.

— Quelles études as-tu faites ? Tu as passé un MBA, c'est ça ?

— Oui, j'ai eu mon diplôme d'administration hospitalière, puis je suis allée à Georgetown pour passer un master. J'avais déjà l'intention de revenir ici pour m'occuper de cet hôpital. J'ai rencontré des tas de gens qui ont repris des établissements déjà existants ou qui en ont créé de toutes pièces. J'ai beaucoup appris en les écoutant parler de ce qu'ils avaient fait et, surtout, de ce qu'ils ne feraient pas s'ils devaient recommencer.

— Pourquoi n'es-tu pas devenue médecin ? Tu connais beaucoup de choses dans ce domaine.

— Parce qu'il fallait quelqu'un pour diriger cet établissement, pour coordonner le travail des médecins, des infirmières, des techniciens. C'est une tâche immense mais j'ai eu la chance d'avoir des parents encourageants.

Une vieille douleur lointaine le submergea, qu'il s'efforça aussitôt de chasser. Quel effet cela faisait-il d'avoir quelqu'un qui croyait en vous, qui s'intéressait à vos projets et était à vos côtés sans vous mentir, sans trahir votre confiance ni vous poignarder dans le dos ?

— J'ai travaillé dans des tas d'hôpitaux dans le monde entier. Je pourrai peut-être te faire part de mon expérience, si tu as des questions à me poser.

— Merci. J'en aurai sans doute.

Il se leva brusquement et vida sa tasse.

— Je vais me recoucher, dit-il. Essaie de faire moins de bruit, à présent, dit-il en souriant. Je n'ai pas envie de piquer du nez sur la table d'opération demain.

Mais entre la caféine et la proximité de cette femme si tentante, les chances de se rendormir semblaient bien minces.

— Loin de moi l'idée de vouloir t'empêcher de dormir, dit-elle en le regardant d'un drôle d'air.

— Menteuse, répondit-il. De toute façon, c'est déjà fait. Au point où j'en suis, tu peux me tenir éveillé pendant les heures à venir, si tu veux.

Avait-il vraiment prononcé les mots qu'il venait d'entendre ? Pourquoi sa bouche parlait-elle toute seule, alors que son cerveau venait de lui intimer l'ordre de se taire et d'aller se coucher ?

— Je ne suis pas responsable de ton sommeil. Tu es assez grand pour savoir ce que tu fais de tes nuits, dit-elle en avançant vers lui, les lèvres entrouvertes, offertes.

Pour quelles raisons avait-il décidé de garder ses distances ? Il ne se souvenait plus très bien...

— Tu connais un bon remède à l'insomnie ?

— Arrêter de boire du café au milieu de la nuit ? Un grand coup de marteau derrière la tête ? J'en ai un dans ma caisse à outils, justement, dit-elle en posant la main sur son torse nu.

— C'est un peu radical. Je préfère les méthodes douces, dit-il en l'attirant vers lui.

Il avait beau savoir qu'il ne disposait plus que de quelques secondes pour se ressaisir et retourner dans sa chambre, il demeura immobile, sentant les courbes sensuelles de Charlotte contre son corps. Il la désirait plus fort encore que lors de la nuit torride qui l'avait laissé presque inanimé mais comblé.

Elle pencha la tête en arrière lorsqu'il posa ses lèvres sur son cou, sentant les battements de son pouls contre sa bouche.

— Il y a aussi de la morphine dans la pharmacie de l'hôpital, fit-elle d'une voix haletante et grave, terriblement sexy. Une bonne dose t'aiderait à dormir.

— Tu es une drogue bien plus puissante que la morphine. Et plus addictive, dit-il avant de poser ses lèvres sur les siennes.

Leurs langues se mêlèrent doucement, puis leur baiser se fit plus intense, tandis qu'elle caressait son torse, sa taille, son ventre... Il resserra ses bras autour d'elle et sentit sa poitrine s'élever et s'abaisser au rythme de sa respiration de plus en plus saccadée.

Il glissa une cuisse entre ses jambes. Lorsqu'il agrippa ses fesses, elle se cambra en laissant échapper un petit gémissement excitant.

Un bruit de poignée de porte lui fit l'effet d'une douche froide. Il détacha ses lèvres des siennes et ils se regardèrent, immobiles, haletants.

— Qu'est-ce que c'était que ce bruit ? Tu attends quelqu'un ?

— Non, répondit-elle en écarquillant les yeux. Mince, j'ai oublié mon revolver là-haut. Il faut que je retraverse le salon. Tu peux peut-être l'assommer ou lui sauter dessus, le temps que je redescende. Non, ils sont peut-être armés.

Un grincement suivit le cliquetis métallique. La personne était parvenue à ouvrir la porte d'entrée. Charlotte jeta un coup d'œil vers le salon puis le fixa de nouveau.

— Tu avais fermé, non ? Est-ce que quelqu'un d'autre a les clés ?

Au bruit qu'il avait entendu, il ne semblait pas que la personne était entrée par effraction. Peut-être était-ce quelqu'un qu'elle connaissait ? L'idée qu'elle ait pu laisser sa clé à un amant lui noua l'estomac.

— Non. La seule autre clé que j'aie se trouve à l'hôpital, répondit-elle d'une voix plus aiguë.

Il se pencha et colla sa bouche contre son oreille.

— Y a-t-il vraiment un marteau dans ce placard ?

Elle hocha la tête et avança à pas de loup vers le placard. Elle prit le marteau et le lui tendit, puis saisit une grosse clé à molette et la leva, armée pour le suivre.

Que serait-il arrivé s'il n'avait pas été là ? Cette pensée fit monter en lui une bouffée de colère, comme lorsqu'il avait appris qu'elle s'était fait cambrioler.

— Reste ici, murmura-t-il.

Il avança à pas feutrés vers la porte de la cuisine et aperçut une silhouette, debout, en haut des marches, un gros sac à la main.

9

Le cœur battant, Charlie emboîta le pas de Trent et jeta des coups d'œil dans la pièce tandis qu'il s'apprêtait à assommer l'intrus. Jamais elle n'aurait imaginé que le cabrioleur reviendrait, encore moins la nuit, alors que les probabilités qu'elle soit dans la maison étaient grandes. Heureusement que Trent était là ! Elle avait beau être indépendante et débrouillarde, elle se félicita qu'un homme — grand et fort de surcroît — se trouve chez elle en cet instant précis.

Trent tenait le marteau en l'air, le biceps bandé, la mâchoire serrée. Il lui adressa un coup d'œil, lui fit un bref signe de tête, avant de se précipiter dans le salon à l'assaut de l'intrus.

L'homme était plus petit que Trent, qui fonça vers lui et lui donna un coup d'épaule dans le torse, tel un joueur de football américain en pleine action. L'homme tomba à la renverse et Trent s'agenouilla promptement sur lui, brandissant le marteau, prêt à l'assommer.

— Qui êtes-vous et que faites-vous ici ? cria-t-il.

— Et vous donc ? Charlie ! Que se passe-t-il ? dit l'homme en apercevant Charlotte.

— Oh ! Trent ! Arrête ! C'est mon père !

Elle faillit lâcher la clé à molette, qui semblait soudain peser une tonne. Elle s'agenouilla à son tour.

— Papa, tu vas bien ? Tu n'es pas blessé ?

— Je... Je ne sais pas.

Il dévisagea Trent qui se releva et déposa le marteau sur la table.

— La prochaine fois, je frapperai avant d'entrer. J'ignorais que tu avais un garde du corps.

— Je suis désolé, dit Trent en l'aidant à se relever.

L'homme se frotta le torse avant de tendre la main.

— Joseph Edwards. Merci de veiller sur la sécurité de ma fille.

— Heu... Ne me remerciez pas de vous avoir agressé. Je suis Trent Dalton.

Elle observa le sourire toujours aussi irrésistible qu'il afficha en serrant la main de son père.

— Mais que fais-tu là, papa ? Pourquoi ne m'as-tu pas appelée ?

— J'ai essayé, mais la ligne ne passait pas. Je suis allé voir Bob à Monrovia, mais finalement sa femme était souffrante et je n'ai pas voulu rester chez eux. J'ai pris ta clé à l'hôpital, je ne voulais pas te réveiller. Cela dit, tu ne dormais pas, apparemment.

Trent lui adressa un coup d'œil et elle sentit la chaleur lui monter aux joues.

— Trent est chirurgien à l'hôpital, pour quelques jours encore, et je lui ai offert l'hospitalité, dit-elle.

— Ce que Charlotte ne vous dit pas, dit Trent, c'est que quelqu'un est entré chez elle par effraction, hier. J'ai estimé qu'il valait mieux qu'elle ne reste pas seule, le temps que l'on comprenne si le cambrioleur avait l'intention de donner suite ou non.

— Je dois dire que je n'ai jamais été très rassuré que tu vives ici toute seule. Peut-être faudrait-il envisager une autre solution, partager la maison avec quelqu'un de l'hôpital, par exemple.

— Papa, cela fait deux ans que j'habite ici. Il ne m'est rien arrivé. Je suis bien, toute seule, je ne me vois pas vivre autrement.

— Tu pourrais prendre un chien, avec une grosse voix dissuasive.

Un chien ? Pourquoi pas. C'était vrai qu'elle se serait sentie plus en sécurité avec un gros chien à ses côtés.

— Je vais y réfléchir.

Son père s'assit dans un fauteuil.

— Je venais voir l'avancée du service de chirurgie plastique. Le nouveau chirurgien devrait arriver bientôt, non ? demanda-t-il en se frottant de nouveau le torse.

— Oui, bientôt, répondit-elle évasivement.

Trent fronça les sourcils et elle s'interrogea. C'était peut-être le moment de lui demander de rester jusqu'à la visite du représentant de la Fondation Gilchrist. Peut-être n'oserait-il pas refuser d'emblée, en présence de son père. Elle rajusta les pans de sa robe de chambre et se redressa, effaçant toute trace du désespoir qui l'habitait depuis sa conversation avec Colleen.

— Trent, étant donné le formidable travail que tu as accompli depuis que tu es là, je voulais te demander de rester. Accepterais-tu de procéder à une ou deux autres opérations de chirurgie reconstructrice, avant ton départ ?

— Tu sais, je ne suis pas à proprement parler un chirurgien plasticien, répondit-il, le regard étonnamment froid. Mieux vaut que tu attendes que le nouveau chirurgien s'installe dans ses nouveaux locaux.

— Vous pratiquez la chirurgie plastique ? demanda son père, surpris. Je pensais que vous étiez chirurgien généraliste, comme ceux que Médecins dans le Monde envoie en général.

— C'est le cas.

— Tu plaisantes, Trent. J'ai vu comment tu as soigné l'œil de Lionel. Tu m'as toi-même dit que je ne savais pas à qui j'avais affaire, tu te souviens ? Et tu avais raison.

Il la dévisagea un moment, silencieux.

— Je vais partir d'un jour à l'autre, Charlotte. Il ne me paraît pas indiqué d'opérer des patients juste avant de partir, sans pouvoir assurer de suivi postopératoire.

— Mais tu pourrais peut-être rester quelques jours de plus, pour opérer ceux qui en ont le plus besoin.

— Je ne peux pas rester, Charlotte, je te l'ai dit. Je suis désolé.

Il se tourna vers son père.

— Puisque vous êtes là, je retourne dormir au dispensaire. Je vais chercher mes affaires.

Elle le regarda monter les marches et disparaître. Comment allait-elle pouvoir le convaincre de rester ?

Le lendemain, Trent évita autant que possible de croiser Charlotte et préféra déjeuner dans sa chambre. Son portable sonna et le nom de Chase s'afficha sur le petit écran. Une sensation étrange l'envahit à l'idée que son ami vienne le remplacer. Cet endroit allait lui manquer, c'était évident.

— Désolé, Trent, mais ce ne sera pas possible, dit Chase. J'aurais bien aimé revenir un peu en Afrique, mais j'ai pas mal de travail ici et Dani n'est pas au mieux de sa forme. Elle a des nausées sans arrêt.

— C'est peut-être toi qui lui donnes la nausée !

— Peut-être, dit Chase en riant. Tu comptes bientôt revenir aux Etats-Unis ? Ce serait bien qu'on se retrouve à l'occasion.

Il n'avait rien contre le fait d'aller aux Etats-Unis, tant que ce n'était pas à New York. Il y avait longtemps qu'il n'avait pas vu Chase et Dani, et ce serait l'occasion de faire connaissance avec leur petite famille.

— Ce n'est pas prévu pour l'instant. Mais je te tiens au courant, quoi qu'il en soit.

Il raccrocha, légèrement contrarié. Quelle importance qu'il parte en vacances le lendemain ou deux semaines plus tard ? De toute façon, il partait seul. De plus, Médecins dans le Monde avait l'habitude de gérer les contretemps. L'organisation trouverait sans aucun doute un remplaçant aux Philippines, si jamais il devait y arriver avec un peu de retard.

Le problème était plutôt dans son rapport à Charlotte. Tantôt il avait envie de l'embrasser à pleine bouche, tout en se retenant de céder à son désir ; tantôt elle lui tapait sur les nerfs à force d'insister pour qu'il reste et fasse de la chirurgie plastique. Alors il mettait de la distance entre elle et lui. Un recul qu'il ne parvenait cependant pas à garder très longtemps.

Il avait déjà procédé à des interventions de chirurgie plastique, au fil des ans, mais de là à travailler dans un service spécialisé ! Il préférait continuer à sauver des vies plutôt que d'améliorer l'apparence physique des gens.

Il s'assit au petit bureau de sa chambre pour lire le courrier de la semaine. Il déchira une enveloppe expédiée par Médecins dans le Monde. Peut-être était-ce le document stipulant la fin de son contrat à l'hôpital Edwards, ou un changement de programme provoqué par le retard du prochain chirurgien.

Il lut la lettre attentivement, à deux reprises. De toute évidence, il y avait une erreur. Mike Hardy, le directeur de Médecins dans le Monde, semblait penser qu'un nouveau médecin était déjà en poste à l'hôpital Edwards. En conséquence, il n'y avait aucune raison de le remplacer aux Philippines et il pouvait toujours prendre ses trois semaines de vacances. La nouvelle date de son arrivée aux Philippines tombait exactement trois semaines plus tard.

Il prit son téléphone pour appeler Mike puis se ravisa, préférant d'abord en toucher un mot à Charlotte. Peut-être pourrait-elle l'éclairer sur ce qui se passait.

Elle n'était pas dans son bureau. Il se dirigea vers le réfectoire, à tout hasard. Elle était agenouillée devant un placard, et il réprima une envie subite de souffleter son avenant postérieur, la seule partie de son anatomie visible depuis la porte.

— Est-ce que quelqu'un sait où se trouve le reste du corps de Charlotte Edwards ? demanda-t-il d'une voix amusée.

Elle se redressa et leva la tête vers lui.

— Très drôle ! Je suis en train de mettre un peu d'ordre dans les casseroles. Trop de cuisiniers différents travaillent ici, on ne retrouve plus rien.

— Si tu as une minute, je voudrais te parler du chirurgien qui doit venir.

Elle le regarda d'un air soudain inquiet et se releva.

— Que se passe-t-il ?

— J'ai reçu une lettre de Mike Hardy, dans laquelle il affirme que tout est en ordre et que je peux partir en vacances. Il y a quelque chose qui cloche. A moins que le nouveau médecin arrive demain et qu'ils aient simplement oublié de me transmettre mon formulaire de fin de contrat.

Elle lui prit la lettre des mains et la parcourut du regard.

— Heu… Je ne sais pas. C'est bizarre. La dernière fois que j'ai eu Médecins dans le Monde au téléphone, on m'a dit qu'ils n'avaient toujours personne à envoyer. Je vais les rappeler. Je te tiens au courant.

— Ne te dérange pas, j'appellerai Mike demain matin, dit-il en lui reprenant le papier des mains.

Mais elle ne le lâcha pas.

— En tant que directrice de l'hôpital, c'est à moi de gérer les problèmes relatifs au personnel, dit-elle d'un ton sec, presque agacé.

— Cesse de vouloir tout contrôler, Charlotte. Lâche du lest, pour une fois, répondit-il. Médecins dans le Monde est officiellement mon employeur. Et il s'agit de mon travail, de mes vacances, de ma vie. Donne-moi cette lettre.

— Comme tu veux, dit-elle en lâchant la lettre. Je rentre chez moi. J'appellerai Mike de là-bas et je te dirai ce qu'il en est. Avec un peu de chance, tu vas pouvoir partir vite. Et sache qu'il me tarde autant que toi que cette histoire soit réglée et que tu puisses enfin t'en aller.

Sa lettre froissée à la main, il la regarda sortir du réfectoire. Pour quelles raisons avait-il envie de lui courir après et de l'embrasser jusqu'à ce qu'elle le supplie, encore une fois, de rester ?

10

D'une main tremblante, Charlie replaça le formulaire de fin de contrat sous la pile. Elle prit une profonde inspiration. Colleen était persuadée que Trent avait accepté de rester jusqu'à ce que le nouveau chirurgien se présente. Qu'allait-il se passer si, entre-temps, Trent appelait Mike Hardy ?

Pourvu que le représentant de la Fondation Gilchrist arrive vite et soit impressionné par le travail accompli sur l'hémangiome de Lionel. Trent le séduirait sans aucun doute — simplement parce qu'il séduisait tous ceux qu'il croisait.

Tout allait bien se passer.

Elle ouvrit le courrier et mit les factures de côté. Il faudrait qu'elle consacre du temps à la recherche d'autres donateurs pour ne pas dépendre que de la Fondation Gilchrist. Son père lui avait conseillé de ne pas mettre tous ses œufs dans le même panier et il avait raison. Leurs dons n'arriveraient probablement jamais à la hauteur de ceux de la Fondation Gilchrist, mais cela valait la peine de diversifier ses sources de financement.

Une lettre provenant de New York attira son attention. Etait-il possible que la Fondation Gilchrist lui ait envoyé le chèque sans avoir reçu le rapport de leur représentant ?

Elle déchira l'enveloppe. Ce n'était pas une lettre de la Fondation Gilchrist. Mais sa déception s'envola lorsqu'elle découvrit, joint à la lettre à en-tête, un chèque de cinquante mille dollars, adressé au Programme d'éducation Louisa Edwards.

Le cœur battant, elle lut la lettre d'accompagnement.

« Veuillez trouver ci-joint un chèque de cinquante mille dollars, provenant d'un don anonyme adressé à l'école Louisa Edwards. »

Elle reprit le chèque et le scruta. Cinquante mille dollars. Cinquante mille !

Elle se leva d'un bond et sortit de son bureau. Il fallait absolument prévenir John Adams et son père, qui était avec lui, à l'école. John Adams allait pouvoir embaucher un autre instituteur et acheter tout le matériel dont ils avaient repoussé l'acquisition.

Mais à peine sortie de son bureau, elle fonça la tête la première sur Trent, exactement comme le jour où il lui avait demandé si elle était pressée d'aller manger.

Une fois encore, il la rattrapa par le bras et l'empêcha de tomber.

— Oh ! là ! Il doit y avoir un menu spécial, aujourd'hui ! dit-il.

— Très drôle ! Mais, aujourd'hui, tu peux dire ce que tu veux : rien ne m'atteindra. Tu n'imagineras jamais ce que je viens de trouver dans mon courrier.

— Un sac griffé ? Des escarpins de douze centimètres ? fit-il avec ironie.

— Mieux que ça.

— Un 4x4 neuf ?

Elle brandit le chèque sous son nez.

— Un chèque. Enorme. Pour l'école. Je ne sais pas qui l'a envoyé ni comment ils sont au courant de notre existence. Toujours est-il que nous allons pouvoir recevoir davantage d'enfants, maintenant, et acheter ce que nous n'avions pas les moyens de nous procurer. Tu le crois ?

— Incroyable, en effet.

— Tu te moques de moi ? demanda-t-elle face à son air amusé. Tu n'imagines pas ce que ça représente pour nous. C'est un don du ciel !

Elle passa les bras autour de son cou et, incapable de se retenir, l'embrassa brièvement sur la bouche. Elle recula, mais il avait glissé les bras dans le bas de son dos. Il la regardait à présent avec un air des plus sérieux. Il déposa un baiser doux et chaud sur son front.

— Je suis content pour toi. Vous méritez largement cet argent, John Adams et toi, pour tout le travail que vous avez accompli à l'école. Grâce à vous, ces enfants peuvent changer de vie et s'armer d'outils efficaces pour affronter le monde.

— Toi aussi tu changes la vie des gens, dit-elle en se détachant à regret de son étreinte. Il faut que j'aille annoncer la nouvelle à John Adams et à papa.

— Je peux t'accompagner, si tu veux. J'ai un peu de temps.

La route n'était pas aussi détrempée que la dernière fois qu'ils avaient fait le chemin ensemble jusqu'à l'école. Le cerveau de Charlotte était en ébullition. Elle imagina tout ce à quoi elle pourrait employer cette somme tombée du ciel, jusqu'à ce qu'une pensée lui traverse l'esprit.

Mieux valait peut-être ne pas dépenser cet argent tout de suite, au cas où elle ne disposerait pas des fonds de la Fondation Gilchrist et qu'elle ait toutes les factures de l'hôpital à régler.

Non. Ils géraient l'hôpital et l'école comme deux entités indépendantes, avec des donateurs différents, une comptabilité différente, des projets différents. Cet argent avait été envoyé précisément pour aider le fonctionnement de l'école.

— As-tu réussi à joindre Mike, à propos de ma lettre ? Ou suis-je autorisé à l'appeler moi-même, mademoiselle *Je-suis-la-directrice-de-l'hôpital-et-du-reste-du-monde* ?

— Je suis désolée si je me suis montrée un peu autoritaire et si j'ai laissé entendre que je voulais que tu t'en ailles. En fait, ce n'est pas vrai. Je n'ai vraiment pas envie que tu partes. Mais je suis un peu débordée, en ce moment.

Ça au moins, c'était vrai.

— J'ai eu Colleen, reprit-elle. Apparemment, elle a trouvé un médecin susceptible de venir bientôt, mais ni aujourd'hui ni demain. Je suis désolée. Et je te serais vraiment reconnaissante si tu acceptais de rester un jour ou deux de plus.

Ça aussi, c'était la vérité.

— D'accord. Merci de les avoir appelés. Je vais faire en sorte de rester un peu.

Elle poussa un grand soupir de soulagement et tourna la tête pour observer son profil, son nez aquilin, ses cheveux bruns, ses lèvres sensuelles. Une semaine s'était écoulée depuis qu'elle était allée le rechercher à l'aéroport, mais elle avait l'impression qu'il avait toujours été là.

Elle eut envie de lui prendre la main. A quoi bon ? Non seulement il aurait définitivement quitté le Libéria d'ici quelques jours, mais elle n'osait pas imaginer sa réaction s'il découvrait ses petites manigances. D'accord : ses *grosses* manigances. Son estomac se noua à cette seule idée.

Quatre silhouettes apparurent sur le chemin, venant à leur rencontre. A la vue de son père, de John Adams, de Patience et son petit chien, ses pensées s'envolèrent et elle se précipita vers eux en agitant le chèque.

— Vous n'allez pas en croire vos yeux !

Trent la suivit de loin. Il voulait la laisser partager sa joie avec les deux hommes et la petite Patience. Autant il lui tardait de partir, de reprendre le cours de sa vie, autant il était content de s'être trouvé là au moment où Charlotte avait reçu le chèque. C'était la première fois qu'il était présent lorsque quelqu'un recevait l'une de ses donations. Quel bonheur de voir Charlotte aussi soulagée et aussi contente !

Elle sauta au cou de son père et de John Adams, comme elle l'avait fait avec lui. Enfin, pas tout à fait.

— Tu ne sais pas de qui provient cette donation ? demanda son père.

Elle secoua la tête, faisant chatoyer ses cheveux sous les rayons du soleil.

— J'aimerais bien pouvoir remercier les gens qui ont donné cette somme. Je ne sais pas s'il existe un moyen de connaître leur identité.

— On peut toujours appeler la banque qui a envoyé le chèque et poser la question.

— Oui. Je leur demanderai aussi s'ils veulent que l'argent soit dépensé d'une façon plutôt que d'une autre.

— Ceux qui font des dons anonymes ne tiennent pas à dévoiler leur identité, dit Trent, sans quoi ils ne resteraient pas anonymes. Et si rien n'est précisé, c'est que vous pouvez dépenser l'argent selon vos besoins.

— Bien vu, Trent, dit John Adams. Je pense qu'il vaut mieux respecter leur anonymat.

— D'accord, dit Charlotte en poussant un grand soupir. Je suis tellement heureuse. Mais, au fait, où alliez-vous d'un si bon pas, tous les trois ?

— Papa m'avait promis de m'emmener à la plage mais on n'y allait jamais, parce qu'il disait qu'il allait pleuvoir. Aujourd'hui, il fait beau, alors on peut y aller ! dit Patience, aux anges.

— Puis-je vous accompagner ? demanda Trent.

Il n'avait encore rien vu du Libéria, à part l'aéroport et le trajet jusqu'à l'hôpital et l'école. Or, l'une des facettes vraiment plaisantes de son travail consistait à découvrir de nouveaux paysages.

— Qu'en penses-tu ? demanda-t-il à Charlotte. Thomas est au bloc pour une hernie et j'ai déjà vu mes patients au dispensaire. Les infirmières prennent le relais jusqu'à mon retour.

— Bonne idée ! Je vais voir ce que vous pourriez emporter à manger.

— Pourquoi n'y vas-tu pas, toi aussi ? dit le père de Charlotte. Tu passes ta vie à travailler. Je peux te remplacer un moment, si tu veux.

— Eh bien... Je ne suis pas fan de plage, tu sais. Et puis, tu n'es pas là pour faire mon travail à ma place, dit-elle.

— C'est toi la directrice, certes, mais je fais toujours partie de cet hôpital, dit-il en souriant. Il faut surmonter ta peur, Charlie. Et cela te fera du bien de décrocher un peu. Allez chercher vos affaires. Je me charge du pique-nique avec John Adams.

— Quelle peur ? demanda Trent, surpris qu'elle puisse avoir peur de quelque chose.

— Ce n'est rien. Papa exagère toujours.

— J'exagère ? La dernière fois que tu es allée à la plage, tu as failli avoir un malaise rien qu'en ayant de l'eau au genou.

Joseph Edwards se tourna vers lui.

— Lorsque Charlie était adolescente, alors que nous étions retournés aux Etats-Unis, nous sommes allés nous baigner sans avoir vraiment conscience de la présence de courants d'arrachement. Elle s'est fait emporter au large. Avec sa maman, nous lui criions de se laisser aller, de ne pas chercher à revenir à contre-courant, mais de nager parallèlement au rivage jusqu'à ce qu'elle trouve un endroit où elle puisse regagner la plage.

Charlotte était rouge. Etait-elle gênée par cet épisode qui remontait à son adolescence ?

— J'ai eu l'impression que je ne reviendrais jamais, que j'allais finir par couler ou me faire dévorer par un requin. Depuis, j'ai du mal à aller me baigner.

— Même le bateau est devenu une épreuve pour toi, dit Joseph. Ce qui ne nous a pas facilité les choses, dans certaines occasions. Il faut vraiment que tu surmontes cette angoisse.

— Pourrait-on changer de sujet ? J'ai encore beaucoup de travail, de toute façon.

— Viens, Charlotte. On t'aidera à affronter ta peur, dit Trent, rêvant de lui donner un baiser qui la soigne de toutes ses angoisses. Tu n'es pas obligée de te baigner si tu n'en as pas envie. Mais j'ai une formation en psychiatrie. Je suis persuadé que je ferais un excellent thérapeute.

Il lui adressa un sourire moqueur, dans l'espoir de la voir se détendre et changer d'avis.

— Vas-y, Charlie, dit Joseph. Je me sentirai moins coupable de t'avoir laissée nager dans ces courants.

Elle poussa un soupir exagérément sonore.

— C'est donc pour que tu te sentes mieux qu'il faut que j'affronte ma peur ? Bien, j'y vais. Mais je ne promets pas de me jeter à l'eau.

— Tu n'as pas besoin de promettre quoi que ce soit. Nous pourrons nous contenter de construire le plus beau château de sable du monde pour la princesse Patience.

— J'adore les châteaux de sable ! s'écria Patience. Je n'aime pas trop nager non plus. On pourra juste s'amuser sur la plage tous les quatre.

Trent alla chercher son maillot, sa serviette et sa mallette médicale, qu'il avait l'habitude d'emporter en toutes circonstances. En marchant vers le 4x4, il eut une vision de Charlotte en maillot de bain, de ses courbes parfaites, sa peau douce et satinée… Il se félicita qu'elle soit escortée par un petit chaperon.

11

La petite troupe traversa des champs de papayers, de manguiers et des forêts de caoutchoucs avant d'atteindre le Grand Cape Mount puis, enfin, le littoral. John Adams s'était proposé pour conduire, mais bien entendu Charlotte avait tenu à prendre elle-même le volant. Pour quelles raisons cette femme avait-elle besoin de tenir les rênes tout le temps ? Etait-elle incapable de profiter d'un voyage simplement en admirant le paysage ?

Patience parla avec enthousiasme, sans discontinuer, jusqu'à ce que son père lui promette une pièce si elle parvenait à se taire pendant cinq minutes. Elle ne resta pas silencieuse plus de trente secondes, aussi Trent décida-t-il de l'amuser avec un tour de cartes.

Charlotte gara le véhicule sur le bord de la route.

— Y a-t-il une seule personne que tu ne parviennes pas à charmer ? demanda-t-elle, tandis qu'ils sortaient leurs affaires du coffre. A l'hôpital, tout le monde t'appelle M. Sourire.

— Tout le monde ? Toi aussi ?

— Oui. Je suis vraiment ravie que tu sois là. Et que tu aies accepté de rester jusqu'à l'arrivée du chirurgien.

Elle arborait un sourire un peu tendu. Regrettait-elle d'avoir passé ces bons moments avec lui ? Ou peut-être avait-elle le même problème que lui : elle mourait d'envie de reprendre les choses là où ils les avaient interrompues lorsque son père avait surgi chez elle au beau milieu de la nuit et, comme lui, elle savait que c'était une très mauvaise idée.

Lorsqu'ils arrivèrent sur la plage, il s'arrêta pour apprécier le spectacle qui s'offrait à eux. Une grande bande de sable blanc s'étendait à perte de vue, et la brise marine faisait ondoyer les branches de grands palmiers. Le lagon, protégé des remous de l'océan par un large banc de sable, était d'un bleu turquoise intense. Quelques maisons anciennes, de bois, très pittoresques, faisaient face à l'océan.

— De quand datent ces maisons, sur la plage ? demanda-t-il.

— Robertsport a été l'une des premières colonies fondées par les esclaves affranchis. Cela remonte à 1829. Certaines ont plus de cent cinquante ans.

— C'est incroyable qu'elles aient résisté jusqu'ici.

Des canoës multicolores, creusés dans des troncs d'arbres, étaient couchés sur le sable et des hommes pêchaient à la senne sur le rivage, tantôt dans l'eau tantôt sur le sable.

Plus loin, au large, à l'endroit où d'énormes vagues se brisaient en de puissants rouleaux, il aperçut une poignée de surfeurs.

— Je ne savais pas que l'on surfait ici aussi, comme au Sénégal.

— On m'a raconté qu'un Anglais qui travaillait dans l'humanitaire surfait ici, il y a six ou sept ans, ce qui a donné envie à des Libériens d'essayer. La zone commence à être réputée. Ils organisent des compétitions, ce qui fait aussi affluer les touristes.

— On pourrait essayer ? dit-il pour plaisanter.

Vu la taille des vagues au large, elle ne risquait pas d'accepter. Cela dit, au bord, la mer était calme. Comment pourrait-il l'aider à surmonter sa phobie et la convaincre peu à peu de s'approcher de l'eau ?

— Papa ! Tu viens m'aider à construire un château ? demanda Patience une fois qu'ils eurent posé leurs affaires sur le sable.

— Et si nous mangions, avant d'aller jouer ? On a apporté du riz wolof. Personnellement, je suis affamé.

— Tu es *toujours* affamé, papa, dit Patience.

La petite fille regardait son père avec un sourire plein de tendresse qui l'émut autant que la nouvelle de Chase et Dani attendant un deuxième enfant. Une bouffée de ce qui ressemblait à... de la tristesse ? de la mélancolie ? monta en lui à l'idée qu'il ne connaîtrait probablement jamais le lien unissant un père à ses enfants. Cela dit, il ne se faisait pas non plus d'illusions : toutes les familles n'étaient pas aussi soudées qu'elles en avaient l'air. Parfois, le gouffre était même abyssal.

Après avoir déjeuné et s'être lancé dans la construction d'un château entouré de douves, Trent se leva et s'adressa à Charlotte, occupée à lisser la dernière tourelle du château.

— Mademoiselle Edwards, c'est l'heure de votre séance de psychothérapie.

Elle se raidit aussitôt.

— Je n'ai pas fini le château. Plus tard, peut-être.

— Allez, il fait chaud. Allons nous rafraîchir un peu.

— Je vais d'abord regarder Patience, elle voulait apprendre à nager dans le lagon.

— Bonne idée ! dit John Adams en se levant.

Patience changea soudain d'expression.

— Je ne veux pas aller nager.

— Pourquoi ?

— Parce qu'il y a des monstres marins dans le lagon. Ils l'ont dit à l'école.

— Mais, non, Patience, il n'y a pas de monstres marins dans le lagon.

— Si ! On ne les voit pas mais ils sont sous l'eau, et ils attrapent les gens quand ils nagent, et on ne sait pas où ils vont.

John Adams s'approcha d'elle et la serra contre lui.

— Ma chérie, je te promets que ces monstres n'existent pas. Ce sont des histoires que les gens racontent. Viens, je vais avec toi.

Patience serra plus fort la jambe de son père.

— Non, je ne veux pas !

Comme pris d'une illumination, Trent avança vers la petite fille. Il y avait peut-être le moyen de faire d'une pierre deux coups.

— Patience, tu sais que Charlie a peur d'aller dans l'eau à cause des courants ?

Elle leva vers lui un œil méfiant et hocha la tête.

— Mais elle va essayer d'affronter sa peur et d'aller dans l'eau malgré tout, tout doucement. Quand elle aura réussi à aller se baigner, peut-être que tu auras envie de nous rejoindre pour t'amuser avec nous ? Qu'en dis-tu ?

Patience tourna la tête vers Charlotte, qui le regardait désormais avec une expression agacée. Il aurait éclaté de rire s'il n'avait pas su qu'elle était véritablement terrifiée.

— Si Charlie va dans l'eau et qu'elle ne se fait pas attraper par un monstre, peut-être que j'irai aussi, après.

— Merci pour tes encouragements, Patience. Je vais donc aller me baigner ! Et merci à *toi*, Trent, de ne pas me laisser le choix. Je vais me changer, je reviens.

— Je vais goûter l'eau, répondit-il en courant vers la mer.

Il sauta par-dessus les petites vagues du bord avant de se jeter la tête la première, priant pour que l'eau le rafraîchisse autant à l'intérieur qu'à l'extérieur. Puis il se laissa porter par une vague jusqu'au bord et alla accueillir Charlotte, dont le Bikini rose mettait les magnifiques courbes en valeur. Il mourait d'envie de caresser sa peau à peine hâlée. Comment allait-il résister ?

— Prête ?

— Pas vraiment. Mais puisqu'il dépend désormais de moi que Patience n'ait plus peur de se baigner, je n'ai pas le choix, répondit-elle entre ses dents.

— Ne sois pas fâchée. Tu es en train de faire un acte important, pour elle comme pour toi. Et ne t'inquiète pas. Je suis là. Si tu n'y arrives pas, nous retournerons sur la plage. Tu n'es obligée à rien.

Elle hocha la tête et agrippa la main qu'il lui tendait pour entrer dans l'eau, d'abord jusqu'au genou puis, progressivement, jusqu'à la taille.

— Veux-tu t'accrocher à mes épaules pendant que je nage, pour te familiariser un peu avec l'eau ?

— Je ne suis pas très à l'aise, mais je n'ai pas cinq ans. C'est un peu ridicule, non ?

— Pas si cela te permet de te détendre. Viens, passe les mains autour de mon cou, sans serrer, évidemment !

A sa grande surprise, elle s'exécuta. Il se mit à nager dans les vagues, se délectant de la caresse de l'eau et de la douceur de la peau de Charlotte sur son dos.

— Ça va ? demanda-t-il quand une vague plus grosse les éclaboussa.

— Ça va. C'est vrai que c'est agréable.

— Veux-tu essayer de nager toi-même, si je te soutiens ?

— Mmoui, répondit-elle sans grande conviction.

Mais elle lâcha son cou et se laissa glisser contre lui. Il se retourna doucement. Son visage était à quelques centimètres du sien, ses lèvres légèrement entrouvertes, ses cheveux mouillés et plaqués. Comment ne pas avoir envie de l'embrasser ? D'autant qu'il sentait à présent le contact de sa poitrine contre son torse, de ses jambes glissant sur les siennes.

— En fait, ça va à peu près, dit-elle en se laissant porter.

A peu près était le terme. Il luttait contre l'envie de dévorer ses lèvres, de glisser sa main dans son maillot de bain pour caresser ses seins, ses fesses, l'intérieur de ses cuisses...

Plus rien n'existait que leurs deux corps flottant dans l'océan. Complètement happé par ses sensations, il ne vit pas arriver une vague, qui passa par-dessus eux et les engloutit.

Charlotte poussa un cri perçant. Il la rattrapa par la taille et sentit ses bras agripper son cou.

— Tiens-toi, dit-il en se laissant porter par les vagues en direction du banc de sable.

— Tout va bien ?

— Oui. Maintenant, je sais exactement ce que peut ressentir une planche de surf. Ou une algue.

— En tout cas, ça a fonctionné. Regarde !

De l'autre côté du lagon, Patience faisait la planche dans les bras de son père, qui avait fait en sorte de leur laisser une certaine intimité.

— Vous avez été aussi courageuses l'une que l'autre.

— C'est bien parce que tu me tenais, dit-elle en souriant. En tout cas, je suis contente. Et même étonnée de ne pas avoir aussi peur que je le craignais.

— Il est normal d'avoir peur de l'eau après s'être fait emporter par un courant. C'est juste une toute petite faille dans ton tempérament de feu. Bravo d'avoir osé entrer dans l'eau. Tu es la femme la plus courageuse que je connaisse.

Il ôta une mèche de cheveux qui lui barrait le front et la glissa derrière son oreille. Alors il remarqua un détail qui lui avait échappé auparavant. Son oreille avait une forme particulière et était traversée par une cicatrice à peine visible, mais qui ne pouvait pas échapper à son œil de chirurgien. Il posa doucement ses lèvres sur elle.

— Qu'est-ce qui est arrivé à ton oreille ? demanda-t-il.

— Mon oreille ?

Il déposa de petits baisers sur son cou, sa mâchoire, son menton puis sur ses lèvres mouillées et salées, avant de relever la tête.

— Oui, ton oreille. C'est un accident, ou c'est de naissance ?

Elle demeura silencieuse un instant en le fixant dans les yeux. Puis elle soupira.

— C'est une microtie congénitale.

— De quel grade ? C'est juste une malformation externe ?

— Non, c'est une microtie de grade III. Quand je suis née, j'avais un petit bout de chair rabougri à la place de l'oreille, mais j'ai eu la chance que le conduit auditif existe, si bien que j'entends plutôt bien, maintenant.

— C'est aux Etats-Unis qu'on t'a opérée ?

— Oui. Ils ont attendu que j'aie neuf ans, pour que mon oreille ait pratiquement atteint sa taille adulte. Je crois que maintenant on opère plus tôt dans ce genre de cas. C'est mieux pour les enfants.

Elle eut un petit rire sans joie.

— A l'école, on m'appelait Charlotte sans oreille. Ça a été difficile, par moments.

— Les enfants peuvent être durs. Maintenant je comprends pourquoi tu es aussi fière.

La tristesse qui avait assombri son regard s'envola comme par enchantement.

— Je ne suis pas fière. C'est juste que je préfère conduire ma voiture et faire ce que bon me semble plutôt que de perdre mon temps à brosser l'ego d'un homme dans le sens du poil.

— Heureusement que mon ego est surdimensionné, sans quoi tu aurais réduit ma sensibilité en miettes.

— Ta sensibilité ? Quelle sensibilité ? dit-elle d'un air faussement incrédule.

— Tu pourrais être surprise.

Elle l'aurait sans doute été si elle avait su le tumulte intérieur qui l'habitait depuis quelques jours. Son hésitation permanente entre l'envie de quitter cet endroit et celle d'y rester le plus longtemps possible.

— Ils ont pris du cartilage sur tes côtes pour reconstituer ton oreille ?

— Oui, en trois fois. J'ai une toute petite cicatrice près du sternum.

— En tout cas, le chirurgien a fait du bon travail. Tu as dû être contente !

— Contente ? fit-elle avec un grand sourire. Pour la première fois de ma vie, je me suis sentie normale. C'était incroyable.

— Je comprends maintenant pourquoi tu tiens tant à ce service de chirurgie plastique.

Lorsque les mains de Charlotte remontèrent dans son dos, il prit ce geste pour une invitation à l'embrasser. Sa bouche, douce et salée, était irrésistible.

Elle hocha la tête. Son regard avait retrouvé l'intensité qui les rendait d'un vert surréel, cette passion qui l'éclairait si souvent et qui était une partie constitutive de son être.

— Je sais qu'opérer des gens pour leur sauver littéralement la vie est plus important que d'aider des patients à changer de visage. Mais, dans certains cas, changer de visage peut aussi permettre de changer de vie. Le regard que l'on porte sur soi est essentiel pour se construire, psychiquement parlant. J'ai eu une chance que beaucoup n'ont pas. Alors si je peux contribuer à ce que d'autres se sentent un jour de nouveau normaux, je veux tout faire pour.

Pour toute réponse, il prit son visage en coupe entre ses mains, et l'embrassa. Dès l'instant où il l'avait rencontrée, elle l'avait impressionné. Aujourd'hui, sa volonté de transformer une expérience négative en impulsion pour aider les autres à vivre mieux la rendait encore plus admirable.

Elle entrouvrit les lèvres et il savoura ce goût qui n'appartenait qu'à elle, celui de la passion avec laquelle elle pensait et agissait et qui, soudain, l'emporta plus loin qu'aucune vague n'aurait pu le faire.

12

Charlie s'abandonna au plaisir mêlé des vagues venant caresser leurs corps et des lèvres fraîches et salées de Trent sur les siennes, des muscles de son dos sous la douceur de sa peau.

Elle fourragea dans ses cheveux mouillés, épais et sexy, aussi noirs que le charbon libérien. Ses cuisses musclées contre les siennes, sa bouche, ses mains, son désir la ramenèrent à la nuit incroyable qu'ils avaient passée ensemble à faire l'amour.

— Charlotte, murmura-t-il en laissant sa bouche parcourir son cou, sa gorge, la naissance de ses seins. J'ai envie de toi, de faire l'amour ici, maintenant. Que nos deux corps s'unissent dans les vagues. Viens, personne ne va venir plonger pour voir ce que nous faisons sous l'eau.

Des éclats de rire leur firent lever la tête en direction du lagon. Patience était en train d'éclabousser son père.

— Bon, ce n'est peut-être pas le meilleur endroit ni le meilleur moment, admit-il. Il va sans doute falloir reporter cela à plus tard.

Elle crut défaillir à ces mots. John Adams et Patience avaient beau se trouver tout près, de l'autre côté du lagon, elle ne pouvait se résoudre à se détacher de Trent ni à se lever. L'eau clapotant sur leurs corps enlacés formait le plus délicieux des cocons, dont elle ne serait sortie pour rien au monde.

— Si je comprends bien, notre marché est rompu.

— Notre marché ?

— La décision que nous avions prise de ne pas sortir du cadre professionnel.

— Pour être honnête, je n'ai jamais pu m'y faire, dit-il avec un sourire en coin, irrésistible. Peut-être pourrions-nous conclure un nouveau marché, légèrement différent.

— Comme par exemple ?

— Nous pourrions faire l'amour encore une fois, pour apaiser la tension sexuelle très forte qui existe entre nous. Et redevenir des collègues pendant les derniers jours de ma présence ici. Nous pourrions éviter les adieux une seconde fois, ce que, de toute évidence, nous détestons l'un comme l'autre.

L'idée de faire l'amour avec lui fit redoubler les battements de son cœur déjà fou.

— D'accord. Juste une fois.

— Une seule fois. Alors...

Des cris l'interrompirent. Ils tournèrent la tête à l'unisson vers quelques surfeurs qui sortaient de l'eau, portant un corps inanimé.

Trent se leva et courut, suivi de près par Charlotte. Lorsqu'il arriva, le groupe de surfeurs s'était rassemblé autour d'un jeune homme assis sur le sable, qui se tenait le front, la main en sang. L'un des jeunes gens avait transformé une chemise en compresse.

— Bonjour, je suis médecin, dit Trent en s'approchant du groupe. Je vais jeter un coup d'œil.

— Vous êtes médecin ? dit un surfeur, apparemment surpris et soulagé qu'un professionnel se trouve là au moment où on avait besoin de lui.

— Oui. A l'hôpital Edwards, que dirige mademoiselle, dit-il en adressant à Charlotte un large sourire, avant de s'accroupir auprès du blessé. Comment vous appelez-vous ? Et que s'est-il passé ?

— Murvee Brown, répondit-il en ôtant de sa blessure la chemise rouge de sang qui lui servait de compresse. Tout allait bien mais ma planche s'est retournée et je crois que je me suis pris l'aileron.

— Effectivement, dit Trent en scrutant la plaie qui s'étendait en diagonale, du cuir chevelu au sourcil.

Elle semblait profonde — cinq centimètres peut-être — mais il était difficile de comprendre pourquoi l'hémorragie était aussi importante.

— Tu ne t'es pas loupé ! dit l'un des surfeurs en s'approchant pour examiner son ami. Tu as de la chance qu'on soit tombé sur un médecin !

Murvee leva des yeux inquiets vers lui.

— Vous prenez cher ? demanda-t-il. Je n'ai pas beaucoup d'argent. Ma mère travaille au marché, mais elle a besoin de ce que je gagne pour élever mes frères et sœurs.

— Tenez ça et appuyez fermement sur la blessure pour arrêter l'hémorragie. Et ne vous inquiétez pas. Mlle Edwards me paie bien.

Charlotte leva les yeux au ciel mais lui rendit son sourire.

— Comment vous sentez-vous ? Vous n'avez pas la tête qui tourne ?

— Non, ça va.

— Je vais vous emmener à l'hôpital pour vous faire des points.

— Non, je ne peux pas aller à l'hôpital. Il faut que je rentre chez moi et que j'aille travailler.

— Murvee...

— On peut peut-être le suturer dans la voiture ? dit Charlotte avec un air entendu. Tu as pris ta mallette.

— D'accord, répondit-il, se tournant ensuite vers le blessé. Si vous avez le moindre malaise, surtout, dites-le-moi.

Deux jeunes gens aidèrent Murvee à se lever et à marcher jusqu'au 4x4. Par chance, ce dernier ne semblait ni en état de choc ni pris de vertiges. Ils le firent s'allonger sur une couverture, les pieds dépassant de la voiture par la vitre ouverte.

— Que puis-je faire pour t'aider ? demanda Charlotte tandis qu'il ouvrait sa mallette.

— Avons-nous emporté de l'eau ? Et reste-t-il une serviette propre, qui ne soit pas pleine de sable ?

— Je vais te trouver ça.

— Parfait. Voyons si l'hémorragie s'est calmée.

C'était le cas. Trent s'installa du mieux qu'il put dans l'espace restreint et posa sa lampe, de la gaze, de la bétadine, un anesthésiant local et un kit de suture près du jeune homme. Puis il se lava les mains à l'aide d'un gel antibactérien et enfila des gants.

— Voici les serviettes et l'eau, dit Charlotte.

Il la regarda, émerveillé de sa capacité à agir avec rapidité et efficacité, comme toujours. Elle ne semblait pas particulièrement bouleversée par la plaie qu'ils avaient sous les yeux, et devant laquelle beaucoup de personnes auraient détourné le regard avec dégoût, voire se seraient évanouies.

— Veux-tu nettoyer la blessure avant que je la suture ? Nous allons mettre cette serviette sous sa tête. Lorsque j'aurai injecté la lidocaïne, tu pourras verser un filet d'eau sur la plaie.

Il remplit la seringue de produit anesthésiant.

— Tout va bien, Murvee ? Je vais vous piquer pour vous anesthésier localement.

— Oui. Merci de vous occuper de moi, docteur.

— C'est une chance que nous soyons venus à la plage aujourd'hui. C'est parfait, merci, dit-il à l'attention de Charlotte, avant d'imbiber une gaze de solution antiseptique.

Elle reposa la bouteille d'eau et prit la main du jeune homme dans la sienne.

— Depuis combien de temps surfez-vous, Murvee ?

— Avec mes copains, on surfe depuis un an. On a vu un Anglais sur sa planche, il y a quelque temps. Il a expliqué à tout le monde comment il fallait s'y prendre. Cela nous a donné envie d'essayer. J'aimerais bien faire les championnats du Libéria, d'ici cinq ans.

Après avoir sorti le matériel nécessaire pour la suture, Trent jeta un coup d'œil à Charlotte, pleine d'attention et de douceur vis-à-vis du jeune blessé. Tant de facettes différentes se complétaient pour donner forme à la femme magnifique qu'elle était : une directrice d'hôpital responsable, mais aussi une femme douce et féminine, une amante tout feu tout flammes et, à présent, une aide médicale efficace et chaleureuse, qui essayait de distraire Murvee de ce qu'il s'apprêtait à subir.

— Charlotte, veux-tu tenir la lampe au-dessus de la plaie, s'il te plaît ?

Les arbres sous lesquels elle avait garé le 4x4 les protégeaient un peu de la chaleur mais leur ombre n'était pas idéale dans le cadre d'une intervention chirurgicale. La plaie était profonde, il faudrait trois sutures différentes pour la refermer correctement et qu'elle ne laisse pas de cicatrice trop voyante. Lorsque tout cela serait terminé, il faudrait qu'il félicite Charlotte pour sa participation en tant qu'assistante. Elle était parvenue à apaiser Murvee et à faire en sorte qu'il ne s'évanouisse pas à l'idée de se faire transpercer le front par une aiguille.

Cela dit, sa présence était loin de l'apaiser, lui.

— Qu'est-ce que vous faites, exactement ? demanda Murvee.

— La blessure était si profonde que votre crâne était visible.

— Vous plaisantez ?

— Pas le moins du monde. J'ai donc dû réparer la galéa, c'est-à-dire la couche qui recouvre l'os. Ensuite, je recouds la couche qui se trouve sous la peau, qui s'appelle le tissu sous-cutané.

— C'est incroyable ! s'exclama le jeune homme.

— Le corps humain est incroyable. L'avantage d'être médecin, c'est qu'on apprend en quoi et pourquoi il l'est.

— Je vais avoir une énorme cicatrice, alors ?

— Quand j'aurai fini de recoudre votre front, vous ressemblerez un peu à Frankenstein, ce dont vos copains seront sans doute jaloux. Mais j'ai procédé à trois sutures différentes, avec des points très petits, ce qui va permettre une guérison et une cicatrisation rapides. On ne devrait presque pas voir la cicatrice. Vous serez aussi beau qu'avant, et vous aurez autant de succès auprès des filles.

Murvee sourit.

— Vous pourrez même leur raconter que vous vous êtes blessé en surfant ici, et que vous avez été opéré par l'un des plus grands chirurgiens internationaux, dit Charlotte.

— Carrément, dit Trent.

Plaisantait-elle ?

Quoi qu'il en fût, c'était très agréable de l'entendre parler de lui en ces termes, même s'il n'avait pas besoin d'être complimenté sur son travail pour être heureux de l'exercer.

— Vu tes compétences techniques, dit-elle, tu pourrais être le chirurgien esthétique attitré des stars de Beverly Hills !

— C'est ça, ta conception de la réussite professionnelle ? demanda-t-il sans se déconcentrer de la suture.

C'était justement ce qu'il avait fait pendant des années, et qu'il avait fui, ne supportant plus la vanité des préoccupations des gens dans ce milieu. Personne n'avait compris son geste, à l'époque.

— Tu plaisantes, j'espère ! répondit-elle. Si c'était ainsi que je concevais une carrière accomplie, je ne serais pas en train de faire vivre un centre hospitalier et une école au fin fond du Libéria.

Il leva les yeux vers elle. Les compliments qu'elle lui avait adressés étaient sincères.

— Je sais qu'en venant ici tu as préféré le fond à la forme, dit-il. A part en ce qui concerne ces ongles de pieds vernis, que je trouve des plus glamours.

— Tu aimes ? J'ai justement changé de couleur hier soir.

Leurs regards se croisèrent et elle lui sourit.

— Oui, j'aime bien, dit-il avant de se reconcentrer sur la blessure de Murvee.

Il ne devait pas se laisser happer par l'envoûtant mélange de féminité et de détermination de Charlotte.

— Murvee, puis-je prendre une photo de votre cicatrice ? demanda-t-elle.

Elle sortit son portable et prit quelques clichés. Dans quel but ? Peut-être comptait-elle s'en servir pour l'ouverture du service de chirurgie. Cela dit, il n'était pas encore fonctionnel.

Trent donna des antibiotiques à Murvee et lui indiqua quels soins prodiguer à sa cicatrice.

— Pourrez-vous aller vous faire enlever vos points à l'hôpital d'ici une semaine ? Je sais que ce n'est pas la porte à côté. Je ne serai probablement plus là mais on s'occupera de vous. Et il vaudrait mieux qu'on vous fasse une piqûre antitétanique.

— On a un scooter. Je le prendrai pour venir. Merci pour tout, docteur.

Murvee lui serra la main, ainsi que celle de Charlotte, avec un immense sourire. On n'aurait pas dit qu'il venait de se blesser et de se faire suturer.

— Je vous en prie. Nous étions juste là au bon moment.

Le jeune homme se leva et reprit le chemin de la plage. Trent tendit la main vers Charlotte, dont le regard le fit presque tomber à la renverse.

— Etes-vous prête, mademoiselle Edwards ?

— Oui, nous pouvons repartir à l'hôpital.

Avait-elle conscience que retourner à l'hôpital n'était pas exactement ce qu'il avait en tête ?

13

Lorsque Charlie gara le 4x4, l'hôpital était déjà plongé dans l'obscurité. Elle avait déposé Trent devant son logement, résistant au regard sans équivoque qu'il lui avait adressé en s'éloignant de la voiture.

Elle demeura un moment immobile, l'estomac vrillé à l'idée d'avoir manipulé Colleen, Trent et toutes les personnes concernées de près ou de loin par l'arrivée du nouveau chirurgien. Cela dit, cette pensée ne suffit pas à la faire renoncer à ses plans, ni à la perspective de revivre le grand frisson d'une nuit d'amour avec Trent.

Le seul hic était la présence chez elle de son père, qui comptait rester encore un jour ou deux. Cela excluait d'emblée la possibilité d'inviter Trent à passer la nuit dans son lit, comme la première fois. Dans ce cas, où allaient-ils pouvoir se retrouver ?

Elle eut envie de sauter de la voiture et de courir frapper à sa porte, alors qu'elle venait juste de le quitter. Etait-elle devenue une obsédée sexuelle ? La pensée la fit sourire, l'espace d'un instant, mais son désir prit le dessus, attisé par l'idée que leurs retrouvailles aient lieu dans le plus grand secret. Désormais, elle ne chercherait plus à lutter contre son envie de faire l'amour avec Trent puisqu'elle *ferait* l'amour avec lui. Une dernière fois.

La question était donc de savoir si elle devait rentrer chez elle, se doucher, dîner avec son père et trouver un prétexte pour ressortir, ou s'il valait mieux ne pas rentrer du tout. Après tout, son père lui avait dit de profiter de sa journée. Il imaginerait sans doute qu'elle était restée tard à la plage.

Non, ce n'était pas possible : John Adams et Patience étaient déjà rentrés, eux aussi. Il avait dû les croiser.

Elle secoua la tête en se rappelant qu'elle avait vingt-sept ans et qu'elle était adulte. De plus, son père n'était ni naïf ni stupide. Elle ouvrit la portière et descendit du 4x4. Elle passerait le saluer et lui dire qu'elle avait prévu de dîner avec Trent. Sans préciser s'il s'agissait d'un dîner aux chandelles ou de finir les restes entre collègues dans les cuisines de l'hôpital.

Le son d'un morceau de jazz l'accueillit lorsqu'elle ouvrit la porte. Son père était assis dans l'un des fauteuils qu'elle avait achetés en arrivant, car aucun meuble n'avait résisté aux pillages pendant la guerre. Il avait des dossiers ouverts sur les genoux et leva les yeux, un grand sourire aux lèvres.

— Ma fille a-t-elle réussi à se baigner, aujourd'hui ?

— Oui. Je me suis même laissé porter par une vague jusqu'au rivage.

— Bravo ! Je suis vraiment fier de toi. Et pas seulement parce que tu as osé entrer dans l'eau aujourd'hui. Je suis impressionné par tout ce que tu as réalisé avec les moyens dont tu disposes. Tu as fait des miracles, d'autant que tout était presque en ruine.

— Merci, papa. Cela me touche.

Lorsque ses parents avaient approuvé son souhait de redonner vie à l'hôpital et à l'école de ses aïeux, elle s'était trouvée face à un défi intimidant, effrayant. Mais John Adams lui avait apporté une aide précieuse, grâce à laquelle elle était parvenue à aller au bout du projet, ce dont elle était fière, à présent.

— Je sais que tu tiens beaucoup à ce service de chirurgie plastique et reconstructrice. Tu en as bavé, quand tu étais petite.

— Tout a un sens, papa, tu le sais aussi bien que moi. Si mon expérience peut aider d'autres personnes à aller mieux...

— Tu as raison, Charlie. Mais j'ai quelques petites questions à te poser, pas en tant que père, mais en tant que chef d'entreprise. Car ce centre doit être géré comme une entreprise.

Elle déglutit, inquiète de ce qui allait suivre.

— Que se passerait-il si, pour une raison ou pour une autre, l'argent de la Fondation Gilchrist n'arrivait pas ? As-tu un plan de secours ?

Elle ferma les yeux un moment. Comment répondre ? Devait-elle lui dire qu'elle était consciente depuis le début de prendre des risques inconsidérés ? Ou le rassurer ?

Elle rouvrit les yeux et décida d'être honnête.

— En fait, non, je n'ai pas de plan B. Si la fondation n'envoie pas cet argent, je serai dans la mouise jusqu'au cou. J'ai sollicité d'autres organismes, mais tant que l'argent n'est pas sur notre compte...

— Bon. Quand dois-tu recevoir la donation de la Fondation Gilchrist ?

— Incessamment. J'attends la visite d'un représentant d'un jour à l'autre, qui vérifiera si toutes les conditions requises sont remplies.

— Mais justement : tu n'as pas encore de chirurgien plasticien sur place.

— Si : Trent. Il faut qu'il soit là quand le représentant donnera son feu vert.

Il la regarda droit dans les yeux.

— Est-ce vraiment clair dans l'esprit de Trent ?

Pour une fois, elle regretta que son père soit aussi intuitif.

— Non, je ne lui ai pas dit clairement. Cela ne me semblait pas nécessaire.

— Son rôle n'est pourtant pas négligeable dans l'affaire.

— C'est l'histoire de quelques jours, c'est tout. Il a opéré un enfant d'un hémangiome l'autre jour, et, aujourd'hui, il a recousu un surfeur qui s'était blessé au front, sur la plage. Mais il ne veut pas faire de la chirurgie plastique son unique activité. Je lui ai juste demandé d'opérer quelques patients gravement atteints avant son départ définitif.

— Trent a l'air d'être un type bien. Tu devrais lui dire la vérité.

La vérité ? Son père ignorait tout de ses mensonges. Elle n'osait imaginer sa réaction s'il apprenait qu'elle avait entourloupé tout le monde. Serait-il encore fier de tout ce qu'elle avait accompli ?

— Ne t'inquiète pas, papa. Je gère parfaitement la situation. Nous allons recevoir les fonds et tout rentrera dans l'ordre.

— Je te le souhaite, Charlie. Maintenant, il y a autre chose dont je voudrais te parler, dit-il en croisant les mains sur ses genoux. Je sais que tu travailles dur et que tes objectifs sont louables. Mais n'as-tu pas peur qu'il finisse par te manquer quelque chose ?

— Quelque chose ?

— Oui. Une vie privée.

Il se leva et posa les mains sur ses épaules.

— N'as-tu jamais envisagé d'avoir une relation avec un homme d'ici ? Ou l'un de ces médecins de passage ? J'ai eu l'occasion de rencontrer ce Perry Cantwell. Il est très sympathique. Je sais qu'il n'est pas facile de rencontrer quelqu'un dans un endroit reculé comme celui-là. Mais il ne faut pas que tu donnes tout de toi à cet endroit et qu'il ne te reste plus rien à partager avec quelqu'un. J'ai vu plusieurs personnes tomber dans cet écueil et je ne veux pas que cela t'arrive.

— Cela ne m'arrivera pas, papa. Il faut juste que j'ouvre ce service de chirurgie et qu'il fonctionne, ensuite j'aurai plus de temps pour penser à autre chose. A ce propos, je dîne avec Trent, ce soir. Cela ne te dérange pas de rester seul ? Il y a des tas de restes à finir, si tu veux.

L'expression soucieuse de son père fit place à un large sourire.

— Avec plaisir ! J'adore finir les restes.

— Alors c'est parfait !

Elle prit son père dans ses bras et déposa un gros baiser sonore sur sa joue. L'idée de renoncer à jamais à sa liberté de célibataire, à son indépendance dans sa vie privée comme dans la gestion de son hôpital, la fit frémir. Tout comme la pensée qu'une seule nuit avec Trent puisse suffire à satisfaire ses besoins affectifs et sexuels pour les mois et les années à venir.

— Merci pour tes conseils, papa.

— Je t'en prie, dit-il en la serrant à son tour contre lui. Va vite !

Charlie sortit dans l'air moite et suffocant et se dirigea vers l'hôpital. Une énorme lune gibbeuse éclairait la nuit d'une lumière blanchâtre. Charlotte avançait à pas lents et mesurés, concentrée sur les mots de son père.

Pourrait-il y avoir autre chose entre Trent et elle que des moments de plaisir physique intense ponctuant une relation d'amitié ? Cette complicité si particulière fondée sur leur envie de travailler dans des pays où les besoins en tout étaient immenses, alors qu'ils étaient nés tous les deux aux Etats-Unis ?

Non. Ce qu'ils avaient vécu au cours de cette fameuse nuit était le résultat des longs mois où ils s'étaient exclusivement consacrés à leur travail. Le désir qu'ils avaient éprouvé l'un pour l'autre n'était que l'expression d'un manque physique. Trent devait éprouver la même chose pour certaines des femmes qu'il croisait sur sa route et qui, selon les rumeurs, étaient nombreuses. Il avait la réputation, au sein de Médecins dans le Monde, de passer son temps en douce compagnie, entre deux missions dans le monde.

Et alors ? C'était un détail qu'elle connaissait depuis le début.

Passer une nouvelle nuit aussi torride que la précédente avec cet homme fantastique était une idée attrayante. Juste une nuit. Sans lendemain, sans projets d'avenir, sans tirer de plans sur la comète.

Lorsqu'elle fut en vue du bâtiment dans lequel étaient logés les employés de l'hôpital, ses jambes se mirent à flageoler. Quand ils se roulaient dans les vagues, il avait bien dit qu'il voulait passer une dernière nuit avec elle ? Que penserait-il maintenant, hors contexte, alors qu'ils étaient de retour sur la terre ferme et habillés ?

— Charlotte ? C'est toi ? dit une voix qui la fit sursauter.

Le corps de Trent se matérialisa comme par magie devant elle.

— Oui, dit-elle d'une voix hachée. Je... Je venais voir si tu voulais venir manger un morceau avec moi.

— Tu as encore faim ? Ça ne m'étonne pas. Voyons ce que je peux faire pour toi...

Malgré l'obscurité, elle vit ses yeux briller puis, avant qu'elle n'ait le temps de comprendre ce qui lui arrivait, il s'approcha d'elle, la prit dans ses bras et l'embrassa.

Un baiser intense, profond, loin des baisers fugaces qu'il avait déposés dans son cou au bord de l'eau. Elle avait l'impression que le moindre centimètre carré de son corps entrait en résonance avec le sien : ses lèvres, son torse, ses cuisses, ses bras puissants et ses mains chaudes dans son dos.

Un gémissement s'échappa de sa gorge. Elle avait envie de lui, envie de la chaleur qui montait en elle et la consumait peu à peu.

Il s'écarta de quelques millimètres et posa sa bouche sur ses paupières, son nez, ses lèvres.

— J'adore le goût de tes lèvres, Charlotte. Plus je te goûte, plus j'ai envie de te dévorer. Tu es bien plus alléchante que le plus appétissant de tous les dîners.

Elle sentit ses jambes se dérober sous elle et s'il ne l'avait pas serrée comme il le faisait, elle se serait probablement effondrée. Elle posa ses paumes sur son torse et le caressa, sentant ses muscles saillants sous ses doigts. Puis ses doigts glissèrent jusque dans les boucles épaisses et douces de ses cheveux, tandis qu'il continuait à l'embrasser avec fougue.

Il poussa à son tour un gémissement et se détacha de ses lèvres. Son cœur battait à tout rompre contre sa poitrine.

— Charlotte, dit-il d'une voix rauque.

Ses mains glissèrent le long de son dos, caressèrent ses fesses puis les agrippèrent pour la plaquer contre son bas-ventre.

— Si tu savais quels efforts j'ai dû faire, cette semaine, pour garder mes distances. Le nombre de fois où j'ai eu envie d'entrer dans ton bureau, de fermer la porte à clé et te faire l'amour sur la table !

Elle comprenait parfaitement ce qu'il voulait dire. Aller frapper à la porte de sa chambre lui avait traversé l'esprit un certain nombre de fois au cours de cette même semaine, quand elle était seule dans son lit, à scruter le plafond sans trouver le sommeil.

— Sur mon bureau ? Il n'est pas très grand...

— C'est vrai, dit-il, une lueur sexy dans le regard. Mais mon lit n'a qu'une place, et il grince, de surcroît. Je crois que nous allons faire l'amour à la belle étoile, ce soir...

Il se remit à l'embrasser et à la caresser, laissant ses mains glisser sur sa taille, son ventre. Puis il remonta doucement, s'arrêta, le souffle coupé, juste sous ses seins, avant de les prendre dans ses mains.

— Pas dans la boue, mais..., murmura-t-elle contre sa bouche.

Il se mit à donner de petits coups de langue sur le lobe de son oreille et tout autour. Sa respiration était devenue haletante et son corps brûlait du désir de le sentir contre elle, en elle. Jamais elle n'avait éprouvé de sensations aussi fortes en embrassant un homme.

— Viens avec moi, répondit-il dans le creux de son oreille. Je veux sentir le goût de la mer sur ta peau, lécher le sel sur ton corps.

Il se pencha, passa un bras sous ses genoux et la souleva dans ses bras, lui arrachant un petit cri de surprise.

— Chuut, dit-il en reposant sa bouche sur la sienne. Tu veux que tout l'hôpital sorte pour voir si c'est encore un cambrioleur qui rôde ?

— Non, répondit-elle dans un gémissement. Où m'emmènes-tu ?

— Tu verras..., répondit-il d'une voix pleine de promesses.

Trent s'enfonça peu à peu dans la palmeraie, s'éloignant de la route et des bâtiments de l'hôpital. Puis il s'arrêta et la déposa délicatement sur le sol. Près d'eux était étalée une couverture.

— C'est toi qui as apporté cela ici ?

Il hocha la tête sans lâcher sa taille.

— Mais où as-tu trouvé le temps ?

— Question de motivation, dit-il avec un regard éloquent. Quand on a un bon objectif, on se donne les moyens d'agir vite et bien.

Sa bouche s'entrouvrit en un sourire auquel elle ne résista pas. Elle passa les mains derrière sa nuque et l'attira vers elle, tandis qu'il glissait les siennes sous sa robe froissée, touchant son corps comme s'il découvrait, centimètre par centimètre, un précieux trésor. Il fit remonter sa robe jusqu'à l'enlever tout à fait. Lorsqu'elle fut debout, en sous-vêtements, il recula d'un pas pour l'admirer. Sous la lumière de la lune, leurs corps semblaient presque phosphorescents.

— Tu es magnifique, dit-il. La première fois que je t'ai vue, dans ton bureau, j'ai eu envie de te voir nue. Et quand tu as exaucé mon vœu, tu m'as comblé au-delà de tout ce que je pouvais imaginer.

Il se pencha pour l'embrasser et posa la main sur son sein, laissant l'autre glisser le long de son dos, sur le tissu fin de sa culotte. Comment avait-elle résisté à la tentation de passer les bras autour de son cou et de l'embrasser, pendant toutes ces journées où ils s'étaient côtoyés ? Maintenant que ses mains parcouraient son corps, elle se demandait même *pourquoi* elle s'en était privée jusque-là.

Sans cesser de l'embrasser, elle défit les boutons de sa chemise, impatiente de le caresser à son tour, de sentir la douceur et la virilité de ses poils sur sa peau, de ses muscles sous ses doigts.

— Tu sais ce que j'ai trouvé le plus sexy chez toi, la première fois que je t'ai vu ? demanda-t-elle.

— Mon incroyable intelligence ? répondit-il, une lueur d'ironie dans les yeux.

— Tes mains. Tes longs doigts de chirurgien. Je me suis dit

qu'elles devaient être très agiles. Je ne savais pas encore à quel point. Je ne t'avais pas encore vu opérer ni jouer du piano, ni faire des tours de passe-passe.

— Ni caresser chaque centimètre de ta peau soyeuse et incroyablement douce, dit-il d'une voix grave qui la fit pétiller des pieds à la tête.

D'une main, il dégrafa son soutien-gorge et fit glisser les bretelles sur ses épaules.

— Et encore, tu n'as pas tout vu, ajouta-t-il en promenant ses doigts sur ses seins.

Une fois le dernier bouton défait, elle écarta les pans de sa chemise, la passa sur ses épaules, découvrant son torse musclé.

— Qu'est-ce que je n'ai pas vu ? demanda-t-elle en sentant les battements rapides de son cœur sous sa paume.

— Je vais te montrer...

Il déboutonna son jean et ôta du même coup son caleçon.

— Je suis impatiente de voir..., murmura-t-elle en contemplant son corps nu aux larges épaules, sa taille étroite, ses cuisses musclées, son membre dressé.

Elle l'embrassa de nouveau, tandis que ses mains se remettaient à parcourir son corps, tantôt le caressant, tantôt le griffant doucement. Il poussa un gémissement et agrippa ses fesses avec ardeur.

— Charlotte..., grogna-t-il avant de la faire reculer pour l'allonger sur la couverture.

Du bout de ses doigts, il s'attarda sur ses seins, son ventre, puis glissa plus bas, vers la toison sous laquelle se dissimulait son intimité. Il glissa la main entre ses cuisses humides et la caressa doucement. Instinctivement, elle souleva les hanches et écarta les jambes pour accueillir ses doigts experts et goûter à la plus belle sensation érotique qu'elle ait jamais connue.

Elle le désirait comme jamais elle avait eu envie d'un homme.

— Trent, viens, dit-elle en ondulant doucement des hanches.

Il se hissa sur un coude et fixa sur elle son fascinant regard bleu, tandis qu'elle s'ouvrait encore pour l'accueillir. Il se pencha et, doucement, entra en elle.

Une sensation à la fois inédite et familière s'empara d'elle. Elle bougea les hanches en rythme, d'abord lentement, puis de plus en plus vite, jusqu'à ce qu'ils ne fassent plus qu'un et se laissent emporter dans la même explosion des sens. Elle poussa un cri de plaisir. Il plaqua sa bouche sur la sienne, comme pour absorber le son de leur jouissance partagée.

Ils demeurèrent un long moment allongés, le souffle court, le cœur battant. Au-dessus d'eux, la frondaison des palmiers agitée par la brise nocturne laissait entrevoir le ciel étoilé. Elle sentait son souffle dans son cou, le poids de son corps abandonné sur le sien. Leur respiration s'apaisa peu à peu. Trent roula doucement sur le côté et lui prit la main.

Soudain, il éclata de rire.

— Qu'y a-t-il de si amusant ? demanda-t-elle, surprise.

— La couverture ne nous a pas servi à grand-chose, dit-il. Je crois que nous avons fait l'amour dans la boue.

Elle regarda autour d'elle. Effectivement, ils étaient allongés dans la terre boueuse. Elle roula à son tour sur le côté, gratta le sol et lui caressa le corps avec les mains pleines de boue, avant de s'allonger sur lui dans un bruit de succion.

— Il y en a qui paient pour des bains de boue.

— Oui. Et pour les hippopotames, c'est gratuit.

— Tu es en train de me traiter d'hippopotame ?

Il la fixa avec un sourire indolent et, à son tour, prit de la boue autour de lui pour lui masser le dos et les fesses, éveillant en elle des sensations délicieusement sensuelles.

— J'ai connu suffisamment de femmes dans ma vie pour ne jamais dire une bêtise pareille !

La pensée de toutes les femmes qu'il avait connues n'était pas censée amoindrir le plaisir du moment, pourtant cela provoqua une légère déception en elle.

Trent essuya ses mains sur la couverture et lui prit le visage en coupe.

— J'ai voyagé dans beaucoup de pays et j'ai connu beaucoup de gens, dit-il comme s'il avait lu dans ses pensées. Mais jamais je n'ai connu quelqu'un comme toi. Un mélange incroyable de sex-appeal, d'empathie et de courage. Tu m'impressionnes, Charlotte. Réellement.

— Merci, répondit-elle avant de l'embrasser tendrement. Toi aussi, tu m'impressionnes. Réellement.

— Si je devais faire une donation à quelqu'un, je ne la confierais à personne d'autre. Tu es la personne la plus digne de confiance que je connaisse.

A ces mots, son cœur se serra. La plus digne de confiance ?

Restait à prier pour qu'il ne découvre jamais à quel point il se trompait.

14

Le pique-nique que Trent avait organisé fut le repas le plus agréable que Charlie ait pris de sa vie. Peu importait qu'ils soient tous les deux recroquevillés sur son petit lit et que les verres à vin ne soient que des gobelets en plastique.

Ils dînèrent enveloppés dans des serviettes de toilette, puis allèrent se doucher pour se débarrasser de la boue dont ils étaient encore couverts. Ils refirent l'amour sous le jet d'eau capricieux, mais le plaisir de ce moment de partage intense ne suffit pas à lui faire oublier les mots qu'il avait prononcés avant de quitter la palmeraie.

Comment ignorer qu'il lui accordait une confiance qu'elle ne méritait pas ? Elle, pour qui la fin justifiait les moyens ?

En arrivant chez elle, elle s'écroula sur son lit, épuisée, mais ne parvint pas à s'endormir. Elle finit par se relever tandis que l'aube poignait, et se rendit à l'hôpital. Là, elle resta enfermée dans son bureau jusqu'au soir, à passer des coups de téléphone pour trouver des organismes privés et publics susceptibles de financer son projet, au cas où la Fondation Gilchrist lui ferait défaut. Par chance, l'activité fut intense, à l'hôpital comme au dispensaire, de sorte qu'elle ne vit Trent que lorsqu'il glissa la tête par la porte entrebâillée de son bureau pour lui adresser un clin d'œil, un sourire entendu aux lèvres, avant de repartir vaquer à ses occupations.

Plongée dans ses réflexions, elle sursauta lorsqu'on frappa à la porte.

— Entrez ! dit-elle, se raidissant à l'idée de voir entrer un immense médecin sexy aux yeux bleus.

Mais ce fut son père qui apparut.

— Je peux te déranger un instant ?

— Bien sûr.

Il prit place sur l'unique chaise disponible de son petit bureau.

— J'ai décidé de partir ce soir plutôt que demain. Ta mère a appelé : un groupe de professeurs en formation va venir visiter notre école et j'aimerais être là à leur arrivée.

— Bien sûr. Je viendrai vous voir quelques jours, dès que la situation se sera... stabilisée. Mais est-il prudent de prendre la route ce soir ? Tu ne peux pas partir demain matin, tôt ?

— Je vais faire une halte d'une journée chez Emmanuel et Marie, pour voir leur école. C'est tout près de la frontière, en Côte d'Ivoire.

Il croisa les doigts, comme chaque fois qu'il avait un sujet sérieux à aborder.

— Tu n'as pas oublié ce que je t'ai dit à propos de ta vie privée ? Reste ouverte à toutes les opportunités qui se présenteront. Et, à cet égard, je pense que Perry Cantwell est tout à fait digne d'intérêt.

— Perry Cantwell ? Il fait partie de la vie privée de Charlotte ?

Elle sursauta, pour la seconde fois en trois minutes. Trent était nonchalamment appuyé contre le chambranle de la porte et la regardait en souriant. Mais l'expression de son regard était des plus sérieuses.

Elle émit un gloussement nerveux. Trent était pratiquement sur le départ et ils ne se reverraient probablement jamais. Etait-il possible qu'il soit jaloux de sa potentielle relation avec son successeur ?

— Je ne sais pas, je ne l'ai jamais rencontré, répondit-elle. Il me semble que, toi aussi, tu avais hâte qu'il arrive pour pouvoir partir en vacances.

Elle en avait conscience, le railler sur ce point n'était pas une tactique très loyale, après les moments qu'ils avaient partagés la veille. Mais dès qu'il se trouvait près d'elle, elle avait du mal à contrôler ses réactions. Elle avait matériellement besoin qu'il soit là lors de la visite de la Fondation Gilchrist, et affectivement besoin qu'il reste parce qu'elle s'était attachée à lui plus que de raison. Les adieux qui les attendaient risquaient d'être autrement plus difficiles que les premiers. De plus, elle vivait avec la crainte qu'il découvre ses manigances, auquel cas il ne pourrait plus être question de confiance entre eux.

Cela dit, en quoi était-ce si important ? Quelques jours plus tard, il serait définitivement sorti de sa vie.

Mais c'était important. Très important.

Toujours appuyé dans l'encadrement de la porte, il sembla se détendre.

— Perry est un bon chirurgien, mais j'ai entendu dire qu'il trichait au golf. Et qu'il était un peu familier avec les infirmières. Et qu'il lui arrivait de sortir avec des garçons. Je ne crois pas que ce soit un bon parti pour toi, Charlotte.

Leur rappelant sa présence, son père eut un petit rire.

— Bon, il faut que j'y aille avant que la nuit ne tombe, dit-il. Vous passerez la nuit chez Charlie, Trent ? Aucun cambrioleur n'a réapparu, mais je serais plus tranquille si elle ne restait pas seule pendant encore quelques jours.

— Papa, je n'ai pas…

— Volontiers, la coupa Trent. C'est ce que j'avais prévu de faire.

Le regard qu'il lui adressa la fit rougir et elle pria pour que son père ne s'en aperçoive pas. Cela dit, ce dernier devait se douter que Trent et elle n'étaient pas que de simples collègues de travail. Il se leva. L'expression entendue qu'il arborait semblait confirmer ses craintes. Elle sentit ses joues devenir écarlates.

— Il faut que je récupère mes dossiers. Ne les avais-je pas laissés là, sur ton bureau ? demanda-t-il en posant la main sur la pile de paperasse.

Le formulaire de fin de contrat de Trent, qu'elle pensait avoir enfoui, trônait à présent sur la pile, juste sous son nez ! Pourquoi ne l'avait-elle pas rangé au fond d'un tiroir ?

Prise de panique, elle tendit la main pour le saisir et fit tomber la moitié des papiers par terre, presque aux pieds de Trent.

Comme il s'accroupissait pour les ramasser, elle eut l'impression qu'elle allait défaillir. Elle se hâta de récupérer ceux qu'elle pouvait, avec des gestes désordonnés qui ne lui ressemblaient pas et ne pouvaient qu'éveiller les soupçons des deux hommes. Elle s'efforça de se calmer mais son cœur s'arrêta de battre lorsque Trent fronça les sourcils en tombant sur une lettre.

— Quand as-tu reçu ce papier ? demanda-t-il. Ce n'est pas le premier formulaire de fin de contrat que Médecins dans le Monde m'a envoyé. Celui-ci est daté… d'il y a trois jours !

Il leva la tête.

— Pourquoi ne me l'as-tu pas donné ? Et pourquoi ne me l'ont-ils pas adressé directement, comme d'habitude ?

Elle déglutit, la gorge soudain sèche.

— Peut-être parce que Cantwell n'est toujours pas arrivé. Il devait venir plus tôt, ce qui explique qu'ils t'aient envoyé ce formulaire, mais il a dû y avoir un problème, je ne sais pas lequel.

Oh si : elle savait très bien ! Colleen n'avait pas programmé l'arrivée de Cantwell parce qu'une certaine directrice d'hôpital fourbe et désespérée avait menti, faisant croire que Trent avait accepté de rester jusqu'à la visite de la Fondation Gilchrist.

Trent la regardait, en proie à un grand désarroi.

Il était de plus en plus difficile de se convaincre que la fin justifiait les moyens.

— Quoi qu'il en soit, tu aurais dû me le transmettre, dit-il. Une fois que ma mission est finie pour Médecins dans le Monde, je suis censé être en vacances. Il faut que je sache à quelle date on m'attend aux Philippines, maintenant. Si ça se trouve, le programme a changé.

— Je suis désolée, dit-elle en se forçant à sourire. Je vais appeler Colleen.

— Ne t'en fais pas. Je m'en charge.

Il lui adressa un sourire charmant et détendu, qui lui donna un haut-le-cœur. Il lui faisait vraiment confiance.

— Bon, j'ai récupéré mes dossiers, dit son père. Je vais prendre la route.

Elle avait presque oublié sa présence, une fois encore. Il la regardait, intrigué, se demandant sans doute pourquoi elle se mettait dans un tel état à cause d'une simple histoire de papiers.

— J'ai été ravi de faire votre connaissance, monsieur, dit Trent en lui tendant la main. Et ne vous inquiétez pas, tant que je serai là, je veillerai sur votre fille.

— Merci. C'est très gentil de votre part.

— Hou hou ? Je suis là ! dit-elle en agitant la main, soulagée de pouvoir faire un peu d'humour. Je suis une grande fille et je n'ai pas besoin qu'on veille sur moi.

— Nous le savons bien, dit son père en continuant à la regarder bizarrement. Seule ta sécurité nous importe.

Elle tourna la tête vers Trent, soudain horrifiée par la pensée qui venait de lui traverser l'esprit : et si Trent restait veiller sur elle, vivre avec elle et partager sa vie pendant une année entière ?

Elle se ressaisit.

— Veux-tu que je t'aide à préparer tes affaires, papa ? Je vais rentrer, de toute façon.

— Mes bagages sont faits et ma voiture est garée devant, prête à partir.

Il ouvrit les bras et la serra contre lui.

— Au revoir, Charlie. On t'attend le mois prochain.

— Oui. A bientôt, papa. Embrasse maman de ma part !

Elle le regarda sortir de son bureau, qui lui parut soudain aussi étroit qu'un placard à balais. Les yeux de Trent se posèrent sur elle et l'électrisèrent de la tête aux pieds.

Il tendit la main pour refermer la porte. Son cœur se mit à tambouriner dans sa poitrine.

Elle était folle de cet homme et il fallait se rendre à l'évidence : tout ce qui comptait, à présent, était de profiter des derniers jours, des dernières heures, des dernières minutes qu'elle pouvait passer avec lui. Avec un peu de chance, il ne découvrirait pas le pot aux roses. Peut-être même déciderait-il de lui-même de rester plus longtemps, qui savait ?

Il avança vers elle et la prit dans ses bras, avant de l'embrasser avec passion. Ses mains chaudes glissèrent dans son dos, sur ses hanches, déclenchant un tourbillon de sensations en elle. Lorsqu'il recula, elle protesta, telle une droguée en manque.

— Es-tu certaine que ton bureau est trop petit ? demanda-t-il.

— J'ai déjà mis suffisamment de pagaille dans mes papiers pour aujourd'hui.

Elle s'interdit de repenser à la scène, afin de ne pas gâcher ce moment qui pourrait être l'un des derniers qu'elle passait avec lui.

— Je vais rentrer, dit-elle, se détachant à contrecœur de lui. Veux-tu venir dîner ? Vers 19 heures ?

— Avec plaisir, répondit-il en se penchant une fois encore sur ses lèvres. Je risque même d'arriver en avance.

Elle le regarda s'éloigner, s'agrippant au bord de son bureau pour ne pas flancher. Pour la première fois depuis qu'elle vivait dans cet endroit, elle allait se sentir seule, une fois qu'il serait parti.

Lorsque Charlie arriva devant chez elle, les ombres des palmiers s'allongeaient dans la lumière du soleil couchant, et elle fut étonnée de trouver Patience et son petit chien sous son porche.

— Bonsoir, Patience. Tu es seule ? Où est ton papa ?

La petite fille afficha un sourire embarrassé.

— Papa avait un rendez-vous qui durait trèèès longtemps avec Mlle Mariam, et j'en avais assez d'attendre. Alors je suis venue pour te montrer le nouveau tour que j'ai appris à Lucky.

Oh ! John Adams ne serait pas ravi de l'entendre.

— Tu sais qu'il ne faut pas quitter l'école et aller te promener toute seule.

— Je sais, mais c'est juste pour un petit moment. Après, tu pourras me ramener ?

Charlie soupira. Patience avait le don d'amadouer tout le monde et d'obtenir systématiquement ce qu'elle voulait.

— D'accord, dit-elle, renonçant par avance à se doucher et à se pomponner avant l'arrivée de Trent. Mais promets-moi que tu ne le feras plus. Tu es trop petite pour marcher seule sur la route.

— Promis ! dit Patience avec un immense sourire de satisfaction. Regarde ce que j'ai appris à Lucky : Lucky, assis !

Le chiot s'assit et reçut aussitôt moult cajoleries de la part de sa petite maîtresse.

— Tu as vu, Charlie ? Il est vraiment intelligent !

— En effet, répondit-elle en souriant. C'est parce que tu l'as bien dressé.

— Oui, et…

Un grognement long et sourd les fit sursauter. Charlotte se retourna. Son sang se glaça à la vue d'un énorme chien sauvage à l'air féroce qui les fixait, les canines découvertes, les poils hérissés.

15

— Patience, dit doucement Charlotte.

Elle avait l'impression que les battements de son cœur l'empêchaient d'entendre sa propre voix. Il ne fallait surtout pas que Patience perçoive sa peur et se mette à paniquer.

— Bouge très très lentement et rentre dans la maison. Ne fais surtout pas de mouvements brusques.

La petite fille, probablement aussi effrayée qu'elle, ne dit rien. Le chien sauvage la regarda, les babines retroussées puis grogna. Elle ne pouvait pas prendre le risque de se retourner pour voir si Patience était tirée d'affaire. Il fallait être prête à réagir au cas où le chien attaquerait. Ce qui semblait fort probable.

Elle jeta un bref coup d'œil autour d'elle, en quête d'une arme potentielle. Elle aperçut un gros bâton et se déplaça lentement dans sa direction, luttant pour ne pas s'évanouir en entendant le chien grogner plus fort.

Elle était vraiment en mauvaise posture. Le risque que le chien ait la rage était grand, sans quoi il n'aurait pas été aussi agressif. Peut-être était-ce le même qui avait tué le premier chien de Patience.

A son grand soulagement, Charlotte entendit la porte d'entrée se refermer dans son dos. Avec un peu de chance, Patience était hors de danger. Charlotte devait-elle parler doucement au chien ? Crier et tenter de lui faire peur ? Comment savoir quel faux pas elle ne devait pas commettre, pour ne pas déclencher l'attaque ?

Suant par tous les pores de sa peau, elle continua sa progression, centimètre par centimètre, vers le bâton, sans quitter l'animal du regard. Mais comment allait-elle le soulever sans que l'animal ne lui saute dessus ? D'un geste vif, pour pouvoir lui asséner un coup s'il réagissait ? Ou le plus lentement possible ? Peut-être le chien la laisserait-il remonter jusqu'à sa porte sans qu'elle ait besoin de s'en servir ?

Elle se baissa au ralenti, puis, tout en continuant à contrôler son mouvement, referma la main sur le bâton.

Soudain, en une seconde, le chien bondit sur elle, la gueule ouverte, la faisant tomber à la renverse et plantant les crocs dans le bras qu'elle avait instinctivement plié devant son visage pour se protéger.

Un hurlement de panique et de terreur s'échappa de sa gorge. Elle tenta de frapper le chien avec le bâton, mais sa position sur le sol ne lui donnait pas suffisamment de recul pour se défendre efficacement. Le chien, lui, loin de lâcher sa prise, enfonçait ses crocs de plus en plus profondément dans sa chair.

Elle s'immobilisa d'instinct, veillant à ne plus tirer sur son bras pour éviter que le chien ne serre plus fort sa mâchoire. Ses yeux jaunes, emplis de fureur, ne se trouvaient qu'à quelques centimètres des siens. Elle s'efforça de ne pas se laisser gagner par le désespoir et chercha encore le moyen de ne pas aggraver son cas. La bête pouvait la déchiqueter à mort.

Un coup de feu retentit et, dans la seconde, le chien s'écroula sur elle, relâchant l'étreinte de sa mâchoire. Incapable de comprendre ce qui s'était passé, elle tenta de se dégager.

— Charlotte !

Trent apparut à côté d'elle et souleva du pied le chien couché qui la tenait encore clouée au sol. Puis il s'accroupit promptement.

— Charlotte, montre-moi.

— Trent, parvint-elle à peine à articuler.

Elle ferma les yeux et remercia le ciel, tout en commençant à intégrer l'idée qu'elle était à présent hors de danger. Trent était là, penché au-dessus de son bras. Il venait de lui sauver la vie.

— Charlotte, regarde-moi, dit-il en lui caressant le front.

La consistance visqueuse et chaude du sang sous ses doigts lui souleva le cœur.

— Reste avec moi, ma chérie, dit-il avant d'enlever sa chemise pour en envelopper son bras. Ça serre un peu, dit-il, mais c'est pour arrêter l'hémorragie. Je vais t'emmener au dispensaire.

La porte d'entrée claqua.

— Monsieur Trent ! Charlie va bien ? entendit-elle Patience crier.

— Oui, elle va bien, mais je dois l'emmener au dispensaire pour soigner son bras. Je vais appeler ton papa pour qu'il vienne te chercher. Rentre dans la maison et ne bouge pas.

La porte claqua de nouveau. Il souleva Charlie et prit la direction de l'hôpital.

— Je peux marcher, dit-elle.

— Je vais m'occuper de toi et tu vas me laisser faire, pour une fois.

Il la regarda avec un mélange de tendresse et d'agacement.

— Tu viens de te faire mordre par un chien enragé et tu as perdu pas mal de sang. Profites-en pour te reposer sur moi.

— Oui, docteur.

— Bien. Continue à appuyer sur ton bras.

Une fois à l'hôpital, il la déposa sur une table d'examen et plaça un oreiller sous sa tête avant d'appeler John Adams. Puis il retira le revolver de sa ceinture et le posa de côté, se lava les mains et prépara le matériel sur la table métallique à côté d'elle, avec des gestes rapides et sûrs.

— Trent... Merci. Je n'ose pas imaginer ce qui me serait arrivé si tu n'avais pas été là.

— Moi non plus. Quand je t'ai entendue crier, j'ai cru que mon cœur s'arrêtait de battre.

— Comment se fait-il que tu aies un revolver ?

— Je travaille souvent dans des zones dangereuses et je l'emporte toujours avec moi. Là, je l'ai pris en pensant que tu avais oublié le tien à l'étage, la nuit où j'ai pris ton père pour un cambrioleur, tu te souviens ?

— Où as-tu appris à tirer comme ça ? Tu aurais pu me tirer dessus.

Elle frissonna en revoyant le chien couché sur elle.

— Non. Même si j'étais mort de peur, je savais que la balle atteindrait le chien et pas toi. Je faisais partie de l'équipe de ball-trap à Yale. Les gosses de riches ont des passe-temps bizarres, mais c'est parfois utile.

Les gosses de riches ? Elle voulut rebondir mais il lui tendit des comprimés et un verre d'eau.

— Tiens, prends ça. C'est de la pénicilline, un antalgique et un antipyrétique. Il faut que je nettoie la plaie, ce ne sera pas une partie de plaisir pour toi.

Il souleva son bras et le plaça au-dessus d'une bassine avant d'enlever sa pauvre chemise trempée de sang. Elle se remit à voir des étoiles et détourna le regard.

— C'est grave ?

— Je le saurai dans quelques instants. Il faut que je fasse une injection d'immunoglobines. Et de lidocaïne, pour que...

— Pour que je ne sente rien quand tu poseras les points de suture.

— Accroche-toi à moi, cela risque de faire un peu mal.

Une fois l'opération terminée, il eut l'air aussi soulagé qu'elle. Il déposa un baiser sur son front.

— Ce n'est pas tout à fait fini, dit-il avant de verser une quantité incroyable de solution saline sur son bras.

Elle se mordit la lèvre.

— Même avec toutes les technologies et les médicaments dont nous disposons à l'heure actuelle, laver la plaie reste le meilleur traitement des morsures, surtout si l'animal a la rage. Mais ne t'inquiète pas, c'est le dernier flacon.

Il se pencha vers elle et l'embrassa tendrement.

— Je suis désolé de te voir souffrir. La bonne nouvelle, c'est que ni l'os ni l'artère n'ont été touchés. Je vais prendre du fil résorbable pour réparer le muscle en profondeur, et maîtriser l'hémorragie. Puis je refermerai le tout.

Plutôt que de le regarder triturer son bras, elle scruta son visage. Les mouvements de ses sourcils pendant qu'il se concentrait sur sa tâche, de ses cils, de ses lèvres.

— Tu fais des tout petits points, afin que je n'aie pas une énorme cicatrice, comme pour Murvee ?

— Non. Le risque d'infection est trop important. Pour le minimiser, je referme dans un premier temps la plaie avec le moins de points possibles. Mais lorsqu'elle sera complètement guérie, je pourrai réopérer pour que ce soit plus joli.

Mais il ne serait plus là.

— Enfin, tu pourras demander à un chirurgien de le faire, quand le service sera ouvert, se reprit-il, d'une voix douce et tendre.

Elle opina et baissa la tête. Comment avait-elle pu laisser une telle intimité s'installer entre eux ? Comment allait-elle supporter son départ et le manque qui en découlerait ?

Une fois la plaie suturée, il banda son bras et l'immobilisa en écharpe. Puis il poussa un profond soupir.

— Je vais pouvoir te ramener, maintenant.

— Je pense que je peux marcher.

Il lui donna le bras et ils marchèrent doucement jusque chez elle. Le chien n'était plus là. John Adams avait dû enlever son corps, comme l'attestaient les traînées de sang dans la terre.

— J'ai presque de la peine pour ce chien, dit-elle. La rage est une maladie terrible. Tu lui as offert une mort plus digne.

— Oui, la rage est mortelle dans cent pour cent des cas. Je vais t'installer confortablement et je reviendrai nettoyer ces traces, dit-il. Ce n'est pas la peine que tu voies ton sang par terre chaque fois que tu entres et sors de ta maison.

— Merci. Je n'aurais jamais imaginé que tu puisses être aussi prévenant. Moi qui te croyais prétentieux.

— Je suis prévenant *et* prétentieux, dit-il, le regard de nouveau empli de cette lueur amusée qui faisait d'ordinaire briller ses yeux.

Elle sourit et son cœur s'emplit d'une émotion sur laquelle elle préféra ne pas s'attarder.

16

Trent savait que l'effet des narcotiques se dissiperait avant le réveil de Charlotte. Il se glissa hors du lit et descendit dans la cuisine pour lui préparer un café et des toasts, afin qu'elle ait le ventre plein pour reprendre des cachets.

Lorsqu'il revint dans la chambre, un plateau dans les mains, il ralentit le pas et s'arrêta sur le seuil. Charlotte était endormie, et les rayons du soleil filtrant à travers la vitre donnaient des reflets auburn à sa chevelure magnifique, étalée sur l'oreiller. Ses lèvres étaient légèrement entrouvertes, et la bretelle de sa chemise de nuit avait glissé, laissant apparaître la rondeur satinée de son épaule.

Il prit une profonde inspiration, bouleversé par le tourbillon d'émotions que la vue de cette déesse endormie faisait naître en lui. A son grand étonnement, il ne s'agissait pas que d'attirance physique. Il éprouvait plutôt une sensation de plénitude. D'accord parfait.

Un accord qu'il n'avait pas envie de rompre.

Il avait envie de rester là toute sa vie, avec elle. De se réveiller le matin dans ses bras. De la regarder dormir.

Ses cils se mirent à papillonner et elle ouvrit les yeux. Elle sourit en le voyant.

— Bonjour, Charlotte, parvint-il à articuler en dépit de l'émotion qui étreignait sa poitrine.

Il posa le plateau sur la table de nuit et s'assit sur le bord du lit. Puis ôta une mèche de cheveux de son visage.

— Comment va ton bras, ce matin ?

— Ça pourrait aller mieux, répondit-elle en grimaçant.

— Je t'ai apporté un petit déjeuner et des médicaments.

— Merci, dit-elle en tendant son bras valide vers lui pour lui caresser la joue. Mais je ne vais prendre que les cachets pour la fièvre. Je ne veux pas passer ma journée comme un zombie. Il faut que j'aie l'esprit clair.

Il opina.

— Tu pourras toujours prendre les autres plus tard, si tu en ressens le besoin, dit-il en se levant.

Elle le retint par le pan de sa chemise.

— J'ai encore faim, dit-elle. Faim de toi.

— Charlotte... Il faut que tu te reposes.

— J'ai eu toute la nuit pour me reposer ! J'ai bien dormi, grâce aux médicaments que tu m'as donnés.

— En tant que médecin, il faut que je veille à ta santé et à ta guérison, dit-il, sentant sa détermination s'effriter de seconde en seconde.

— Justement. Il y a des tas de choses que tu pourrais faire pour que je me sente mieux.

Elle lui adressa un regard sans équivoque et il lui sourit à son tour, tentant désespérément de ne pas céder à la tentation. Sa blessure n'était pas anodine, mieux valait que son bras reste immobile sans quoi elle risquait de s'aggraver.

Incapable de résister à ses lèvres pulpeuses, il se pencha vers elle et l'embrassa en veillant à ne pas s'appuyer sur elle.

— Ça va mieux ? demanda-t-il en faisant glisser les bretelles de sa chemise de nuit.

Il prit délicatement son bras pour le poser sur l'oreiller et se mit à dessiner le contour de son décolleté du bout de ses doigts. Puis il tira doucement sur sa chemise de nuit pour découvrir tout à fait ses seins.

Il retint son souffle en voyant les deux monticules parfaits que le soleil venait caresser. Elle avait des seins magnifiques. Elle était magnifique. Il se pencha et posa ses lèvres sur le bout de son sein, qu'il fit rouler sous sa langue tandis que, de son autre main, il caressait l'autre.

— Oh ! oui, gémit-elle pour toute réponse.

— Et comme cela ? poursuivit-il en posant sa bouche sur l'autre téton, sans cesser de caresser son cou, son aisselle, son ventre.

— Oui, c'est bon...

Il fit glisser sa chemise de nuit encore plus bas, lentement, tout en parcourant chaque centimètre de peau de sa bouche, sa langue ou ses mains. Quelle merveille de la sentir frissonner de plaisir sous ses doigts, de prendre son temps, de tout faire pour qu'elle se sente désirable et aimée.

Aimée ? Quelle drôle d'idée ! Ce n'était pas son genre d'aimer une femme.

Pourtant, il lui suffit de poser son regard de nouveau sur elle pour avoir l'impression que son cœur se serrait et se dilatait en même temps.

Aimait-il cette femme ?

Oui, il l'aimait. Il aimait tout chez elle : sa douceur, son courage et même son entêtement.

Pourquoi cette pensée ne l'effrayait-elle pas ? Pourquoi, au contraire, l'emplissait-elle d'une joie sincère et profonde ?

Il posa ses lèvres sur les siennes, pendant un long et délicieux moment. Un simple et merveilleux baiser suffisait à les relier, à unir leurs cœurs et leurs âmes.

Il se détacha d'elle et vit dans ses yeux le reflet de ses propres sentiments. Il sourit, le cœur débordant d'émotion.

— Ça va mieux, ou faut-il que je continue le traitement ? demanda-t-il.

— Encore..., répondit-elle avec un soupir, souriant à son tour.

Mais son expression redevint sérieuse lorsqu'il glissa sa main sous le bas de sa chemise de nuit et s'attarda entre ses cuisses.

— Enlève cette chemise de nuit, dit-il. Je veux te voir tout entière. Te caresser et t'embrasser partout.

Il l'aida à retirer complètement son vêtement, suivant son parcours avec sa bouche et sa langue. Il avait envie de lui faire l'amour, ne serait-ce que pour lui faire oublier la douleur de sa blessure. Et la sentir prendre du plaisir.

Elle souleva les hanches pour l'aider à se débarrasser de la chemise de nuit devenue superflue et il profita de sa position pour goûter à la moiteur de son corps, léchant et caressant les sillons veloutés de son sexe, tandis qu'elle se tortillait de plaisir.

Il leva la tête et rit en lisant la frustration sur son visage.

— Tu veux que je me déshabille, je le sens. Vos désirs sont des ordres, chef !

Il ôta promptement ses vêtements et s'immobilisa pour admirer le corps nu et offert de Charlotte, avant de s'allonger sur elle.

Plongeant ses yeux dans les siens, il se mit à bouger en elle. Doucement, délicatement. Elle l'accompagna d'un mouvement de hanches, tout en s'agrippant à lui pour le faire entrer plus profondément en elle, gémissant de plaisir. Le rythme s'accéléra peu à peu. Rien n'existait plus que ce moment, ce rythme propre à eux qui ne faisaient plus qu'un. Et, lorsqu'elle cria sa jouissance, il s'abandonna en elle.

Charlie savourait la chaleur du corps de Trent dans son dos, la force protectrice de ses bras.

— Pourquoi as-tu dit que tu étais un gosse de riche, tout à l'heure ?

Il sembla réfléchir avant de répondre, puis soupira sur sa nuque.

— Je suis issu d'une famille aisée. Très aisée, même. Au point que le fonds dont je dispose me rapporte chaque année plus d'argent que la plupart des gens n'en gagnent en dix ans.

— Mais... Pourquoi travailles-tu ? Et pourquoi dans l'humanitaire ?

— Pour les mêmes raisons qui t'ont amenée ici : pour soigner des gens qui n'en auraient pas les moyens sans notre aide.

— Quand as-tu pris cette voie au lieu de rester aux Etats-Unis ? Ou de devenir chirurgien esthétique pour les célébrités du monde entier ?

Il eut un rire tout à fait dépourvu de joie.

— C'est exactement ce qu'ont fait mon père et mon grand-père. Mais je n'ai pas voulu marcher dans leurs pas. J'avais déjà fait plus des deux tiers de mon internat en chirurgie plastique quand j'ai changé d'orientation et voulu me former en neurochirurgie pédiatrique.

Elle resta bouche bée. Elle savait qu'il était doué, mais ignorait qu'il était aussi capable d'opérer le cerveau.

— Mais je n'ai pas pu m'inscrire. Du moins, chaque fois que je présentais ma candidature, elle était rejetée. Un jour, j'ai fini par comprendre pourquoi.

Il marqua une longue pause, comme si le sujet était clos. Puis il reprit d'une voix assombrie.

— Ma mère était farouchement décidée à ce que je prenne la relève. Si farouchement qu'elle a utilisé son nom de jeune fille et tout ce qu'il représentait aux yeux des gens — le pouvoir et l'argent — pour m'évincer de tous les cours de neurochirurgie, tout en me faisant croire qu'elle m'apportait son soutien inconditionnel. Quand j'ai découvert qu'elle manipulait tout le monde, et moi le premier, je suis parti. J'ai quitté les Etats-Unis. Je n'y suis jamais retourné.

Elle se sentit prise d'un haut-le-cœur. Sa mère lui avait menti et avait manipulé tout le monde, lui compris ? Il en avait été affecté au point de couper les ponts avec sa famille et son pays natal ?

N'était-elle pas en train de se comporter exactement comme l'avait fait sa mère ? De lui faire subir exactement le même sort ?

— Je... Je suis désolée, dit-elle en bredouillant, comme si elle était responsable de cette première trahison.

— Tu n'y es pour rien et c'est de l'histoire ancienne. Cela m'a permis de voir quel genre de personne elle était vraiment.

Il l'embrassa doucement sur l'épaule. Elle sentit sa gorge se nouer.

— Je vais préparer un vrai petit déjeuner. Ce sera mieux que ces toasts froids que tu n'as d'ailleurs pas mangés. Par ailleurs, sache que je vais opérer au bloc aujourd'hui. Mais je ne t'en dis pas plus, c'est une surprise.

— Je suis impatiente de savoir, dit-elle en se forçant à sourire.

Elle prit une profonde inspiration et tenta de se ressaisir. Avec un peu de chance, il ne saurait jamais rien de ses petites manigances. Elle recevrait le chèque Gilchrist, ouvrirait le service de chirurgie auquel elle tenait tant et... Et quoi ?

Elle allait lui demander de rester. Pas pour l'hôpital, cette fois. Elle devait lui dire qu'elle était folle de lui, qu'elle avait envie de vivre avec lui.

Cette pensée la fit tressaillir d'excitation autant que de frayeur. Elle ignorait si leur relation avait un avenir, si elle était capable de partager sa vie et son univers avec quelqu'un. Mais elle savait qu'elle devait prendre le risque d'essayer.

Vu la façon dont il la regardait, dont il prenait soin d'elle, dont il lui faisait l'amour, il se pourrait même qu'il accepte.

17

Trent quitta le bloc, le sourire aux lèvres. L'opération du bec-de-lièvre qu'il venait d'accomplir sur cet enfant avait réussi et il lui tardait de dévoiler enfin à Charlotte son petit secret.

Il se rendait compte qu'il venait d'accomplir un geste au moins aussi important pour la vie d'un enfant que n'importe quelle autre intervention chirurgicale. C'était Charlotte qui lui avait ouvert les yeux, convaincue qu'elle était de la pertinence d'ouvrir un service de chirurgie plastique et reconstructrice dans un coin reculé du Libéria.

Il fut stupéfait de découvrir la femme qui ne quittait plus ses pensées debout, dans le couloir de l'hôpital. Elle était en grande conversation avec John Adams, comme si de rien n'était. N'avait-elle pas acquiescé, lorsqu'il lui avait conseillé de rester chez elle pour se reposer, après le choc qu'elle avait subi la veille ?

— J'espère que tu as une bonne excuse, dit-il en s'approchant d'elle.

— Je m'ennuyais. Et il y a trop de choses à faire ici pour que je me tourne les pouces à la maison.

— Il faut que tu te reposes, Charlotte. Ta blessure est profonde.

— Oui, docteur.

— Je viens de terminer une intervention sur le bec-de-lièvre que je t'avais promis de faire avant de partir. Maintenant, c'est à toi de me promettre une chose : ménage-toi. Si tu ne le fais pas pour toi, fais-le au moins pour moi.

— Tu as opéré cet enfant ? C'est merveilleux ! As-tu pris des photos ? Il me faut des photos pour... Enfin, pour le dossier médical.

— Oui, j'ai pris des photos. Maintenant, pense à ta promesse et tiens-toi un peu tranquille, veux-tu ?

— Promis, dit-elle, illuminant le hall d'entrée de son sourire. On se voit plus tard à la maison.

— Oui. Ne t'occupe de rien, c'est moi qui me charge du dîner.

Il contempla le balancement de ses hanches tandis qu'elle sortait du hall. Puis il se tourna vers John Adams qui le regardait avec des yeux interrogateurs.

— Il y a quelque chose entre Charlie et toi ? Je pensais que tu partais d'ici un jour ou deux.

La porte se referma derrière Charlotte. D'ici quelques jours, elle sortirait de sa vie, comme elle venait de le faire de l'hôpital, et disparaîtrait, définitivement, cette fois.

Mais il ne partirait pas. Sa décision était prise : il continuerait à prendre soin de cette femme, à vivre à ses côtés, jour et nuit, pendant une année.

Il se tourna vers John Adams.

— Je ne pars pas. Je vais rester quelque temps ici.

John Adams sourit et lui tapota chaleureusement l'épaule.

— Super ! Bienvenue dans la famille !

Trent se changea et décida d'appeler Mike Hardy avant de retrouver Charlotte chez elle et de lui annoncer la nouvelle. Comment allait-elle réagir ? Vu la façon dont ils avaient fait l'amour, le matin même, il pressentait qu'elle serait contente.

— Mike ? Trent Dalton, à l'appareil. Comment vas-tu ?

— Bien, merci. Et toi ? Comment se passent ces vacances en Italie ?

Il hésita.

— Je suis toujours à l'hôpital Edwards, au Libéria.

— Ah ? fit Mike, étonné. Mais tu as vu Perry Cantwell, alors. Il est là-bas depuis une petite semaine, je crois.

— Non, je le remplace. Il a eu un contretemps.

Comment Mike n'était-il pas au courant ? Etait-il possible qu'il ait oublié cette information, parmi toutes celles qu'il devait gérer chaque jour ?

— En fait, reprit-il, je souhaite rester au Libéria pendant l'année à venir, à condition que je puisse être remplacé aux Philippines, bien sûr.

— Trent, on n'a pas les moyens d'avoir deux médecins à l'hôpital Edwards.

C'était curieux. Mike s'était toujours montré arrangeant, les rares fois où il lui avait soumis une requête particulière. Trent faisait partie de la poignée de médecins qui travaillaient pour Médecins dans le Monde à temps plein, toute l'année.

— Il n'y a pas besoin d'un second médecin. Je suis sûr que Perry se fiche de travailler aux Philippines plutôt qu'au Libéria. Demande-le-lui.

Un étrange silence tomba sur la ligne.

— Voilà, reprit Mike. J'ai ton dossier sous la main. On y verra plus clair. Alors... Ton formulaire de fin de contrat a été envoyé la semaine dernière. Perry était déjà sur le départ quand j'ai demandé à Colleen de les envoyer, c'est pourquoi je me mélange un peu les pinceaux. C'est problématique, aussi bien pour ta paie que pour les dates de tes vacances et de ta prochaine mission. Je vais parler à Colleen et je te rappelle.

Trent raccrocha, troublé par la discussion, mais décida de ne pas s'en soucier outre mesure. Mike allait remettre de l'ordre dans les papiers et l'affaire serait résolue.

Il prit le chemin de chez Charlotte. S'il ne la trouvait pas allongée, il la menacerait de ne plus faire l'amour avec elle — cela risquait d'être efficace, même s'il n'était pas certain d'être capable de mettre sa menace à exécution.

— Bonjour, beauté, dit-il, satisfait de la voir blottie dans un fauteuil, et reconnaissant d'avoir eu la chance de se retrouver dans cet endroit et de la rencontrer. Je suis content que tu te reposes enfin. Veux-tu que j'aille préparer quelque chose à manger ?

Il se dirigea dans la cuisine et ouvrit le réfrigérateur. Le téléphone sonna.

— Mike ? Alors ?

— Tu ne vas pas être content, dit Mike d'une voix sombre. Colleen est là, avec moi. Elle vient de me dire que Charlotte Edwards lui a demandé, d'une part de lui adresser directement tes papiers, d'autre part de ne pas réserver le billet de Perry, sous le prétexte que tu avais accepté de rester encore deux semaines dans son hôpital.

Trent sentit un frisson le traverser.

— Un représentant de la Fondation Gilchrist est censé venir visiter son établissement et vérifier qu'il y ait bien un praticien de chirurgie plastique sur place, avant de débloquer les fonds qu'elle attend. Il semble que l'hôpital soit dans le rouge et que, sans cet argent, Charlotte Edwards risque de mettre la clé sous la porte. Elle comptait donc te faire passer pour le chirurgien plasticien, le temps de l'inspection, puis de te libérer pour accueillir Perry. Mais si je comprends bien, tu n'es pas au courant de tout cela.

Les mains de Trent se mirent à trembler de froid et de colère, au fur et à mesure que les paroles de Charlotte lui revenaient. Elle lui avait menti au sujet des papiers, de l'arrivée de Perry. Et cette façon de louer sans cesse ses qualités de chirurgien plasticien ! Et les photos qu'elle prenait de ses opérations !

Elle l'avait manipulé depuis le début !

Elle avait joué avec ses papiers, sa vie, son cœur !

Elle avait tout fait pour le retenir, y compris coucher avec lui.

Comment avait-il pu être aussi stupide, aussi aveugle ?

Les poings serrés, il prit une grande inspiration afin de ne pas laisser libre cours à la colère et à la peine qui se mêlaient en lui. Il fallait qu'il quitte cet endroit au plus vite.

— Merci de m'avoir informé, Mike, dit-il. Je vais m'organiser pour partir.

— D'accord. On vient juste de prendre les billets de Perry. Il arrivera demain.

Trent composa le numéro de la compagnie aérienne, tout en finissant de préparer le dîner de Charlotte. Dans quelques heures, il serait parti.

Il retourna dans le salon avec un plateau, sur lequel il posa deux comprimés.

— Le dîner est servi. Tu pourras prendre tes médicaments en mangeant.

Le sourire qu'elle décocha lui fit l'effet d'un coup de poing dans le ventre. Il recula, pour ne pas être tenté de la toucher. La situation était déjà suffisamment douloureuse.

— Et toi, tu ne manges pas ? demanda-t-elle, surprise.

Il n'allait pas lui dire qu'il savait la vérité ni à quel point il était meurtri de s'être laissé berner par ses mensonges. Un gouffre venait de s'ouvrir sous ses pieds, mais elle ne le saurait pas. Elle l'avait accusé de séduire des centaines de femmes sur son passage ! Il allait jouer cette carte-là, mais elle ne saurait jamais qu'il s'agissait d'un jeu.

— Colleen Mason vient de m'appeler. Elle m'a donné le feu vert pour partir et réservé un billet pour demain matin, dit-il en simulant un sourire.

Charlotte s'affaissa sur sa chaise et le regarda, les yeux écarquillés.

— Comment ? Mais je ne comprends pas. Je... Perry Cantwell n'est pas... Enfin, ce n'est pas possible.

— Si. J'ai déjà reporté mes vacances d'une semaine et j'ai rendez-vous avec... une amie à Florence.

Il se pencha pour déposer un baiser furtif sur ses lèvres, la mort dans l'âme.

— Merci pour ton accueil et les bons moments que nous avons partagés. Mais nous n'aimons pas beaucoup les adieux, ni l'un ni l'autre, le mieux est que j'y aille.

— Mais, Trent, attends...

— Prends soin de ton bras, dit-il en se tournant vers la porte, incapable de regarder ses yeux qui s'emplissaient de larmes.

Il ne fallait pas se leurrer : elle n'était pas triste qu'il parte, mais simplement dépitée de devoir trouver une solution de rechange au pied levé pour son précieux hôpital.

Il referma la porte et s'éloigna à grands pas, avec la sensation de s'enfuir. De fuir la douleur, la déception, la tristesse. Cette fois, il eut le sentiment que sa fuite n'aurait jamais de fin.

18

Charlie laissa sa tête tomber sur son bureau, comme si elle était trop lourde pour qu'elle la porte une minute de plus.

En à peine quarante-huit heures, sa vie avait volé en éclats.

Elle avait eu tort d'imaginer que sa relation avec Trent puisse prendre une autre forme qu'une aventure sans lendemain. Jamais elle n'aurait dû s'abandonner aux sentiments que ces quelques jours avaient fait naître en elle.

Après tout ce qu'ils avaient partagé, il avait tourné les talons, sans états d'âme. Elle s'en voulait d'avoir imaginé qu'il puisse en être autrement. Avait-il jamais caché qu'il ne voulait pas d'attaches ?

Et, évidemment, Trent n'était pas parti depuis une heure que le représentant de la Fondation Gilchrist avait surgi. Il s'était extasié sur les nouvelles installations mais déplorait l'absence d'un chirurgien plasticien sur place. Or, la Fondation Gilchrist était inflexible sur ses critères...

On frappa doucement à la porte. Au prix d'un effort surhumain, elle parvint à lever la tête.

— Si je comprends bien, ils n'ont pas accepté ? demanda John Adams en s'asseyant en face d'elle.

— Non, la Fondation Gilchrist ne donne pas l'argent tant que toutes les conditions ne sont pas remplies.

— Qu'est-ce que tu comptes faire ?

Bonne question ! Que pouvait-elle faire pour payer ses créanciers, panser son cœur en miettes, apaiser l'amertume et les regrets qui la rongeaient ?

— Je ne sais pas. Continuer à chercher des donateurs, voir sur quelles dépenses je peux encore rogner…

— Je suis désolé pour tout. Je dois même t'avouer que le départ de Trent m'a surpris. Il venait de m'annoncer qu'il voulait rester ici un an de plus.

— Il t'a dit qu'il voulait rester ici un an de plus ?

— Oui, hier, après t'avoir ordonné d'aller te reposer, quand il t'a trouvée à l'hôpital.

— Eh bien, je suppose qu'il a changé d'avis, rétorqua-t-elle, priant pour qu'il ne perçoive pas la souffrance et l'aigreur dans ses mots.

Après tout, elle ne pouvait pas reprocher à Trent de ne pas l'avoir prévenue. C'était elle qui s'était bercée d'illusions.

Marchant dans les allées de Central Park pour gagner l'appartement de ses parents, sur la Cinquième Avenue, dans les quartiers chic de Manhattan, Trent s'imprégna de l'atmosphère de la ville. Les cris des enfants dans les aires de jeux ressortaient sur le bruit de fond des voitures circulant en un flot ininterrompu. Derrière les arbres s'alignaient les hautes et élégantes façades des immeubles cossus de l'Upper East Side.

Des années s'étaient écoulées depuis son départ, pourtant il avait l'impression d'avoir quitté New York la veille. Il y avait de bons souvenirs d'enfance, même si, à l'époque, il n'avait pas vraiment conscience des privilèges que la richesse de sa famille lui procurait. Cela dit, sa mère avait toujours refusé de faire appel à une nounou à plein temps pour s'occuper de lui. Naïvement, il pensait que le lien existant entre eux n'en serait que plus fort. Mais elle l'avait trahi et lui avait menti. Depuis, sa vie n'avait plus jamais été la même.

Elle avait toujours voulu reprendre contact avec lui. Elle inventoriait tous les endroits du monde où il se rendait et demandait à la Fondation Gilchrist de faire une donation dans tous les hôpitaux dans lesquels il travaillait. Chaque année, il recevait une carte de vœux de sa part, dans laquelle elle donnait de leurs nouvelles et lui demandait des siennes. Mais il n'avait jamais répondu. Après tout, se serait-elle comportée aussi vilement si la vie de son fils l'avait vraiment intéressée ?

Le matin même, elle avait été surprise mais manifestement contente de recevoir son coup de téléphone. Quel effet cela lui ferait-il de la revoir, après tout ce temps ? D'un côté il redoutait les retrouvailles, mais, de l'autre, il avait malgré tout conservé de bons souvenirs d'elle, en dépit des agissements douteux qui l'avaient fait s'enfuir.

Mais il était important qu'il soit là, pour les patients de l'hôpital Edwards — pas pour Charlotte, non, mais pour tous ceux qui n'auraient pas accès aux soins si elle devait mettre la clé sous la porte, faute de moyens financiers.

— Monsieur Trent, c'est vous ? Quelle bonne surprise ! s'exclama Walter, le portier de l'immeuble, un large sourire aux lèvres.

— Je suis content de vous revoir, Walter, répondit-il, repensant à toutes les fois où ses amis et lui avaient joué des tours au vieil homme.

— Vos parents vous attendent ou dois-je les prévenir de votre arrivée ?

— Maman sait que j'arrive, merci.

— Trent ! s'écria celle-ci en ouvrant la porte.

Elle n'avait pas changé, ce qui n'était pas surprenant si l'on considérait les qualifications de son époux et les montagnes de cosmétiques qu'elle utilisait pour tenir les rides en respect. Elle était toujours aussi blonde, avec une coupe de cheveux impeccable. Sa tenue casual chic devait valoir plus du salaire annuel des patients de Trent.

Elle avança, comme pour le prendre dans ses bras, puis sembla hésiter et posa sa main sur son bras.

— Je suis tellement contente de te voir, Trent ! Viens, entre, et raconte-moi tout. Comment vas-tu ?

Il la suivit dans le salon et ils s'assirent autour d'un guéridon, sur lequel une femme de chambre déposa un plateau. Du café et une assiette de ses biscuits préférés. Il sentit son cœur se serrer à l'idée que sa mère n'avait pas oublié ce détail.

— Je vais bien, dit-il, conscient qu'il s'agissait d'un mensonge.

Depuis qu'il avait découvert que Charlotte l'avait manipulé, sa vie était un désastre. La seule femme dont il était tombé fou amoureux et pour qui il éprouvait des sentiments bien au-delà d'une simple attraction physique.

— Tu nous as terriblement manqué, Trent, dit sa mère en se triturant les doigts. Je sais que tu étais en colère contre moi et je comprends pourquoi, mais je veux t'expliquer…

— Tu n'as pas à m'expliquer. Je ne suis pas venu pour cela. Je suis ici pour te demander un service.

— Tout ce que tu voudras, dit-elle, plaçant ses mains sur ses genoux. Je t'écoute.

— J'ai travaillé à l'hôpital Edwards, au Libéria, et je sais que la Fondation Gilchrist va peut-être leur faire une donation pour qu'ils puissent ouvrir un service de chirurgie plastique.

— Oui, je suis au courant. Justement, on vient de la leur refuser parce qu'ils n'ont pas de chirurgien spécialisé.

— Mais ils vont bientôt en avoir un. Et ils méritent vraiment cet argent. J'ai fait quelques interventions de chirurgie plastique, là-bas : j'ai vu à quel point le service sera utile. Et c'est un hôpital dans lequel chaque cent est bien dépensé, crois-moi. Je voudrais que vous leur accordiez la donation.

— Tu as fait de la chirurgie plastique ? Mais je croyais que cela ne t'intéressait pas.

— Ce qui ne m'intéresse pas, c'est de faire des liftings et des faux seins à longueur de journée. Je veux mettre mes compétences de chirurgien au service des enfants qui en ont besoin. Là-bas, ils en ont vraiment besoin.

— D'accord, je ferai envoyer l'argent.

— Merci. C'est important pour moi.

— Tu ne vas peut-être pas me croire, mais ce qui est important pour toi compte beaucoup à mes yeux. Il faut que je te dise quelque chose, Trent. Tu comprendras pourquoi j'ai agi comme je l'ai fait.

Il voulut protester mais elle tendit la main pour l'arrêter.

— Quand j'étais jeune, je voulais devenir médecin. Chirurgien plasticien, comme mon père. Je rêvais de reprendre un jour son cabinet. J'ai travaillé dur, passé le concours et j'ai été reçue. Mais mon père s'est opposé à mon choix. Selon lui, les femmes ne faisaient pas de bons médecins, encore moins de bons chirurgiens.

Une femme de mon rang ne pouvait pas être à la fois épouse, mère et chirurgien.

Il regarda sa mère, médusé par ce qu'il venait d'entendre. Rien de surprenant à ce que son grand-père ait élevé sa fille en tyran qu'il était. Mais que sa mère ait voulu être médecin ? Jamais il ne s'en serait douté.

— Alors j'ai épousé ton père, qui, lui, est entré dans le cabinet du mien. Et j'ai rempli ma vie d'actions philanthropiques. Et de toi. Tu as été l'élément le plus important de ma vie. Jusqu'à ce que je gâche tout.

— Ne t'en fais pas, maman, c'était il y a longtemps.

— Je veux que tu comprennes, même si je sais que je n'ai aucune excuse. Je voulais simplement que tu aies ce qui m'avait été refusé. A l'époque, je n'ai pas compris que je le faisais pour moi plus que pour toi. J'ai été égoïste et j'en suis vraiment désolée. J'espère qu'un jour tu pourras me pardonner. Mais sache que tout ce que je souhaitais, c'était ton bonheur.

Il scruta son visage triste. Jusqu'à ce malheureux épisode de leur vie, elle avait toujours été là pour lui. Il se remémora les moments de bonheur qu'ils avaient partagés parce qu'elle avait refusé qu'il passe sa vie uniquement avec des nounous et des domestiques, comme la plupart de ses petits camarades. Il repensa à toutes ses tentatives de se rapprocher de lui, à ses cartes postales, qu'il recevait où qu'il se trouve sur la planète, et aux chèques qu'elle signait pour les hôpitaux dans lesquelles il travaillait.

Il fixa ses grands yeux bleus, dont il avait hérité, et sentit l'amour emplir sa poitrine.

— Je sais, maman. Moi aussi je suis désolé. Et je te pardonne, dit-il en se penchant vers elle pour la prendre dans ses bras.

Ils demeurèrent quelques instants l'un contre l'autre, puis elle se ressaisit et tamponna ses joues avec une petite serviette, souriant à travers ses larmes.

— J'ai une question à te poser, Trent. Es-tu amoureux de la directrice de l'hôpital Edwards ?

Il la regarda, sidéré.

— Pourquoi me poses-tu cette question ?

Comme s'il ignorait qu'elle avait un sixième sens et des antennes hyper perspicaces, dès que la vie de son fils unique était en jeu…

— Depuis des années, tu donnes de l'argent à tous les hôpitaux dans lesquels tu travailles. Dans ce cas précis, tu as traversé la moitié de la planète pour venir me demander d'envoyer un chèque pour l'hôpital Edwards, mais tu ne leur as fait aucune donation toi-même. Es-tu sûr que tu veux que je donne le feu vert ?

— Oui, elle mérite vraiment l'argent de la Fondation Gilchrist.

— Mais ? insista-t-elle sans le quitter des yeux.

Il soupira.

— Oui, je suis tombé amoureux. Mais ce n'était pas réciproque.

— Qu'est-ce que tu en sais ? Le lui as-tu demandé ?

— Non, mais elle a fait des choses qu'on ne fait pas quand on aime quelqu'un. Elle m'a menti et m'a manipulé.

— Mais tu tiens malgré tout à lui faire parvenir cet argent… Tu sais, Trent, je t'aime mais cela ne m'a pas empêchée de te mentir et de commettre des erreurs stupides. Sait-elle au moins que tu es amoureux d'elle ?

Il réfléchit à la question, les yeux dans le vague.

— Non. Mais je ne le lui dirai pas.

— Elle a peut-être commis une erreur qu'elle regrette, à présent. N'aggrave pas la situation en en commettant une à ton tour.

— Je suis désolée, Colleen. J'espère que Mike ne t'en a pas voulu de m'avoir adressé les papiers de Trent.

— Non, mais je t'en veux de m'avoir menti.

— Je sais, j'ai été idiote. D'autant que cela n'a résolu aucun de mes problèmes.

Son bras guérissait, mais c'était bien la seule chose positive dans sa vie.

— Trent a dû être en colère.

— Par chance, il n'a rien su.

Un silence gêné flotta sur la ligne.

— Bien sûr qu'il a su, Charlotte, dit Colleen. Il venait de dire à Mike qu'il comptait rester une année au Libéria, dans ton hôpital, quand Mike lui a tout expliqué. C'est moi qui ai pris ses billets d'avion pour Florence.

Le cœur de Charlotte cessa de battre. Et, soudain, tout lui sembla affreusement clair. Trent n'était pas parti parce qu'il avait hâte d'être en vacances, mais parce qu'il était au courant de ses manigances.

— Oh non, Colleen !

Trent lui avait dit que vouloir contrôler le sens dans lequel tournait le monde finirait un jour par peser trop lourd sur ses épaules. Ce jour-là était arrivé.

Distraitement, elle posa les yeux sur son écran et bondit sur sa chaise.

— Oh non, Colleen ! dit-elle, mais sur un ton tout à fait différent. La Fondation Gilchrist a fait un virement sur mon compte ! De toute la somme qu'ils avaient promise. Mais... C'est incroyable !

— Oh ! Charlie, je suis vraiment contente pour toi. C'est fantastique !

— Je n'en reviens pas. Colleen, il faut que je raccroche. Je te rappelle plus tard.

Elle raccrocha et scruta les chiffres, incrédule. Mais un sentiment amer l'empêchait d'exulter.

Elle avait tout gâché. En croyant puérilement que la fin justifiait les moyens, elle avait tué dans l'œuf la relation la plus douce et la plus excitante qu'elle ait jamais nouée avec quelqu'un. Elle avait trahi et blessé l'homme le plus généreux, le plus joyeux, le plus extraordinaire qu'elle ait jamais connu.

Des larmes se mirent à couler sur ses joues. Elle avait toujours pris des risques dans sa vie. Mais quand il s'était agi de mettre en jeu ses sentiments, son cœur, sa personne tout entière, elle avait lâchement reculé, croyant se protéger.

Pourquoi n'avait-elle pas choisi d'être honnête vis-à-vis de lui et vis-à-vis d'elle-même ? Maintenant, il était trop tard. Trent devait la haïr. Comment lui en vouloir ?

Le téléphone sonna.

— Mademoiselle Edwards ? Bonjour. Catherine Gilchrist Dalton, à l'appareil, fondatrice et présidente de la Fondation Gilchrist. Je voulais m'assurer que vous aviez bien reçu le virement de notre part.

— Oui, à l'instant. Je tiens à vous remercier...

— C'est mon fils qu'il faut remercier. Trent Dalton. Vous le connaissez, je crois ? C'est lui qui a insisté pour que nous vous attribuions cette somme, que, selon lui, votre hôpital mérite amplement.

Charlie faillit lâcher le combiné. Elle ouvrit la bouche mais aucun son n'en sortit.

— Allô ? Vous êtes là ?

— Heu... Oui, désolée. Je suis seulement surprise que Trent soit votre fils.

Le fils de Catherine Gilchrist en personne ! Il s'était décrit comme un gosse de riche ? C'était le moins que l'on puisse dire...

— Excusez-moi de me mêler de ce qui ne me regarde pas, dit Catherine. Trent m'a dit qu'il souhaitait rester travailler un an dans votre hôpital, mais qu'il avait changé d'avis parce que vous aviez commis l'erreur de lui mentir.

— Oui... C'est exact, répondit-elle, presque hébétée. J'ai été égoïste et idiote. Je ne sais pas ce que je ferais pour revenir en arrière et lui dire la vérité. Sur tout.

— Sur tout..., dit la femme sur un ton amusé qui lui rappela la gaieté de Trent.

— Oui. Sur tout, dit-elle de nouveau d'une voix chevrotante. J'aime beaucoup votre fils et je crois que c'était réciproque, mais que cela ne l'est plus.

— Vous ne le saurez pas tant que vous ne le lui demanderez pas. Passez à l'action, au lieu de vous contenter de croire. Sans quoi vous risquez de le regretter toute votre vie.

Cette femme avait raison. Charlie sentit un flot d'adrénaline parcourir ses veines.

— Merci. Merci infiniment. Savez-vous où je peux le trouver ?

— Il est ici, à New York. Mais plus pour longtemps. Voulez-vous que j'essaie de me renseigner sur ses prochaines destinations ?

Colleen. Colleen avait organisé ses voyages à venir.

— Non, merci. Je pense savoir où les trouver.

19

Charlie appuya sur l'accélérateur, le cœur battant la chamade, sur la route cabossée menant à l'aéroport. Il fallait qu'elle ait cet avion, qu'elle rejoigne Trent avant qu'il ne quitte New York. Elle ne pouvait pas se contenter d'un simple coup de téléphone. Elle devait le voir, lui dire qu'elle l'aimait et le supplier de la pardonner pour ce qu'elle avait fait.

Et si elle devait lui courir après jusqu'en Italie ou sur la lune, elle le ferait.

Trent étendit les jambes et fit tomber son panama sur ses yeux. Son vol avait du retard, autant en profiter pour dormir un peu. Mais il ne pouvait fermer les yeux sans voir apparaître l'image de Charlotte, la femme qui avait mis sa vie sens dessus dessous. Elle occupait tellement ses pensées qu'il eut même l'impression de sentir son parfum frais et fleuri.

Il ouvrit les yeux et sentit son cœur faire un bond dans sa poitrine.

Charlotte ? A New York ? Impossible.

Il se redressa et scruta la personne qui se tenait devant lui : ses cheveux en bataille, ses vêtements froissés, son bras bandé. Cela ne faisait aucun doute. C'était Charlotte, en chair et en os.

— Pourquoi as-tu enlevé l'écharpe à ton bras ?

Elle éclata de rire, ce qui le ravit et le tourmenta en même temps.

— J'ai failli me tuer dix fois sur la route de l'aéroport, j'ai parcouru des milliers de kilomètres pour te retrouver, et tout ce que tu me demandes, c'est pourquoi je n'ai pas le bras en bandoulière ?

— Qu'est-ce que tu fais ici, Charlotte ?

Elle se campa face à lui et planta ses merveilleux yeux verts dans les siens.

— Je suis venue te présenter mes excuses pour t'avoir menti. Rien ne justifiait que je ne sois pas honnête avec toi. Je suis désolée. J'ai fait passer l'hôpital avant le reste et j'ai eu tort.

Elle le dévisagea en se mordillant les lèvres.

— Ma priorité, c'est toi, Trent. Je sais que tu as demandé à Mike de prendre le poste de chirurgien pour l'année à venir. C'est pour cette raison que j'ai traversé l'océan.

De toute évidence, si elle était là, c'était qu'elle avait encore besoin d'un chirurgien pour faire fonctionner son nouveau service.

— Charlotte, mon avion décolle dans moins de deux heures et je n'ai pas envie d'une troisième série d'adieux.

— Il n'est pas question d'adieux, Trent. Je t'aime plus que tout et tout ce que je désire, c'est être avec toi.

Sans lui laisser le temps de répondre, elle se pencha vers lui et l'embrassa.

Il la regarda, incrédule. Pouvait-il croire une femme qui lui avait menti ? Pouvait-il s'installer au fin fond du Libéria avec une femme qui l'aimerait tant qu'elle aurait besoin de lui — mais après ?

— Je suis navré, Charlotte, mais je n'ai aucune raison de te croire.

— Je sais. J'ai commis l'erreur la plus grossière de ma vie, j'en suis consciente. Sache que je ferais tout pour que tu comprennes à quel point je t'aime. Je me fiche de l'endroit où je vais vivre, en fin de compte. Tout ce que je veux, c'est être avec toi. Je pensais que je pourrais toujours trouver des médecins, des infirmières et des techniciens pour travailler à l'hôpital Edwards. Aujourd'hui, je suis persuadée que moi aussi je suis remplaçable. Si je devais te suivre au bout du monde, je trouverais quelqu'un qui veuille diriger l'hôpital et je te suivrais.

Elle se déclarait prête à quitter le Libéria pour le suivre, comme si rien d'autre ne comptait, alors qu'elle s'était battue bec et ongles — jusqu'à mentir et manipuler — pour son hôpital. Pouvait-il la croire ?

— Non. Tes racines sont au Libéria. Moi, je plonge les miennes dans tous les endroits dans lesquels je me trouve, où que je me trouve.

— Comment puis-je te prouver que je suis tombée amoureuse de toi le premier jour où je t'ai vu ? Si tu ne me crois pas, je suis prête à monter dans cet avion, à te suivre partout en criant mon amour et en te demandant de me pardonner. Je veux passer ma vie avec toi, sans quoi elle ne vaudra pas la peine d'être vécue.

Elle semblait si sincère. Pouvait-il prendre le risque de la croire ? D'ailleurs, que risquait-il, au juste ? Son cœur tambourinait dans sa poitrine. Elle le regardait avec une telle intensité. L'intensité qu'il avait toujours cherchée et qu'il pensait avoir enfin trouvée. Pouvait-il s'être trompé à ce point ?

Non, bien sûr. Ces grands yeux verts qui le fixaient, emplis de larmes, ne mentaient pas. Ils exprimaient son amour, un amour authentique, dénué de calcul et de trahison.

Il se leva et prit son visage dans ses mains, puis se pencha et l'embrassa longuement, tendrement, comme il avait cru qu'il ne le ferait plus jamais.

— Moi aussi, je t'aime, Charlotte. Tu sais, peut-être serais-je parti, si tu m'avais dit la vérité. Les sentiments que j'éprouvais pour toi m'effrayaient autant qu'ils me réjouissaient. Mais je me rends compte que notre amour est tout ce qui compte, à présent.

— Moi aussi, j'avais peur. Je me disais qu'il était idiot de tomber amoureuse de toi puisque tu allais t'en aller de toute façon. Mais je n'ai pas pu m'empêcher de t'aimer.

Il sourit. Elle venait d'exprimer exactement ce qu'il avait ressenti.

— J'ai eu beau essayer de garder mes distances, dit-il, je ne parvenais pas à lutter contre cette attirance. Toute ma vie, j'ai parcouru le monde, de continent en continent. Grâce à toi, j'ai enfin compris pourquoi : partout, c'est toi que je cherchais.

Elle passa les bras autour de son cou.

— Alors qu'est-ce qu'on fait ? Tu viens vivre au Libéria avec moi ou je te suis à travers le monde ?

— Le Libéria me paraît être une bonne idée.

— Je te promets de te laisser le volant, de temps en temps.

Il éclata de rire.

— Je ne crois que ce que je vois. En attendant, je veux que tu deviennes ma femme. Je veux vivre avec toi et travailler à tes côtés, pour le restant de mes jours.

Il pressa ses lèvres contre les siennes puis, sans s'écarter tout à fait, reprit dans un murmure :

— C'est la dernière fois que tu viens me chercher dans un aéroport. Cette fois, je reste avec toi, pour de bon.